网络文学100丛书
欧阳友权◎主编

网络文学大事件100
Network lierature

欧阳文风◎著

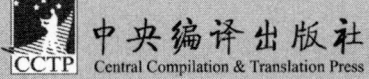
中央编译出版社
Central Compilation & Translation Press

图书在版编目（CIP）数据

网络文学大事件 100 / 欧阳文风著. —北京：中央编译出版社，2014.6
（网络文学 100 丛书 / 欧阳友权主编）
ISBN 978-7-5117-2065-8

Ⅰ.①网… Ⅱ.①欧… Ⅲ.①中国文学－当代文学－文学研究 Ⅳ.①I206.7

中国版本图书馆 CIP 数据核字（2014）第 033953 号

网络文学大事件 100

出 版 人：	刘明清
出版统筹：	董　巍
责任编辑：	郑　锦
责任印制：	尹　珺
出版发行：	中央编译出版社
地　　址：	北京市西城区车公庄大街乙 5 号鸿儒大厦 B 座（100044）
电　　话：	（010）52612345（总编室）　　（010）52612363（编辑室）
	（010）52612316（发行部）　　（010）52612315（网络销售）
	（010）52612346（馆配部）　　（010）66509618（读者服务部）
传　　真：	（010）66515838
经　　销：	全国新华书店
印　　刷：	三河市天润建兴印务有限公司
开　　本：	710 毫米×1000 毫米　1/16
字　　数：	283 千字
印　　张：	20.5
版　　次：	2014 年 6 月第 1 版第 1 次印刷
定　　价：	58.00 元
网　　址：	www.cctphome.com　　邮　箱：cctp@cctphome.com
新浪微博：	@中央编译出版社　　微　信：中央编译出版社（ID：cctphome）

本社常年法律顾问：北京市吴栾赵阎律师事务所律师　闫军　梁勤
凡有印装质量问题，本社负责调换。电话：010－66509618

本书为教育部新世纪优秀人才支持计划（NCET—10—0841）、湖南省新世纪121人才工程、湖南省文艺人才扶持"三百工程"、中南大学首届人文社科杰出青年人才支持计划和中南大学531人才工程成果。

总 序

哪里才是网络文学研究的"阿里阿德涅彩线"?

欧阳友权

网络文学超乎想象的快速崛起,覆盖的是网络文化空间,改变的却是整个文坛格局和中国文学生态。凭着"技术丛林"和"山野草根"两把大刀开路,短短十几年间,网络文学终于以"另类"的面孔和"海量"的作品确证了自己的文学在场性和文化新锐性。

时至今日,随着网络对文学市场份额的强力扩张,以及人们对这一文学关注度和认知力的提升,特别是与传统主流文学互动交流的增多,网络文学在赢得技术权力话语的同时,自身发展中的困惑和矛盾也日渐凸显。譬如:

——网络文学生产一直存在的"高产"与"低质""速成"与"速朽""大跃进"与"泡沫化""人气堆"与"快餐性"之间的矛盾,它们渊源何在又如何化解?

——网络文学是技术与艺术的"合谋",但技术的"霸权性"与艺术的"边缘化"带来的文学"父根"与"母体"的"审祖式"追问,该怎样摆脱其间张力关系的失衡与失依,进而有效根治这一文学因"技术依赖症"而剑走偏锋的病灶?

——时下大型文学网站的"全版权"经营、产业链商业模式、以读者为中心的市场导向,让文化资本的利润增值成为支撑文学发展的引擎,但市场化、产业化对艺术审美的遮蔽,加剧了网络文学的去文学性和非审美化,如此语境,文学生产该如何处理好网络市场与文学审美的悖论?

——网络文学对文学惯例和创作体制的"格式化"僭越,悄然置换了传统文学的逻辑原点,造成了传媒载体对文学传统的断裂与失范,这时候,网络文学的逻各斯命意何在?它还要不要重新律成自己的价值和意义模式以调适传统与创新的矛盾?

——还有,网络文学所依凭的后现代主义文化逻辑和消费社会的大众文化语境,导致文学诗性品质的娱乐化脱冕,但新媒体图文语像的艺术祛魅和数字化技术灵境中的诗性复魅所由形成的解构与建构并生的辩证过程,能否为网络文学提供电子诗意的返魅路径?

应该说,近年来我国网络文学理论批评界一直在思考并试图回答上述问题,只不过思考的角度不同,切入的研究路径各异,对解读网络文学的理论有效性也颇为不同——

有的把传统文论学理简单套用到网络文学身上,用中外经典的文艺理论概念、范畴和理论模式,实施"六经注我"或"我注六经"式的疏瀹与反思,急于构建网络文学的理论体系,让这只本该黄昏时高飞的"密涅瓦的猫头鹰"① 在黎明时便折翅起飞,结果不仅对实际的网络文学现象体认有"隔",也于这一新兴文学的理论开启无补,导致网络文学研究的"聚焦失准"与凌空蹈虚。

另一种是技术分析模式。这类研究者的眼中只有"网络"没有"文学",或只有"技术文学"没有"人文文学"。他们没有把这一文学看作是人类文学

---

① "密涅瓦的猫头鹰在黄昏起飞"是黑格尔的一句名言。密涅瓦是罗马神话中的智慧女神,栖落在她身边的猫头鹰是思想和理性的象征。这只猫头鹰在黄昏起飞就可以看见整个白天所发生的一切,可以追寻其他鸟儿在白天自由翱翔的足迹。黑格尔用这一比喻意在说明,哲学是一种反思活动,是一种沉思的理性,而"反思"是"对认识的认识","对思想的思想",是思想以自身为对象反过来而思之。如果把"认识"和"思想"比喻为鸟儿在旭日东升或艳阳当空的蓝天中翱翔,"反思"当然就只能是在薄暮降临时悄然起飞。

审美的一个历史节点,或文学发展的一个特定阶段、一种特定类型,而是将其仅仅视为传媒载体中的一项内容,或技术之树结下的文化果实,认为技术传媒和信息工具才是它与传统文学的本质区别,于是用技术的眼光和工具理性来分析网络文学现象。由于缺失人文审美的致思维度和价值立场,其对网络文学的理论言说往往会变成技术分析的文化读本,或新名词术语的"集束式轰炸",结果是文学人看不懂,技术人不屑于看,于实际的理论批评建设意义甚微。

当然,还有先入为主的"断言式"和即兴点评的"感悟式"评说。前者多出现在不懂网络或者很少上网阅读的"银发学人"中,他们常常会武断地以为,文学创作如春蚕吐丝,非呕心沥血不可为,而网络乃玩家"灌水"之地,如马路边的一块木板,谁都可以上去信手涂鸦,不会有什么好东西;或者简单地认为网络无非就是一种传播的载体和工具,就像龟甲竹简、布帛纸张也曾是承载作品的工具一样,它不会改变文学的性质,因而断定,根本就没有什么"网络文学",不值得为之置喙饶舌。后者常出自网友之口和传媒评论,这类话语能够有感而发,目击意达,直指本性,三言两语,即兴评点,有时也能搔到痒处,戳到痛处,或机智俏皮,或犀利泼辣,倒也开心解颐,生津止渴。只不过有时难免蜻蜓点水,浅尝辄止,或文不对理,持而无据,甚或脱口而出,不切肯綮,姑妄说之,不负责任。

于是,网络文学的"理论江湖"可谓群伦并起,理路纷呈,涉足者不啻走入迷宫,莫辨路向。作为一种学术研究、理论建设,总有其持论的起点和逻辑的支点,相对于传统的文论"大厦",网络文学研究才刚刚起步,而与云蒸霞蔚的网络文学创作相比,其理论批评更是远远落伍不辨后尘。那么,今日的网络文学研究该以哪里为肇端、怎样寻求突破,或者说,哪里才是走出网络文学研究迷宫的那条"阿里阿德涅彩线"[①]呢?

[①] "阿里阿德涅彩线"来源自古希腊神话,常用来比喻走出迷宫的方法和路径,解决复杂问题的线索。

窃以为,"从上网开始,从阅读出发",也许可以作为打开网络文学迷宫的一把锁钥,从这里或许可以破解诸多难题,找到那条引导我们走出迷宫的"彩线"。

其实道理并不复杂,正如研究任何问题一样,我们研究网络文学的出发点和立足点都必须以实践为基,从对象出发,进而全面了解和认识对象,找出问题症结,发现蕴含的规律,提出解决问题的可能之道,或构建切中实际的观念范式,而不能先入为主,生搬硬套,东向而望,不见西墙,或如刘勰所说:"会己则嗟讽,异我则沮弃,各执一隅之解,欲拟万端之变。"① 面对异军突起的网络文学,我们当然需要有亚里士多德、康德和黑格尔赋予的理论底气,也摆不脱孔子、刘勰和王国维的丰厚积淀,中外历史上所有的文论资源均应该吸纳传承,因为它们许多都依然有效。不过,我们能做的第一步,却应该并只能从对象的实际出发,以研究的本体为据,于网络文学研究者而言便是点击网站,阅读作品,下足新批评派所倡导的"close reading"(经细读)工夫,了解和把握网络文学的生产方式、作品形态、传播载体和接受方式,以及功能结构与意义蕴含等。特别是对时下的类型化写作与阅读市场细分的相互催生,文学网站经营的全版权商业模式构建,网络写手的创作方式与生存状态,文学读者群欣赏趣味选择和消费市场的竞争格局,文化资本的新媒体寻租、产业运作和盈利手段,以及数字技术带来的文学与影视、游戏、动漫、视频影像等多媒体兼容的微妙关联,还有三网融合、自媒体和信息增值方式对网络文学的生产与消费的影响等等,更是文学"扩容"、版图"越界"带给我们的新课题,尤其需要网络学人切入现场,明察深思,做一个网络文学的"局内人"。这样才有可能赢得对它有效言说的话语权,才不至于使自己的理论批评成为隔岸观火、隔靴搔痒或隔空取物之论。可见,"从上网开始,从阅读出发"虽说简单,却很重要,实为我们了解网络文学、研究网络文学绕不过去的一道"铁门槛"。

---

① 刘勰:《文心雕龙·知音》。

总 序

正是基于这样的学术动机，我们中南大学网络文学研究团队在陆续出版了《网络文学教授论丛》(2004)、《文艺学前沿丛书》(2005)、《网络文学新视野丛书》(2008)和《新媒体文学丛书》(2011)等4套丛书之后，又策划了这套《网络文学100丛书》。本丛书共有7部，它们分别是欧阳友权的《网络文学评论100》、曾繁亭的《网络文学名篇100》、欧阳文风的《网络文学大事件100》、禹建湘的《网络文学关键词100》、聂茂的《名作家博客100》、聂庆璞的《网络写手100》和纪海龙的《网络文学网站100》。这些选题看似简单、平实而波普可辨，实则是研究网络文学的入门之功和基元之论。这套丛书是我所主持的国家社科基金重点项目"网络文学文献数据库建设"的阶段性成果，也是我和我的团队负责组建成立湖南省网络文学研究会（2012）和全国网络文学研究会（2013）后，首次奉献给学界的一套集体成果。我们试图通过对这些网络文学前沿和基础问题的梳理与评辨，实现"广撷资源，夯实基础，明辨学理"的学术构想。丛书的作者都是我们网络文学研究基地的学术骨干，大家携手同心做一件有意义的事情，可谓"累，并快乐着"。作为丛书主编，我对他们的学识水平和敬业与协作精神均报以深深的感佩！

新生的网络文学还是"小荷初露"，对它的理论研究也才千里始足，任重而道远。从2004年出版第一套理论丛书至今，我们中南大学文学院网络文学研究团队在这一领域筚路蓝缕、荷戟远征已逾十年。无论"十年一觉扬州梦"，抑或"江湖夜雨十年灯"，过去的都将留给历史，笔下的都在书写今天，而过去和今天都将托付于未来。就让这套丛书为我们的十年耕耘献上一份小礼并画上一个稍感宽慰的句号吧。

2013年10月12日于中南大学文学院

目 录

绪 论 ………………………………………………………………… 1
  1. 网络文学大事件的遴选标准 ……………………………………… 2
  2. 网络文学大事件的分类及依据 …………………………………… 5
  3. 网络文学大事件的研究思路 ……………………………………… 7

一 写手类 …………………………………………………………… 11
  1. 少君创造自白式小说体 …………………………………………… 11
  2. 图雅从网络上消失 ………………………………………………… 14
  3. 诗阳提出"信息主义"诗歌创作理论 …………………………… 17
  4. "四大写手"上网写作 …………………………………………… 20
  5. 木子美发表《遗情书》 …………………………………………… 24
  6. 血红成为第一位年薪超百万写手 ………………………………… 27
  7. 郭妮被打造为"亿元女生" ……………………………………… 30
  8. 赵丽华遭恶搞 ……………………………………………………… 33
  9. 天下霸唱、当年明月跻身中国作家富豪榜 ……………………… 36
  10. 海岩、周梅森、郭敬明等18位作家签约起点中文网 ………… 38
  11. 唐家三少、当年明月当选中国作协全委 ……………………… 40

二 作品类 ·· 43

12. 《鼠类文明》触网 ·· 43
13. 《风姿物语》开始连载 ·· 45
14. 《第一次的亲密接触》引发网络文学热潮 ······················ 48
15. 《悟空传》在网络上广为流传 ····································· 51
16. 《蒙面之城》获"第二届老舍文学奖" ·························· 54
17. 《成都,今夜请将我遗忘》点击率一路飙升 ··················· 57
18. 《诛仙》在幻剑书盟网站连载 ····································· 59
19. 《城外》引发关注和论争 ··· 63
20. 《我不是聪明女生》被疯狂转帖 ·································· 65
21. 《亮剑》开启网络小说影视改编热 ······························· 67
22. 《新宋》在两岸同时推出 ··· 70
23. 《明朝那些事儿》引争议 ··· 73
24. 《鬼吹灯》跨越媒介受追捧 ·· 75
25. 《赵赶驴电梯奇遇记》营造阅读狂欢 ···························· 78
26. 《杜拉拉升职记》形成文化产业链 ······························· 81
27. 《大江东去》获全国"五个一工程奖" ·························· 85
28. 《围脖时期的爱情》在新浪微博连载 ···························· 87
29. 《裸婚——80后的新结婚时代》获2010华语言情小说大赛
    冠军 ··· 90

三 网站类 ·· 94

30. 《华夏文摘》创刊 ·· 94
31. "海外中文诗歌通讯网"创建 ····································· 99
32. 中文互联网新闻组ACT建立 ······································ 102
33. 《新语丝》在美国注册 ·· 106
34. 水木清华BBS建立 ·· 110
35. "文学城"创办 ·· 114

36. "榕树下"创办 …………………………………………… 117
37. "天涯虚拟社区"创立 …………………………………… 121
38. "红袖添香网"创立 ……………………………………… 125
39. "幻剑书盟"组建 ………………………………………… 129
40. "起点中文网"创建 ……………………………………… 133
41. "博客中国"开通 ………………………………………… 137
42. "盛大"收购"起点中文网" …………………………… 140
43. "榕树下"被收购 ………………………………………… 144
44. "作家在线"启动 ………………………………………… 147
45. "创世纪中文网"上线 …………………………………… 149

四 活动类 …………………………………………………… 151
46. 新浪网举办接力小说活动 ……………………………… 151
47. "榕树下"发起"首届网络原创文学作品奖" ………… 154
48. 新浪网推出戴鹏飞原创短信专栏 ……………………… 157
49. 首届全球通短信文学大赛举行 ………………………… 160
50. "起点"与作者签订个人稿酬协议 …………………… 163
51. 新闻出版总署举办"首届中国数字出版博览会" …… 166
52. 《中国网络文学阳光宣言》发表 ……………………… 168
53. 首届"中国网络文学节"开幕 ………………………… 171
54. "起点"推出"千万亿行动"计划 …………………… 173
55. 全国30省作协主席小说网上联展 ……………………… 176
56. 网络文学十年盘点 ……………………………………… 178
57. 鲁迅文学院首开网络作家培训班 ……………………… 181
58. 盛大文学推出"一人一书"计划 ……………………… 183
59. 网络作家与传统作家"结对交友" …………………… 186
60. 起点中文网高层集体出走 ……………………………… 189

五　成长类 ……192

61. 中国获准正式加入国际互联网 …… 192
62. 《中国时报·资讯周报》推出"网络文学争议"专栏 …… 195
63. QQ 崛起 …… 199
64. 陈村加入"榕树下" …… 202
65. 博库倒闭 …… 206
66. 辽宁出版集团推出中文电子图书阅读器 …… 209
67. 国务院颁布《互联网信息服务管理办法》 …… 212
68. 国家社科规划办首次招标网络文学课题 …… 215
69. "起点"实行付费阅读 …… 218
70. 《数字化语境中的文艺学》获第四届鲁迅文学奖 …… 222
71. 网络文学参评第五届鲁迅文学奖 …… 224

六　研究类 …… 229

72. 王周生发表《信息时代与文学》 …… 229
73. 杜国清提交《网路诗学：21世纪汉诗展望》 …… 231
74. 黄鸣奋出版《电脑艺术学》 …… 233
75. 欧阳友权等出版《网络文学论纲》 …… 236
76. 我国第一套网络文学研究丛书出版 …… 238
77. 首届全国短信文学研讨会举行 …… 241
78. 首届网络原创作品出版研讨会召开 …… 243
79. 首届中国网络文学发展研讨峰会举行 …… 245
80. 《网络文学评论》创刊发行 …… 247
81. 中国作协首次举行网络文学作品研讨会 …… 249
82. 中国网络文学研究会成立 …… 251

七　论争类 …… 254

83. 李敬泽等质疑网络文学 …… 254

84. 欧阳友权《网络文学：技术乎？艺术乎？》引发论争 ……… 257
85. 慕容雪村预言"文学死亡指日可待" ……………………… 259
86. 韩白论战 ……………………………………………………… 261
87. 陶东风发表《中国文学已经进入装神弄鬼时代？》 ……… 264
88. 叶匡政贴出《文学死了！一个互动的文本时代来了！》 …… 268
89. 陆志坚发出"别让网络文学垃圾污染公众心灵"的呼吁 …… 272
90. 陶东风：少数作家"倒下去"，千万"写手"站起来 ……… 275
91. 肖鹰、陈晓明：所谓"网络文学"是"前文学" ………… 279
92. 顾彬：一天写6000个字，能叫文学吗？ ………………… 282

八 维权类 …………………………………………………… 286

93. 王蒙等状告"北京在线" …………………………………… 286
94. "榕树下"起诉中国社会出版社 …………………………… 288
95. 红袖添香起诉"联想经典时空" …………………………… 291
96. 幻剑起诉起点侵权签约作品 ……………………………… 293
97. 盛大文学对百度提起诉讼 ………………………………… 297
98. 50位作家联名发表《三一五中国作家讨百度书》 ……… 299
99. 张抗抗提案修改著作权法 ………………………………… 302
100. 万松中文网被判"侵犯著作权罪" ……………………… 305

结　语　为网络文学写史 …………………………………… 307

后　记 ……………………………………………………… 310

绪　论

所谓事件，是由它的时间和空间所指定的时空中的一个点。任何历史，都是由各种事件构成的。在甲骨文中，"史"与"事"相似，指事件。《说文解字》亦云："史，记事者也；从又持中，中，正也。"指出"史"的本意即记事者，也就是"史官"。由此引申，"史"则代表被史官记录的事，即所有被文字记录的过去事情，就是"史"。"历史"一词出现较晚，"历"指经历、历法，也就是人类经历的一段时间，在"史"前加"历"，就在事件中加入了时间的概念。从这个意义上我们可以说，本书对网络文学大事件的研究，其实就是对网络文学发展史的研究。

汉语网络文学起源于 20 世纪 90 年代初北美中国留学生创办的网络媒体。20 多年来，从最初很不起眼、饱受诟病、连正名都很困难的野路子文学，迅速发展成为当下一种不可回避的重要的文学现象，全方位地改变了当代文学的总体格局。纵观这 20 余年风起云涌的网络文学发展史，期间发生了许许多多大大小小、各式各样的事件，宛如一个个历史节点，真实地记录和标示了网络文学豪迈但不乏曲折的发展行程。在当下网络文学正在逐渐走向成熟和规范的时候，我们对这些影响网络文学发展的事件进行阶段性的清理、整合和研究，目的是为网络文学这段早期发展史勾划出一个大致轮廓，以便对网络文学有更清晰的认识，并在此基础上对其未来发展作出合乎逻辑的展望。

1. 网络文学大事件的遴选标准

现在的问题是，网络文学发展的时间虽然并不长，但各种事件亦林林总总，纷繁复杂，到底以何种标准去对这些事件进行遴选？换言之，在众多事件中，什么样的事件才算大事件？我们认为，"大"和"小"是相对而言的，所谓大事件，至少要具备三个特点：标志性、重要性和代表性。

标志性是从整个网络文学发展史着眼的，标志性事件应该是网络文学发展史中的一个重要节点甚或一座里程碑，标志着网络文学由一个阶段走向另一个新的阶段。在我国文学史上有很多标志性的历史事件，比如1942年5月毛泽东在延安文艺座谈会上发表《在延安文艺座谈会上的讲话》就具有标志性。《讲话》系统地阐述了党的文艺工作方针等问题，具体解决了文艺为什么人服务和怎样服务的问题，使解放区、国统区的文学面貌发生了巨大深刻的变化，广大文艺工作者走向社会，向工农兵方向迈进，产生了一系列崭新的作品。再比如2012年莫言获得诺贝尔文学奖也具有标志性意义，这是第一位中国作家获此殊荣，标志着中国当代文学进入西方主流视野，西方翻译界和文学界将更关注中国的写作者，等等。网络文学发展史上也不乏这样的标志性事件。比如1991年4月5日，全球第一个华文网络电子刊物《华夏文摘》在美国创刊，它以电子刊物的形式，通过电子邮箱免费订阅，每周一期。这个事件标志着华文网络电子刊物的诞生，虽然它还不是纯文学的刊物，但它是全球中文网络文学写作的第一个园地。此后，各种电子文学期刊、文学网站如雨后春笋般建立起来，《华夏文摘》是所有后起文学网站之滥觞。再比如2004年10月9日，中国最大的在线游戏运营商盛大公司全资收购了原创娱乐文学门户网站——起点中文网，也具有某种标志性，它掀开了文学网站发展史上新的一页，宣告了纯以文学特色、诸强并存的文学网站时代结束。此后，一系列收购、兼并、合作、资源整合等行动纷纷出台，资金大面积进入文学网站，网络文学产业化的苗头出现。由此可见，标志性事件一般是指那些首次发生的重大事件。

所谓重要性，是就该事件对网络文学发展的意义来说的，重要性事件也许不具有标志性，但它却在一定程度上对网络文学发展产生重要影响。比如1999年，著名作家陈村加入榕树下网站任艺术总监，该事件就具有重要意义。因为陈村是传统作家群体里有名的"网虫"，上网早，资格老。很多年轻的网络写手就是冲着"陈斑竹"而来，不少传统文学知名作家也因陈村的"面子"参与到推动网络文学发展的进程中来。受此影响，1999年，中国作协官方网站《今日作家》网站上开设《网上发表》栏目，它预示着网络也开始成为中国作家的"家"，传统作家已经逐步接纳网络这个新媒介。次年，国内第一个由知名作家大规模参与的网络站点"三九作家网"开通，该网站联合《中国作家》杂志创建、汇集了中国目前最为活跃和最具创作实力的作家、评论家和编辑家，全面参与网站重大活动的决策和重要稿件的审读。由此可见，陈村入网带来的这种"陈村效应"，对网络文学的发展确实很重要。再比如，2008年10月28日至2009年6月25日进行的"网络文学十年盘点"活动也非常重要。该活动规模空前，在中国作家协会指导下，由中国作家出版集团《长篇小说选刊》和中文在线17K文学网联合主办，《人民文学》《中国作家》《长篇小说选刊》《十月》等20余家文学名刊的资深编辑参与审读和评点，约有1700部作品参评，基本囊括了十年来网络创作的活跃人群。参与投票海选的读者更是高达50万人，其中大部分是有多年阅读体验的资深读者。参与作品审读和点评的专家、文学期刊资深编辑多达50余人，撰写了110篇作品评论。中国作协副主席高洪波表示，这次盘点活动是传统文学界与网络文学界迄今为止最大规模的一次交流，对推动网络文学的繁荣和发展具有深远意义。

所谓代表性，则是对同类网络文学事件而言的。在网络文学发展史上，往往同一类型的事件时有发生，虽然这一类事件也许都比较重要，但我们不可能照单全收，而只能选取其中最典型、最具代表性者。比如，对网络文学的研究，迄今为止，在各类学术期刊上就发表了数以千计的相关论文①，其余还有出版的各种专著，还举办了各个层次的学术性研讨会议，等等，我们在遴选网络文学在学术研究方面大事件的时候，就不可能一一枚举这些事件，只能选取其中最有代表性、产生了较大影响的研究事件。比如黄鸣奋1998年5月出版《电脑艺术学》，这是国内最早探讨电脑与艺术包括文学关系的著作；2003年4月欧阳友权等著的《网络文学论纲》由人民文学出版社出版，这是国内第一部从基本学理上系统研究网络文学的学术专著；2012年6月28日，中国作家协会举行网络文学作品研讨会，研讨李晓敏的《遍地狼烟》、天下归元的《扶摇皇后》、酒徒的《隋乱》、阿越的《新宋》、杨鲎莹的《凝暮颜》5部网络文学作品。这是中国作家协会1949年7月13日成立以来第一次举行网络文学作品研讨会。这些事件因为具有较大的代表性，就纳入了我们的研究视野。

  以上就是本书遴选事件的一个基本标准，对每一事件，我们或以某一标准为主，或综合三个标准来予以考察和权衡。需要说明的是，即使以上述三大标准对1991年以来的网络文学事件进行遴选，仍然有不少符合所谓"大事件"的要求，毕竟这20年是网络文学从产生、发展到繁荣的关键时期，发生的事情很多，而且许多都是开创性的。但由于本书题目《网络文学大事件100》的限定，只能从中选取100个事件，因此，很多事件就因为各种原因被剔除出了现有的大事件榜单，那些被剔除的也并非不重要，只是这些被选中的相对要更重要或更具有标志性和代表性。事件选取的时间范围是从1991年起，截止于2013年7月30日。2013年8月以来发生的重大事件，只好留待日后再去予以跟进和补订了。

---

  ① 笔者2013年7月20日在中国学术期刊网上以"网络文学"为篇名进行检索，有1001条相关信息，以"网络文学"为关键词进行检索，有2594条相关信息。

2. 网络文学大事件的分类及依据

面对这些五花八门、林林总总的网络文学大事件，该如何去进行分类和整合？这是一个颇为棘手的问题，需要制定一个可遵循的分类原则，方可以把它们分门别类。美国学者 M. H. 艾布拉姆斯曾在他的《镜与灯——浪漫主义文论及批评传统》一书中提出，文学是一种活动，由世界、作家、作品和读者四个相关的要素构成，四个要素相互渗透、相互依存和相互作用，形成了一种整体关系。网络文学作为文学的一种新型样式或形态，艾布拉姆斯的四要素理论也同样是适用的。在这里，我们也不妨借鉴过来，将网络文学视为一个由多个要素组成的文学活动和系统，按照文学活动的基本流程和网络文学作为一种新兴文学样式固有的特点，将网络文学大事件粗略地划分为写手[①]类、作品[②]类、网站类、论争类、维权类、研究类、活动类和成长类八个大类。我们知道，与传统作家一样，网络写手创作也并非向壁虚构，而是表征了他对世界的一种理解，也需要有一定的社会生活作为创作的基础，有创作就有作品产生，有作品就要在网站上发表，文章在网站上发表以后，就有可能引发读者点击阅读，随后相关的评论和学术研究甚至论争也将由此展开。数字出

---

① 在网络文学里，从事写作的人不叫作家，而叫"写手"。写手当然不能完全等同于作家，作家是一种崇高的称号，是专指那些文学修养好、创作水平高的人，而写手仅是一般的文学写作者，因为网络文学降低了文学创作和发表的门槛，谁都可以凭着自己对文学的兴趣，在网络上信手涂鸦，率性而为，发表自己的作品，因此网络写手只是大众意义上的文学写作者。

② 此处用"作品"这个词，而非现在人们习惯使用的"文本"。因为我觉得"作品"隐含了作家创作和读者阅读两个环节，而"文本"更侧重于静态的文字和符号，是这两个环节的中介。在网络文学中，创作和阅读是两个联系极其紧密的活动，主体呈现出一种主体间性，静态的文本不足以概括网络文学的语言存在。

版日新月异，而立法的跟进相对要滞后得多，当网络文学的著作权尚得不到有关法律法规保护的时候，侵权与维权将是常见的现象。此外，在网络文学的发展过程中，还开展了各种各样的活动来推进自身的发展，被主流逐渐接受的过程昭示了其不断成长的艰辛之路。总体来看，这八个类别既大致遵循了"世界—作家—作品—读者"的线性关系，同时又根据网络文学的具体情况产生了新的元素。各个方面彼此勾连，错综交合，共同构成了一个网络文学活动的自足体（如下图所示）。

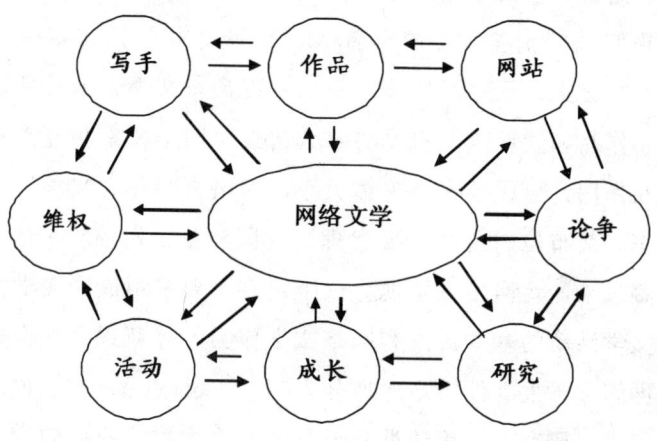

当然，必须指出的是，如此整合网络文学事件其实也并不尽如人意。一方面，这八个类别尚不足以涵盖所有的网络文学活动，比如作者创作、读者阅读这些环节没能体现出来；另一方面，八类事件还有彼此交叉的情况，比如"研究类事件"中的很多会议、获奖等也都是一种活动，与"活动类事件"不好区分，而"活动类事件"也有点笼统，大而泛之，无所不包。针对第一个问题，我们认为，作者创作属于一种审美心理活动，相对而言是一个内化的抽象的过程，不太好事件化，目前也确实没有在网络文学创作方面涌现出什么重要的事件。至于读者阅读层面，考虑到在"作品类"里面已经有所包含，比如《赵赶驴电梯奇遇记》营造阅读狂欢、《悟空传》在网络上广为流传等，就是借作品讲读者阅读盛况，换言之，没有读者的点击阅读，任何作品都是不可能产生影响的，在传统文学中如此，在网络文学里尤甚。因为网络文学海量的作品数量及其无与伦比的更迭速度，倘若没有读者的点击阅读，作品很快就会淹没于茫茫文海之中。由此，专门拎出"读者类"也没必要。至于第二个问题的存在，主要是基于这样一种现实考虑：由于前面六类——写手类、作品类、网站类、研究类、论争类、维权类都比较具体，很多事件基本能够对号入座，但还有不少事件在上述六类中哪一类都归不进去，比如全国30省作协主席小说网上联展、《中国网络文学阳光宣言》发表、网络文学参评鲁迅文学奖与茅盾文学奖等，而这些事件又非常重要，必须纳入我们的研究范围。于是，我们在六类之外，又把一些重要活动单独出来，纳入"活动类"，把那些标志着网络文学成长印痕的事件归入"成长类"。如此考虑，实属无奈之举。总之，网络文学虽然仅仅短暂的20年行程，其发生的大大小小的事件还不是特别复杂，但若要拨开历史的尘埃，对其进行一番细致的梳理和整合，其实也不是那么容易。上述分类顾此失彼，挂一漏万，也是可以理解的。我们的想法其实很简单，就是为了方便在下面的章节中，将琳琅满目的网络文学事件，变无序为有序，化无形为有形，让我们能更加清晰地考察到网络文学的发展变迁。

3. 网络文学大事件的研究思路

以关注大事件的方式走进网络文学，其实很好地表征了我们对网络文学的一种研究态度和取向：深入网络文学发展现场，以史为据，用事实说话，做实证研究。2013年7月在拉萨召开的全国网络文学学术研讨会暨中国网络文学研究会成立大会上，一位学者主张我们现在研究网络文学应该有一种文学史的眼光，其一，去做一些资料整理式的基础性工作,研究网络文学自身的发展历史;其二,拓展视野,把网络文学放到整个文学发展史中去观照。我非常认同这一观点,尤其是觉得对网络文学自身发展史的整理已十分迫切。虽然网络文学发展还仅仅20多年的时间,但如今是信息更新极其频繁的时代,很多事件甫一发生就迅速被湮没无闻,亟需及时记录和整理。而反观既有的网络文学研究,虽也不乏务实之作,但大多是宏观的理论研究,罕见有对具体的网络文学文本、网络文学事件、网络文学现象、网络文学写手作详细记载和细致分析的。史料的收集、梳理和整合,是一项默默无闻、费力不讨好的工作,需要时间,需要兴趣,也需要心机,现在浮躁的社会也许根本就容不得人葆有一种这样的耐心和趣味。

有鉴于此,我们以大事件为视角走入网络文学发展史,全面清理网络文学兴起以来的各种事件,仔细甄别,归类整合,并按编年史的形式排列组合。然而,正如柯林伍德在《历史的观念》中所说的,历史事件是客观的,但历史写作是思想的产物,一切历史都是思想史,因此历史研究的对象不是事件而是思想。由此,我们又并不满足于相对简单的事件清理工作,而力争在此基础上,遵循历史唯物主义和辩证唯物主义的观点和方法,一事一评,对事件发生的原因、背景、过程和影响、意义作出客观公允的评价,以期对每个大事件的来龙去脉有一个清晰的把握,对其在网络文学甚至整个文学发展史上的意义和价值有一个合理的理论观照。换言之,就是要通过点评,把事件背后的"思想"提炼和挖掘出来。

现在的问题是,在一本著作里要对100件内容各异的大事件进行点评,在结构上能够凝聚得了这么多散碎的事件和思想吗?坦率地讲,我最初也有过类似的担心,生怕失去了应有的学术含量,写成一个完完全全的资料汇编和思想碎片的堆积。但随着研究的深入,我的顾虑逐渐打消。不仅仅是因为我们对遴选出来的大事件分门别类,并按时间先后排列组合,使其由原本的无序变成有序,更重要的是,通过研究后发现,众多大事件被聚合在一起之后,无形中很好地形成了一种 $1+1>2$ 的

"场效应",彼此说明,互为表征,无声地诉说着单个事件无法传递的信息,以一种独特的形式呈现出了网络文学发生发展的历史过程。在物理学中,有一个磁场效应(magnetic effects)的概念,所谓磁场效应是指物质的磁性与其力学、声学、热学、光学及电学等性能,均取决于物质内原子和电子状态及它们之间的相互作用。这些性能相互联系、相互影响,磁状态的变化引起其他各种性能的变化;反之,电、热、力、光、声等作用也引起磁性的变化,这些变化统称为磁场效应。网络文学100个大事件如此高密度地聚集在一个场域中,就宛如物质内的原子和电子,会彼此相互联系和影响,形成信息的迭加与交融。比如第一章写手类的几个事件,如果单独就一件一件事情来看,也许并不能说明太多的问题,而如若将其作为一个整体去考察,特别是在了解了这些事件的来龙去脉和本质意义之后,我们就会对网络写手的前后变迁有一个清晰的认识:最初的网络写手大都具有一种艺术追求和探索精神,把网络文学当作一种艺术,而现在的写手更多的是追求点击率,追求稿酬,网络文学仅仅是一个赚钱的工具。这种变化是令人震撼的,我们会忍不住追问,网络文学到底是进步了还是倒退了,网络文学的未来在那里?这就是事件聚合后产生的"场效应"(field effect)。

当代法国著名人类学家、社会学家布迪厄(Pierre Bourdieu,1932—2002)曾提出了"文学场"(the field of literary production)的概念,他认为,对文学现象的解读必须语境化、历史化,即必须置于社会历史的场域空间之中,从一个空间结构、关系结构中考察文学意义的生产。文学场是不同资本持有者角斗的空间,一个始终烽烟四起、鏖战频频的场所。文学场由许多位置及其相互关系形成,具备不同习性和文学资本的行动者进入文学场,争夺位置的占有权,参与文学游戏的行动者不同于前结构主义的主体,他们不是一个理智主义的、全知全能的主体,而是受到文学场域和社会大场域影响的个体;同时,他们也不是结构主义意义上被动接受客观结构召唤的主体。行动者的文学习性、文学资本,镌刻着出身、家庭教育和成长轨迹的痕迹。当文学场域的现实境遇与行动者的习性相逢，随机与偶然的因素将影响习性，生成有意无意的策略行为。的确，网络文学就诞生和发展于这么一个大的文学场中，各种势力在这里角逐，各种看得见看不见的手在左右着它的发展。网络文学发展中产生的各种大事件，就是这个文学场中各大势力博弈、交锋的历史印痕。我们对网络文学大事件的研究，也一定要将其置入到整个文学场域中，勾连其关系，激活其活力，让它们在相互作用下更好地呈现出网络文学 20 余年发展并不平坦的历史进程。

一　写手类

1. 少君创造自白式小说体

　　少君，原名钱建军，原籍北京，1987年赴美留学并定居，曾以李远、未名、马奇、赵军、程路、剑君等笔名活跃于海内外文坛，是最早开始网纸两栖写作的网络作家之一，是早期海外文学网络文学的重要代表作家，并且第一个将网络作品结集出版。少君在海外华文网络文学创作领域的一个独特贡献，是创造了一种自白式的小说体。这种文体，介于小说与报告文学之间，以第一人称的叙述方法，用被采访人自述的口吻来讲述自己的人生经历。他发表在网上林林总总的作品，虽然不是网络文学的高峰，却是黄海上的水准基点，由此才可以一步步量出珠穆朗玛峰的高度。

点评：

倾听者和倾诉者

　　在百篇《人生自白》中，少君独创"自白体"小说，以简短篇幅打造大千世界芸芸众生的人生自白。少君之所以如珠峰一样屹立在华文网络文学史上，甚至被称为网络文学的鼻祖之一，不仅仅是因为他比较早在网络领域上发表作品，为大家开辟了一条崭新的道路，更是因为他的作品就像"一幅'清明上河图'"，尽现"长天绿水、花光百里的社会风情"，其创作的方法方式、思想内容总是让人受益良多、启人深思的。

当代社会经济忙碌紧张的生活节奏让人们逐渐适应了浅尝辄止的快餐文化，而以往的传统文学那种需要静静地深入探索思考的部分让大众读者直接给忽视掉了。畸形的社会、经济的压力、人际的冷漠，让人们不敢去深入彼此的心灵，唯恐触犯自己和别人的底线，所以他们寻求一种用自己身边的小事件来解读周围的大环境、用自己内心的真实感受来倾听别人的声音。少君创作的"人生自白"系列小说通过对海内外三教九流人物调侃化的描述，力图以自述的方式描绘出一幅幅众生相。他开创的网络文学自白体，以第一人称的叙述方法，用被采访人自述的口吻来讲述自己的人生经历。在创作作品过程中，他将自己当做被采访者，用朋友、亲人的身份去感受被采访者的内心，他就像一个大众听众，用自己独特的方式去倾听别人的声音、解读别人的困惑。作为一位刚到美国的"外来者"，从"社会精英"沦落到"普通大众"，他不可避免地遭遇到挫折和困惑，从开始的不明白周围人的行为举措到渐渐的感同身受，再到亲身经历，所以他尝试去感受他们的喜怒哀乐、体会他们的命运和际遇。只有学会了做一个合格的倾听者才能有资格去做他们的发言者、倾诉者，只有切身经历过才能写出如此全面生动深刻的社会图景。作家与普通人的区别在于普通人对周遭社会环境止步于感受和感叹，而作家却会先去倾听别人的声音、感受周围的环境，然后再赋之以哲理性思辨，以底层人物的视角来倾诉对生活的感受和对未来的愿望期待，用生活的幻幻变化和社会的默默轮回来启人深思。从倾听到倾诉，从大众到主角，少君很好地实现了作品与读者、读者与读者之间的互动，在忙碌紧张的竞争工作中，给人生活的动力，激励人前进。

少君创造的自白式小说体，介于小说与报告文学之间。当我们宏观地纵览少君的这些《人生自白》中五光十色的作品时，会觉得那其中蕴含着的饱满的生活积淀和生命激情，实在让人惊叹不已。他的这些作品之所以在海内外引起强烈的反响，各家报刊纷纷转载，就是因为作者通过这些假设的"真实人物"，把生活的原型血淋淋地剖析给我们看，其叙述语言的真实性及深刻性无不撼动人心。网络文学虽然缺乏传统文学的刻意雕饰，却更容易将自己对生活社会的真实感受通过笔尖在网络领域传递出来。写作不应该成为谋生手段，这样写出来的作品才没有刻意的迎逢和虚伪的矫情。少君通过键盘的敲击尽情挥洒他的至情至性。他的可贵在于没有传统作家的种种禁锢和约束，语言平实却深刻、情感朴素却真挚。此外，自白体小说的魅力还在于少君所特有的口语化的个性语言风格，这不仅拉近了文学与读者的距离，而且使人物的风貌立刻鲜活地突现出来。使其笔下，有的人物可爱，有的人物可怜，有的人物可憎，有的人物可敬。少君用他那理性而明快率真的文字，将人生舞台上的复杂故事，缩写在一幕幕的方尺之中，绝不絮叨，绝无拖泥，该停的时候嘎然而止，每篇的尾断都带给读者一片无尽的想像的天空。

　　面对人间百态，少君的目光总是敏锐多情，情感飞溅，他用简单的语言将自己对社会最直观的感受，不加刻意雕饰，尽情展现出来。他的作品，有一种特别的气韵，不是"西洋镜"的眼花缭乱，不是贸然的惊喜和悲叹，而是追寻着历史文化的脚印，应和着自己多年的心理积淀，在"老友"重逢的那般亲切中徐徐前行。他的思绪，激越中饱含冷静，卑亢无痕，超然宽怀。少君以平静和客观的心态对待每一种生活角色的存在，他笔下的人物涉及我们生活的几乎各个层面，有官员、学者、客居异乡的老布尔什维克，也有在美国掌勺的留学生大厨、爱情至上的ABC、上海舞场里的小姐、北京街头的板儿爷、无可奈何的下岗工人，有色迷迷的导演、乐天知命的妓女、恬不知耻的记者、飞扬跋扈的倒爷，也有文物贩子、歌厅老板、安徽小保姆。多为所谓"边缘人"和"弱势群体"，传达了人物既熟悉又陌生的内心世界，展示了丰富多彩的人生经历。作者笔下的每个人物都可以在我们身边找到原型，用冷静的目光透过纸背,我们会发现原来大家都生活在同一片蓝天下。无论是多么卑贱无耻、多么辛酸无奈、多么滑稽可笑,所有的种种在作者看来都是生活,也别有一种生活的意义和魅力。丰富的人物、简单的讲诉、没有技巧的冷漠表达,少君正是用这样的方式表现对社会生活的关注和对底层大众的人文关怀。

2. 图雅从网络上消失

图雅是早期中文网络媒体的活跃人物,在《华夏文摘》、中国诗歌网络和 ACT 中文新闻组中发表了许多诗歌、散文和小说,并担任过《华夏文摘》的编辑,是早期海外华文网络公认的最早的最有影响的网络作家。1996 年 7 月,图雅突然从网络上消失,留下了诗歌、散文、小说等近 30 万字的作品,成为北美华文网络文学的传奇。方舟子说,"鸦在 1993 年 7 月上网时,正是国际中文新闻组 ACT 开始进入繁荣的时期。鸦在 1996 年 7 月离网时,ACT 正走向衰落,海外中文网就要四分五裂,(中国)国内网络也就要兴起,网络商业化的大潮也就要汹涌而来。所以,鸦在中文网的三年,恰恰是中文网络统一、非商业化的黄金时代,鸦也因此成了那个时代的一个象征。"图雅离网之后常常为网友所怀念,但图雅始终未再从网上露面。

 点评:

他注定是一个旅行者

图雅到底是谁至今仍是个谜。从 1993 年到 1996 年,他在全球中文网络里如日中天,他创作的散文、寓言、小说、杂文风靡一时,那时从海外回国探亲的华人说到他时语气十分敬仰,就连方舟子都说他是"网上绝无仅有的语言大师"。1996年,图雅不辞而别,离开网络,从此再不复归。听朋友说,有一位美女因为爱图雅的文章和他最终缔结良缘,美女和图雅定下终身时要鸦(图雅的网上昵称)放弃网上写作,惟恐鸦的漂亮文章和俏皮话再次射落芳心,也许是这位美女的才貌让图雅服气,他真的金盆洗手,把网上的风头让给了后来的不良少年。像安徒生童话那样,"从此,他俩过着幸福的生活"。这样的结局很有喜剧感,可能是喜欢他作品的读者的臆想,但也是对他的祝福。①

他把自己隐藏起来,混迹于华土或北美,静静地生活着。他知道人生的有限性,知道俗世的名誉不过如过眼烟云,知道此岸的所有努力在绝对面前不过是在讲述一个"喧哗与骚动"的故事。这样,在推测这位失踪的网络大虾图雅先生的秘密时,我有了信心。我以为,这个自称"秃子"的图雅,对于自己的文字,就像法兰西那个叫杜尚的人一样,是绝不经意的——尽管他曾经格外认真,尽管那是曾经影响了一代又一代网络写手的美轮美奂的文字——他就在我们之间,闲暇时光,也许会操练起windows,看看新起的各路大虾东说西说,而后,淡淡一笑,驱车到京西或是大湖,看云卷云舒去了。②

我一直认为,网络并不是虚拟的,它是现实的延伸,是现实的原版镜像。图雅的突然消失其实并不是偶然。正如他突然出现在网络上一样,就像一个游戏生活的旅行者,只是认为网络就像一片他没有走过的地方,出于对未知的好奇促使他走进了网络。就像所有的旅行者一样,走到每个地方总得留下一点印记作为纪念,于是信手拿起笔来用滑稽幽默的语言"调戏"了一下现实生活。谁知道一发不可收拾,他渐渐迷上了网络,迷上了信手涂鸦的快感,生活原来可以用笔来描绘创作。只是谁也没有

---

① www.baike.baidu.com,百度百科,2013年7月20日查询。
② 老金在线:《失踪的网络大虾——图雅》,www.xinhuanet.com,新华论坛读书沙龙,2013年7月20日查询。

想到，就是他的几下信手涂鸦居然惊起了网络文坛的惊天骇浪，拨动了无数人的心弦，让闻音者对他如痴如醉、喜爱若狂。作为一个陌生者、外来者，图雅不免有点彷徨、局促不安，他担心一旦自己彻底留下来了，那么意味着他就要放弃更多更广阔的美丽的风景，他也将失去开始走进网络的目的。他注定是一个旅行者，只有不断行走才能寻到更多的美，才能体会到生活的真谛。只是他没有想到，他带给网络文坛的痕迹和影响是如此巨大的，让人仰视和怀念。

图雅的语言机智，对话写得很出彩，也有燕赵男儿的慷慨。对图雅的文字，大量的读者毫不吝啬地称之为"网上绝无仅有的语言大师""纸媒外的高手""网上王朔""网文八大家之一"，连著名作家韩少功都对其赞赏有加，"我觉得他的文笔很机智和灵动"，甚至在他离开网络的5年后，2001年"海纳百川BBS"评选"全球中文论坛十大写手"，大量的拥趸者的呼声仍然使其跻身其中。"这个自称'秃子'的家伙，有王朔的机智、王小波的幽默，似乎是二者的合体，但又与'二王'不同——图雅的'帖子'独出机杼，是由完全个性化的感觉经验推演而成的。如果可以归类的话，我以为图雅是一个有着现代叙述感觉的'性灵派'写手。图雅的'性灵'与独具特色的机智、幽默融汇成一种叙述方式，造就了他独一无二的风格。"①

网络上总有人喜欢将图雅与王小波、王朔这两位大家相提并论，甚至有论者称"图雅的成就丝毫不逊色于王小波"，甚至极其荒唐地认为其文为"王小波去世后的遗珠"，或者称"无论文字风格的凸现，还是故事题材的选用，图雅都有明显区别于，甚至高于王朔的地方"。然而有些人却持相反意见。Alan曾说："我认为这些言论难免有拔高之嫌。图雅和王小波都喜欢写生活经历，两人的文字都好，而且有些相似之处，读起来都是一种上佳的享受，但是如果将这些比喻为一把可供把玩的枪支，那

---

① 老金在线：《失踪的网络大虾——图雅》，www.xinhuanet.com，新华论坛读书沙龙，2013年7月20日查询。

一 写手类

么，王小波使用这把枪支，射出了思想的子弹，而图雅则更多的是喜欢向别人展示他的枪支本身。因此，王小波的成就不仅仅在于文字，而且还在于思想，而图雅的成就主要在于文字。图雅的文字虽好，但是类似于闲适小品之类的东西，读后能引人会心一笑，但是很少能启人心智。偶有几篇，如《说圆》《吃鸡的境界》《寻龙记》《第五维》等，可见智慧的光芒，但是图雅的'智慧'很多停留在生活经验积累的层面，或者是阅读经验的呈现，而王小波的'智慧'更多的是思维的结晶，无不闪烁着理性的光芒，两人显然并不是一个层次的人物。"①

已经走过十几年风风雨雨的中国网络文学就像一条流淌在华夏大地上的长河。几多风云人物如过江之鲫，或是在浪尖上挥斥方遒、指点江山，或是如长洪裹挟的泥土，积累沉淀。但毕竟大浪淘沙，最后能够像图雅一样留下"印记"的写手又能有几人？江河毕竟是博怀宽容的，无论你来自何方、将至何处，都大可在其浪花上一试身手；历史毕竟也是公平的，能够留下"印记"的，肯定是人们所乐意选择的。

3. 诗阳提出"信息主义"诗歌创作理论

诗阳，原名吴阳，出生于安徽省芜湖市，1985年赴法、英、美等国留学并获得博士学位。根据美国布法罗大学的中文诗歌网档案和当年Usenet新闻组的资料记载，诗阳于1993年使用电脑网络创作和传播诗歌，在互联网中文新闻组和中文诗歌网上刊登了数百篇诗歌，被学术文献确认为"第一位中国网络诗人"。诗阳长期致力于中文诗歌网的发展，

---

① 佚名：《遥想公瑾当年——图雅：第一位网络文字高手》，book.douban.com，豆瓣读书，2013年7月21日查询。

1995年创办了历史上首份诗歌网刊《橄榄树》,并不断组织和带动其他诗人的加入和参与,在互联网上形成了由一批优秀诗人所组成的早期网络诗人群。诗阳不仅是开拓网络诗歌文学的先驱,也是推动诗歌文学网络化、信息化的许多重要历史事件的发起者、参与者和见证人。他提出了以虚拟创作为重要特征的"信息主义"诗歌创作理论。

 点评:

对信息的审美化模拟

"我们被迫成为角色,我们不得不投身于文字的错觉之中——有如鱼之与大海,在虚拟中获得迷宫般的自由——有如鸟之与天空。作为错觉和迷宫,时间本身才是最后的幸存,而不是我们。我们不断地写诗,这是一个无法兑现的行为艺术:诗歌的完成是艺术顽疾对幻象的收容。我们的写作,是对错觉和迷宫的接受,与此同时,我们听凭时间支配,劳作不已,并期望某种新思想的水落石出。""在虚拟的生态环境中,诗歌将现实的局限性彻底消解,以创作的方式完成信息向超意识的过渡。"诗阳就是这样诠释理解网络诗歌创作的。

要理解诗阳的"信息主义"诗歌创作理论,我们就要理解诗阳对"信息主义"的一些基本定义。诗阳认为,诗歌环境中充满了无所不在的信息,诗歌无时无刻不被信息包围,信息运动的整体意义涵括了诗歌的精神现象,这一点可以在信息生命的广义性中得到充分的证明。网络诗歌创作实践可以理解为将信息运动的意义还原为诗歌原生状态的进程,在创作过程中甚至无法彻底地证实信息的来源和可靠性。信息的传递、反馈、异化和衰竭构成了无限的生存实践,而网络诗歌,则可以是这类进程的审美式模拟。在诗歌的信息化模拟进程中,诗歌必须要打破常规的思维定势进入诗歌现场并见证整个真实的生命延续过程,再回到精神自我。

诗阳认为，信息主义的抒情诗体是主体在信息世界中对生命的灵性体验，信息主义的抒情诗运用信息的可感知性，在写作中突出主体对它们的超常美学经验，其目的是在诗歌中以抒情信息的方式将内敛的精神体验外在化。在这个过程中信息元是往返于抽象与具象之间的抒情载体，它们实现了媒介的功能并构成了意象群的抒情空间，这是一个向深度内延的抒情空间——也就是说并不是所有的信息意义都是能直接感受到的。对信息主义的诗歌来说，超验象征是抒情创作的手法之一，信息元被诗人用来作为传播艺术情感的形象元素。抒情的目的是对精神本真的间接阐述，对诗歌内涵的感性化引证，继而以具体来确认永恒的本质。

信息主义的诗歌创作已经在实质上接受了电脑虚拟技术的理念并将之文学化，这是从构思布局到整体实现的一系列新创作尝试。虚拟是一种全新的智能化精神体验，是在技术上实现的从感官知觉到精神互动的想象力和创造力的解放。信息主义的虚拟创作属于非理性的创作思潮，作品通过虚拟的实践将代表主观经验的文学意蕴转化为超越常规事理的诗歌行为，创作的内容在相当的程度上不考虑历史和现实因素所产生的影响。诗歌所表现的虚实相生的哲学意涵存在于虚幻的信息形象系统之中，其虚拟性充分体现出诗歌的基本审美特征，虚拟的哲理性、象征性、荒诞性和抽象性也同样地反映在这类诗歌的文学表现形态中。对虚拟意境的追求是信息主义在诗歌世界里不断挖掘作品的深层意涵并不断开拓文学生存空间的必然结果，对读者来说，虚拟创作所形成的期待视野是非实体的，诗歌对形象及意蕴的修辞手法与电脑的虚拟技术在形式上也常常是相通的。

对于"信息主义"网络诗歌创作理论，诗阳给予了比较系统全面的诠释和解读。姑且我们不谈到底有多少人对这理论能够理解和赞同。但是我们却不得不承认，诗阳绝对称得上是一位网络诗歌创作的先驱，他给传统诗歌开辟了一个完全不同以往的方向和道路。"现代社会的全面信息化正在不断地缩小人与诗歌之间的距离，同时也加速了诗歌文学观念的嬗变。"传统诗歌的创作使命正在悄然变化。从以往诗歌主要抒发创作主体对人和社会自然的感触体会,到如今信息时代的传递人与人、人与社会和人与自然之间互动信息意识,信息时代的到来不仅没有给我们解惑,反而给我们带来了更大的一片未知。信息与信息之间的相互碰撞产生更加磅礴的陌生空间。古人以杜康解忧,今诗阳以"信息主义"给我们解惑。"信息主义"诗歌创作理论是对文学思源枯竭论最强有力的抨击和否定。信息时代加速了思源的不断革新和发展。信息主义诗歌的写作原则不再具有精确的创作定位和明确的艺术界限,这也必然导致其写作手法向不同的文体风格进化。诗阳的"信息主义"就好像一注清泉给日渐枯竭的传统诗歌创作注入新的活力。

网络诗歌的出现从一开始就体现了写作模式和传播方式的绝对自由,网上的直接传播发表和在线互动交流,创造了全新的数码化人文环境。诚然,互联网的极大普及以及网络文化的通俗化,使得诗歌作品的文学地位受到一些人的质疑,然而这样的网络诗歌文学形式正在不断占取我们的生活空间,传统的诗歌纸刊出版则处于更易受客观条件限制的处境。越来越多的诗人放弃了纸和笔,直接以电脑网络为创作和交流平台。而网络的绝对自由绝不意味着可以任人涂鸦贬损诗歌。相反,我们更加应该看到信息时代诗歌创作新的使命和创作方式。诗阳远见卓识地提出"信息主义"诗歌创作理论,给迷茫困惑的创作者指明了一条康庄大道,使我们的审美价值观念在新的信息体制中不断完善和升华。

4."四大写手"上网写作

1996年,宁财神开始网络写作。宁财神,原名陈万宁,是天涯虚拟社区早期网友之一,曾担任过影视评论版主,知名帖子有《天涯这个烂地方》等。被誉为"中国第一代网络写手的领军人物",是网络"三驾马车"之一。

1997年，在北京邮电大学攻读信息工程博士的邢育森开始上网写东西。此时，邢育森是北邮BBS"鸿雁传情"Love版的版主，网名Lover。他在BBS上发表了一系列散文、诗歌、小说，处女作《网上自有颜如玉》被到处转载，每写一篇都引来无数跟帖。1997年，邢育森的小说《活得像个人样》在网上一炮打响，迅速被所有中文网站转载，流传极广。被誉为网络"三架马车"之一。

1998年，"榕树下"掌门人之一的李寻欢开始网络创作。李寻欢，本名路金波，18岁入西北大学读经济。1997年毕业后进入网络公司，是网上数家著名网站专栏作家，第一代网络文学写手的代表人物，被誉为网络"三架马车"之一。

1998年，安妮宝贝开始在网络上写作和发表作品，以《告别薇安》成名于江湖，是当前国内风头最劲的网络文学作家之一。被誉为网络"四大写手"（就是"三驾马车"加上安妮宝贝）之一。

 点评：

他们还是自由的写作

所谓网络写手，是以网络为发表平台的文学创作者。就我国网络写手发展状况来看，从20世纪90年代汉语网络文学诞生至今，依时间顺序，活跃在互联网上的网络文学写手有三批代表人物。第一批网络写手是在20世纪90年代就进入网络原创文学创作，并产生了一定影响的创作者，代表人物主要有：痞子蔡（代表作《第一次亲密接触》）、安妮宝贝（代表作《活得像个人样》），宁财神（代表作《缘分的天空》）以及李寻欢、邢育森等。第二批网络写手一般是在新世纪之交进入网络文学写作的，代表人物主要有：今何在（代表作《悟空传》）、宁肯（代表作《蒙面之城》）、慕容雪村（代表作《成都，今夜请将我遗忘》）等。第三批网络写手是近几年在互联网上崭露头角的网络新人,代表人物主要有:萧鼎(代表作《诛仙》)、赵赶驴(代表作《赵赶驴电梯奇遇记》)、天下霸唱(代表作《鬼吹灯》)等,网络写手的队伍越来越庞大,发展也越来越快。① 题中所述的所谓"四大写手"就是属于最早的第一批网络写手。

从创作动机来看,网络写手一般分为三种类型:第一种写手将网络文学创作视为一种事业。他们往往受传统文学影响比较深,对文学创作怀有敬畏之心,因此创作动机没有明显的功利性,他们是为了创作而创作,也可以认为是发表在网络媒体领域的"传统纯文学",如宁肯、步非烟等。第二种写手,起初写作对他们而言,属于工作或学业之余的消遣娱乐。他们在文字风格上多以反讽、调侃、戏谑为主。他们创作的目的也没有明显的功利性。随着作品在网络上逐渐受到追捧和欢迎,他们对网络文学也产生了浓烈的兴趣,开始真正关注网络文学并且积极参与其中,"四大写手"即属此列。还有一种就是将网络文学创作当做一种工作,他们既不视写作为严肃的追求,也不将其视为游戏之作,他们纯粹就是为了阅读量和点击率而创作,说直白点,他们就是将网路文学创作当做挣钱的工具,如唐家三少、我吃西红柿等。

"四大写手"不是职业写手,他们其实都有自己的职业和事业,并且有着相当不错的成就。他们都可以算得上是"科班"出身,有着高学历。他们创作之始有可能是因为一时兴致所至,信手涂鸦,也有可能是生活工作不如意,在网上进行郁闷发泄。因为对网络文学创作本来就没有抱着什么功利性目的动机,所以他们完全没有任何顾虑和约束,他们完全就是为了实现自己、追求自我而去自由地创作。这样创作出来的作品语言诙谐幽默、思想自由大胆超越、文本风格充满了作者自己的个性化特征。宁财神最好的作品是《向王猫猫同志学习》《向安妮宝贝同志学习》,从文章作品的题目来看,我们就可揣度出作者在创作作品时的心情和目的,他就是想给自己、给读者带来一些欢乐。生活和工作已经是如此紧

---

① 欧阳友权:《网络文学概论》,北京大学出版社2008年版,第132—133页。

张和激烈，我们为何不学会从生活中挖掘、创造出一些乐趣来愉悦自己呢？宁财神后来编剧的情景喜剧《武林外传》给多少人带来了欢乐，消解了多少苦闷烦恼。提到邢育森，年轻后辈可能不太熟悉，但是《东北一家人》《家有儿女》《闲人马大姐》这些家喻户晓的情景喜剧想必大家都不陌生，甚至里面的台词都能倒背如流。而李寻欢因为写作题材广泛，才思敏捷，以汪洋恣肆的幽默俏皮取胜，被誉为网络文学中著名的少年"杀手"。《迷失在网络与现实之间的爱情》写出了新旧世纪交替之际网络信息时代年轻男女对爱情的迷茫、对生活的困惑和对未来的彷徨无助。而作为女性作家安妮宝贝，以自己女性的独特视角，用细腻敏感的笔触，描写了一群在网络时代颓废而清醒的新生代人类。女性本来就是敏感的，心思也是比较细腻的，安妮宝贝对网络时代新生代人类的心理把握得恰在好处，将年轻男女的那点心思尽览无余。我们说安妮宝贝写别人，还不如说在讲诉自己少女时代对异性和外界的一些幻想和好奇。

　　网络与文学的联姻标志着网络文学的历史性出场，媒体技术的发展使话语平权成为可能，自由被视为网络文学的根本属性。"非功利"的艺术创作是网络写手最初的心态，"我手写我心"，网络创作主体并不期望写作能带来回报，写手沉浸于虚拟世界中肆意挥洒内心情绪的悦情快意，单纯寻求情感的宣泄与心灵的突围。写手将思想和感情诉诸网络，意在情感的撒播中获得精神上的满足，或在茫茫网络中寻找情感上的共鸣，是纯粹的自由写作，真正的心灵独白。以"四大写手"为代表的第一批网络写手的崛起，正是他们准确地把握住了网络文学最本质的特点——自由，他们出于自己情感的激发而"不得不"写出来，说出来。"今何在"曾经说过，"感谢网络，它使我有一个自由的心境来写我心中想写的东西，它完全是出于自己的一种表达欲望，如果我为了稿费或者发表而写作，就不会有这样的《悟空传》。因为自由文字变得轻薄，也因为自由写作真正成为一种个人的表达而不是作家的权利。"宁财神也调侃地总结自己在网上成名的原因："网上成名的要诀是写得多，混个脸熟，现在网络文学在中国这么发达纯粹是'闲'出来的……不过我们虽然写得不好，但我们是诚恳的。"听得出,他在玩笑式的自嘲里,说出了许多网络写作者的心声。这种不功利的赤子之心,也是网络写作者能够坦然面对各种否定和攻击声音的原因,更是他们在网络文学刚刚兴起之时就能够得到大家的认可和关注的秘诀所在。

然而市场经济飞速发展,消费社会形成规模,随之而来的是全社会消费文化的确立。消费文化的功利性彻底击溃了来之不易的网络文学。功利性的创作消解了网络文学残存的文学性。网络赋予文学的新的生命力源泉开始迅速干涸枯竭甚至变味,自由反而成为网络文学腐烂的病根祸源。现在的网络文学打着自由、平等的旗号,却在商业写作的驱使下将网络文学彻底变成金钱的工具。面对毫无哲理内涵、缺乏文学意蕴甚至暴力不健康的作品泛滥的局面,我们是否会怀念少君、图雅、宁财神、邢育森、李寻欢、安妮宝贝等那些用自己内心声音写作、靠真挚情感来感染读者、而作品内容思想又能在一定程度上启迪我们的网络前辈呢?自由不是网络文学走向腐烂的原因,相反它应该是网络文学创作最本质、最基础性的特点,也是网络文学兴盛和重新繁荣的原因。

5. 木子美发表《遗情书》

2003年6月19日起,木子美在"博客中国"网上开辟了一个小空间,发表私人日记。在日记中,木子美记述了与数十个不同男性之间的性爱经历,并把日记冠名为《遗情书》,木子美由此一炮走红。围绕木子美,网友展开了一场激烈的论争。木子美被称为广东第一个"用身体写作"的女人,有人将她与女作家卫慧和棉棉相比,认为"她的写实作风显得更为大胆"。有网民将其走红概括为"木子美现象"。

 点评：

两个木子美

木子美出生于 20 世纪 70 年代末，广州某报编辑，原名李丽，毕业于广东中山大学 97 级哲学系，当前是广州某杂志性栏目编辑。网络作家，以下半身写作而成名于一夜，成名之前曾游走于酒吧茶肆。木子美在读书期间便倾情另类，毕业后更是游戏人间，纵情风月，并以出卖贱男为乐。

2003 年 6 月 19 日起，木子美开始在网上公开自己的性爱日记，当时访问量并不大。至 8 月某日，木子美在《遗情书》中记录了她与广州某著名摇滚乐手的"一夜情"故事。与以往的写作风格一样，故事以白描的手法，再现了她与这名乐手做爱时的大量细节。她在日记中直呼该乐手的真实姓名，并对其技巧和能力进行了描述。木子美由此"一炮而红"，迅速形成"木子美现象"。事发后，木子美曾迫于压力关闭日记一段时间，但重新开放后，访问量开始急剧飙升。

通过木子美现象，我看到了两个木子美。

一个是倾情另类、拥有眼花缭乱际遇的女人。木子美个性另类，私生活不加节制。木子美自称经常为了能冲个舒服的热水澡，在一个男人家过夜，做爱对木子美只是一件司空见惯的事情。仅是如此，那便罢了，木子美的惊人之处是她可以将这些经历毫无禁忌地公之于网络，甚至与她发生关系的男人的姓名也如实写出。哪怕这种行为会伤害对方，招致对方的愤怒与报复。木子美做人做事可谓大胆疯狂之极。

这个女人用自己的身体，让社会记住了她。在这里，我看到了另一个木子美，符号化的木子美，拢括着社会各方面现象和问题的一个符号。在这个发展日新月异的时代，中国社会的基本单位——家庭，遭受猛烈冲击的同时，还没有完全解体。相信大部分人都出身于普通家庭，普通家庭的父母很少对子女进行性教育。父母难以启齿，孩子到了年龄也不敢问，不敢声张，就这样在生活的轨迹中有两种状态：正常过渡到结婚或者发生相应问题。而发生问题的概率很大，父母没有完成的性教育，将是一个巨大的阻碍，阻碍那些懵懂的少年应对发生的问题。我觉得，木子美的家庭大体如此，因为看她在处理那些遇到的复杂的事情时，看到了她相应的性教育的缺失。更遗憾的是，弱小的她没能挺过去，而是破罐子破摔，滑向了无边的黑暗。

你还记得初中生理课上生殖那一课的场景吗？老师总是羞于启齿，或轻描淡写，或一笔带过，或让学生自习。千年的性教育传统，在我们社会进入现代文明的时候，还是矗立在那里，不改不变。似乎一切都是水到渠成，到了那个年龄就会自己明白，突然"顿悟"，不需要任何教育，任何帮助。按概率来算，只有一半的人会在青春期之内遇到问题，只有一半中一半的人会失败地解决问题。但是这只是概率，联系到我们这样的家庭模式与性教育方式，这个比例会放大，很恐怖。

中国的经济，放在谁那里，都是要大书特书的，这是当代中国的标志，是中国的骄傲。经济不是孤立的，经济发展了，上层建筑在变。这个变，还没有摸索出来，只能顺其自然地变。市场经济商业化大潮的汹涌澎湃，西方的消费主义、女权主义、个人主义、自由主义思潮，吹动着个体去追求解放。让价值多元化，在中国，风暴一样猛烈地翻搅着生活、道德、法律，等等。

木子美如此开放的行为，确实让她自己，让那些追捧她的人好好地享受了一把那种越界狂欢、肉体献祭、生活糜烂、自我放纵的美妙的日子。孰不知，他们毕竟是少数人，在他们之外还有更多的人被卷进来。我们的未成年人，还没有判断这类事件的能力，加上家庭和社会教育的死角，所以他们对这类事情是新奇和好玩。但是没有辨别能力往往让他们模仿和接受，导致其成长受到影响。同时，木子美的这类行为，冲击了家庭道德，使得家庭的结构越来越脆弱，家庭问题也越来越多。自然，木子美成为了家庭问题的罪魁祸首。人们去谩骂，去抨击，去发泄自己的情感，木子美俨然成为了一种象征。

不管是个体的，还是符号的，一定程度上都是时代的产物，时代的结果。诚然,不一定每一个人都看过她的作品、了解过她的事情。但是我们看到各式各样的人对木子美这个人、这种现象表达了自己的看法,这也印证了多元化思潮的汹涌澎湃。而木子美自己选择了这么一条道路,来表达自己的心境。著名性学家李银河评价她是"中国的萨曼莎"——这是《欲望都市》中放肆追逐两性欢愉的美貌熟女。李银河有篇文章里写了好几个中国女性,提到木子美时给了她这么一个评价。木子美认同这个评价,但是也觉得自己还有《欲望都市》里那个专栏作家凯莉的部分:"在性的开放方面,我应该是和萨曼莎差不多的,她比较快乐,想跟人发生关系没有太多顾忌,不会纠缠于传统的关系,随心所欲。李银河关注的是行为。但是也有人说从写作的角度我像凯莉,因为我一直是两性专栏作家。"

6. 血红成为第一位年薪超百万写手

从 2003 年 6 月起,血红这个名字就成为网络文学的一个符号。他的作品众多,《流氓》三部曲,可称黑道 YY 文的教父,流氓文风的宗师;《升龙道》开创了现代黑暗修真流,成为东西方神话体系混同的鼻祖;《邪风曲》,集众家之长,把历史仙侠文带进了崭新的"血红时代";而《巫颂》,破天荒地对神秘的夏朝与巫教进行了系统化整理。他的码字速度奇快,创作总字数达到 1400 万字,被誉为"网络写手第一人",是"起点中文网"第一位(2004 年起)年薪超过百万的网络写手。

 点评:

钱不是唯一的

随着互联网的快速发展,出现了一种新兴的小说体裁——网络小说。

网络小说特点为风格自由，文体不限，发表和阅读方式较为简单，主要体裁以玄幻和言情居多。网络小说的阅读已成为当下最流行、最时尚、最火爆的阅读。网络小说的传播采取了网络连载的形式，可以形成作者与读者之间的有效互动，如果读者反响平平，点击率不高，作者可以随时结束小说，避免精力和时间的无效投入，相反，如果读者反响热烈，作者就可以满怀信心地继续写作了。当然，网络连载的压力也非常巨大，为了吸引并控制住读者，争取网站提供的奖金，一个成功的网络小说作者每天更新不会少于6000字，在极限情况下甚至能够达到日更新两万字以上，这几乎是作者每天打字速度的极限了。每天，在当红小说的网页上，总会聚集百万计的目光，读者们不断留言，催促着作者更新，如同一群等待粮食的饥民。"最多的时候，我一天能更新几万字，这也是我人气高的一个原因。"血红说，"没有大纲，也没想过结局，一天从早到晚不停写，就图个痛快。"高效的社会节奏，让读者讨厌漫长的等待。

和传统文学不同，这些如井喷般出现的网络小说，不再追求严谨的文笔，不再重视精巧的结构，甚至也不会传达深度的思想，它们只推崇娱乐精神。血红说，"如今的读者更注重娱乐性，而并不在意小说的结构和手法。在追捧的背后，是网络小说的大面积流行。"他几乎没打过草稿，写作前也不构思，写到哪儿算哪儿。也就是作者天马行空地想到哪儿就写到哪儿，根本就没有思考推敲和修改的时间，很多作品推到网上后甚至还保留着许多错别字和漏字的情形。这种情况下产生的小说作品，不能说绝对无法出现精品，但是大部分作品肯定不可能是精品，读者把网络原创小说统称为没有精神滋养的小白文，不是没有原因的。在这种写作状态下，网络小说作者与传统作家相比，其写作心态和身份认同明显不一样，传统作家更多地以文化创造者自居，潜在地具有精神上的优越感；而网络小说作者则更多地把自己视为码字工人，干的是相对缺乏智力投入的体力活，他们缺少精神上的骄傲，自我定位是凭写作赚钱的网络职业写手。

是的，网络小说的确改变了"血红"等人的命运，不断地给他们带来财富。2009年，起点中文网的注册作家中，血红、唐家三少等十名写手年薪已超百万，此外年薪达十万的写手也已超过100人。巨额收益的诱惑，低门槛的加入条件，让越来越多的人投身于网络写手行列。目前，起点网共有110万名注册写手，这几乎是中国作协会员数的100倍。高额的收益，让网络写手开始职业化。

然而职业化之后，网络写手们开始面对诸多尴尬。按照传统的视角，网络写手这个职业并不入流。"血红"说，即便在上海写书收入不菲，他仍在家人逼迫下考研。目前，他在湖南一所大学就读伦理学研究生，所学专业对他写作帮助并不大，但"父母总觉得拿一个文凭才踏实"。除了职业上的非议，文学界的边缘化更让这些网络写手困扰。著名编剧麦家曾称："网络上的文学作品99.9％都是垃圾，0.1％是优秀的。"他解释说，网络文学发表自由的最大好处现在也成了它的问题，"没有任何约束的彻底自由也在伤害它"。作家刘震云甚至批评道："网络文学离真正的文学还差23公里。我也经常看发表在网络上的作品，有的不仅文学性不强，错别字也很多，一个首页要没有十多个错字就不是首页，还有的连句法也不通。"这些批评的声音，让网络文学一直处于边缘化的尴尬地位。

由此，网络文学也在谋求蜕变。时下网络文学有着传统经典文学无法比拟的读者基础，网络文学事实上已成为年轻一代的主流文学，影响着很多人对文学的体认。可以预见，这种影响还将持续下去。那么，在网络文学时代，我们能否利用网络这一最具草根性的平台，培养出更多优秀的不以赚钱为终极目的的网络写手，创作出更多的优秀作品，让网络文学最终成为一代文学之标志呢？

7. 郭妮被打造为"亿元女生"

2006年7月18日,一手发掘和打造了"亿元女生"郭妮的聚星中文网总经理路金波在新闻发布会上披露,郭妮2006年上半年的销售战绩为205万册,胜过了韩寒的《一座城池》(57万册),安妮宝贝的《莲花》(47万册),也超过了上下加起来超过100万册的余华的《兄弟》,甚至比半年中《哈利·波特》在中国的销量还高。2006年上半年,总共推出郭妮的小说《麻雀要革命》(1、2)和《天使街23号》(1、2、3)以及《恶魔的法则》等6本书,几乎每本的发行量都在40万册左右,而即便是这一数字也不是完全统计,因为郭妮的书不仅通过新华书店、民营书店等发行渠道发行,更大量的还是集中于书报亭、礼品店、零食店以及校门口的租书摊等,所以其发行量可能被远远低估。据称,郭妮2006年图书销售目标将冲刺500万册,销售码洋力破1.2亿,勇夺中国第一。

 点评:

作家抑或创作组代言人

青春文学越来越热了。任何一个书摊最惹眼的位置上,不是贾平凹、余华、苏童,而是郭敬明、郭妮、明晓溪、天下霸唱……而郭妮,80后青春偶像作家,有日产万字"华语小天后"的称号,曾联合聚星天华公司创建杂志《火星少女》,一份面向年轻女读者的刊物。其小说主要为面向少女读者的青春恋爱小说,其中台湾版和香港版已发行(但主要支持者集中于内地),号称"亿元女仔",以高产闻名。

一　写手类

　　尽管郭妮也是中国现当代以青春文学成名的代表作家之一，但她不像梁晓声、贾飞、王蒙等人那样，在青春文学中有着深沉的历史倾诉情结，而是和郭敬明等人类似，带有一种轻松、活泼抑或哀伤的风格在里面。如果说梁晓声、王蒙等人走的是实力派路线的话，那么郭妮则走的是偶像派路线。多种不同的风格，但其目的是一样，那就是在青春文学这块领域最终独树一帜，颇具声誉。①

　　郭妮在2005年使用笔名"小妮子"出版了《恶魔之吻》（1—3）、《龙日一，你死定了》（1—2）等6本图书，单本最高销量超过60万册，平均销量近40万册，成为2005年图书市场绝对的头号畅销作家。不仅是郭妮，还有郭敬明、唐家三少、萧鼎等知名网络写手纷纷将作品出版，并且获得了巨大成功，其销量远远大于传统文学作品销量的总和。这似乎是一个奇特的"怪现象"。汉青文化发展公司总经理唐敏解释说，名家大师固然有好作品，但他们往往被出版社包围，写文稿如同还债，乡村节奏、诗情画意很难再有，因此他们的作品就像是商品。而网络写手一般不会受到催稿等外在影响，他们大多写的又是自己的真实生活，感觉很亲切。② 网络文学作品故事浅显易懂、题材贴近生活，并且能够给读者幻想的空间。不像传统文学，需要深入其中、努力思考，还要学会拓展才能有新的、深的收获。而在快餐文化盛行的今天，能够拿一本一天就可以看完，并且能够马上得到精神上愉悦的网络小说，对广大读者来说就已经很满足了，不复他求。而郭妮所创造的青春类小说就非常切合广大青年男女的心理，所获成功也是"理所应当"的。

　　起始为了适应文化市场和读者的需求，郭妮创造了大量仿"韩流"的小说作品，结果反响并没有理想中的那么好。在2006年，这位才貌双全的少女作家告别在内容上刻意模仿日韩流行文化的"小妮子"影子，

---

　① 郭妮，百度百科，http://baike.baidu.com/link? url=1QbnKCZwcLMZcbcSj1fZBZfIyZtwB—WRwqwIax7vZP5Wq—JVw5eW32zckjMdnseL，2013年8月2日查询。

　② 李学峰、路艳霞，《网络文学出版起热浪》，www.people.com.cn，人民网，2013年8月2日查询。

以本名郭妮的全新面貌刷新自己的创作，并推出10本新书。二十一世纪出版社社长张秋林指出，近段时间以来，火热的韩国影视和小说所形成的"韩流"，正对中国当代青少年产生着超乎寻常的影响，这对于中国的文化产业应该是个警醒。中国出版界应该善于学习和借鉴国外的先进模式，以先进的市场营销理念策划和包装本土优秀作家，实现文化理想和商业模式的最佳结合，推出本土自己的青少年流行文化偶像。因此郭妮被出版界塑造成本土青少年自己的流行偶像，让广大青少年从她的作品中感受汉语的美好。出版界甚至希望将郭妮的作品输出版权，让华语主流文化影响整个亚洲的青少年。姑且不论郭妮的出发点是为了自己作品的销量还是真的想给中国青少年带来正能量，但是这种举措却获得了极大成功，使她成功跻身为"亿元宝贝"。

不过，一些学者也看到了出版社精心打造网络文学有装傻、投机的倾向，假如一味倾心这片市场，读者最终会失去的是民族精神，是思想上真正对历史、对现实、对文化的深刻思考，这将是谁也不愿看到的。当然，如果对于网络文学写作这种独特的表达方式和网络文学出版一棍子打死，同样不明智。面对当代文化的困境，大家都应该有责任感，一方面当代需要厚重有力的经典文化，另一方面活泼又有生气的大众文化也不可缺少，让二者处于一个相对和谐的共存态势，理应是大家愿意看到的。

在写作上，郭妮更像是一个电影编剧，她身后的聚星天华团队有二三十个编辑。这些编辑的任务是做图书市场调研、资料收集，然后设计故事、人物、框架，郭妮在这个基础上写作。在郭妮的操作上，文学不再是一种创作，而是流水线生产。

于是郭妮的成功引起了争议：她到底算是一个作家，还是一个创作组代言人？这很容易让人想起20世纪80年代的"雪米莉"现象——当年所谓"香港女作家雪米莉"其实是四川一批想脱贫致富的作家集体创作的笔名。这样看来，郭妮的偶像形象塑造更像一个商业模式下市场盈利的工具。几十个写手拼凑出来的作品肯定没有"作者"本身的个性风格特点、更不可能有比较深的文学内容，小说作品就会丧失文学所拥有的主体性和自由性。所有关心网络文学和传统文学的人肯定都会担心,如果连文学创作都可以像工厂一样流水线般生存,那我们的精神灵魂是不是也可以复制粘贴?试想,如果所有读者都拿着这样毫无内涵、味同嚼蜡的作品捧读,我们将如何找到心灵的慰藉、精神的支柱和灵魂的港湾?

网络文学走上市场化并没有错,但是网络文学需要正确的价值观和科学的运作制度来保障其始终走在正确的道路上。

8. 赵丽华遭恶搞

2006年8月,有人以女诗人赵丽华的名字建立了一个网站,其中粘贴了赵丽华2002年之前的一些短诗,还炮制了一些伪诗如《黄瓜诗》《谁动了我的花内裤》等,并配上"鲁迅文学奖评委、国家一级女诗人"的标签到处转帖。从2006年9月13日开始,一个叫"梨花教"的ID,在天涯社区的娱乐八卦论坛,发出一个题为"在教主赵丽华的英明领导下,'梨花教'隆重成立"的主帖,在8天之内,这个ID一共发出28个与赵丽华有关的主帖,有关回复不计其数,最终使得赵丽华红遍天涯,红上新浪,并且进入寻常百姓家……不过三四天时间,就制造出了"万人齐写梨花体"的壮观场面,一夜间谩骂、仿写和恶搞狂潮迭起。由此而形成了"赵丽华诗歌事件",被媒体称为自1916年胡适、郭沫若新诗运动以来的最大的诗歌事件和文化事件。

点评:

诗坛芙蓉姐姐

"国家级女诗人"赵丽华被恶搞,其实也在情理之中。顶着"鲁迅文学奖评委、国家一级诗人"头衔的赵丽华,其诗歌之浅显简直令人咋舌。以流传最广的《一个人来到田纳西》为例,全诗就像一段话断成四行:"毫无疑问/我做的馅饼/是全天下/最好吃的"。一句话拆成几段后就成了一首诗了。一些网友为此提出了批评。有网友说:"天哪,这也叫诗?这种诗我一晚上能写一千首!"还有网友嘲弄说:"我明白诗歌就分段而已/从此我欢呼/诗歌没死/丽华用华丽的诗教育了我/原来我也能写诗。"于是,一段时间内,赵丽华的一些"诗歌"作品被"好事者"放到了网上,在网易、天涯、新华网、西祠胡同等众多网站被无数网友嘲笑,并引发了表示讥讽和轻蔑的模仿热潮——这种模仿居然形成了一个名曰"梨花教"的"诗歌流派"。这位曾担任过"鲁迅文学奖"诗歌奖评委、得过一些奖的"著名女诗人"在网上可谓一夜成名,被戏称为"诗坛芙蓉姐姐"。

据报道,当赵丽华听到网络上对她的"诗歌"的批评时,还哈哈地笑了。她将自己的诗歌解释成某种风格,说文无定法,诗歌本来就是人人可以写的。而某著名诗人说这不是什么搞笑,而是所谓的"废话派"。也就是说,在诗人们看来,这样的作品还是诗。可是按照这样的逻辑,这么写也算是诗的话,那么说话结巴就是在写诗。赵丽华实在是在过分挑战大众的智商。事实上,受多年的文学传统教育,人们无意识地认为诗无论怎样都是一种技能,是不能信口胡诌的,一个"国家级诗人"的水平竟是如此,他们有一种被"恶搞"的耻辱感,原本心中对诗歌的一种敬畏感被无情地亵渎。有人在论坛上表达了自己的愤怒:"全国最高奖的评委、国家一级作家居然写出这样没有水准的诗,头衔是如何来的?"

头衔是如何来的?有人撰文对此进行了剖析:一个"国家级女诗人"头衔就可以让人看出在中国的特殊语境中赵丽华类的名人的名气与体制的共生关系。这种名气依赖于体制内的话语权力赋予与资源配给,扭曲了人们对于与名气联系在一起的专业领域的评价。所谓的"国家级诗人"实质上不过是一种"行政配给",它的评价标准并非诗歌水平,而是权力意志。这类名气依靠的并不是对大众的集体催眠,而是依靠他们在权力指令与资源垄断下对扭曲的评价标准的屈服。事实上,由于体制内所掌握的巨大资源和话语霸权,它无形中强行取代各个领域的专业标准而对在这些领域的人的"水平"进行排序并予以合法化。① 我们不排除赵丽华除这些"诗歌"外,还写过另外一些能称得上诗歌的作品,但就这些所谓的"诗歌",就有理由怀疑她的那些头衔的由来。"诗无禁忌,我想尝试让这样的题材也能入诗,不想在这样的题材面前再讲求什么所谓的意境、所谓的唯美以及所谓的含蓄。"赵丽华的这席话更显示了其对诗歌的无知。

芙蓉姐姐并不是一个漂亮的女人,在当今美女辈出的时代甚至有些丑。当年由于考不上研究生混迹于北大、清华,后来竟然凭几张挺胸翘臀、偶尔露点乳沟、高难度姿势的照片,模糊不清的舞蹈视频,配上自我赞美的文字,在网上狂飙突进,成为炙手可热的网络红人。为什么?除了有人怀疑这是一起比照片姿势更高难度的炒作策划外,我觉得还在于芙蓉姐姐敢露丑,为了博得出名不择手段,敢于把并不漂亮的身姿在网上展露出来。其实,赵丽华作为"诗坛芙蓉姐姐"又何尝不是如此呢?不顾已然获得的声名,借助网络的传播特点,拿出如此拙劣的诗歌引起网民的公愤,并进而利用这种情绪进行成功的炒作,她便从中获得了更多的文化资本。她的这一成名策略,不仅仅是对广大热爱诗歌的网民的恶搞,更是对作为最高文学艺术形式的诗歌本身的恶搞。

对于此次事件,在诗人牧野看来,"不是坏事,一方面大众提出了他们的不满,这是可以理解的;另一方面,也给诗人提出了一个严肃的问题:诗歌与大众的关系到底应该是怎样的?"作为事件的主角,赵丽华在博客中表达了自己的希望:"如果把这个事件中对我个人尊严和声誉的损害忽略不计的话,对中国现代诗歌从小圈子写作走向大众视野可能算是一个契机。"对如此说法我们是不敢认同的,因为诗歌如果以此种方式走向大众视野的话,那是不正常的,也是不值得的,是黔驴技穷的表现。

---

① 石勇:《网络恶搞诗人:精英神话的幻灭》,http://cul.sohu.com/20060920/n245442002.shtml,2013 年 8 日 21 日查询。

网络文学大事件 100

9. 天下霸唱、当年明月跻身 中国作家富豪榜

2007年11月，2007年度作家富豪榜出炉，以天下霸唱、当年明月为代表的网络写手成功跻身富豪榜。盛大网络总裁陈天桥对此评论说，网络正在为中国文学提供一个前所未有的开放、宽阔且与国际接轨的创作平台。

 点评：

作家可以先富起来

这是网络写手第一次跻身中国作家富豪榜。与2006年的榜单相比，一个明显的趋势是纯文学作家占据的位置下降。去年榜单上有苏童、王蒙、余华、阿来、莫言、铁凝等人，2007年都不见踪影。而相比之下，网络作家天下霸唱和当年明月分别以280万元和225万元的版税收入位居19、22名。这表明网络出版的产业链已经越发的成熟，出版社"网上淘金"已经是非常重要的一种出版途径。更多的作者将有机会通过网络一举成名。

作家特别是名不见经传的网络作家成为所谓的富豪，年薪几百万甚至上千万，一时成为社会上的一个热门话题，有人忿忿不平：作家怎么可以拿这么多钱？对此，作家们可不这么看。特别是年轻一代作家，他们在对待金钱的态度上，并不耻于言利。韩寒在一次接受《凤凰卫视》专访时就愤愤地说："非常奇怪，一本书可以给书店带来几百万的利润，

给出版商带来800万的利润，作者拿掉200万，很多人心里就会不舒服，难道出版商和书店赚钱才是天经地义？书和电影还不一样，电影虽然是导演的工作，但很多人在帮他做。书却是一个人的工作，出版社的后续工作发行之类，不能说是参与了创作，所以，我不能理解为什么有的读者看到作者版税比较高就会不舒服。"郭敬明也曾公开表示，"存钱是永恒的主题。"而网络作家天下霸唱的表达则更加直接："我最看重的就是利。名都是虚名，名只会唬人。写书有利当然更好，但有名就没必要。多赚钱才是实在的。"

对作家们不耻言利，坦率地说，我们并不反感。正如有位业界人士所说，在中国，一个作家通过一本书获得几百万的版税，就会被称为天价，还可能受人诟病。看看国外的畅销作家，我们不得不承认：事实上，中国作家不是太富，而是太穷，穷得让人脸红。2007年7月21日，《哈利·波特》系列图书的最后一本《哈利·波特与死圣》英文版全球首发，受到全世界"哈迷"的狂热追捧，创下每分钟卖掉5万册的纪录。按照34.99美元的定价、10%的版税计算，作者罗琳这一天的收入就达2449万美元，折合人民币约1.85亿元，换言之，罗琳一天赚的钱，中国的首富作家要写至少160多年才能赶上。是的，"举家食粥酒常赊"写出《红楼梦》的日子一去不返了。在这个商业无处不在的时代，中国的作家需要理直气壮地先富起来。放眼世界，发达国家的文化现实，已无数次证明了艺术和商业并非对立关系，个人创作也不可能完全脱离市场。作家们必须开始思考如何才能创作出既被市场认可，又有文学价值的作品了。

在与市场接轨方面，网络作家天生就具有一种优势。因为网络文学本身就是市场的产物，实行的是严格的适者生存的市场淘汰机制，网络作品如果没有点击量，没有市场的认可，就不可能生存下去。比如天下霸唱的系列小说《鬼吹灯》之所以成功，就是因为它的市场需求量很大。该作品集现实与虚构为一体、融合盗墓与探险等多重元素，在2006年"百度搜索网络小说Top10"中列居首位。小说从网上走到网下后，风靡华语世界,是继金庸等人的武侠作品以来,在华人间传播最广的小说,并引发了图书界的盗墓小说热,跟风之作不断。当年明月的《明朝那些事儿》也是在网上有极高的点击率,他用通俗浅显甚至娱乐化的手法重述、重写历史,引发出一场高烧不退的"读史热",因作品连续畅销,成为近几年国内文化界的一大奇观。因此,我们希望网络作家充分利用网络这一平台以及适应市场的优势,创作出更多畅销的作品,赚到更多的钱。当然,如何在众声喧哗的产业化过程中保持文学的主体性,如何实现文学与商业的接轨、技术与艺术的统一,如何创作出既能被当代所接受又能有所突破,具有跨越时代意义与价值的作品,如何建立一个容许价值观多元化、又能在人类认识上走得更深远一些的文学世界,也应该是网络文学作家所要思考的。

10. 海岩、周梅森、郭敬明等18位作家签约起点中文网

2008年10月22日,盛大文学旗下的起点中文网一举签约18位畅销书作家,他们是海岩、都梁、周梅森、兰晓龙、郭敬明、天下霸唱、宁财神、饶雪漫、慕容雪村、当年明月、沧月、陈彤、赵玫、艾米、虹影、春树、郭敬明、严歌苓,希望让网络文学更加主流化,能形成趋势。

 点评:

起点的野心

起点从来都不缺作品,但它依然一口气签约18位畅销书作家,实现签约作家的纸质出版物和电子书的同步问世。我们觉得,起点此举,拓

一 写手类

展融资途径固然是一个方面,但更主要的是,它有更大的野心,希望掌控更多资源,甚至有一天能做整个文学内容的提供商。因为传统文学"上网",读者除了看到随意而为的网络原创文学之外,也能同步看到一些高质量的主流文学。起点希望把传统文学也纳入自己的内容提供范围,成为整个文学的主流阵地。

但作家们对这一签约活动却看法不一。作为网络作家,天下霸唱与传统作家观点不同,他说,自己的作品会免费放到网上。"一方面,我不指望靠稿费为生。另一方面,我觉得网上阅读不影响我的纸质图书销售。'鬼吹灯'在网上点击率非常高,但卖得也很好。"慕容雪村由于自己从不在网上花钱看书,因此,他对有多少人花钱看他的作品心里没底。"我肯定要先出纸质书,毕竟这部分收益比较固定。一两个月后再推出电子书,中间会有时间差。"畅销书作家麦家则没有参加此次与起点中文签约。他也意识到了网络的凶猛来势,而且自信作品在网上有一定读者。但对于加入网络队伍,他还比较谨慎,"不仅我,很多传统作家都有这样的顾虑,因为网络本身存在一些不规范现象。所以,很多人还想再等一等、看一看。"团结出版社策划部主任张晶非常看好网上阅读,但她也强调,传统作家和作品上网不能一概而论,"要看具体是哪些书,以及这些书的目标客户群是谁。比如我们出版社的有些书,其目标客户的年龄在45—70岁之间,这些书就不适合上网。"

由此可见,虽然起点有很好的发展构想,但要做起来还需假以时日。网站能否"翻身"成为主流文学的阵地,目前还真不好说。且不说作者,网站的读者群与传统文学读者的交集有多少?读者是否习惯网上连载阅读?这些都是需要考虑的问题。不过,现在日益走向一种全媒体时代,网络媒介与传统媒介逐渐融合,在合作中共生,走立体化发展的道路。传统文学或非网络原创文学借助网络平台传播和阅读,将是未来文学发展的一种必然趋势。起点能够开风气之先,走在同类网站的前面,其超前的意识必将带来无穷的收益。据介绍,首批18位作家与起点签约后,如果读者想要在网上订阅这些作者的作品,需要按照千字4分钱的标准付费，而起点付给作家的钱则包括有预付款和没有预付款两种。没有预付款的作者则可以拿到用户支付费用的70%，预付款作家则可以和网站按照50%分成。在签约起点网之后，这些作家的最新作品的网络版权则属于起点网，其他网站只能连载30%到50%的书中内容，而不能全文连载。这种合约，相当于起点买断了签约作家的网络版权。在别的网站还没有这个意识的时候，起点就先下手为强了，这就是起点的深远眼光。

11. 唐家三少、当年明月当选中国作协全委

2011年11月25日，在中国作协公布的第八届中国作协全国委员会委员名单中，唐家三少、当年明月与余华、刘震云、陈忠实、贾平凹、莫言、二月河等一百余名作家一起当选中国作家协会全国委员会委员，成为中国作协最高权力机构的两位网络作家。

 点评：

摒弃傲慢与偏见

网络作家唐家三少、当年明月当选为中国作家协会全国委员会委员，这不仅仅是一个普通的事件，更是一种象征：网络文学终于获得了主流文学的认可。

如果从1998年痞子蔡《第一次的亲密接触》触网开始算起，网络文学走过的历史不到20年。但网络文学虽然起步晚，其发展势头却很强劲。当20年的网络文学遭遇两千多年的传统文学，网络文学显示出了作为文学新军的蓬勃朝气，作协等一批主流机构再也不能保持一种傲娇姿

态俯视、忽略它的存在，转而开始走近网络文学，认可、重视网络文学的发展。

2008年6月10日，中国作家协会副主席、书记处书记陈建功在《人民日报海外版》撰文《网络文学之我见》指出：网络时代，网络文学，由于它广泛的群众性和鲜明的美学特征，成为网络文化冲击波中最为强劲的浪头。6月21日，起点作家峰会在上海隆重召开。中国作协副主席张抗抗表示，历经多年的对立与融合，网络文学近年来已得到主流文坛的关注。"中国作协今年的工作计划，就特别强调要发展网络作家协会。"并且坦诚地表示："我们的很多偏见，都是在发展过程当中逐渐克服的。"

2009年6月3日，著名评论家白烨在接受《光明日报》记者采访时指出，从发展趋势来看，网络文学在类型化的过程中进一步做强做大，对整体文学产生越来越大的影响，这应引起主流文坛更多的关注。他甚至建议作家协会建立新媒体文学工作委员会，专门负责联系网络、手机等新媒体文学领域中的创作人才，关注现状，研究问题，从而对这类作品的写作、出版和阅读等各个环节产生积极影响。同一时间，中国作协创研部主任、著名评论家胡平在《中华读书报》撰文指出，小小说应该尽快适应这种网络传播的形式，以加强自己的传播力度，比如说手机短信和手机小小说。同年10月，中共中央政治局委员、中央书记处书记、中宣部部长刘云山同志在中国作协召开的文学创作座谈会上讲话指出，经过十多年发展，我国网络文学已经具有相当规模，对于网络文学这样的新事物，要积极研究，大力扶持，加强引导，使其健康发展。这表明，主流机构已经看到网络文学的崛起，并开始接纳网络文学。

铁凝说过，中国作协秉持的最重要的一个宗旨就是"团结和凝聚"各民族的作家，为繁荣文学、培养青年作家尽可能地作出最大的努力。在她看来，作协除了激发广大的中国作家更新的创造力，还有非常重要的一点就是发现新人，和年轻一代的作家交流，开拓他们的视野，提供更好的平台。① 从2005年起，中国各级作协吸收了一批有影响的网络作家如安妮宝贝、郭敬明、张悦然、蒋峰、李傻傻、当年明月、千里烟、笑看云起、晴川、月关等等，引起中国文坛的重视。2010年6月，唐家三少成为首个加入中国作协的网络作家。2011年11月，当年明月、唐家三少等网络作家首次迈进中国作协全委会大门。2013年6月，中国作协对外公示了2013年拟发展会员名单，在网络人气较旺的作家共申报了52人，作协通过了16人。

要之，网络时代文学创作的燎原之势，对以传统纸质媒介为主体的文学创作产生的冲击是有目共睹且不言而喻的。中国作协对网络作家持热忱欢迎的态度，并增选唐家三少、当年明月为中国作家协会全国委员会委员，虽然从很大程度上说是在网络时代读者从传统阅读媒介流失的大前提下，为开疆拓土、适应时代需要而采取的一种无奈的应对策略，但一旦放下了傲慢与偏见，改变了观念与看法，网络文学与传统文学的关系就会走上一条正规的轨道。

---

① 唐浩：《中国作协主席铁凝：网络文学颠覆传统话语霸权》，《重庆商报》2010年3月31日。

二 作品类

12.《鼠类文明》触网

1991年11月1日,《华夏文摘》第31期发表了第一篇中文网络原创小说《鼠类文明》,小说以拟人的手法描述了老鼠的一次聚会。作者在按语中说原作于1987年,但是一直未发表,1991年修改之后交给了《华夏文摘》,由于《华夏文摘》是当时唯一发表小说的网络华文媒体,因此可以确定这篇文章是第一篇中文网络小说。

 点评:

网络文学第一声

《华夏文摘》作为全球第一个华文网络电子刊物,创办于1991年4月5日,其创刊词说,"主要选摘海内外各大中文杂志的出色之作,在每个周末通过全球电脑网络传送给读者",做"海内外第一份通过电脑网络传送的综合性中文杂志"。然而,发表于1991年11月1日《华夏文摘》第31期的《鼠类文明》由于是一篇网络原创作品,在不经意中开创了一个新的时代,从那以后,以网络为载体的文学再也不是从传统纸媒上"低人一等"的"拿来主义"式的"文摘",网络本身也可以成为原创文学的承载形式。这篇连作者名字都不知道的作品,注定要在网络文学史上被铭记,因为它是第一篇专为网络而创作的文学作品①,它身后蕴藏着的洪流将带来文学史上又一次轰轰烈烈的革命。

　　该作品仿佛带有了某种预言作用,其作者佚名,而网络文学的一大特点也就是作者的匿名性。最为关键的是,文章采用小小说的形式,以拟人的手法描述了老鼠的一次聚会,是一次情节完整的小说创作,这在当时是非常难能可贵的。因为网络文学在未成气候之时,发表其上的文字还很难称得上是文学,其情形正如方舟子所说:"最初操练中文网络文学的,也就是这些不曾接受过任何文学训练的'野路子'。他们不曾把网络当文坛,也不会刻意追求什么文学的思想性和艺术性,之所以要张贴,或者是为了交流,或者是为了发泄,鲜有出于创作的冲动。所用的形式,大体上是随意为之的随笔、杂感;其内容,从评论世界大事、鸡毛蒜皮到相互进行人身攻击,无奇不有;而其特色,则是嘻笑怒骂皆成文章,无所顾忌,也不会受到任何的限制、审查。如果这也算文学的话,不妨称之为'随意文学'。其上乘者,以讥讽、挖苦为能事,辛辣幽默,令网人肃然起敬——但能有这等水平、这等心思的骂人高手屈指可数。到后期海外的互联网络已进人了平民百姓家时,家庭主妇们在相夫教子之余,也可以上网打发时间了。这时候,在中文网络,就出现了另一类随意作品。无非是小女子见花落泪,对月伤心,油盐酱醋,厨房卧室,孩子尿布,爱情手册,育儿七日记,好幸福好伤心好苦闷好生气——总而言之,日常生活的流水账和廉价的擦面纸是也。"这篇《鼠类文明》能够自觉地区别于只是泄愤、交流的"随意性"书写,把网络文字当做一种严肃的

---

　　① 有研究者曾经认为,作家少君1991年4月26日发表于《华夏文摘》的文章《奋斗与平等》应该为第一篇网络小说,但实际上该文章转载于一本杂志,并非网络原创,而且文章与其说是小说,不如说是散文。《华夏文摘》在发表时就未将文章归类为小说,文章发表后《华夏文摘》又刊登了一位读者来函置疑其真实性,说明读者也未将该文视为小说。

文学，其先进性可见一斑，为以后蔚为大观的网络文学蓬勃发展做出了范本式的表率。所以说，《鼠类文明》虽为网络文学第一声，却宛然具有了网络文学的范儿。

13.《风姿物语》开始连载

1997年8月，罗森的玄幻小说《风姿物语》开始连载，作者以每月一本书的速度，历经9年于2006年1月有了完结，全篇计77本共5278329字。该书以调侃历史的轻松风格受到了很多读者的喜爱，在书里，陆游和周公瑾成了师徒，皇太极和多尔衮实际上是同一个人的两次生命，李煜是飘忽不定的世外剑仙。在整本书里面，最让人怀念的英雄是白起，最让人哭笑不得的是爱因斯坦变成了善于发明各种魔法器具的魔族女子，她的父亲则是贝多芬。在诸如此类的颠覆活动中，读者和作者一起开着历史的玩笑。书中还引入了日式漫画的风格，很多读者也是在阅读此书后开始了玄幻小说的创作，所以很多人称这部小说为"网络玄幻小说的始祖"。《风姿物语》被誉为网络文学里程碑式的作品，其鲜明的风格深深影响着后来的写手。

 点评：

网络玄幻小说的始祖

这是一个关于另一个时空的"风之大陆"，粗壮青年兰斯洛从一个毛头小子，成长为征服大陆的王者的故事。他所面对的敌人，不但有来自四分五裂的人类社会，还有来自若隐若现的魔界，作者不但大量采用了其他作品的设定和专有名词,而且故意颠倒乾坤,颠覆历史人物关系,故事写得精彩绝伦,在一种"气死历史学家"的天马行空的想象中,很容易就让读者把因为角色的名字而或许会出现的不快感觉忘掉。

情节上,《风姿》的主线是来自著名日本游戏《鬼畜王》,小说中的很多角色的名字,也是来自于那个游戏,当然更多角色的名字则是作者"盗用"了古往今来世界各国的名人。整本书的框架体系设定,也是集各家之大成的。武功中的"天位设定",来自日本科幻漫画家永野护的《五星物语》,一样是分小、强、斋、太四个天位。魔法的设定可以看到《暗黑的破坏神》和《SLAYER》的影子,比如所谓的"深蓝的裁决"的咒语。除了典型的西方魔法外,《风姿》世界中魔法的支流还有被称为东方仙术和太古魔道的两派。文中涉及的场景和地点也是横跨东西,有杭州、耶路撒冷等地名出现。可以说,《风姿》是一个无所不包、应有尽有的世界。你所看过的作品中出现的东西,都有可能会在这个世界中出现。

《风姿》深入人心的另一大因素源于罗森细致入微、直达心灵的人物感情描写。不同于其他小说,《风姿》中每个角色都是有血有肉的有感情的活生生的人,有极其强烈的存在感,决不是单纯地为了烘托主角,所以作品中配角往往比主角更受欢迎。小说中的主角兰斯洛,是个跟玉树临风、风流倜傥的传统主角形象扯不上一点关系的粗人。他之所以能够当上主角,大概是由于"主角不是用来让读者喜欢的,他的任务是使得故事能够发展下去"(作者语)。于是被称为"大马猴"的男主人公兰斯洛,由于拥有超强的蟑螂般生命力,担任这个艰巨的重任是最合适不过了。而配角们,比如银发天才剑士李煜、迷糊的天才发明爱菱、爱钱如命的韩特,甚至冷酷无情的铁面周瑜,都给读者留下了更深刻的印象。罗森还发展出著名的"养猪杀猪"理论,就是由于配角的使命是让读者喜爱,让读者感动,所以要在最合适的时候让高人气的配角死去,就能让读者留下更深刻印象。这个"所谓"的理论,表明网络文学的写作已经逐渐生成了一种类型化的写作模式,逐渐向商业化的发展方向靠拢。

《风姿》的整体风格也是拼盘式的花样百出,一方面引入了日式漫画的风格,加上作者本身所具有的幽默感,让人捧腹大笑却不沦于吴宗宪式的恶搞。除此之外,还不乏众多的震撼人心的场面,扣人心弦的桥段,为之心酸的写情。有人评价说:"论决斗更胜过黄易的《大唐双龙传》中寇仲大战伏难陀的气势;论感伤不输金庸《天龙八部》中萧峰在青石桥头的悲鸣;论情节设定直逼崔西·西克曼和玛格莉特·魏丝的《龙枪编年史》的严谨;论创意不下于《奥德赛》的狂想;论曲折可和《多情剑客无情剑》比肩;论人物可与《基督山恩仇记》齐鼓相当;论场景描写与《老残游记》不相伯仲;论幽默趣味比《鹿鼎记》更令人喷饭!"《风姿》的语气是调侃的,但情节越到后面越有一种苍凉感,到最后云淡风轻,才发现被正义、友情、爱情、亲情、仇恨、嫉妒、欲望纠结的人们,命运早已注定。

有评论者将罗森比作一个厨师,擅长于把能够找到的各种材料,用自己的方法进行加工,从而成为自己的招牌大菜。前辈们的作品、网友提供的资料、幕僚团的参谋,都让他能够把精力放在构思情节上,而不必费神于原始资料的积累等方面。这样做的好处是能够在前人的积累上,借鉴别人的想象力,写出更加内容丰富的作品,并且很容易就取悦了由前作积累起来的读者。坏处也很明显,由于故事是脱胎于日本游戏《鬼畜王》,所以稍微留心的读者大概都知道未来情节的走向。失去了情节的神秘性,这对商业化小说来说,是相当致命的。作者能够做的,只是在细节处微调,把情节写得更丰满,更感人。这对作者来说,既是挑战,也是机遇和锻炼。

《风姿物语》被誉为网络文学里程碑式的作品,作为"网络玄幻小说的始祖",很多读者就是在阅读此书后才认识了"玄幻小说",是否读过这本书已经成为网络世界众多写手和书迷的资格证书。《风姿》甚至还激发了众人对于这个类型题材的写作热情,其鲜明的风格深深影响着后来的写手。比如它后来最给力的继承者《诛仙》的作者萧鼎就说:"罗森有很好的想像力,写出了之前没有人写过的新型文学题材,对后来的很多新作者影响很大。"这位"始祖"的确担得起这样的称赞。

网络文学大事件 100

14.《第一次的亲密接触》引发网络文学热潮

1998年3月22日,台湾成功大学水利研究所博士研究生蔡智恒产生了写作的冲动和欲望,以"JHT"为笔名(后改为"痞子蔡")在BBS里发表了个人处女作《第一次的亲密接触》,被誉为网络文学的开山之作,令网络文学热在华文地区迅速蔓延开来。该书在网上被各大论坛火热转载、推荐,引起无数跟帖。网络文学在大陆第一次引起轰动,很多人因为这部作品才知晓了网络文学。该书的出版成为一个标志性事件,意味着BBS作为早期第一个成熟的互联网应用正式"轰动中国";1998年也被称为互联网界真正意义上的"BBS元年"。但由于当时进入公共视野的可供评估的网络文学作品很少,也导致《第一次亲密接触》无形中成为网络文学整体水准的参照系,很多人因此产生网络文学水准低下的错觉。

 点评:

网络时代的爱情

但凡提到网络文学,无人不知道痞子蔡的《第一次的亲密接触》,可以说,就是这本小说,很多人才开始了与网络文学的"第一次亲密接触"。《第一次》1998年在BBS发表以后,一直没有走出网民的视野,2000年被改编成电影,2003年甚至被搬上了越剧舞台,2004年被改编为电视剧,2012年又被改编为话剧。这本其实很幼稚的爱情小说到底葆有怎样的魅力,让它得以成为经典,成为一个时代的记忆呢?

最容易打动人心的是爱情,尤其是一份不完美的、留有遗憾的爱情,再加上有一个女主角死亡的悲剧性结局,就更令人无法释怀,如果还恰恰碰上了"初恋"这样既朦胧又暧昧的字眼,那简直就足以称得上是"刻骨铭心"了。《第一次》正好就具备了以上所有讨巧的元素。非常有意思的是,在痞子蔡之前,1995年到1996年间,国内高校的BBS网络文学已经开始悄无声息地在学生群体当中蔓延开来,而当时最受欢迎的作品,就是网名为Plover的台湾交大的研究生所写的《台北爱情故事》。一颗颗年轻而躁动的心灵,对于"爱情"这个词语,除了憧憬就是悸动,网络文学的创作和接受者,恰恰就是这些最喜欢沉浸于爱情的甜梦中的孩子们。于是,当一颗颗饥渴的心灵读到——

  如果把整个太平洋的水倒出,也浇不熄我对你爱情的火焰。
  整个太平洋的水全部倒得出吗?不行。
  所以我并不爱你。

文科生说,这是诗,它的震撼不亚于三毛所谓的"每天想你一次,天上落下一粒沙,从此形成了撒哈拉"。理科生说,这是文字版的计算机编程代码,他们在强烈的共鸣和认同感中,顺便还体悟了一把文理结合下创造出的泼天浪漫。

  就算Plover的《台北爱情故事》具备了"小清新悲剧初恋"的所有元素,也注定无法和《第一次》一样成为一个时代的注脚,因为用今天的话来讲,痞子蔡虽是腼腆青涩的技术宅男,但人家玩的可是最"时髦"的网恋啊!在计算机网络都还是方兴未艾的新鲜玩意儿,"网恋"这样的事情那简直就要在"新鲜、刺激、时尚"的形容词前都还要冠上一个"最"字。正如文中所说:"其实网络上的邂逅,应该可称之为浪漫。因为浪漫通常带点不真实,而网络并不真实。所以由此观之,网络上的邂逅是具备浪漫的条件。"什么是网络时代的爱情,不真实的邂逅,带有一丝刺激和邪恶感,"痞子蔡"和"轻舞飞扬"这样既时尚又个性的名字也正是他们爱情最好的注脚。恋爱的交流,情书已经成为过去式,现在流行的叫做"Email"。第一次必定要经过漫长的暗恋、焦虑和暧昧，最后的表白就应该是这样的——

> 你收到这封 mail 的同时，我应该正在远航往台北的班机上……
> 你能感受到我在一万呎的高空中对你微笑吗？:)
> 也许今天的飞机无法爬升到一万呎，
> 因为我的心情很沉重:(
> 如果把整个浴缸的水倒出，也浇不熄我对你爱情的火焰。
> 整个浴缸的水全部倒得出吗？可以。
> 所以，是的。我爱你。

读者们惊呼，":)"和":("这样的符号，简直就是网络时代的爱情表情！

在《第一次》里，我们接触到的不仅仅是网络和爱情，还隐藏着一条触不到的暗流，在无形中将读者裹挟、侵蚀，难以挣脱。这就是新时代最特有的消费文化，这场时尚的网恋也早早催生出了物质时代的爱情泡沫。20世纪末，中国内陆的国民经济开始复苏，刚刚向世界敞开国门，接受现代化的洗礼，台湾地区的痞子蔡就恰好在这个时候，用其本身所携带的"小资"气息，给内陆广大的年轻人好好上了一堂现代文明的时尚课程。他在《第一次》里大肆宣扬所谓的"咖啡哲学"："小喇叭裤颜色更浅，像是风味独特的摩卡咖啡，酸味较强；毛线衣的颜色更浅，像是柔顺细腻的蓝山咖啡，香醇精致；而我背包的颜色内深外浅，并点缀着装饰品，则像是 Cappuccino 咖啡，外表浮上新鲜牛奶，并撒上迷人的肉桂粉，既甘醇甜美又浓郁强烈……"小说呈现给我们眼前的不仅仅是眼花缭乱的咖啡名称，或是一种看似贴切的人生比喻，它传递给我们的更是一种由外而内的生活方式，是一种穿着小喇叭裤、毛线衣，背着背包喝咖啡的"小资"情调。再加上譬如香水、CD、飞机和浴缸的点缀，年轻人们立刻嗅出了新时代爱情模式的前无古人之处，从而才点燃了这对网络史上最发烧的"网络情人"。这条触不到的暗流,最是能够无声无息地抓住一颗颗猎奇的心灵,创造出新的潮流和时尚,然而也打开了网络文学最糟糕的物欲之门,让那些毫无防备的鲜活心灵迅速物化,席卷到新时代的消费文化大潮当中,发展到今天(2013年),《小时代》将这种物欲文化推崇到了极致。

15.《悟空传》在网络上广为流传

2000年2月18日,《悟空传》最早发帖于新浪网上的"金庸客栈"上,开始在网络上广为流传,被誉为"超人气网络小说""最佳网络文学"。其之所以成为经典,一是因为早,二是因为颠覆,三是因为周星驰,四是因为大学生。特别是他笔下的悟空,同样具有周星驰《大话西游》用无厘头诠释了叛逆、用死和生渲染了爱情的特点。让读者在声嘶力竭中渴望着情比金坚,至死不渝,在痛与泪的重复中尝试着体验人生的快感。2000年12月,《悟空传》获"榕树下第二届网络原创文学作品奖""最佳小说奖"。2001年4月,光明日报出版社正式出版修订后的《悟空传》,这是第一本在现实中出版的网络小说,引发了国人对网络小说的热情。

 点评:

网络文学的灵与魂

"网络第一书"《悟空传》是新时代文学的切格瓦拉,彻彻底底的叛逆者,也奠定了网络文学最自由不羁的灵魂。

网络文学大事件100

　　《悟空传》本身就是对传统经典"四大名著"《西游记》的一次问责与颠覆。有人说它脱胎于周星驰的《大话西游》，比如唐僧在看到女妖精满嘴油腔滑调，称赞她的美貌："因为我想活着，我不能掩藏我心中的本欲，正如我心中爱你美丽，又怎能嘴上装四大皆空"，所以它被冠以了"无厘头""戏说"的标签。然而我要说，今何在23岁的年纪写下的这本《悟空传》，其灵气与灵魂却是《大话西游》无可比拟的。就算是在"颠覆"这层意义上，也比之彻底和深刻得多。无论哪个版本的孙悟空都具有反叛精神，然而唯有《悟空传》里的孙悟空值得为其立传。如果说为了身份地位是原著反叛的1.0版，《大话西游》是为了感人肺腑的爱情是反叛2.0版，那么《悟空传》的野心更大，是反叛的3.0版，他为此血泪以具，生命与之。在《悟空传》里，秩序和等级是神建立的，神的最高级统治者是如来。而金蝉子（唐僧）作为如来的二弟子，却偏偏要质疑佛法，别人修行小乘，他偏偏修行大乘，别人修虚空，他修圆满。金蝉子想要建立一套自己的佛学体系，超越如来，他放下震耳发聩的豪言："我要这天，再遮不住我眼，要这地，再埋不了我心，要这众生，都明白我意，要那诸佛，都烟消云散！"这与孙悟空的梦想"我想我飞起时，那天也让开路，我入海时，水也分成两边，众仙诸神，见我也称兄弟，无忧无虑，天下再无可拘我之物，再无可管我之人，再无我到不了之处，再无我做不成之事……"不谋而合。或者说金蝉子也正是悟空的引渡人和指引者。"西游团队"的每一个人（沙僧除外，他是体制强压下在缝隙内苦苦挣扎的牺牲品），可以说建构起了整个反神的绝对话语权的单一化的对立团。孙悟空最恨的就是"规规矩矩"，越是动不得的东西就越是要动一动，所以他要反的是整个铁桶般禁锢所有生灵的体制。所以他说："我要去找到那力量，让所有的生命都超越界限，让所有的花同时在大地上开放。让想飞的就能自由飞翔，让所有人和他们喜欢的永远地在一起。"

　　比起《大话西游》，《悟空传》并不是漫无边际地乱写，它甚至保留了"西游"当中我们耳熟能详的故事，比如"大闹天宫""蟠桃盛宴""菩提老祖赐名"等等，写得最值得称道的就要数"真假美猴王"故事。

全文一开始就因为六耳猕猴出现杀死唐僧为线索，孙悟空开始了自我寻根的历程。因为丧失了五百年前的记忆，他不断纠缠于"我是谁"，"我从何而来"这个元命题，在最苦痛中领悟出"孙悟空，谁是孙悟空，孙悟空是谁，到有什么要紧，我便是我罢了"的道理，进而勇敢地冲进与命运抗争的洪流中，他却发现那个犯下一切的恶，叫嚣着"我要天下再无我战不胜之物"的六耳猕猴就是他自己，是五百年前自己少年时代的理想！然而，一种俄狄浦斯宿命式的悲剧却并没有成为他的结局。这个孙悟空，正如紫霞仙子所说，他会"想"，他有自己的灵魂，他是绝对的民主、自由的标杆性象征。所以他义无反顾地冲入了反抗之中直至付出生命的代价。孙悟空死了，但如来却不得不承认，他已经跳出了自己的掌心，因为紧箍下的孙悟空只能依靠祈求佛祖分出是非，要他如何便如何。这个孙悟空，永远保有自己最鲜活的灵魂。于是乎，那个纵身一跃将金箍棒直指苍穹的身姿被电光照亮，注定要凝固在千万年的传说中。当由人心欲望化作的无根炎火烧尽天地人三界，孙悟空和紫霞在烈焰中化作一颗石头，被落下凡间的仙女种下，也就是种下了希望。悟空曾经说过："如果上天知我心诚，就让石头也发芽吧。"我们有理由相信，不久之后，人间必定会处处都是花果山。

《悟空传》本身的反叛和灵魂完全可以镶嵌到我们这个时代的大历史语境当中，置于新时期的文学发展史当中也再恰当不过。当台湾的痞子蔡还在执着于物质时代泡沫化的爱情游戏的时候，今何在已经将他甩在身后十万八千里了。《悟空传》的反叛直接道出了网络文学雄心勃勃要登上文学舞台，与传统纸媒一较高下的雄心和霸气。而《悟空传》本身所具有的鲜活饱满的朝气，也赋予了网络文学最闪光的灵魂，一扫众人对其"低俗、随意"的有色眼光。《悟空传》的长盛不衰（到目前为止，已印刷超过 8 个版本，文本被改编成漫画、游戏、动画、话剧等形式），也赐予了网络文学绵绵不绝的活力和人气。《悟空传》的成功，给当年（2000 年）在传统作家的有色眼光下把"第二届网络原创小说奖"颁给了名不见经传的《灰锡时代》行为的一记有力的耳光！

网络文学大事件100

16.《蒙面之城》获"第二届老舍文学奖"

2001年10月22日,"第二届老舍文学奖"把"优秀长篇小说"授予宁肯的《蒙面之城》,宁肯在得奖后说:"这对我来说是一个非常意外的时刻。首先,我是一个名不见经传的作者,虽然写作的时间不短,有20年的时间,但是发表的作品除了《蒙面之城》外,不到10万字。现在评委会把这个奖授给我,而我单薄的写作很难担当起这个奖。其实,我的这部小说主题并不明确,它写了一个流浪汉的故事。以往,这种小说是很难登大雅之堂的,所以得奖让我感到非常吃惊。"但是他相信这个时代会越来越宽容,只要写作者拿出他的创作的诚实。

 点评:

一个叛逆的流浪者

这是一本奇特另类的小说,一个叫马格的少年,18岁出门远行,从秦岭到西藏,从西藏到深圳。他像野狼一样生存,又像隐士一样与所有人江湖相忘。他想要爱情的时候去跟人决斗,了断情缘的时候誓不回头。有人说《蒙面之城》让我们追寻着马格的青春坐标,挥洒着热血沸腾的青春,走上肆无忌惮的旅程,经历胆战心惊的冒险。但也有人认为,马格就是一个神经病,因为有哪个正常的人会放着好好的北大不去念,而离家出走,杳无音讯。有哪个正常人会放着好好的工作不做,而去建筑工地做苦力呢?的确在"正常人"眼里的人生无非是:读书、工作、结婚、生子、养子、变老、死亡。这才是社会人应该有的轨道。而马格偏不,他狠狠扇了这个世界一个耳光,彻底背叛这条每个人都走过或者要走的路。这样的特立独行,也造就了《蒙面之城》与众不同的深度和意义。

全书一直在讨论的是一个"规则"和"体制"的问题。何为努力奋斗?不过是别人价值观下的走狗。为了一个冠冕堂皇的理由而心甘情愿成为社会和世俗的奴隶——而我们还不自知,因为每个人都这样,这才是游戏规则,遵守游戏规则努力奋斗的人就可以获胜成功。而在"正常人"眼里异常可笑的马格,压根就藐视这套全世界通用的游戏规则,他要砸烂这游戏规则,让每个人看到"陈规"之外的另一种生命状态。

我们也可以说这种讨论,其实就是一种质疑,马格正是在他的怀疑精神下,才催生出了他的"流浪"。马格旅途的开始源于对于生父的怀疑,这是典型的俄狄浦斯情结,每个人都在确认精神上的父亲、确认自我中成长起来。而一直穿插在马格流浪之中的却又是另一种心理症状——在心理学中它被称为分离性漫游症,表现为患者离开住所或工作岗位,不辞而别,外出漫游,漫游期间生活基本能自理,如饮食、个人卫生等,并能与他人进行简单的社会交往,如购票、乘车、问路等。一般持续数小时至数天,当清醒后否认全部经历。马格是清醒的,所有的经历都牢牢地刻在他的心中:秦岭梦幻神话般的伐木生活,西藏神圣的天空与冰原,深圳的灯红酒绿声色犬马。然而他却在一种焦虑中马不停蹄,离开,再离开,没有什么可以让他安定。他是强健的、壮硕的、丰富的、天马行空的,可他同时焦灼着,他不会停留是因为他不属于任何一种生活,他的精神在行走,所以人也在跟着流浪。马格的精神让我们扪心自问:蒙着面的城市我们互不相识擦肩而过,过着蒙着面的生活,有谁像他一样提出不满提出抗议,有谁像他一样走出那些被他人被社会划下的条条杠杠走自己的理想?或者说,有谁在过真正的生活?

马格在嘲笑全世界,但这份叛逆和流浪也要付出惨重的代价,那就是他必须经受"孤独"。马格是孤独的,也是绝望的,更是悲壮的!他需要用一己之力与整个世界抗衡,需要接受全世界的嘲笑和不屑。犹如沉

网络文学大事件100

默的螺旋,太多的人默不作声,不敢和大多数对抗,于是只剩马格了,马格的世界皆醉我独醒的悲剧也正在此。他流浪了大半个中国,往后又该何去何从,是继续嘲笑全世界流浪下去、孤独下去,还是被世俗同化,最后泯然众人,成为一个正常的人为世俗所接纳?作者没有给我们一个明确的答案,也可以说没有答案。

再说说本书内容之外的意义。《蒙面之城》的发表可谓一波三折,2001年开春不久,宁肯就把这部小说投给许多期刊,但均未获发表,他只好转而在新浪网上连载以寻求知音。一个月后,小说的点击率超过了50万人次,竟然很快便被《当代》刊用。《蒙面之城》被推出的意义在于揭示了"网络改变了传统发表和出版模式"这一事实,即将"以往模式"(作者——被编辑群熟悉和接受——由期刊推出,进而被读者熟悉和接受),改变为"网络干预力增强后的新模式"(作者——通过网络被广大读者熟悉和接受——编辑群出于市场考虑不得不接受)。有学者据此认为,所谓"网络文学"本身就是个伪命题,网络对于文学而言,并非创造了"网络文学"这种新的文学样式,而是它创造了作者推出作品的全新方式。

2005年11月17日,《人民日报》刊登杨文雯《"点击率小说":出版方式的变革》的文章。文章说,读者上网阅读各类网络小说已成为阅读新时尚。与早些年兴起的网络小说不同的是,现在网络写手、网站与出版社之间通过磨合,找到了一条新的"三赢"出版运营模式:无名作家在网上连载自己的作品,读者在网络点击阅读,书商和出版社跟踪观察,当网络作品获得高点击率时,则正式出版并可望成为书店的畅销书,"点击率小说"在网络小说的基础上脱颖而出。当年最火爆的网络小说《我总是心太软》就是因为超人气和高点击率而得到出版社的青睐,最终由网络"登陆"纸质媒体,以满足读者一气呵成的阅读快感。广东省文学院签约作家盛可以说:"网络的发展为一批文学爱好者提供了写作和发表的新天地。网络文学变成传统的纸质读物,更便于阅读和传播。点击率高可以扩大作者影响,但点击率高未必就是好作品,网络写手更注重语言外在的质感，而传统小说更注重语言的内涵，'点击率小说'不会从根本上改变人们的阅读审美方式。"可以说，许许多多的《蒙面之城》，正是通过"点击小说"的方式，才让我们得以见识到叛逆和流浪的力量！

17.《成都，今夜请将我遗忘》点击率一路飙升

2002年9月，慕容雪村的《成都，今夜请将我遗忘》在"天涯"的点击率一路飙升，又一次掀起了网络文学冲击波。其在"天涯"点击量有16万次，而在NET－Bugs，这篇小说曾导致社区在线人数超过了最高容纳量，首页链接的点击量是17万多。

 点评：

网络文学的恶之花

《成都，今夜请将我遗忘》描写的是一个普通人陈重，一个沉沦着却不甘心沉沦的都市青年，一个在粪坑中寻找花朵的理想主义者。当身体在物欲横流的城市深深陷落，他的灵魂却不断仰望着堕落之前的纯真理想。他淫乱、放纵、醉生梦死，与同事勾心斗角、不择手段地追逐金钱；与最好的朋友互相算计，友谊脆弱得不值一钱，甚至勾引对方的未婚妻；他爱自己的妻子，却以和别的女人上床来表达这种爱……最终，在平安夜的成都街头，陈重辗转着死去，他临死的目光在这城市的上空逡巡，凝视着人间每一颗卑微的灵魂。

慕容雪村用独特的叙述风格将沉重、黑暗、惨烈的故事娓娓道来。

具体来说，假如陈述 1、2、3、4 这几件事，作者把 "1" 事件拆分成 "A、B、C、D、E" 这些情节段落，这个时候的逻辑顺序应该是这样的："1：A、B、C、D、E；2：a、b、c、d、e；……" 而慕容雪村的叙述顺序却是这样的："Aa、Bb、Cd、Ee"，如此这般将事件支离破碎相互穿插，情节和故事在现实和回忆中交错推进：记忆中，他们年少轻狂、充满理想，怀着单纯的热情，想象出未来人生的激情与美好；现实中，他们早已忘记了当初的理想，忘记了彼此的真诚，而是各自披上盔甲，独自作战，为了欲望和利益，陷入尔虞我诈的漩涡。几个年轻人便在这样的转变中，失去了理想、信仰，甚至人性。陈重冷漠、好色，最终丢掉性命；李良孤傲、固执，最终颓废吸毒，还有一次次幕后操作，一桩桩黑色交易。这场欲望横流的游戏，几乎没有人幸免，只在某些夜半梦回的时刻，能看到主角们浅薄的反省。在这个时空交错，回忆与真实颠倒错乱，理想和现实都已经混沌不清的情况下，意义丢失了，任何行为都变得举重若轻。读者禁不住要问，道德呢？情谊呢？这些我们相信的美好事物在哪里？陈重说，爱情不过是性冲动的副产品。可以更直白地说，爱情其实是性冲动的遮羞布。撕破之后，只有赤裸裸的自然本性，就是欲望本身。人活着的意义只剩下成为欲望的祭品。

这样的故事要怎么收尾呢？作者自己说："这故事写到最后，我还是让陈重死了。之前想过多种结局，让他离开或者重新振作，还有一个是复归主义的。但最后我认为他还是该死，不得不死。因为死亡是我一直钟爱的主题，因为它是最终结局，也是一切结局，借用小说中李良的话：死亡其实是生存的唯一目的。" 所以，陈重终于还是死了，死在猎艳的途上。整部小说从头到尾弥漫的悲剧色彩，陈重的苦难不是出自于他的性格，而仅仅缘于生存本身。因为苦难如此深重，所以生存越发可疑。陈重死在平安夜，死在耶稣慈祥的目光里，这种结局有点讽刺意味，但它可能更接近真理：任何伟大的时刻都会有人死去。在人类的困境里，上帝是个下岗职工，他的仁慈和他的话同样值得怀疑。我们不禁要问：窒息是谁的原因？梦的着陆点在哪里呢？当男人遭遇欲望的急流时，还懂得选择遵守誓言的贞洁吗?女人被孤独围困时,偏离方向是不是命运必然的安排?这就是我们曾经热切盼望过的未来生活?

慕容雪村的小说是一朵朵恶之花,作品以肆无忌惮的极端化书写呈现生存的残酷、现实的荒诞和人性的黑暗。小说发表在网上的时候,众多网友按捺不住参与的激情,在作者新写好的小说片段后面跟帖,发表自己的建议或改写的文字。其在"天涯"点击量有 16 万次,而在 NET－Bugs,这篇小说曾导致社区在线人数超过了最高容纳量,首页链接的点击量是 17 万多。作为"网络四大写手"之一,慕容雪村始终关注都市主流人群的现实生存状态,而更广为人传诵的,是他笔下对"悲观的现实"的坦然调侃。无论是令他声名鹊起的《成都,今夜请将我遗忘》,还是令众多男女落下泪的《天堂向左,深圳往右》,慕容雪村总是精力充沛地关注着欲望沉浮中竭力挣扎的普通人,然后意犹未尽地揭示他们在贪婪面前必然的溃败。"物欲吞噬人性"的话题贯穿了他当下创作的始终。

这一朵朵恶之花的盛开,让我们感受到现实的危机,懂得除了这样行尸走肉的生活,人性还应该在更高的层面得以彰显。起码当我们读完小说后,应该可以用前所未有的热情审视我们自己的家庭、自己的生活、自己的内心,因为如果没有了那份人性的坚守,我们离小说中的人物也许只有一步之遥。

18.《诛仙》在幻剑书盟网站连载

2003 年,萧鼎的《诛仙》现身网络,是最早连载于幻剑书盟网站上的一部网络古典仙侠小说。《诛仙》情节跌宕起伏,人物性格鲜明,书中反复探究的一个问题就是"何为正道"。"天地不仁,以万物为刍狗"是这本小说的主题思想。创作中,萧鼎稳稳地立足于中国传统文化,坚定地承袭着中国古典志怪、神魔小说的衣钵,将玄怪奇幻与江湖风云很好地捏合在了一起。在其中,读者可以毫不费力地发现《西游记》《封神演义》《镜花缘》等中国传统神魔小说的影子,这非但没有令人产生陈旧之感,反而因其在内容与形式的构成要素上所具有的亲切感,而颇受欢迎。上网后掀起了玄幻小说的热潮,曾以每天200万人次的点击率向前推进,出版了8本还是欲罢不能,成为与《飘渺之旅》《小兵传奇》并称为"网络三大奇书"中唯一的一本武侠小说。《诛仙》证明了奇幻小说的"热",同时也证明了它的"冷",因为传统出版市场对"武侠小说"的阅读期待是比较高的,而对所谓的"奇幻武侠小说"仍持观望态度。《诛仙》因为具有传统武侠小说的基本要素,又具有强烈的奇幻性,所以才赢得了"武侠迷"和热衷奇幻小说的青少年读者的同时青睐。

 点评:

仙与侠构成的独特中国风骨

所谓的"玄幻题材第一人"最早应该追溯到黄易先生那里,但真正让这个词语红得发紫的却是在2005年前后。这要得益于2003年开始在网络上惊现的所谓"网络文学三大奇书",它们分别是:萧鼎的《诛仙》、萧潜的《飘渺之旅》以及玄雨的《小兵传奇》。如果说《飘渺之旅》用层出不穷的法宝和珍奇罕见的灵丹妙药开启的是修真小说的先河,《小兵传奇》用超人气的网络搜索和点击率让"玄幻小说"这个词语进入到了主流话语范畴,那"奇书之最"的《诛仙》更是兼二家之长,可以说是以"后金庸时代的武侠圣典"的姿态,引领了最独特的中国风骨。

进入到21世纪,计算机和网络逐渐走入家庭,网络文学的接受者从原本精英式的大学生群体扩散得更加平民化、大众化。这个时候出现的最具有亲民意味的《诛仙》自然成为了全民追捧的热典。"武侠"已经成为华人界最特有的流行文化,即使不追溯到先秦诸子、《史记》《汉书》,

明清之际诞生的"四大名著"之一的《水浒全传》也已是国人耳熟能详的经典,再加上现代"金古梁温"的熏陶,"武侠"已经成为华人文化基因里面不可或缺的元素。侠情故事本身所具有的戏剧性与传奇性,自古以来就是以话本、戏曲的形式存在,是人们最喜闻乐见的艺术形式。《诛仙》立足于一个传奇的侠情故事内核,其内容与形式的构成要素,契合了由中国古典志怪、神魔小说就开始培育出的国人特有的文化基因。可以说,从传统武侠故事当中更进一步渲染了"玄"与"幻"的传统道教体系的文化精髓,既符合了传统武侠爱好者的阅读习惯,又牢牢抓住了对新兴奇幻元素好奇不已的青少年的阅读兴趣。

2010年,马季在其新浪博客上发表《蹊径独辟的智慧与勇气——网络小说10部佳作述评》,作者根据时间的顺延和创作手法的变换,遴选出10部具有明显网络写作特征的佳作,《诛仙》就赫然位列其间,有幸成为网络文学诞生近十年间最具创造性精神的作品。有人说,《诛仙》就好比是中国的《魔戒》,但它区别于欧美文学的"魔幻"风格,具有独特的、浓郁的中国玄幻武侠风格,重新唤醒了华人读者的文化基因。"天地不仁,以万物为刍狗!"这句话是其总纲,全书一开场就气势恢弘地对"正道"提出了质疑,试图通过一个再平凡不过的小人物视角,经历全书用天马行空的想象构建起来的玄幻江湖当中的爱恨情仇,叩问苍天何为正、何为邪。萧鼎用惊人的想象,区别于前人,精心构架起了自己的玄幻体系:正道如青云门、天音寺,对立面有魔教,以及处于两种力量之间游走的南疆、少数独立的个体。主人公张小凡从一个初出茅庐的愣头小子,无意间卷入了几大力量对抗的漩涡当中,并裹挟于两大女主人公浓烈的爱恨情仇,入正道又叛出正道,遁入魔道,从"张小凡"变为"鬼厉"最后又复归"张小凡",整个过程似乎都拿出了一种对天道质疑和叩问的磅礴气势。这种恢弘磅礴的大构架、跌宕起伏的情节设置、天马行空的想象、浓烈的爱恨情仇,再加上浓郁独特的中国玄幻风格,的确能够吸引人每天以200万的点击率去关注。

许多读者在看完洋洋洒洒的8卷《诛仙》后留下了不少疑问:比如

61

网络文学大事件100

周一仙究竟是青云的什么人?当年在他和鬼王、普智和尚、道玄、万剑一之间到底发生了什么事?鬼先生帮鬼王出谋划策灭了魔教其他两大派,又催动了四灵血阵,当真是为了鬼王的复兴大业吗?如果不是,他阴谋何在?四灵血阵有扭转乾坤之势,如今诛仙已断,又有谁能与之抗衡?幻月洞府里当真藏着第五部天书吗?这些疑问与其说是作者故弄玄虚的"维纳斯断臂",事实上却是小说大开大合而又后继无力的缺憾。以周一仙这个人物为例,他以一个浪迹天涯的江湖术士形象出场,时时在故事的主线情节当中穿插,当读者以为他是个无关紧要、插科打诨的丑角的时候,他却又在贪财行骗的外表下偶尔会透露出几句非同一般的远见卓识,越读到后面越发现这个世外高人直接与主线情节关联,正当读者们感慨作者草蛇灰线、伏笔千里之际,这个贯穿全篇的人物在快结尾部分需要他出来点睛一笔、揭露阴谋拨云见日之时,作者却硬生生一句交代也没有就将人物写丢了。况且纵观8册小说,萧鼎的这种心有余而力不足还不仅仅只是一个周一仙啊。

有人说这种把读者高高抛起又无从着陆的无力感是网络连载小说的通病,作者每日必须保有的更新量使得他还来不及仔细斟酌就得匆匆下笔,网络文学因为商业意识的侵袭,读者至上的原则又让作者不惜偏离自己既定的创作本心一味迎合受众。《诛仙》的确存在上述的问题,但也恰恰是这一点说明了网络文学的民间性,无论是《诛仙》的故事原型还是其承载媒体本身(网络)都具有一种不可抹杀的民间属性,传奇、话本一直以来都是民间大众民俗文化生活不可或缺的部分,《诛仙》是一种"网络文学民间生存根基的回归"。更何况,《诛仙》最宝贵的还在于它的创新的智慧和勇气,它重新唤醒了华人"仙与侠"这种特有的中国风骨。

19.《城外》引发关注和论争

2004年6月,广东作家千夫长创作了中国首部手机短信连载小说《城外》,引发海内外广泛关注和激烈论争,被定性为进入21世纪的一场重要文学事件。这部用3个月时间创作的仅有4200字的作品,书名来自钱钟书先生的《围城》,书中的内容主要围绕着"婚外情"故事,对现代人的婚恋观念进行了形象的解读,且不乏深刻的思考。8月,中国电信运营商——华友世纪通讯公司以18万元的高价与千夫长签署了《城外》版权协议,并以有偿短信连载的方式推出,版权包括《城外》的SMS短信、WAP手机上网和IVR语音业务等版本,用户可以通过短信或手机上网、手机接听等方式多角度欣赏《城外》。次年1月,《城外》由百花文艺出版社出版。《城外》开创了中国手机短信文学先河,并率先引出"手机文学"的概念,对文学创作样式有着极大的创造性,"手机文学"成为继"网络文学"之后的文学新样式。

 点评:

最昂贵的文字

2004年,千夫长这个怪怪的名字抢尽了风头。美国《纽约时报》、日本《富士山报》、中国内地以《人民日报》为首的百家媒体,纷纷为他与他的中国首部短信小说《城外》让出版面。《城外》这部4200字的小说共分为60条短信、每条70字,如果每天订阅一条,需要2个月才能够读完。有人为运营商算了一笔账,如果按照订阅短信每条0.2元计算,60

条短信就是12元。按照有关统计数字,当时全国共有移动电话用户2.6亿,假设只有1‰的用户订阅这部小说,那么收益将会达到3120万。如果要加上附加概念,如语音短信,按照每条1元钱计算,1‰的人来订阅,收益将过亿。巨大的商机,让纷至沓来的信息运营商们对这篇小说纷纷抛出了橄榄枝,他们想尝试一种新的文学方式,把流行文学通过网络、手机等技术方式结合起来,形成一种"手机文学",让2亿多的中国手机用户突破所有时间、空间的限制来尝试这种抱着手机的阅读方式,从而寻找到一个新的赢利点。

姑且不论内容怎样,单就能够将短短4200个字的小说卖出18万的天价,我们只能说千夫长是一个作家的同时,更是一个成功的商人。据2004年6月一篇名为《盘点当今最值钱的汉语写手》的报道透露,千夫长以一字百元的价格,被誉为"文字最昂贵的作家"。再来看看他的其他"业绩":他自称一个"懂得做生意"的人,他第一个将写作专栏从港台引进内地,在《深圳特区报》《羊城晚报》《京华时报》《周末画报》等多家媒体开设了个人写作专栏,2002年出版了专栏作品集《野腔野调》,2003年魔幻长篇小说《红马》成为作家出版社重点畅销书,名登权威的北京图书定货排行榜。此次由他首创的第一部商业化的短信小说《城外》,自然也成为他最成功的一笔生意。"一字千金"的买断价格,毫无争议地让"短信小说"成为最贵重的名词。而千夫长却得意地预言:"这只是一个开始"。

然而,短信文学并没有预计中的火爆,因为通讯手段的快速发展,短信也不再成为人们沟通的主要渠道,谁能想到进入到21世纪之后的第一个十年后,又诞生了诸如"微博""微信"等沟通交流的信息平台呢?而且后来出现的这两种信息交流平台,消费成本比之短信又大大降低,运营商所预期的盈利目的自然就大打折扣,这很可能也成为"短信文学""红"不起来的原因,因为激励创作者本身的就是它可能带来的金钱回报。可以说"短信文学"在诞生之初就动机不纯,它是一种彻头彻尾地依托媒介的商业化操作的一种"商业文学",一旦所依托的媒介因为商业利益的诉求达不到满足，它也会迅速的消失。2003年陈平原在他的《大众传媒与现代文学》一书中，指出了两种典型但迥异的研究思路，一种是以"媒介"作为资料库，触摸那些成为记忆的往事，从中寻找研究所需要的细节；另一种则是把"媒介"本身作为文学史、文化史与思想史的研究对象。在他看来，前者是以"工具性"来对待媒介，媒介不过是一件随时可以脱掉更换的外套，后者则贯彻着"媒介即信息"的新理念，媒介成为了事物、现象的内在要素，是建构和重现历史的血肉。"短信文学"的诞生和发展就可以成为后者研究思路提供最好的例证。

20.《我不是聪明女生》被疯狂转帖

董晓磊的《我不是聪明女生》可以说是2004年度网络人气最旺的小说，也是目前唯一在国内还没出版便被韩国引进的网络小说。被中、韩各网站疯狂转帖，两地网站点击率总和超过6000万，被称为最唯美的在笑容里含着眼泪一口气读完的最幽默、最浪漫、最凄美的爱情小说。小说在韩国一经发行，便龙卷风般席卷整个韩国图书市场，发行量在短短两周内迅速突破300万册，稳居韩国图书排行榜首。令韩国炫酷新生代为之疯狂，据不完统计，每两个韩国炫酷新生代中就有一个看过。在韩国，炫酷一族没有听说过《我不是聪明女生》，被看做"另类"。封面绘制更是由日本动漫大师藤原薰及我国动漫高手刘亚平、刘馨两地强强联手为小说量身绘制。小说甚至在韩国产生"哈唐族"新名词，引发中国留学潮，大批韩国学生涌向东北学习汉语。

 点评：

对韩流的逆袭？

董晓磊的《我不是聪明女生》以日韩漫画似的笔触，淋漓尽致地运用了读者喜闻乐见的嘻戏、俏皮的东北方言，整部小说分为两部，本书为第一部。讲述了几个刚刚由高中进入大学校园的炫酷一族天真率直的爱情观。林晓蓓是大学二年级理工科美丽女生，这在以号称终极光棍填埋场的理工科学院里，漂亮女生的出现无疑将掀起阵阵狂澜。学生会一帅酷男孩许磊更是利用职权便利狂追林晓蓓，可是，林晓蓓怎么也忘不掉已经分手的高中时的恋人杨琼，二人时而也通通电话，上网聊聊天，了解对方目前的情况，彼此心照不宣地关心照顾着对方，就在这时，另外一个网友丁鑫鬼使神差地闯入了林晓蓓的生活，由此展开了一段分分合合的红色爱情长征路。随着小说结尾男主人公的意外遇难，更是将这种悲剧色彩推入高潮，令读者久久不能忘怀。

董晓磊的成功很容易让人联想到一个韩国作家可爱淘。可爱淘原名李允世，自高中时代开始发表网络小说作品，是深受网民喜爱的网络美女作家。其网络连载小说《那小子真帅》（全2册）一经面世便受到了中学生们的热烈欢迎，截止到2001年已经销售了200万余册。主要作品还包括《狼的诱惑》《哆来咪发唆》《致我的男友》《局外人》等，其作品多次占据韩国、中国的畅销书排行榜前列，在中国大陆出版至今，已经销售出了300万册以上，创造了中国图书销售史上的一项奇迹。董晓磊的作品则将这个神话来了一次彻底的逆袭，也制造了一次华丽的流行潮流，走出国门杀向韩国。

然而仔细阅读比较作品则发现这次"逆袭"其实另有玄机。董晓磊作品看似颇具"中国特色"：女主人公张口闭口俏皮的东北方言，在幽默的同时偶尔还穿插几句"落花人独立、微雨燕双飞"的中国古典诗词，该抒情的地方也毫不含糊，有时候还会引用几段"名人名言"（古龙、三毛等等），描写的学生生活还处处透露着我们真实的生活信息，比如校园里面的"逸夫楼"、早读时候的"《新概念英语》"。然而实际上，这个具有"中国特色"的校园故事不过只是万千流行的日韩漫画、网络小说的一次翻版而已。这一类的作品所必备的套路：故事语言必须俏皮幽默，故事背景必须是校园，故事的人物必须是一个独具性格的女主人公、再加上完美到无死角的二至三个男主人公，而故事的主题则必须是爱情，一段读来令人忍俊不禁到最后却又以悲剧结尾的爱情，只有这样看起来才显得"刻骨铭心"。可爱淘的"珠玉在前"，已经为这类型的故事奠定了受众基础，在韩国早已屡见不鲜，甚至已经转战荧屏，获得了更大的收视群体和拥趸，它造成的热潮变成韩流进入到中国，又迅速攻陷了中国市场，造成了销售奇迹。董晓磊的《我不是聪明女生》恰恰在这一时机出现，与其说她制造了新的潮流"出口"韩国，不如说她写的故事符合韩国青春校园文学一切喜闻乐见标准，获得了青少年的拥护。在国内亦然，当无数的少男少女惊喜地发现我们自己本土的作家也能写出"韩流"式的作品的时候，我们已经深中"韩流"病毒。

当然，把这种校园青春小说定义为"韩流"也是不准确的，互联网有一个可怕的魔力，因为其迅猛的流通速度和范围，让某种特定类型的文学样式成为了潮流，很快攻陷它的所到之处，越来越多的文学创作只能是趋同化，只有做到了"趋同"才能更好地配合上网络的速度，更快地流通到其他任何地方。如果说，《我不是聪明女生》在"文化逆袭"过程中还有什么贡献的话，那就是作品当中最难被取代的文化烙印——东北方言。

21.《亮剑》开启网络小说影视改编热

2005年，网络小说《亮剑》改编成电视剧。《亮剑》是一部军人出身的作者创作的战争小说,描写一个男人从"抗日"走到"文革"的经历,小说曾因文笔粗糙、内容有不合政策之处,多次被出版社拒绝。作者被迫发到网络上,网络读者对其独特的故事细节和草根情绪做出强烈反应,作品被到处转载,形成了一大批忠实拥趸。随后该书经过多次删节后出版,然后拍成电视剧。这部由李幼斌主演、曾在中央电视台和9家地方台同时播放的电视剧,是艺术上的一个传奇,开启了一个经久不衰的网络小说影视改编热。

 点评:

吹响网络进军荧屏号角

有一个叫都梁的退伍军人凭借多年的军旅生涯写下了一部自己心目中最好的战争小说,讲述一个男人从"抗日"到"文革"的传奇经历,但由于他文笔粗糙不善于遣词造句,小说内容甚至还包含一些"不合政策"的地方,这样的故事自然是受到了多个出版社的拒绝。无奈之下他把作品放到了网上,作品当中独特的故事细节和草根情绪却意外地受到了广大网友的热烈追捧,尤其是那一句"面对强大的敌手,明知不敌也要毅然亮剑。即使倒下,也要成为一座山,一道岭"的豪言壮语,迅速激发了无数拥趸一腔热血,故事当中那个"亮剑"的英雄李云龙就走出网络,迅速攻陷了国内荧屏,同时占领了央视和9家地方台,成为当年(2005年)最炙手可热的明星英雄。李云龙成为有史以来最独特的英雄形象,他没有什么文化,非常粗鲁,一开口就脏话连篇,甚至,还多多少少带有一点匪气,但令人感到奇怪的是,就是这样一个人,领导依然器重他,友军特别佩服他,敌人格外重视他。原因在于他勇敢果决、多谋善断、捕捉战机的意识和经验异常丰富,更重要的一点,他具有一腔义无反顾、无所畏惧的"亮剑"精神。就是这个精神,让他成为了家喻户晓的新英雄。可以说这种"亮剑"精神也正是网络这个新时代宠儿所具

二 作品类

有的一往无前、无所畏惧的开创和奋斗精神。"网络"这个新兴媒介，它本身就包含有一种开拓和包容精神，只有在这样的环境下，才能诞生与众不同的、打破常规的英雄形象。《亮剑》另一大贡献在于，它彻底拓宽了网络文学的接受群体。上世纪 90 年代初，网络文学是海归、精英学子的新玩具，进入到新世纪以来，随着计算机和网络的普及，网络文学似乎也只是年轻人的玩意，《亮剑》一出其受众从最开始的网络人群，经过影视化后迅速攻占千家万户，红色军旅题材和不同以往的个性英雄很快就抓住了城市、乡村各个地方的电视机前爷爷奶奶、爸爸妈妈的心。

同样是大众媒体，比起电视机和大荧幕，网络的受众群体自然就要单一化的多。网络文学经由商业意识的冲击之后，迅速成为可消费的对象，尽可能多地吸引受众群体自然能带动网络文学产业链条的完善和发展，和影视接轨就成为再好不过的选择。《亮剑》的成功促发了二者结合的高潮。

网络文学与电影改编的"蜜月期"始于 2010 年。这一年，内地女星徐静蕾自导自演了根据同名网络小说改编的《杜拉拉升职记》，影片在 4 月份上映并最终取得了超 1.2 亿元的票房，实现了网络小说与电影的第一次成功联姻。5 个月后，张艺谋执导的《山楂树之恋》全国公映并豪取 1.6 亿票房，这部根据同名网络小说改编的电影，不仅刷新了国产文艺片的票房记录，同时也开启了名导涉足网络小说改编的序幕。2011 年 11 月 11 日，根据同名网络小说改编的《失恋 33 天》在光棍节前后引爆影市，以不足千万的投资换回超 3.5 亿的票房。同样在 2011 年，《裸婚时代》《步步惊心》《后宫·甄嬛传》等根据网络小说改编的电视剧集也相继热播荧屏，引起了极大的社会反响。《甄嬛传》的火热程度远远超过了当年的《亮剑》。

考察近几年的改编作品发现，网络文学影视化正悄悄发生着一个变化。网络文学创作从最开始混沌混乱状态到渐渐分出了不同类型的创作题材（如修仙、历史、情感）等，再到后来甚至细化到了性别上的区分，有了所谓的"男频""女频"的区别，比起最开始的"榕树下"的"鱼龙混杂"看,现在的文学网站也有了性别的区分(如起点网偏男性化、晋江网偏女性化)。从题材范围来看,男性更喜欢诸如历史、军事类文章,女性则更偏爱情感类文章,就算是针对同一题材的写作(比如历史),"男频文"很可能写出来就是《亮剑》这样的文章,"女频文"的代表自然是《甄嬛传》这样的作品了。在相当长的一段时间内,引发网络热潮和轰动影响力最大的还要数《诛仙》《亮剑》这样的作品,"流潋紫"这样的名字只能在女性读者群体内小范围传播。《甄嬛传》的诞生还要得益于导演郑晓龙妻子的热烈推荐,后来引发的收视神话,也足以证明一点,电视剧最主要的受众群体还是女性。因此,只要网络文学还想与电视剧结合,那么网络上的"女频"作家自然能与那些叱咤风云的"男频"作家分庭抗礼。2011年"沧月十年巡回庆典闭幕式暨中国网络文学经典十年高峰论坛"在北京举行,评选出当代网络文学的十大作家和十大经典作品。十大作家包括南派三叔、安妮宝贝、沧月、匪我思存、蔡骏、萧鼎、江南、明晓溪、桐华、辛夷坞。十个当中除去四个男性写手,有六个都是"女频"作家的代表人物。

22.《新宋》在两岸同时推出

2005年11月1日,阿越的"历史幻想小说"《新宋》被四川科学技术出版社推出,其繁体字版稍后则由台湾鲜鲜文化出版社推出,这是海峡两岸出版机构首次同时推出同一华文小说。在小说中,作者安排一位21世纪的历史系大学生回到了北宋熙宁二年,在那个时代播下了文化启蒙与工业革命的种子。由于作者对小说历史细节——从官制到礼仪,从庙堂到勾栏,甚至当时开封的大街小巷的名称与位置——都进行了精致的推敲和打磨,该小说成功地将北宋时期世间百态栩栩如生地展现出来,从而带领读者身临其境于 1069 年的大宋江山。

 点评：

真正懂历史的"架空小说"

历史幻想小说，又名"架空历史小说"，即描写"并非真实发生的虚构历史"，包括历史背景及未来。架空历史的设定是有一人或一群人去到一个与现实中某个历史朝代在背景大人物上大致相似的平行世界，把这个世界介于现实与虚幻之间，独立于现实世界，但又和现实世界在客观事件上大同小异。事实上，描写一个现代的小人物，由于种种离奇的原因回到古代，摇身一变成为影响历史进程的重要角色的"历史架空小说"《新宋》并不能算是标新立异，既有马克·吐温的《亚瑟王圆桌上的康涅狄格佬》金玉在前，又有《寻秦记》拔了此类题材中文作品的头筹，《新宋》到底又有哪些值得称道的地方呢？

首先，书中男主人公石越的性格第一次展现了独属于中国文人特有的矛盾与无奈：时而有患得患失的优柔，时而又表现出赴汤蹈火的果决，时而是委曲求全的苟且，时而又是疾恶如仇的书生意气。他最初流落到宋朝时，没有任何个人野心，只有一片惘然，正所谓"不求闻达于诸侯"，但求"苟全性命于乱世"。即使在宋朝立足已稳，他唯一的奢望也只是谋个生路，就此在宋朝碌碌而终。然而在亲眼见到了这个民族精英阶层的消沉与堕落之后，他终于无法忍受，在连他自己都对成功几乎不抱任何希望的情况下，毅然踏上了改变这个国家命运的征程。

另外，全书最为出彩的部分就是对战争场面的描写。在作者的笔下，我们看到北宋战士多次在敌众我寡的情况下奋不顾身舍生取义，这种大无畏的精神表现甚至比许多著名的影视剧中的场景还要来的感人。究其根本原因，是因为作者将现代社会所提倡的人文主义贯穿其间，以一种独特的现代人本思想审视千年前的战场。书中男主人公石越提议凡为国家利益而牺牲的军人配享帝庙或孔庙,但遭到强烈反对,妥协成牺牲军人可进忠烈祠。比之"一将功成万骨枯"后的默默无闻,忠烈祠已是至高荣誉,极大地激发了军人的报国之心,所以战场上性命攸关之时,将士们最后说的一句话常常是"忠烈祠见"!此外,石越还主张如果战场上军人已经尽力了,被俘投降也不应被谴责,这已经是彻底的现代人本主义了。

另一方面,尽管《新宋》的作者也不能免俗地让石越为宋朝带去了"《物理初步》"和"《算数初步》"等现代科技成就,但总的来说,石越借以影响历史的并不是某一项或几项科学技术和知识,而是先进的政治理念和哲学思想。这种构思在此类题材的作品中绝对是一个创举,显示出了作者对历史的更为深刻的认识——真正决定一个国家命运的,决不是有限的某几项知识和技术,而是这个民族的精神世界。相比之下,他带给宋朝人的技术和知识只不过是这些哲学理念的副产品罢了——即便是这些副产品,准确地说也不是石越直接带给他们的,而是他们沿着石越指引的方向依靠自己的力量取得的。这再一次体现了这部作品对此类题材传统的个人英雄式布局的超越——"在他看来,播下火种与自己做官,前者更加重要。"

作品有着丰富的想象力,以主人公身为一个当代人的眼光去看待北宋的一切,并让其与历史上的各种杰出人物相接触碰撞,在给人阅读乐趣的同时,把深刻的思想性蕴含其中,使人在掩卷之后,有一种强烈的思考愿望。首次在网络连载的时候,就引起了很多读者的关注。2008年花山文艺出版社和天地坊又陆续推出《新宋》三部全本,共12册;第一卷《十字》3册,第二卷《权柄》5册,第三卷《燕云》4册。由是观之,可以断定,这部书的作者是一个真正懂得历史的人。

23.《明朝那些事儿》引争议

2006年3月,当年明月的《明朝那些事儿》在天涯社区的煮酒论史论坛开始连载,到5月中旬两个多月时间,点击量就已经越过20万,然后直奔百万,回帖也接近上万条。同时,当年明月"白话历史"的手法也引起广泛争议,甚至引发了令人惊愕的"刷尸屏"与"倒版"事件,导致该板块的三位版主被迫先后离职,使作者选择了在新浪与搜狐建立博客,进行连载更新,并继续保持着极高的人气。

 点评:

网络能把历史写得很好看

正所谓"读史使人明志",只不过中华泱泱五千年历史长河,留下的史籍浩如烟海,到了今天这个讲究的是"一口气读完某朝史""文化快餐"时代,要么是厚重的史籍受人冷落,无人问津,要么是大家喜欢猎奇听听野史,进入全民"戏说"的时代。直到有人跳将出来,喊出了一句"历史可以很好看",这句口号具有相当的魔力,顿时倾倒了一大批平时看书不看书,读史不读史的文化群众。

《明朝那些事儿》是一本以自己的观点讲述历史,并借用历史事件折射现实问题的故事集成。它的主线完全忠实于《明史》,从核心人物到重要事件,都是有影有形的,和所谓的戏说、大话又不一样。作者以"把历史写得好看"为原则,用通俗诙谐的语言解读明史,叙述之中加入个人评论,获得了网民的追捧。其写作观念、方式与传统写作存在一定的不同之处，它充分利用了网络的共生性特质和民间亲和力，产生了新的历史叙事方式。

从全书的语言结构来讲，作者文笔生动，章节精炼，巧设悬念。每一章节结束时设置一个悬念，一个等待破解的悬念，令人读历史也能读出点悬疑小说的味道来。这种频繁设置悬念，搞出噱头的方法非常管用，能让读者不断有新鲜感，并且也能让读者更关注作者最想讲的话题。

从全书的内容来看，作者在战争、官场、人物命运和人物心灵的描写上花足工夫。他笔下的每一个人物的人生历程中，他都表达了自己的这一感悟：在人的生命过程中，会丢失许许多多珍贵的东西，但是，唯有理想和良心不能丢。

其实，当年明月的工作，就是五百年前罗贯中、冯梦龙干的事情——将正史中晦涩难懂的经济法律地理民生等统统抛去，只留下几个大英雄，几桩大事记，然后添加上编者自己的情感思想，然后再用人民群众喜闻乐见的艺术形式表达出来，五百年前是说书人的话本，现在则是网络时代下那些反讽、偷换概念和戏谑的祈使句。时代不同了，古人恨不得从史书中的每个字里看出微言大义，今人却开始做剔出史籍中所有"非故事"的部分了。

也许是当年明月有公务员的背景，所以在他看来，无论是现实的世界还是他所描述的世界应该都是瑕不掩瑜的，作者似乎秉持着一种"世界是比较好的，人也不坏，就算是碰到个把坏人，也是命中注定"的世界观。因为在他的笔下，那个被古往今来无数专家和非专家定性为中国历代最坏的王朝居然也是一派祥和的气氛，这个王朝里那些已经被定性为中国历史最差的皇帝，彷佛也成了一个个稚气未脱、天真纯朴的邻家大叔，在每个皇帝谢幕之前的点评中，常常可见"他是一个好人，但是命运安排让他登上了皇帝的宝座，于是诞生了一场悲剧"这样的描述，在这样的历史观作用下，我们可以看到一群坚守理想和良心的古人，也可以看到一个坚守理想和良心的青年作者。到书的最后一页作者是这样写的："相信未来，热爱生命。结束了吗？结束了。真的结束了吗？没有。因为我将用我自己的方式，度过我自己的人生。以此纪念那些伟大的人们。"

虽然作者的历史观有评论者不敢苟同，但我们可以看得到的是，《明朝那些事儿》在这个"戏说"大行其道的时代，以足够的诚意和认真的态度基本还原历史的真相，而且语言生动幽默，吸引了数以万计的、各个阶层、各个年龄段的读者去关注那段尘封的历史往事。一句"历史也可以写得很好看"，不仅仅吸引的是大众读者，也给了创作者们一个很好的启示：网络文学的体裁不仅仅只有"小说"一种。更为重要的是，网络开创的"自媒体时代"，已经在《明朝那些事儿》身上得到了印证，除去"戏说"，历史不是只有一种讲法，只要有充足的准备和诚意，谁都可以讲历史。

24.《鬼吹灯》跨越媒介受追捧

《鬼吹灯》是 2006 年在网络上迅速流行起来的一部糅合了现实和虚构、盗墓和探险的网络小说，可以说是盗墓文学正式诞生的标志和重要代表作之一。主要讲述了"摸金校尉"（盗墓者）的一系列诡异离奇故事。其在网上大受追捧，说明求新求变的网民对"鬼话"的兴趣在逐步上升。4 月，百度出现两个鬼吹灯吧，鬼吹灯开始被网络所广泛了解。7 月，北京某报整版报道并采访作者天下霸唱，掀开了媒体报道的盛况。年底，安徽文艺出版社出版了图书版的四册《鬼吹灯》，这部书也迅速成为了图书销售排行榜的榜首。2007 年 6 月，《鬼吹灯》第一部漫画杀青，并先后被韩国、日本等国引进。2007 年 8 月 30 日，盛大网络起点中文网在上海宣布将《鬼吹灯》的影视改编权转让给华映电影。华映电影宣布将斥巨资，把《鬼吹灯》打造成为中国首部惊悚探险大片，并有意拍摄系列电影三部曲。香港导演杜琪出任该系列电影的监制,并将亲自执导其中的一部。2008年3月,以《鬼吹灯》系列成名的天下霸唱以年收入385万元入选"福布斯2008中国名人榜",成为网络作家入选该排行榜的第一人。2008年4月,在郑州书市上隆重揭榜国内首个针对畅销书作家和网络原创作家的"中国畅销书作家实力榜""中国网络原创作家风云榜",天下霸唱双双入榜。

 点评:

引领盗墓小说新浪潮

2005年是中国小说重要的一年,不仅仅网络小说大踏步的兴起,作为最具有中国特色的武侠小说也在沉默了许久之后开始了新的爆发,那是大陆新武侠成绩最为突出的一年,凤歌、沧月、时未寒、小椴等等一批优秀的武侠小说作家的出现证明了那一刻的辉煌,对于武侠小说来说,那是可以载入史册的重要一年;与此同时,一本名为《鬼吹灯》的小说在网络上风靡一时,数以千万计的点击率见证了一种新型小说的开始——盗墓小说,而且这一把火一直烧到了2008年。《鬼吹灯》最初由作者天下霸唱发表在起点中文网,创下千万点击率后,由南海出版社整理出版发行,并被冠于"网络点击率连续5年第一""销售冠军"的头衔。小说的价值并不仅仅在于拥有傲人的阅读量,而在于宣告了中国第一部详细描述盗墓体系、派别、流变、手法等等内容的盗墓系列小说在中国当代文坛上的正式亮相,填补了类型小说中空白的一页。在它的带领下,当代文坛上掀起了一股盗墓风潮,一批盗墓小说陆续出版,出现《盗墓笔记》《天眼》《星际盗墓》《摸金令》《青囊尸衣》《我在新郑当守墓人》《盗墓之王》《茅山后裔》等后继者。

盗墓文化一直是中国历代文人和民间喜爱谈论的文化。有人说,盗墓小说是受了西方悬疑小说的影响而发展出来的变种文学,实则这是一

二 作品类

种错误的观点。盗墓小说在中国文学史上一直有着重要而独特的地位,盗墓一说,古已有之。从晋时的干宝,到明时的冯梦龙都是这方面的创作高人,鲁迅先生对此曾有过很高的评价。盗墓故事多以口耳相传的形式流传于民间,并无文本传世。进入现当代,关于盗墓题材的小说也不多。其中比较有影响的是在倪匡的"卫斯理系列"之中。然而倪匡的写作范围较广,并不能以盗墓为主题在文坛上占有一席之地。此时,民间的盗墓小说多少也散布一些,但多是以营造惊悚气氛为目的的闲扯杂谈,出版在类似《故事会》的小型杂志上,并不成体系。

《鬼吹灯》的成功并非偶然,安吉丽娜琼斯式的冒险,中国古代墓葬的神秘制度以及墓葬中丰富而神异的宝物,幽暗中只属于亡灵的禁忌之地,神奇的隐秘生物,以及故事所发生在特殊年代下形成的特殊思想和语言形式等等,这是一股新浪潮,洗刷了中国文坛这些年来小说的沉闷,第一次读它的人应该都会十分震撼,谁也想不到小说原来还可以这么写。《鬼吹灯》的惊险刺激于现在的中国人就如动漫之于二战后的日本,它完全迎合了时人的需求,当初热火朝天的战争年代随着时间之潮的拉远已经变成了一个符号,烦闷的工作,沉重的生活,梦想被现实踩在泥泞当中,人生似乎再难有激情,尤其作为男人,然而《鬼吹灯》的出现完成了他们想要到达的世界,AK47发射出突突的子弹,火舌长吐,胡八一与胖子等人的组合跋山涉水,历经中国绝险的山河大川,沙漠里的精绝古墓,云南的茂密雨林,昆仑山的神秘冰川,南海的归墟之地,他们对抗自然,他们挑战鬼神,一场场惊心的夺宝大战,一次次的死里逃生都使读者身临其境,感同命运。对于《鬼吹灯》的火热现象,天下霸唱就认为:"原因很简单,一是新奇,读者没有接触过;二是悬念,读者猜不到情节。如果小说都像国产电视剧就很没意思了,大家一看开头就能猜到结局,无法提起读者的兴趣。如果作品缺少了想象力,就难以给读者带来阅读的快感,也就很难说是好作品了。"

《鬼吹灯》无论在形式还是内容上的突破,都成就了盗墓小说的开端,几乎已然奠定了盗墓小说的基本形式,后来的盗墓小说基本没有逃脱出它的樊篱,而书的作者天下霸唱也奠定了他不可撼动的盗墓小说开山鼻祖的地位。但随着盗墓小说以烽火燎原的态势席卷中国网络小说界,随之而来的争议也渐渐增多。许多传统作家对其嗤之以鼻,甚至有人称其为如厕小说,有评论界人士认为,2007年是盗墓小说的掘墓年,盗墓小说走不了10年。究其原因,也就是盗墓小说具有明显的局限性:创作者水平的良莠不齐,盗墓小说的作者多为一些年轻的业余写手,他们想象力丰富而生活阅历有限,因此,他们的作品内容往往付诸虚幻,创作时更多的是靠自己的想象。天下霸唱说过:"这些东西都是我依据常识编出来的,小说里所谓的典故,大部分也是我编的,写小说的最初目的是为了唬住女友",而《我在新郑当守陵人》的作者创作作品的初衷也只是为了通过编鬼故事增加一个无名小站的点击量。年轻人的积累毕竟有限,单靠想象进行创作,激情难免有干涸的一天,这样密集的出版,对他们的后续发展能力也将是一个严重的考验;出版商的炒作跟风,以"盗墓"为噱头的小说,横行于书市,导致盗墓小说泛滥成灾。很多打着盗墓旗号的小说甚至将倪匡、《鬼吹灯》等作品的内容成段成段地"引用",令人哭笑不得。

盗墓小说在中国文学史上有绝种的危险,会不会像"伤痕文学""小资文学""下半身文学"那么短命?现今盗墓文化阅读的迅速兴起,就是盗墓小说走下坡路的信号。当读者阅读水平达到一定阶段,阅读积累达到相当层次,盗墓文化的消亡,就成了一种必然。

25.《赵赶驴电梯奇遇记》营造阅读狂欢

2006年,赵赶驴因为一部超级轻松愉快的都市言情小说《赵赶驴电梯奇遇记》(网络原名《和美女同事的电梯一夜》),席卷整个网络。作者语言诙谐幽默，令人捧腹，适合作为都市白领的休闲读物，除了给人带来大量的快乐和开心以外，赵赶驴也给我们提供了一个真实、可爱的爱情想象空间。赵赶驴也因为这部小说，成为当下网络最具人气的超级写手。据统计，仅仅在猫扑网站上，就获得了超过2亿的惊人点击，网络连载小说的点击量已经达到创互联网历史记录的4亿。这等于宣布，至少有几百万读者参与进了赵赶驴《赵赶驴电梯奇遇记》所营造的阅读狂欢盛宴当中。

 点评：

阅读狂欢的背后

赵赶驴原名聂海洋，湖北襄阳人，生于1979年，自嘲式地用"闷骚，花心"来概括自己射手座的性格特点。小时候的赵赶驴数学特别好，语文特别差。初中以后，孤独的他阅读量极大，语文水平大涨。大学时，赵赶驴只喜欢做两件事情，一个是在图书馆里看书，另外一个，就是写东西。

《赵赶驴电梯奇遇记》的出现其实带有一点偶然性。写手刚开始是在网上随便发些帖子，后来开始整段整段地贴自己写的东西。"刚开始写连载，就是因为被第一个女朋友甩了，觉得很郁闷"，赵赶驴这样诠释自己的写作动机。再后来，他留意起网友的留言，根据留言续写自己胡思乱想的东西。"发现很多网友在逼着你写下去，根本收不了手"。就这样赵赶驴逐渐连段成章，开始有意识地将以前随感而发的文字整合成一部作品。只是谁也没有料到，《赵赶驴电梯奇遇记》居然大受读者追捧，点击量极具飙升，迅速超过千万人次，数百万读者参与到互动当中，《赵赶驴电梯奇遇记》的发表成为轰动网络文坛的重大事件，而写手赵赶驴也成为当年度最具人气的超级写手，风头一时无二。

但《赵赶驴电梯奇遇记》获得狂热追捧也不是没有理由的。有人认为,赵赶驴其人其文极其通俗,能娱乐观众。诚然他的文章算不上大家之作,文笔、情节还有人物塑造上也存在很多瑕疵,但是《赵赶驴电梯奇遇记》具有两个显著的特点——真实和轻松娱乐。真实主要体现在赵赶驴所选取的题材、所应用的环境背景是贴近广大网民的生活——都市白领上班族身边所发生的趣事。小说主人公赵赶驴可以算得上是一个"屌丝",一次机缘巧合让他邂逅美女白琳,并因此陆续认识了几位美女。一位曾经普普通通的"屌丝男",一下子饱受几位美女的青睐,给人一种"屌丝"逆袭的感觉。对于饱受经济生活工作压力的广大网友读者,赵赶驴以前的生活简直就是大家的真实写照,而赵赶驴其后的美丽邂逅却又是大家心中的共同渴望。人在底层生活得太久,然后又发觉社会也并没有想象中那么好,就总希望有一个外来的刺激遭遇来改变他们的生活,让他们的生活从此多姿多彩、充满乐趣。《赵赶驴电梯奇遇记》很真实地反映了广大"屌丝"的窘境,虽然不一定是真实的故事,却让人觉得充满人性的味道。小说的真实性还体现在对于性的幻想和异性的渴望,既能够大胆直接地进行描写,又很懂得把握分寸,对性描写和异性情欲描写,他从来没有赤裸裸地进行,而是仅供娱乐,符合我们每个人心里那点对性的"意淫"。他对性和色的描写也绝不是为了以此为噱头来吸引读者的注意力,而是因为这些想法正是所谓"屌丝"们内心真实的想法,虽然略显低俗,却也是合情合理,更甚至可以说恰在好处,倍添趣感。至于其轻松娱乐的特点,又极其吻合当前的文化语境。当今快餐文化、消费文化大行其道,经济的快速发展和激烈的社会竞争,逼迫人们只希望通过浅层次的文化需求来快速获得精神上的暂时放松和愉悦,因此,很多网友看过小说后无不说,"很多年轻人课业、家庭、就业等方面压力大,就以这种形式来放松。"该书的出版方也表示:"他的文章谈不上有深度,但我们要的就是娱乐精神。没有深度也可以是一种深度。"①

---

① 《赵赶驴现象,是社会良知的缺失?》,www.china.com.cn,中国网,2013年8月2日查询。

不过，也有不少人对这部作品提出了批评，说其很恶俗，文字也极其粗糙。关键的问题是，在赵赶驴身上，文学被彻底娱乐化了。一位网友说，"文学一旦和娱乐交织在一起，就像冰箱里的生鲜肉和水果串了味。"文学评论家白烨则表示，"在这篇作品及其影响中，我看到了文学被彻底娱乐化的危险倾向。"白烨认为，赵赶驴用一种粗糙、浅陋的叙事方式，刺激人们压抑的欲望和浮躁的心态。这是一种不负责任的写作态度。文学的彻底娱乐化，必然造成创作的随意化，在娱乐的大环境下，读者的整体阅读水平和审美素质在不知不觉地下降。一位学者甚至说：赵赶驴现象，是社会良知的缺失。①

那么，《赵赶驴电梯奇遇记》到底是一部满足了广大读者需求的成功作品，还是一部"粗制滥造"的低俗作品呢？我们在这里不想代替读者作过多的价值判断，读者阅读过作品后自有评判。但我们可以透过《赵赶驴电梯奇遇记》事件得到一个肯定的答案：网络文学的发展有很大的潜力和市场，只是这条路比较曲折和漫长。

26.《杜拉拉升职记》形成文化产业链

李可的《杜拉拉升职记》是一部网络职场修炼小说，它切合职场女性的心理特点，可以算是为职场女性量身定做的成功学，和以往写给男人看的职场小说有很大的区别。上世纪 90 年代的职场小说，多数是商战题材，以企业老总争斗为主线，不仅心狠手辣，而且挟带官场之威，俨如厚黑学博弈。而跨国外企并不讲这一套，逻辑系统发生转换，现代职

---

① 《赵赶驴现象，是社会良知的缺失？》，www.china.com.cn，中国网，2013 年 8 月 2 日查询。

场女性开始唱主角,她们显然对厚黑学兴趣不大,也不希望自己给人留下这样的印象。杜拉拉是"职业的一代",草根出身,外企白领,做着一份不高不低的人事行政经理的工作,拿着一份不高不低的薪水,经历着职场的跌宕起伏。这是上世纪70年代生人的标本式特点,也是第一代跨国外企人的生存境况。2007年9月1日,该作品由陕西师范大学出版社首版。2010年4月16日,根据同名畅销书改编的电影《杜拉拉升职记》公映,在两周内票房过亿,并且裹挟着话剧、电视剧、小说连播、有声读物在全国掀起了"杜拉拉"风潮——在国内,从没有一本图书卖出过如此多的改编版权,形成如此规模的文化产业链。其意义已不仅在于其图书销售码洋、电影票房、电视剧收视率,可贵的是,它提供了一种由图书作为起点,建立跨越多种媒体的文化产业链的本土范例。

 点评:

白领必读的职场修炼小说?

2007年,一本被誉为"中国白领必读的职场修炼小说"——《杜拉拉升职记》走出网络,被出版成纸质畅销书、改编成影视剧,风靡全国,中产阶级白领代表者杜拉拉,凭借自己的奋斗在外企拼出一片天地的故事,赢得了无数人的喜爱。

《杜拉拉升职记》的作者李可,是一位"隐形"作家,尽管《杜拉拉》如此的火爆,这位作者却从来不抛头露面,"李可"也只是笔名,她的真名还是个谜。在小说里,她都是用这样一小段文字交代自己:李可,女,某名校本科毕业。十余年外企生涯、职业经理人。从事过销售和人力资源工作——两种不错的谋生行当,从满足人类成就感的角度看,是两种可能提供极大发挥空间和精神满足的职业。在典型的欧美500强企业文化的长期熏陶下,她还是一个生动的热爱生活的人。

小说《杜拉拉升职记》是对当前的现代生活的一种真实写照,就像小说开头写的：大部分人是要谋生的，不单要谋生，而且希望谋得好。《杜拉拉升职记》的出现，让中国的出版人突然恍然大悟，原来中国的职场女性是一个如此巨大的图书消费群体，她们对成功的渴望，并不亚于这个国家里的男人。犹太人说过，女人和小孩的钱最好赚。在经济日益发展的今天，如果要与时俱进地理解这句至理名言的意思，那就是你卖给女人的不仅仅是衣服和首饰，还可以卖给她们不是装在香水瓶子里的梦想。

《杜拉拉升职记》的成功绝不是一个偶然，它契合了职场女性的心理特点，可以算是为职场女性量身定做的成功学，它们和以往写给男人看的职场小说有很大的区别。从前的职场小说，大多是商战题材，走精英化的路线，一本职场小说仿佛就是厚黑学。但是女人们显然并不想去研究厚黑学。所以这本书一问世，那个没有身份背景，没有名牌大学的学历，并不去争名夺利，只知道辛苦打拼的杜拉拉的形象就立刻得到了很多和她有同样经历的职场女性的青睐。而另一方面，本书成功的重要一点因素，还在于她很实在地教授了很多职场里的法则，人际交往的方式方法。这也是和以往的职场小说主要是以权谋为主有很大的不同的。因此，也有很多读者把杜拉拉奉若神灵，把杜拉拉教授的知识当成职场圣经来读。

但是，小说毕竟是小说，它们到底能给我们带来什么样的好处，还很值得商榷。一个真正在外企职场里的老鸟，其实会很清楚地知道，这样的小说，要作为职场的《九阴真经》来读，那真是问题太多了。首先，虽然本书一再强调此书是一个人根据自己的真实经历所描写的，但是可能很多人都忘记了，杜拉拉给我们所讲的故事这只是一个办公室里的罗生门的故事的一部分罢了，即便是同一件事发生了，在不同的人眼中都会有完全不同的版本，而每个人的描述，解决问题的方式，都只是基于她自己所认定的心理事实的基础之上。那么依据这个基础所得出的结论和对策，是否是最好的，最后判定的也是她自己。在职场里，不要把什么都想当然，太过自以为是。所以书中的杜拉拉，身在底层但并不一定真的知道一个办公室里的其他人在想什么。杜拉拉在这本书里，通过这种方式，把自己塑造成了一个超级玛丽、无敌小强式的员工，领导任性不负责跑掉了，老板是个无能的甩手掌柜，下属不是心机太重就是傻丫头一个，要么就是又笨又倔的男人，连情敌都是一个人品极差的美女。只有她杜拉拉一个人，在危难之际勇挑重担，从来没有做过一次错误的决定，从来没有采取过一次错误的策略，一路过关打怪，一直打到最终BOSS，终于取得了胜利。即便是这样，她也没有野心，只是忠心耿耿地为了工作，所以办公室里最帅的杰出青年也爱他，并为她放弃了自己在500强企业的大好前途。但是，这可能吗？一个真的职场老鸟会告诉你，有时候你做错过的事，远远要比你做对的事会教给你更多。

从另外一方面来讲，本书备受推崇的那些关于职场的经验，其实也很是值得推敲的。也许很多不了解500强企业的读者并不知道，做500强企业的人力资源，虽然有其难度，但是相对来讲，因为企业发展历史长，企业文化已经成形，所以他们的规则是很完善的，杜拉拉之所以能够讲出那么多的条条框框来，那是因为在这样的职场里，它是有规则可循的。但是这些规则，如果你用在一个非500强企业，比如一个小的外资企业，一个民营企业或者事业单位，那基本上是没有用的，因为中国的企业就像中国本身一样有自己的中国特色，规则之下还有潜规则，500强企业里有涨薪制度、惩罚制度、年假制度等等制度，但是在中国的企业里呢，当然也会有，而实施起来就是另外一码事了。所以，如果你想把杜拉拉的指点当成你的职场圣经，你首先得到500强企业去才行。因为这些，只在那里才好用。

阅读一本职场小说，就可以指导你的职场之路，是一种可笑的想法。因为每个人都在为自己的故事自说自话，而你的故事也和别人的不同。真正的职场智慧，还是要从生活中学得，而不是靠书本上观摩。

27.《大江东去》获全国"五个一工程奖"

2009年9月21日,阿耐的长篇网络小说《大江东去》获全国"五个一工程"奖,这是网络小说首次跻身国家级文艺奖项。《大江东去》是一部全景表现改革开放30年来中国社会、经济、生活变迁历史的长篇小说,小说以经济改革为主线,全面、细致、深入地表现了1978年以来中国改革开放30年的伟大历史进程,展现了中国改革开放30年来经济领域的改革、社会生活的变化、政治领域的变革以及人们精神面貌的改变等方方面面,生动描写了改革开放实践者们的挣扎、觉醒与变异,完美展现出历史转型新时期平凡人物的不同命运,编织出一幅工人、农民、小市民、个体户到企业主、政府官员、知识分子纵横交错的社会网络。

 点评:

网络文学如何表现主旋律

《大江东去》何以在浩如烟海的网络小说中脱颖而出,成为中国第一部荣获中宣部"五个一工程奖"的作品呢?那是因为作品本身就与以往网络文化中的那些"娱乐至死""云雾飘渺"、肤浅透顶的文字迥然不同,它语言通俗质朴,情节真实丰富,深入生活、契合现实,以小说中的四个主要人物宋运辉、雷东宝、杨巡、梁思申来代表中国改革开放时期的几种主要经济形式:国营经济、集体所有制经济、民营经济和外国资本,生动描写了这些改革开放实践者们的挣扎、觉醒与变异,完美展现出历史转型新时期平凡人物的不同命运。

简略来说,《大江东去》之好,一在于懂行,懂政策,懂现实,对改革、对党的政策、对改革开放后的社会现实理解得很深。二在于人物与情节都写得生动鲜活,懂人,懂生活,懂得生活的艰苦与乐趣,既有见识又有人情味。这本书可以当一个改革史看,也可以当一部教科书看。一段时间以来,纯文学作品在"现代主义"之后变得越来越关注个体感受、个人困境,久而久之,格局就小了,生命力也弱了。而这本厚重的150万字的现实主义小说,无视现代主义小说的影响,俨然具有了19世纪巴尔扎克那种时代画卷之余风。

但《大江东去》也是有缺陷的。作者阿耐有一句话印在小说的封底:"我有幸生活在一个前所未有的变革时代。"这是一种非常之不"文学"的态度,因为最优秀的文学作品基本上都与"时代主旋律"保持距离,或者给出一种"复调"——写出不同的人在这个时代的不同感受。而《大江东去》只写强者,它的主人公也都是"弄潮儿",因而有一种贯穿全书的乐观主义态度。对于这个时代,小说中的人物可以被裹挟于具体的事件而无暇对历史与现实作出反省,而小说的作者却要有一个更高屋建瓴的思想境界,这是托尔斯泰的《安娜》《复活》为什么千古垂范的原因。作品到了第三卷的结尾时,不禁让人担心,再写下去宋运辉官做得越来越大,梁思申钱赚得越来越多,那意义都不大了。这两个人现在官已经够大,钱已经够多,他们的最大问题是,他们两个都不"痛苦",安娜是痛苦的,聂赫留朵夫也是痛苦的,有没有一个真正"痛苦"的人,成为一个小说已经解决了主题、情节、人物这些问题之后的问题。没有痛苦,则没有诗。宋运辉有无数解决问题的良方,故而没法进入"痛苦"的境界,不能"苦吾苦",就也不能"及人之苦",所以他身上总是少几分人气。《大江东去》的确写得大气磅礴,湍流直下,但令人惋惜的是,作为一个全景式的小说,它没有真正写到底层,它最终还是一本"成功史"。

无论如何,《大江东去》之所以能迅速走红,赢得专家、读者的肯定与喜爱,并得以成为出自网络的主流文学的代表,是有许多闪光的地方的。用作者阿耐自己的话来说就是,"我兴奋的是,写《大江东去》的过程,也是我梳理反思提高的过程。因此我目前为止最大的成就感是自己对世界认识的提升——更全面、更系统、更深入,也更宽容。落实到实际生活中,因为有对前30年经济和社会的总结回顾,面对目前席卷世界的金融危机,我可以有更理性的判断,有更从容的应对。"

网络小说如何更为理性、从容地反映现实、揭示现实,如何与传统文学真正达成融合,如何深入、走进主流文学,如何与读者的阅读需求发生"化学反应"和良性循环?可以说,在这些方面,作为中国第一部荣获"五个一工程奖"的网络小说,《大江东去》不仅为网络文学的发展、繁荣提供了广阔对照,更为网络文学如何提升自身社会、历史、文学的深度和广度指明了某种途径。2011年网络长篇小说《遍地狼烟》获中国出版政府奖网络出版物奖,这是我国唯一的国家级政府图书大奖,是网络文学作品首次列入评奖范围。这两部作品最大的意义在于,网络文学第一次得到了主流文学的认可,正式堂堂正正地登上了文学史的舞台。

28. 《围脖时期的爱情》在新浪微博连载

2010年1月29日,我国首部微博小说《围脖时期的爱情》在新浪微博连载,正式宣告微博体小说诞生。该作品由闻华舰创作,是实时在线写作,随时接受网友的互动参与,网友的故事随时有可能被作者写进小说里,因此受到网友的热捧。但人们追捧这部小说,不仅仅因为它是中国文化圈第一部微博体小说,更因为这部小说道出了现代人心中对现实生活、对各类情感的困惑与迷惘。该书后来由沈阳出版社出版,于2011年4月全国发售。

点评：

开启"微博体小说"模式

"微博"一词是舶来品，微博概念最早来自美国人埃文·威廉姆斯。2007年3月，一个名为Twitter的网站在埃文的策划下正式上线。Twitter英文原意是一种鸟叫声，声音短、频、快，恰好与网站的内涵相契合，由此Twitter成了网站名称。2007年，饭否网将微博概念引入中国，但Twitter进入中国后被唤作"微博"。与美国的Twitter比较，中国的微博可以嵌入多媒体，增加回复、转发等多个功能，比较符合中国人习惯。2009年8月，新浪网推出新浪微博后，立即引爆了140字快速随时随地分享的热潮。事实上，微博经过商业网站的成功推广以及微博用户的接力追捧，被迅速制造成一个巨大的媒介神话。[1] 据《2010中国微博年度报告》显示，截至2010年10月，中国微博服务的访问用户规模已达12521.7万人，新浪微博用户数量已超过7000万。微博仅仅用了14个月，就晋升为普及人数超过5000万的传播媒介，速度之快远超之前的广播（用了38年）、电视（用了13年）和互联网（用了4年）等媒介。2010年，在媒体看来，我们已经步入了"微博年"。因为这一年发生了太多因微博而被关注的大事，微博的力量正异军突起。如"日记局长""山西疫苗案""南平杀童事件""王家岭矿难""上海火灾""仇子明被通缉""微博问政"等等，这些事件的发生不仅引起了人们对微博的关注，更重要的是折射出微博的力量。微博的兴起，毫无疑问，被看成中国自媒体时代的真正来临。

微博作为一种新兴媒介，它与生俱来的即时性与交互性，契合了以80、90后为主的年轻网民快捷阅读的需求和自我表达的心理，成为这个时代的宠儿。微博的崛起改变了原有网络文学的创作方式和传播速度，

---

[1] 张涛甫：《微博时代的新读写》，《文汇读书周报》2011年1月14日。

网络小说敏锐地捕捉到这一新兴媒介所具有的巨大潜在魅力。2009 年 10 月，9911 微博举办了"首届微博客小小说大赛"，反响热烈，微博体小说呼之欲出。2010 年 1 月 29 日，首部微博小说《围脖时期的爱情》在新浪微博连载，正式宣告微博体小说诞生。闻华舰的这种利用微博发布的独特写作模式，也受到网友的热捧，此后，网络文坛迅速掀起一股"微博体小说"热潮。网上每天更新成千上万的微博小说故事，各种微博征文大赛也风生水起，其中以新浪微博的"微小说大赛"尤为引人瞩目。2010 年 10 月 27 日，新浪微博主办了"中国首届微小说大赛"，受到了广大网民的空前关注。截止当年 12 月 4 日，大赛组委会共收到来稿超过 23 万篇，相关微博讨论量达 1668213 条，并伴随着微小说评选不断升温，成为微博持续讨论的热门话题。① 2011 年 10 月，新浪微博又举办了以"穿越吧，微小说"为主题的第二届微小说大赛。同年 4 月，《围脖时期的爱情》由沈阳出版社出版，这也开启了微博体小说走下网络、挺进传统纸质媒体的两栖传播之路。

《围脖时期的爱情》作为首部微博体小说，它的最大特点是"微"，即在 140 字里展现小说的生命力；而它的意义则在于，对微博而言，它超越了依附技术带来的讯息层面，具有了文学的审美价值，而碎片化的阅读，符合广大年轻读者转向瞬间欣赏的审美心理。对小说而言，那些即时性人物、情节，通过作者虚实相间的叙述，在短短的 140 字内变得鲜活了，给读者提供一种原生态的精神阅读享受。

"文变染乎世情，兴废系乎时序。"《围脖时期的爱情》正是在适应时代的发展、适应文学传播媒介和阅读方式的变化时，开创出的一种新文体样式——微博体小说。与传统小说相比，"短""简略""碎片化""即时性"和文学"信息化"是它非常显著的五大文本特征。② 所谓"文章以

---

① 张春：《微小说：传播热潮中的文体厘定》，《南京师范大学文学院学报》2012 年第 5 期。

② 孟伟：《微小说的传播学分析》，《河南社会科学》2011 年第 5 期。

体制为先,精工次之"(《玉海》卷二〇二引倪正父语),"文莫先于辨体"(吴讷《文章辨体·凡例》)。自古以来,中国文学创作就特别讲究文体,辨体以得体。① 闻华舰在创作《围脖时期的爱情》后,总结出自己对微博体小说文体的认识:"1. 每节都要有包袱、有完整的情节点。要在140字里写出张力和内容来。2. 故事情节的发展要围绕着微博发展,比如小说里有微博里正在热议的热门话题。3. 大部分人物是在微博里真实存在的。4. 充分利用微博功能,配上相关图片、视频、音乐。"② 这些创作条件,可以说赋予了微博体小说文体学的意义。它们和《围脖时期的爱情》所表现出的鲜明的文本特征,一同构成了创造微博体小说的文之大体,这对今后其他微博体小说的发展,无形中禀赋着文体学的范式意义。

29.《裸婚——80后的新结婚时代》获 2010华语言情小说大赛冠军

2010年10月27日,2010华语言情小说大赛在京正式落下帷幕。唐欣恬凭借作品《裸婚——80后的新结婚时代》从8个月、5个赛季、2万名参赛作者、24059部投稿作品中脱颖而出,一举夺得大赛冠军。当人们还在质疑网络文学大赛究竟能不能够产生文学力作,《裸婚——80后的新结婚时代》在书市销量一路狂奔,迅速占领2010女性文学畅销书榜;电视剧版权也遭八方机构争抢后尘埃落定,迅速投拍。这个由最大中文女性文学网站红袖添香运作的文学大赛也被喻为"最具商业价值"的女性文学赛事。

---

① 吴承学:《中国文体学札记:"文体"与"得体"》,《古典文学知识》2013年第1期。
② 于雪飞:《微博小说:新概念还是新文体》,《都市消费晨报》2010年3月29日。

 点评：

最值钱的 80 后情感焦虑症

　　裸婚究竟能不能裸来幸福？没房没车没存款，却偏偏有了孩子，于是 80 后的女主人公童佳倩顺其自然嫁给了与之相恋六年的刘易阳，搬入了刘家三室一厅的房子，拉开了四世同堂的序幕……《裸婚——80 后的新结婚时代》一书就是通过女主的"裸"婚后果，引发我们去探讨这样一个话题：究竟"裸"婚，能否"裸"来爱情？"裸"去物质，是否就能突显爱情的纯粹？推介者们说："这本书绝对值得未婚、将婚的人们看一看，如果你担心童佳倩的无奈发生在自己身上，那么请你三思；而已婚的人们，看一看本书，也能多一份包容。毕竟，矛盾的最终，仍是温暖，只是乍暖还寒的磨合期较难将息罢了。希望所有未婚、将婚、已婚的人们看完此书，哭过，笑过，骂过，感动过后，能对婚姻生活多一分理解和包容，感受更多的温暖和幸福。"带着这样一份情感的焦虑和认同，《裸婚》火了起来。

　　本书的作者名叫唐欣恬，是一个 80 后的网络作家，笔名小鬼儿儿儿。顶着金融学硕士精英头衔，曾于上海任对冲基金美股分析师，后回北京经商创业。丰富、精彩的学习、工作、生活经历，"依靠人生来创作"的写作信条让其作品充满浓郁的幽默时尚气息，写尽当代大都市女性情感生活真味。其发表在红袖添香的小说《女金融师的次贷爱情》引起不小轰动，网络点击人气居高不下，并被多家出版方相中，于 2009 年 4 月正式出版。随后发表小说《大女三十》《裸婚——80 后的新结婚时代》紧紧抓住 80 后婚恋时代的脉搏，被喻为"新生代都市女性情感代言人"。

　　全书描绘了这样的婚后场景：一边是溺爱孩子的婆婆，所有事都要一手把持，令女主人公童佳倩束手无策；而另一边是重男轻女的公公和奶奶，对孩子冷言冷语冷面孔，同样令童佳倩一腔愤愤。而男主人公，身为丈夫的刘易阳在婚姻中的一向怠慢的态度,终于使得童佳倩萌生离婚之念。不料,刘易阳的同事孙小娆突然插足,又使得童佳倩不甘撒手。刘易阳和童佳倩各退一步,在外租房,搬出刘家,可生活却日益不如意。带孩子的困难,存款的支配,以及对对方父母的态度,各种问题接踵而来……也就是说,整本书所描写的婚姻在生活的重压下,一直处于困难重重的境地,让女主人公无所适从。这种具有现实意味的婚姻描述,正好戳中了刚刚步入婚姻殿堂的80后的痛感,引发了他们强烈的共鸣和认同。截至2010年,在红袖添香网站上,该小说已经被阅读了近120万次,评论高达4771条。不少读者认为,全书读下来,有感动,有心酸,有会心一笑也有丝丝温暖,这一切的阅读享受当然是归功于作者起伏生动的情节设置,以及把握到位的语言描写。

但是,让一部反映出当代社会矛盾、人物典型体现青年一代形象的小说只停留在"畅销"和"流行"的层面,并没有达到它所标榜的"现实"该有的深度。首先,作者在人物和情节塑造上保留了太多理想化的成分。对人物形象有过曲折和颠覆,却终还是编造出人性善良、一切都是美丽的误会的人性假象。比如文中描写的婚姻最大危机,就是刘易阳的出轨。刚刚触痛了读者神经,作者又一转笔锋最终写成是场误会;书中另外一个有意思的情节就是公公的"晚节不保"的行为,最后也被"巧妙"转化成多年父女重逢。作者用"美丽的误会"使一个原本现实而真实故事变得像童话,却远离了现实和人性本来鲜血淋漓的样子。生活要比作者写得更让人无奈和痛苦,人性远远比作者写得更复杂丑陋更矛盾,现代社会的家庭危机婚姻问题伦理颠覆远远比作者描写得更加残忍。作者不敢将血淋淋的现实真相揭露人前,而是将他们以童话的手法化解,最后停留在一个"大团圆"的结局上面,让原本该有的艺术深度大打折扣,让一部"现实力作"在刚刚触碰到我们的情感痛点之后,又点到为止轻描淡写地化为和风细雨。这样看来,《裸婚》实际上就是标榜着"现实",一开始用充满生活质感和情感困惑来蛊惑80后的受众群,最后又以一场白日梦让他们掏出钱包买账,并且因为短暂的感动和共鸣,还巧妙地赢得了一致叫好的口碑。然而，也正是这样的作品，才具有独到的商业价值。

  因此，《裸婚——80后的新结婚时代》赢得了2010华语言情小说大赛冠军，这个由红袖添香运作的文学大赛也被喻为"最具商业价值"的女性文学赛事。《裸婚》在书市销量一路狂奔，迅速占领2010女性文学畅销书榜。电视剧也由著名导演滕华弢担任总导演，文章、姚笛、凯丽、丁嘉丽、韩童生等众多实力派明星主演。有评论指出，该作品若能以话剧形式出现，将更忠于原著，利于阐述小说作者思想，并将可能获得大批正值适婚年龄的80后共鸣，所以它同样还具有被改编成话剧的潜力。的确，80后这个集体已经成为消费主力军，又极力为他们焦虑的情感宣泄找到突破口，谁抓住了他们的情感脉搏，谁就抓住了一颗最值钱的摇钱树。

三 网站类

30.《华夏文摘》创刊

  1991年4月5日，全球第一个华文网络电子刊物《华夏文摘》在美国创刊，它以电子刊物的形式，通过电子邮箱免费订阅，每周一期。创办人是中国大陆留学生梁路平、朱若鹏、熊波、邹孜野等。其发刊词写道："作为海内外第一份通过电脑网络传送的综合性中文杂志"，《华夏文摘》是编辑们"为促进中文信息电脑化、自动化、网络化所作的一个新的尝试"，其内容"主要选摘海内外各大中文杂志的出色之作，在每个周末通过全球电脑网络传送给读者"，并力图包括政治、经济、文化、艺术、科学等各方面。其选稿的原则注重新闻性、趣味性、知识性和资料性，使读者在周末消闲的时光中得到收益和享受。虽然它不是纯文学的刊物，但是它是全球中文网络文学写作第一个园地，至今活跃，成为众多华裔家庭周末必读的"精神美餐"。《华夏文摘》还保存了创刊至今的所有发布的文学作品，是目前我们研究和发掘北美华文网络文学作品和文本的重要数据库之一。

 点评：

中文网络杂志之滥觞

《华夏文摘》是世界上第一份中文网络杂志（周刊），也是在海外的中国留学生和海外华人中影响最广的中文媒体之一。1999年4月25日，海外著名网络作家少君（钱建军）在美国哈佛大学燕京学社的一次题为《网络文学的前景与问题》的演讲中说："如果你问在美、加、澳、日留学的近二十万中国留学生，大概几乎没有人会说他没看过这份杂志。其影响力超过任何一种中文媒体。"[1]

《华夏文摘》的前身是《中国新闻摘要》。1989年春夏，北京处于非常时期，身处异国的中国大陆留学生迫切希望了解国内消息，4名在美国和加拿大留学、在网上相识的理工科学生便自告奋勇，利用大学里的电脑系统，于1989年3月6日建立了每日一期的英文电子刊物《中国新闻摘要》（*China News Digest*，简称CND），逐日转发西方国家各大通讯社有关中国的最新消息。《中国新闻摘要》这份集中国新闻大成的电子刊物，在随后的两年中逐渐发展完善，"读者达到一万多人，遍及二十多个国家和地区"[2]。在此基础上，《中国新闻摘要》编辑部决定建立一个全新的系统——《华夏文摘》中文网刊。于是，1991年3月，由朱若鹏任第一届主编的《华夏文摘》八人编辑部成立；1991年4月5日，《华夏文摘》创刊号正式出版，首期编辑为朱若鹏。它每周五出版，内容包括政治、经济、文化、艺术、科学等方面，所刊载的文稿主要取自海内外各家中文刊物和读者投稿，所有编辑人员全部是志愿工作者，没有任何报酬。编辑部在第一期《华夏文摘》的"发刊词"上声明："今天是中国的清明节。十五年前的今天，悲壮的四·五天安门运动发出了当代中国人

---

[1] 少君：《〈网络哈佛〉——哈佛大学纪行》，转引自 http://blog.sina.com.cn/s/blog_4b531f6401007tyv.html，2013年7月15日查询。

[2] 林雯：《论北美华文网络文学的第一个十年》，福建师范大学博士论文，2012年4月。

民争取自由民主的先声。现在我们谨以《华夏文摘》的诞生作为对这一伟大历史事件的纪念。"①

"《华夏文摘》是海内外第一份通过电脑网络传送的综合性中文杂志。这是为促进中文信息电脑化、自动化、网络化所作的一个新的尝试。"② 周刊的编辑主要是中国留学生,他们凭借各自不同的专业眼光和兴趣爱好,以新闻性、趣味性、知识性和资料性为甄选条件,以较成熟的汉字输入技术和汉字互联网传输技术为支撑,从中国及海外的中文报刊及大量来稿中精选佳作,编辑成周刊,及时向读者推荐。每期周刊在星期五编定后,通过网络传送到全球各国数万个订户,力求为众多华裔学生打造一席丰盛的"精神美餐"。

但在创办初期(1991年4月至1992年3月)的《华夏文摘》并非如编辑们所想的那样一帆风顺,它曾遭遇和所有新办杂志同样的问题:稿源、编辑水平、市场……尤其是作为一份免费的网络杂志,《华夏文摘》还面临着新困难:没有职业编辑、没有稿酬、没有用以扩大影响的广告预算,甚至没有前人的经验教训可以借鉴。因此,《华夏文摘》初创期水平不高,在所难免。读者反馈中,有善意的批评:"我在很大程度上觉得贵刊的文摘面显得很窄……故我建议贵刊能够扩大文摘来源,使其能够吸引更多的读者。"③ 也有冷嘲热讽:"这帮人,吃饱了撑的,自封编辑,办起了《华夏文摘》。"对此,早期的编辑晨剑大为感慨:"'吃饱了'谈不上,'撑'是实实在在的。撑了五个月了!主编撑不住了,换一个再撑。"④

1992年3月起,情况有了改观。1992年3月30日,《华夏文摘》出版增刊第1期"参考消息专辑",登载了《邓小平南巡时的讲话》和《李鹏在第十七次国务会议上的讲话摘要》两篇文章。从此,以专题形式出

---

① 《〈华夏文摘〉发刊词》,《华夏文摘》第1期,1991年4月5日版。
② 同上。
③ 王孟和:《华夏文摘》第21期,1991年8月23日版。
④ 晨剑:《编后语》,《华夏文摘》第23期,1991年9月6日版。

版的"增刊"随即成为《华夏文摘》出版的一种重要形式[①]。同月,《华夏文摘》开展"乡情"有奖征文活动,至6月结束。同年7月,《华夏文摘》出版增刊第5期"乡情专辑",收入此次有奖征文活动的获奖作品等。[②] 显然,这些活动扩大了《华夏文摘》的影响。1992年4月,《华夏文摘》的直接订数首次超过5000份。

1993年2月6日,《华夏文摘》推出增刊第14期"海外留学生作品专辑",收小说《镜子》(赵太)、随笔《论中西文化之异同》(还新)、小说《新春》(老陕)等三篇。[③] 同月,《华夏文摘》的直接订数首次超过1万份。在1993年的繁荣时期,曾有读者如此描述其第一次在电脑上读到《华夏文摘》时的心情:"还记得一年前的一个星期天,当我第一次成功地在我那一向只会'讲'英语的电脑屏幕上读到《华夏文摘》时,兴奋得手舞足蹈,高呼'万岁'的情形。来美五年了,一直生活、学习在美国中西部的一座没有'唐人街'的城市中。每天学的、读的、听的、讲的、写的都是清一色的英文。此时,屏幕上扑面而来的一行行整齐、漂亮的仿宋体汉字是那样地熟悉,那样地亲切。许多读者还将《华夏文摘》保存到软盘里,或是打印成册,转给那些无法在电脑上阅读中文或是不会使用电脑的家人和朋友们看。方块字成了海外游子最温暖的心灵慰藉和精神家园。"

1994年6月3日,CND和《华夏文摘》的万维网网站www.cnd.org正式开通,是当时全球最大的华文网络虚拟空间。网站建立后即能够从访客数据看出明显的全球化特征:主体访客43.7%来自美国,12.1%来自日本,7.6%来自加拿大,5.8%来自瑞士,4.5%来自中国大陆,2.3%来自英国,2%来自德国,2%来自中国香港,2%来自新加坡,1.5%来自澳大利亚,1.2%来自印度,1%来自伊朗,0.5%来自中国台

[①] 《华夏文摘》增刊第1期,1992年3月30日版。
[②] 《华夏文摘》增刊第5期,1992年7月6日版。
[③] 《华夏文摘》增刊第14期,1993年2月6日版。

湾以及其他国家和地区。《华夏文摘》在第166期的启事中,第一次将WORLD WIDE WEB译为"万维网罗密布",简称"万维网",并预言万维网将是"全球信息资源交换的未来",这一译名被广泛传播。

1996年12月,《华夏文摘》达到刊物发展的顶峰时期,有15151人成为它的直接订户,它的读者分布在48个国家和地区,总数超过150000人。它的万维网网页每周被访问1511,000次,同时,它的GB码版每周被提取12000次,PS版每周被提取6400次。

然而1994年之后,《华夏文摘》实际就已开始逐渐走上衰退的道路,ACT元老之一、《新语丝》主编方舟子说:"从1994年起,《华夏文摘》的确是一年不如一年。只不过这原因,并不是因为万维网的兴起,而是因为《新语丝》等新兴中文电子刊物陆续出现而抢去了《华夏文摘》的读者,《华夏文摘》的垄断地位从此被打倒,而且因为其政治倾向过于明显,而被越来越多的老读者所抛弃……即使是在1994年以前,《华夏文摘》也绝对不是什么中文网上的'原创中心',中文网的真正中心在当时是ACT……在1996年起ACT开始衰败之后,中文网上就再也没有哪个地方可以算得上是原创中心了。"[1] 此外,《华夏文摘》编辑人数下降,在任编辑工作任务加重,编辑部处于萎缩姿态和缺乏有影响的新闻活动,也是它衰落的重要原因。[2]

《华夏文摘》可以算是北美网络文学的摇篮,互联网上有案可查的原创作品,譬如第一篇散文、第一篇小说、第一首诗歌、第一篇文学评论,都出自《华夏文摘》。《华夏文摘》第一期(1991年4月5日)上有美国普林斯顿大学访问学者张朗朗的《太阳纵队传说》,这是有案可查的最早的一篇华文网络原创散文。最早的华文网络原创杂文也是张朗朗的作品《不愿做儿皇帝》,发表在《华夏文摘》第三期(1991年4月16日)上。

---

[1] 方舟子:《网文原来有"中心"》,http://www.qingvun.com/cgi-bin/utl/topic print.cgi? id=1836,2013年7月16日查询。

[2] 黄绍坚:《第一份中文网络杂志——〈华夏文摘〉研究》,http://blog.sina.com.cn/s/blog_4b531f6401007wrn.html,2013年7月16日查询。

发表在《华夏文摘》第四期上的阿贵的《文如其人》，可以算作是最早的一篇华文网络原创文学评论。而发表在《华夏文摘》第十一期（1991年11月1日）上的小说《鼠类文明》，则是最早的一篇华文网络原创小说。到了1992年5月1日，第一首华文网络原创诗歌才诞生，这就是美国俄勒冈州立大学在读博士生图雅的《祝愿——致友人》。这些作品都是作者直接用电子邮件投稿的。

31. "海外中文诗歌通讯网"创建

大约在1991年12月前，全球第一个华文网络纯文学交流群——"海外中文诗歌通讯网"创建①。它由纽约大学布法罗分校的王笑飞创建，实际上是一个邮件订阅系统，以张贴古典诗歌为主，也发表原创诗歌。成员主要来自美国、加拿大、英国、丹麦、澳大利亚、法国等国家的中国学生、学者，约有360多人，大家以电子邮件的形式随时随地交流诗歌和其他文学作品。

点评：

发泄苦闷的平台

"中文诗歌网络"是全球第一个华文网络纯文学交流群。关于中文诗歌网络，现有最早的记录为1991年12月20日《华夏文摘》第38期的介

---

① 具体创建日期已难以考证，最早的记录为1991年12月20日《华夏文摘》第38期的介绍。

绍:"中文诗歌网络是为诗歌爱好者分享和讨论诗歌而建立的,目前有二百多人参加。"① 交流群内的网友以电子邮件的形式,可以随时随地交流诗歌。

　　除了诗歌交流、创作外,中文诗歌网络还收录了包括大量经典传统文化典籍在内的其他文学作品作为交流所需。1991年冬天录入的、现存于中文诗歌网络、由德克萨斯州美国超级超导对撞机实验室李晓渝等人录入制作的《孙子兵法》,是目前发现最早的华文典籍的电子版。中国诗歌网络文库中还有《老子》《论语》《诗经》《唐诗三百首》《三字经》等电子文本,由于多数文章没有注明制作时间,从该电子文库最后保存时间判断,这些电子文本制作时间应该在1991—1993年之间。

　　中文诗歌网络的成员来自美国、加拿大、英国、丹麦、澳大利亚、法国等国家,这些活跃于北美华文网络文学写作群体中的成员大都是理工科学生,令人印象深刻的有朱若鹏、方舟子、少君、图雅、张朗朗、阿贵、严永欣、阿羊、黄谷扬、李兆阳、许晨、吴志强、叶雷、哈维尔、文殊、黄土、孔补、刘畅、张梓、敖小平、陈绍伟、晨剑、刘路沙、希成、姚明辉、黄谷扬、张宇、毛继业、扬子、诸岳、周皓生、杜江、齐辛、小军、李洪川、华新民、胡楠、王林、丁键、马光辉、晨剑、高洪波、王书平、戴善奎、徐刚、蒋华、逸之、华新民、方励之、王建琦、陈建敏等。这些理工科留学生都具备一定的英文计算机软件使用技能,有的甚至具备研发技能,拥有专业的电脑使用技能和网络专业知识。这一点对于早期华文网络文学写作非常重要。在实际操作过程中,首先,"需要用华文软件先在电脑的DOS系统中(windows的前身)写出来,然后用Uudecode对文章进行编码,再以SMTP(电子邮件前身)方式把这个文件传输给各个接收者的地址。收到文件的人,首先用Uudecode解码,再下载到自己的电脑里才能阅读,早期甚至不能直接阅读,很多乱

---

① 安娜:《如歌的行板——北美华文网络文学中的诗歌评述》,《世界华文文学论坛》2002年第1期。

三　网站类

码，要打印出来才能看见华文文章。"① 这一群理工科背景的写作者自觉充当了文学刊物的创办者、策划者、主编、编辑、作者和读者主体，给传统的纸质文人文学注入了新的生机和活力，如写作的自发性、文字浅白、感情直露等，形成了北美华文网络文学风格的雏形，为后来大陆网络文学的发展奠定了基础。

最初阶段的北美华文网络文学写作最集中的主题是"发泄苦闷"。"20世纪80年代中后期到达北美的中国留学生，都是国家公派的中国社会的精英，当时中国社会与美国社会相比，各方面存在着巨大差异，他们怀着理想主义的梦想来到这个政治、经济体制截然不同，语言几乎不通，文化迥异的发达资本主义国家里，经历了短暂的震惊和兴奋后，都承受着各方面的落差带来的压力。"② 首先便是经济落差带来的苦闷——公派留学生一个月50到100美元生活费，和美国人一个月2000到3000美元的平均生活费相比的经济压力，不少留学生不得不在课余时间从事洗碗、送报纸、售货等工作来挣钱；其二是身份落差带来的苦闷——国内的精英一变而成为课余时间的体力劳动工人的身份落差，这样两个极端的身份上的跳跃，给他们的精神带来了不小的压力；三是情感上的苦闷——与故土的距离的隔阂，生理和心理抚慰的缺失，内心的痛苦找不到朋友倾诉，得不到伴侣的安慰，得不到家人的关怀，融入全新的社会环境的不能。由于这些原因，发表门槛低、阅读免费的网络，很快在留学生中流行起来，成为他们发泄异国苦闷的最好的平台。如《大厨》描写了国内高材生小吴怀着美好梦想远赴重洋，从青年学者变成了失学流浪者，从指点江山的理想主义者变成了首要解决生存问题的现实主义者的痛苦历程。"离开了满面红光的父亲和泪水涟涟的妻子，我的心像飞机腾空而起一样充满幻想"，"然而当飞机一落地，我的这种感觉就跑了一

---

① 世闽：《大浪淘沙——评北美华文网络文学中的小说》，《世界华文文学论坛》2002年第1期。
② 蒙星宇：《北美华文网络文学二十年研究（1988—2008）》，暨南大学博士学位论文，2010年5月。

大半,第一个对美国留下深刻印象的就是钱","问我对美国有什么感觉?告诉你,每次开车在四十五号公路上超过七十五英里的时候,我就希望突然有一辆大货车横着撞过来,把我的本田小货车撞个粉碎","我们这些生活在社会主义制度下的大学生,根本无法想象到美国这种资本主义制度下的大学生活。我第一个星期在给我老婆的信中说:我得到了自由,但同时也失去了其他很多东西,如自信、保障和信念,也许有一天也会失去你。"①

从满怀希望,到短暂的震惊,到不得不把曾经拥有的美好梦想全部放弃而重新开始拼贴现实的自己,这样的痛苦经历是当时的中国留学生普遍的心理历程的写照。不管是刚开始的英文网络还是后来出现的华文网络,它们都为海外的中国留学生和华人提供了一个高效传输的、排遣内心苦闷的通道。释放身在异国的压抑和苦闷,成为凝聚海外中华文化的因素,是推动海外华文文学产生、发展、变革的助推器。

32. 中文互联网新闻组 ACT 建立

1992 年 6 月 28 日,美国印第安那大学中国留学生魏亚桂在 Usenet 上请该校的系统管理员建立了第一个使用 GB－HZ 编码的中文互联网新闻组 ACT (alt.chinese.test),中文网络文学开始在全球的互联网上传播开来。ACT 是一个华文虚拟空间,在这里任何用户不需要申请就可以自由发表意见,内容广泛,文学评论、诗歌唱和、旅游感受、海外生活体验是其中重要组成部分。ACT 的出现虽然仅仅意味着在国际互联网的某个局部的功能上开始使用中文,但它是世界上第一个在网络上直接用中

---

① 陈瑞林:《横看成岭侧成峰——北美新移民文学散论》,成都时代出版社 2006 年版。

文进行交流的论坛，在中文国际互联网的发展史上具有开创性意义。在上世纪90年代中期至末期新浪、搜狐、文学城等海内外中文网络论坛兴起之前，它是全球最大的中文网络社区。一批留学生在ACT上发表了小说、散文、诗歌等大量的汉语文学作品。这些网络文学作品各具特色，图雅、百合的小说和散文，莲波、方舟子的散文倍受欢迎。ACT初期以简体中文发行，其目标读者是中国大陆的海外留学生，后来为方便来自台湾、香港的留学生阅读，又推出了繁体中文镜像版，即alt. chinese. text. big5，简称ACTB。

点评：

中文网络论坛的先驱者

1992年，北美的留学为了能够在网络上找到一个以中文作为交流的地方，在Usenet上开设了alt. Chinese，text（简称ACT）。ACT是"国际网络中最早采用中文张贴的新闻组"，[①]是全球首家华文BBS（论坛），可以说，有了ACT，才有了今天的中文国际网络。

关于ACT，方舟子先生曾回忆道：当时的互联网络，直接传递二进制文件还很不可靠，因为用于定义国际码的非美标符号在传递时经常丢失。为了保险起见，在传递之前必须用加密方法把它改编成文本文件，到达终点后再解密还原成二进制文件供阅读。因此，在当时的互联网上，是没法直接阅读国际码中文的。为了解决这个问题，在1989年，黎广祥、魏亚桂、李枫峰等人提出了一个新的解决办法，即恢复国标码为纯文本本来面目，但在中文的段落之前和之后各加上控制符号与英文区别开来，这些控制符也属于美标。这样，整个文件就都是一个纯文本文件，可以在网络上直接传递了。这种编码方法，被命名为"汉字"码，简称

[①] 林雯：《论北美华文网络文学的第一个十年》，福建师范大学博士论文，2012年4月。

HZ。建立 ACT 的动机,就是为了推广、使用 HZ 码,所以,该新闻组对张贴的内容没有任何要求,唯一的要求是必须使用 HZ 码张贴。因为 HZ 码属纯文本,所以才有新闻组名称后面的那个奇怪的 text。

谈及北美论坛,ACT 是最经常被网友们提起的名字,尤其是老网友们。1993 年的 ACT,拥有数以万计的固定用户。"根据当时活跃在 ACT 的方舟子所说,当时 ACT 的读者保持在 5 万多,ACT(繁体字)的读者数保持在 2 万多,ACT 用的是简体字,那 5 万读者可以说是来自中国大陆,当时中国大陆的留学生不过十几万,也就是说,几乎有一半的大陆留学生在阅读 ACT,不读的人大都也知道 ACT。"① 1993、1994 年这两年间,ACT 尤其活跃,主要成员几乎都来自于加拿大和美国。这些留学生们在异国他乡满怀着漂泊的乡愁,渴望用自小熟知的方块字来表达心中所系的故国情怀和对亲人的思念。女性网刊《花招》编辑说:"最初不过是想家乡,非常想读方块字,读多了,自然也会和朋友交流,而网上的交流只得写。"② 在 ACT 的鼎盛时期,"平均下来,每天有两、三百封张贴,若遇到非常时期,自然远不止此数。几天不读,贴数就多得无法处理,所以许多人都养成了每天上网阅读 ACT 的习惯"③。

作为一个自由的论坛一定少不了各种纷争,ACT 时代也是如此。论坛的论战促进了 ACT 人气的兴旺,但也是导致 ACT 消亡的最直接原因。ACT 的兴衰,总结起来不过是四个字:名利之争。上网早的、文笔好的元老起了骄慢之心,旧人中名不够响、或想拔头筹而不得者,新人中急切想往上爬的心怀醋意,骂战就此开始。ACT 的黄金时代因此结束,白银时代开始了。白银时代的 ACT,竞争较为激烈,却仍然好文迭出。然而后来骂人的文章却成了读者最多的文章,爱骂人的作者占了上风,且赢得一片赞叹和模仿。混乱的 ACT 白银时代也告一段落。铁器时代开

---

① 黄鸣奋:《网络华文文学刍议》,《华侨华人历史研究》2002 年 3 月。
② 转引自 http://www.netease.itl68.com,2013 年 7 月 15 日查询。
③ 林雯:《论北美华文网络文学的第一个十年》,福建师范大学博士论文,2012 年 4 月。

始，ACT"战火"不断，身处其间更难生存，不少老人选择了离开，包括ACT鼎盛时期的六大家（百合、莲波、散宜生、嚎、图雅、方舟子）。嚎自1996年3月中旬起就不再在ACT上交流；散宜生在1996年5月20日贴了最后一帖《女人的定义》；百合在1996年5月28日《没话找话》后就此失声；图雅在1996年7月3日贴了《罕见的天才》，不辞而别；莲波则在1996年7月20日贴出了离网告示。方舟子还支撑了一段时间，但1998年后也很少在ACT上露面了。

ACT作为全球首家华文论坛，最后却消亡在网络骂战中，不少网人为之惋惜。刘擎说："互联网的各种论坛上，每天都有辩论在进行……如何不让自己的声音被埋没？最失败的路线就是声嘶力竭。我们在各种论坛的辩论上都看到出言不逊的人身攻击……许多精彩的话题常常始于理性平和的讨论，刚刚看到一些颇有见地的观点，却被侮辱性的指责搅乱。最后终结于相互谩骂而不可收拾的局面，令人唏嘘……虚拟空间似乎彻底瓦解了真实世界的交往规则，'匿名人格'让人为所欲为，使理性与礼仪之类的限制荡然无存……"[①]

ACT作为论坛，可以说是成功的，它达到了相互交流目的，但由于管理不善，没有有效的规则来制约和解决各类因骂仗而不断升级的矛盾，最终只能以失败收场，这对后起的论坛和网站的启示、借鉴意义应该是非常深远的。

附：当时，ACT上张贴的内容跟其他外语新闻组没有什么大的差别，如果要说有什么特色的话，那就是在那里偶尔可以读到一些古典、现代的文学名作。这些作品，都是一些热心的网友花费了许多时间无偿输入的。当中文扫描识别技术还未被开发出来的时候，中文输入的艰辛可想而知。正是这些海外先驱者的艰辛劳动，为中文典籍电子化、也为以后的各中文电子书库，打下了坚实的基础。这些汉文电子化的先驱者，包

---

① 刘擎：《网络辩论的输赢标准》，http://www.civilwind.coin/liuqing/lq070617.htm，2013年7月15日。

括张家杰（输入《孙子》《鬼谷子》）、知更（输入《周易》《庄子》）、弘甫（输入《离骚》《九歌》）、不亮（输入《水浒传》《三国演义》的一些章节和鲁迅《呐喊》）、莲波（输入几位宋词人的选集和鲁迅《朝花夕拾》）、裴明龙（输入李白、王维诗选）、方舟子（输入《荀子》、杜诗、几位词人选集、鲁迅《野草》和一部分杂文）、笑书生（输入钱钟书《围城》）、幼耳（输入钱钟书短篇小说、散文集）、程鹗（输入张承志《北方的河》）、海生（输入几部当代长篇纪实文学）、黄鱼（输入几部当代中篇小说）、柱子（输入长篇纪实）等。值得一提的是，有几位学习汉语的外国友人也加入了汉文电子化的行列，其突出者包括美国人施铁民（原名戴维·斯蒂尔曼，输入《红楼梦》全书和柳永全集）、井作恒（原名约翰·简金斯，输入"四书"）、奈得·瓦尔希（输入《唐诗三百首》）和韩国人金明学（输入柔石《为奴隶的母亲》等几篇现代作品）。

33.《新语丝》在美国注册

1994年2月10日，《新语丝》网站在美国加州注册。这是第一份网络中文纯文学刊物，以邮递目录的形式刊发诗歌和网络文学，设有"卷首诗""牛肆"（随笔、杂感）、"丝露集"（文学创作）、"网里乾坤"（文史小品）和"网萃"（个人专辑或专题讨论）等五个固定栏目和"电子文库""鲁迅家页"等文学板块。该刊推崇70年前鲁迅等人在《语丝》所主张的"任意而谈，无所顾忌"，是第一份不隶属于任何机构、以远离时事政治为特色、自始至终百分之百刊登创作稿件的中文电子刊物，风格清新。《新语丝》的创办者和主持人是"资深电网文人"方舟子。方舟子，原名方是民，1990年从中国科学技术大学本科毕业后赴美留学，1995年获美国密歇根州立大学生物化学博士学位。先后在美国罗切斯特大学生物系、索尔克生物研究院做博士后研究,研究方向为分子遗传学。从创办至今,《新语丝》电子杂志每月一期,从不间断,至今按时出刊,是历时最长的、以文学为主要板块的北美华文网站。

 点评:

网络时代的一块净土

《新语丝》月刊是一份由方舟子等海外中国学人在1994年2月创办的一份电子文化性综合刊物,名称源自中国新文化运动时期由鲁迅、周作人、钱玄同、林语堂等人在北京创办的同人刊物《语丝》。方舟子在发刊词中以蜘蛛自喻,"吐语成丝,编织为网",赋予"语丝"一词新的含义。据方舟子1995年的一篇回忆文章,这个灵感来自于ACT时代网络名人图雅。

《新语丝》内容包含随笔、评论、诗歌、散文、小说、文史哲以及科普小品等。每月定时发行正刊,并不定时发行专题增刊。《新语丝》回避政治,专注于文学,极少错字,其质量在同时期的中文电子刊物中可算上乘。同时期的非商业性质中文电子刊物不少,能十数年不变的却是屈指可数。

《新语丝》月刊在创刊之初通过ACT发行。1996年新语丝网站建立以后则主要通过网站发行。该刊物也通过邮件列表等其他方式在网上发行。《新语丝》由散居世界各地的志愿者组成的编辑委员会,注重将这份刊物"建筑成一面镜子",尽量全面真实地去"反射"散居异乡、无根也不落叶的魂魄们"形而上及形而下的形形色色"。编辑部不设总编辑,而由各位编辑"轮流坐庄"做主编。这一做法是为了防止"总编有凌驾于义务编辑之上的权利而随便增删稿件,从而保证刊物内容及思想观点的多元化特点"。

关于《新语丝》的属性,李大玖认为,准确地说,《新语丝》是第一份中文网络文化期刊。有新语丝自述为证:"《新语丝》为文化性综合刊物,登载文学、艺术、史地、哲学、科普等方面稿件。"顾名思义,纯文学网络媒体内容应该是发表原创诗歌、散文、小说、电影、电视剧本等,还可以是欣赏或者评论古今中外文学作品。一般而言,文化刊物的内容比文学要广泛得多,其差异如同"文化"与"文学"两个词所具有的内涵与外延的差异一样。

1995年6月,"新语丝"决定另外建立一个使用国标码、以收藏中文古典作品和鲁迅著作为主的电子文库"新语丝电子文库"。文库开始只是一个公用存档点,供网众用FTP的方式下载、离线阅读或打印。随着文库的发展,收藏范围也逐渐扩大,目前文库共有六个收藏部:《新语丝》杂志,收藏自《新语丝》创刊至今的各种版本正刊和增刊;"新语丝之友"张贴,收藏"新语丝之友"通讯网设立以来的所有张贴;"中国经典",现有七个分支,分别收藏诸子百家、古典诗歌、古典小说、古文、古典文学评论、古典色情文学和鲁迅著作;"电子书籍",现有现代文学和文史资料两部分,现代文学收藏现代、当代著名作家、诗人的作品,文史资料收藏哲学、历史、宗教等方面的资料;"中文网人作品",收录网络上活跃的文学写作者的作品。总量近一亿字,全部向读者免费服务。新语丝网站是目前收藏中国文学经典作品最为齐全的公共存档点,也是海外国标码中文网站中流量最大的一个,每天都有十几万人次取阅,对于华文文学的网络存在、满足海外学人和华人的华文网络阅读需求、激发华文文学写作发挥了巨大的作用。

现在的《新语丝》除了有丰富的文史资料外,还登载很多关于科学普及,揭批学术腐败,反伪科学,揭露不实新闻,批判中医、邪教及基督教的文章。当前,在《新语丝》上新发表的所有文章大部分来自读者投稿,也有一些摘自网人博客和其他媒体。这些文章都由方舟子选择及更新,有时还在转载的文章前加上自己的按语,所以网站极具个人特色。方舟子并不讳言《新语丝》的倾向性,但自认为还算是比较公正,并曾解释说只要符合一定原则的文章一般也会刊出,但宣扬或同情"种族主义、法西斯主义、恐怖主义、沙文主义、民族歧视、性别歧视、宗教迷信、反科学、反理性、反民主、反人道、反人权"的内容都不登。

1996年7月,方舟子在加拿大多伦多的"电脑网络与中国文化"会议上,把网络文学称为"流放文学"的一部分。他在题为《在网络上流放》的演讲中认为,这些文学创作在内容上具有流放文学的特点:一是怀旧,回忆在国内时候或苦或甜的生活;二是描写文化冲击,是以一个外来者的身份抒发在居住国的感受。在形式上,多采用散文、随笔、诗歌这种便于直抒情怀、短小随意的形式。在质量上与常规文学存在着较大差距。他还认为,网络文学是"文学创作的另类",只具有实验意义,并不具有多大的欣赏意义,它们对创作者的价值远比读者大。"所谓'网络化的文学'也就只能是网络文学中被忽略的一个变种,如果有人要对之大力提倡,恐怕也只能是徒劳的。毕竟,对文学而言,个性化的文字才是最根本的。"

1996年10月,《新语丝》建立了万维网主页。其服务器曾几次搬家,目前位于美国加州。

1996年底,《新语丝》面临着被商业公司"亚美网络"吞并的危险,这种外部威胁导致了内部分裂,《新语丝》创办人方舟子坚决地把它注册为非赢利机构,另一些人因此退出《新语丝》,去往亚美网络办《国风》。自那时以来,方舟子坚持自己的办刊宗旨,有效地避免了商业网站"烧钱"的通病。目前,该网站有两个镜像站点(国际版 www.xys.org,国内版 www.xys2.org),其点击数合计约40万,在海外中文网站里名列前茅。

《新语丝》的成功,方舟子归纳为七点原因:一是办得早。在互联网方面,先声夺人特别重要;二是持之以恒,十几年来毫不间断,而同期的杂志、文库多已停办或者衰落;三是有理念,理念就是为了在互联网上传播中华文化和科学精神;四是主办动机单纯,不带商业目的。可以说是为了玩,也可以说是保留了互联网早期的那种奉献精神;五是质量上严格把关,绝不迁就;六是民主与"独裁"相结合的独特编辑制度,每期《新语丝》杂志都由责任编辑全权负责,轮流担任责编;七则是广大读者的支持。《新语丝》的读者未必是最多的,但它拥有一个最忠实的读者群。①

34. 水木清华BBS建立

1995年8月8日,水木清华站建立BBS,这是大陆第一个互联网上的BBS,随后其他高校也陆续紧跟而上。水木清华的读书、文学、武侠等版面人气较旺,不乏论坛本土和转载来的网人原创,这应该是大陆最早的自发型网络原创。

 点评:

匆匆,十年

各个校园BBS的文学版是原创文学网站的前身。文学版虽然只是整个BBS数十版块之一,却是最早一批网络写手驰骋的舞台。从有了BBS开始,原创网络文学就开始迅速地壮大起来。随着互联网的更迅猛发展,上网人数的急剧扩张,无论是网络文学写作队伍还是阅读队伍都变得越来越庞大。这时,人类社会中普遍存在的群聚原则就慢慢发挥了作用,网文作者和读者逐渐聚拢起来,终于出现了专业性的原创文学网站。

我国大陆最早的BBS是建立于1995年8月8日的水木清华。水木清华是清华大学目前的官方BBS,名称原指清华大学的一处景观,出自于

---

① 参看 http://baike.baidu.com/view/263033.htm#7,2013年7月17日查询。

晋代诗人谢混的诗句"惠风荡繁囿，白云屯曾阿，寒裳顺兰止，水木湛清华"，后为 BBS 沿用下来。这也是中国教育网的第一个 BBS。1995 年 8 月初，ace 为使清华内部能有自己的 BBS，在实验室的一台 386/Linux 上架设了 BBS，采用的系统是台湾大学椰林风情站的 Palm BBS。其后 ming 和 lucky 也参与进来，并将系统转移到一台 SUN Sparc 20（64M 内存）的机器上。8 月 8 日这个 BBS 系统正式开放，定名为"水木清华站"，此时的 IP 是 166.111.1.11。10 月，水木清华站提供 MUD 功能；11 月 27 日，水木清华站可以通过 WWW 方式访问。到 1995 年底，水木清华的注册用户大致在数十人左右。

1996 年至 2005 年十年，是水木清华发展最黄金的时期。1996 年 3、4 月间水木网友举行风筝会，中国中央电视台《我们这一代》对此进行了采访录制，并在节目中播出，这为水木的发展大造声势。4 月底，水木向全体清华学生开放，上站人数急剧上升，常突破百人。此后，水木不断地改进服务系统，加强和完善内部管理，并且很好地利用一些时政大事件吸引网民的参与，短短十年，取得了极大的成功。

首先，水木持续优化服务系统。1996 年 10 月底，系统更换成 Firebird BBS 系统，在此之前站务人员对 Firebird 系统做了大量改进。11 月，第二个版本的 WWW－BBS 设计实现出来。1997 年 11 月初，曙光公司捐赠一台天演服务器（512M 内存/9G 硬盘），经努力 BBS 系统移植到 AIX 上，并且重新开放了 WWW－BBS 接口，提供 pop3 收取站内信件功能。1999 年 9 月初，系统又进行了重大改进：优化了系统，对 pop3 取信进行过滤；将系统人数上限设定在 750 人。2001 年 1 月，曙光公司再次捐助，系统的负载能力可以承受上站人数 3000 人。5 月，KCN 对系统进行了重大改动，在性能、安全性方面得到提升；开始施行荣誉账号制度。6 月，曙光公司再次捐助。12 月，试验转信，NetPRG 板面开始和 cn.bbs.unix.programming.network 新闻组转信。2000 年 1 月 1 日，新版 www 系统启用。2002 年 3 月 3 日，更换新服务器，配置为 4＊PIII Xeon 700，2G RAM 5＊18G HD。4 月 5 日，施行 BBS 水木清华站转信管理办法，开始支持转信。4月15日,BBS水木清华站获得ICP备案,备案号为京ICP备020002号;4月25日,系统支持SSH。5月12日,系统支持Zmodem,WWW访问开放测试。7月25日,系统支持POP3S协议。2003年4月11日,精华区开始可以下载;4月23日,开设"Picture/贴图"临时版面;8月4日,Piebridge版首次版聚;8月6日,赛尔在线开通了"水木清华"上网直通车;8月8日,开设"SMTH/水木清华站史"版面;12月5日,开设"CrossLife/两岸文化交流"群体版面,可以同台湾PTT站的CrossLife版双向转信;12月26日,终止"圣经研究/Bible"主题版面。2004年1月3日,开设"TamiaLiu/刘涛·涛涛不绝"群体版面。3月21日,增加搜索功能。5月8日,开始提供Blog服务。

其次,水木在管理制度上也进行了有益探索。1997年9月底,成立了站务管理委员会,站点管理走向正轨,加强了站规、板主和版面的管理,建立了板主报道制度,并制定了新板申请等制度。2001年9月26日,开始试行仲裁制度。10月,建立第一届仲裁委员会。2004年2月16日,施行《BBS水木清华站版面正版主负责制试行办法》。5月9日,正式施行仲裁制度。

此外,水木还能够巧妙地参与到时政大事件中去。比如,1998年12月9日为亚洲运动会设立亚运会专板/Asian Games临时看板,从此以后都会为重大体育赛事开设临时看板。1999年5月8日,美国导弹击中中国驻南联盟大使馆。众多网友在水木清华站表达自己的愤慨,导致站点访问量激增。2003年3月19日,开设"Iraq/伊拉克局势"临时版面讨论伊拉克战争。2004年1月3日,开设"TamiaLiu/刘涛·涛涛不绝"群体版面,其后不久刘涛就在清华大学与网友举行了见面会,见面会的DV一时间在中国各高校流传。2004年8月7日,正值亚洲杯决赛期间,Football版在线人数突破1万;8月11日第二十八届夏季奥运会开幕,奥运频道开通,同时为"Olympic/奥运会"版增设了5个附属版面。

然而,水木发展到2005年发生了一次重大转折。"2005年,教育部下达文件,要求各高校的BBS必须向实名制下校内交流平台改造。2005

三 网站类

年 3 月 16 日，服务器放置于清华大学网络中心的水木清华 BBS 被取消校外访问的权限。这次事件被称为'水木 316 事件'。同期，各大高校 BBS 纷纷取消对外访问权限，或者采取实名制注册方式。"① 2005 年 3 月 16 日封禁校外 IP 后，水木清华的高峰在线人数从之前的 23000 余人跌落至 7000 人左右。而在 2005 年 4 月 20 日被校方接管后，在线人数持续下跌。直至 2005 年 5 月，水木清华 BBS 的在线人数峰值保持在 4000 人上下。大部分关心水木清华 BBS 事件的网友一度在紫霞 BBS 上进行沟通，也有部分网友转移至一见如故 BBS、人间仙境 BBS 等站点。在众多网友的支持下，BBS 水木清华站原站务组创办了水木社区（又被称作新水木）。水木社区保留了 BBS 水木清华站截至 3 月 16 日前的所有版面及用户数据等资料。BBS 水木清华站已名存实亡。

水木清华曾经是中国大陆最有人气的 BBS 之一，代表着中国高校的网络社群文化。截至 2005 年 3 月 16 日前，水木清华共有版面 500 余个，总注册人数达到 30 万，最高在线人数达 23674 人，是中国高校中人气最旺的 BBS。但在 2005 年 3 月 16 日转变成为校内型后，水木清华的访问人数大幅下降，影响力已不如前。分裂出的水木社区，系自然人出资的北京明睿博信息技术发展有限公司旗下之商业网站，该站利用备份的用户数据，在原水木清华 BBS 用户资源基础上实行独立商业化发展。

现在的水木 BBS 主要分为旧水和新水，新水就是现在的水木社区。它现在几乎成为公网，但是在中国大学生中仍占有巨大的舆论导向。它一般的在线人数是一万到两万人，主要人群是各大高校的学生、科研人员、学者、老师。虽然它是公网，可是某种意义上来说它仍然属于清华的系统，它人流量最大的讨论区水木特快的公告，常常登载面向清华学生的一些通知和注意事项。②

---

① Bbs 悼念者：《水木罹难记》http://ycool.com/post/3g38uty，2013 年 7 月 18 日查询。
② 参看 http://baike.baidu.com/view/290549.htm，2013 年 7 月 18 日查询。

35."文学城"创办

1997年4月1日,美国密西根大学的中国留学生陈茂等人创办的"文学城",是全球最早商业经营成功的汉语文学网站,也是目前流量最大的海外华文文学类网站。"文学城"是最早一批实现网页直接显示跟帖内容的中文网站之一,文本正文和所有跟帖共存于同一网页,且直接呈现,无须层层点击。"文学城"是最早的运用web2.0互动理念运营成功的文学网站,这样的设计和运营理念充分展现了网络文学的开放性、参与性、大众化、多样化特点。"文学城"内容包括各种中文信息,文学内容是重要的部分,如小说、经、史、子、集的电子文库等文学板块,并且不断充实文学板块和内容。

 点评:

与时俱进方能发展

随着万维网在中国的迅速普及,越来越多的国内教育机构、商业机构和家庭接入网络。从1997年开始,华文网络文学真正实现了向全球最大的华语板块的延伸,实现了华文网络文学写作的全球化。"网络媒介的服务功能越来越完善,网络平台聚集了越来越多的流量,北美华文网络文学进入了非营利模式和商业运营模式二元并立发展的时期。"①

---

① 蒙星宇:《北美华文网络文学二十年研究(1988—2008)》,暨南大学博士学位论文,2010年5月。

文学城，又称为 Wenxue City（WXC），China Gate（CG），创建于 1997 年，是面向海外华人的中文综合网络社区，服务包括论坛、新闻、文学创作、博客和广告。文学城被防火长城限制，中国大陆用户无法接入。在大陆网络封锁的情况下，根据 Alexa 网（Alexa）2013 年 6 月的统计，文学城在世界网站排名第 2773 位，在海外中文网站中排名落后于留园网（世界网站排名第 789 位），排名第 2 位。[①]

由于文学城的优势一方面体现在进入市场较早，能够吸引一定网友的关注上，还有更加重要的地方——它不同于以往的网刊，WXC 的新颖论坛版面在阅读文章之外，还可以跟贴，并且网页可以直接显示跟帖内容，使得跟贴的标题及人物无须点击就一目了然，既方便了网民的阅读，也方便与作者、其他网友的即时交流。"文学城是与网友一起做的，并不是编辑去写、去作。如果没有网友支持，文学城大量的网摘、文摘、短信、聊天就作不起来。"[②] 网络文学的开放性、参与性、大众化的特点在文学城的设计和运营理念中得到了充分的展现，很快就吸引了来自美国、加拿大、新西兰、日本、新加坡、德国、英国、澳大利亚、中国香港、法国等国家和地区的海外华人网友的关注和参与。

早期的文学城的成功，除了版面技术上的优势，主要还是靠"滚动新闻"与"性趣十足"两个内容版块。"滚动新闻"注重八卦性，其中既有重要新闻，也有娱乐八卦新闻，受到许多女性网友的欢迎。"性趣十足"早先是和文学城主坛在一起的，是文学城的另一主要吸引景点之一，主要得到的是男性网友的关注。[③]

文学城在陈茂负责的时间里，内容非常丰富，主要是随着网站、读者、作者的全球化，北美华文网络文学写作主题也变得多元化。文学城的写作

[①] 参看 http://zh.wikipedia.org/wiki/%E6%96%87%E5%AD%A6%E5%9F%8E，2013 年 7 月 18 日查询。

[②] 洛夫：《少君的诗》，《中外论坛》2001 年第 2 期。

[③] 《北美网站分析——解剖文学城》，http://www.haiguinet.com/article/2008/1027/article_36609.html，2013 年 7 月 18 日查询。

与其他北美华文网络文学写作一样,最主要有"反思留学移民生活、反映文化冲突和融合、幽默闲适的生活小品、旅游行走文学等四类"。①

为了做好文字分类,同时开辟与主流写作有一定差距、更具吸引力的文章主题类型,文学城不断跟进各板块。1998年8月,增加了"武侠园地"板块,12月,新增加了"科幻天空"板块,同年12月到1999年底,文学城又陆续增加了小说下载"侦探小说""通俗小说"和"网络文摘"等文学栏目。

步入正轨后的文学城,在所有栏目中,有两个版块最受欢迎:一个是包含"科幻天空""武侠园地"的小说电子文库版块,另一个是以推介网络作家为主要内容的论坛——"原创广场"与"人在他乡"。"原创广场"由邢育森、吴过主持,负责介绍采访大陆网络作家,如宁财神、李寻欢、安妮宝贝等。而"人在他乡"则由诺克和施雨主持,每周一期的"海外网人风采"负责对网伯庆、喊尘、方舟子、散宜生等北美华文网络作家进行采访和介绍。两个论坛在当时极其火爆,红极一时。

然而好景不长,1999年春,文学城被Chinagate.Inc.公司收购,交由首席执行长林文负责。林文接手后,"原创广场"与"人在他乡"因发生变动而一度十分萧条。榕树下网站此时却处于鼎盛时期,它的强劲冲击为"原创广场"雪上加霜,以至于后来,连邢育森、吴过两位版主都极少打理论坛。诺克和施雨先后跳槽更是让"人在他乡"倍受打击。

两个论坛荒废之后,文学城首席执行长林文开始"招揽网民开设个人专栏(亦即个人博客),好在当时互联网已经全球化,网民人数急增,尤其是大陆的网民,一度冷清的文学城很快又恢复了热闹,并且在发展个人特色专栏上为以后的各类网站博客做了开拓性的贡献。"②

---

① 蒙星宇:《北美华文网络文学二十年研究(1988—2008)》,暨南大学博士学位论文,2010年5月。

② 林雯:《论北美华文网络文学的第一个十年》,福建师范大学博士学位论文,2012年4月。

三 网站类

36. "榕树下"创办

1997年11月25日,美籍华人朱威廉投资100万美元在上海创办"榕树下"文学网站。"榕树下"全球中文原创文学网站的开通,标志着中国网络文学的第一扇大门正式开启,带动我国大陆网络文学的迅猛发展。

 点评:

探索之旅

"榕树下"网站是国内历史悠久、极具品牌号召力的文学网站之一,迄今已有十余年的历史,是文学网站中生命力最长的一个,它代表着中国网络文学发展的历史,是一个"具有坐标性质的文学网站,它所培养出来的网络写手,更为中国网络文学的发展奠定了基础"[1]。榕树下坚持"文学是大众的文学"这一观念,倡导"生活·感受·随想",使得文学在网络上得以迅速传播和扩展,不仅方便网友进行网上阅读,而且为愿意参与文学创作的文学爱好者提供了写作平台,可以说,它极大地促进了网络文学的发展。

纵观榕树下十几年的历史,其发展大致可以分为四个阶段,每一阶段都有不同的品牌定位和运作模式。

第一阶段是从1997年成立之初至2002年被"贝塔斯曼"收购之前的

---

[1] 韩茜:《专业文学网站研究》,河北大学硕士学位论文,2011年5月。

"朱威廉时代"。这段时期内,榕树下的文化理念主要定位在文学的张扬,正如朱威廉所说的:"我只是希望大家能有一个把生活中的点滴感受写下来,然后能够贴出来的地方,根本没想到什么网络文学,我想我是最没有资格做文学的。我只想让它成为一个没有阶级之分,没有年龄之分,没有文笔好坏之分,能够让大家真心倾诉,真诚沟通的地方。"① 这种"让千千万万人拿起笔来"的宣传掀起了那个年代的网上写作风潮,同时也塑造了一批知名网络写手。他们立足于现实,表现平民阶层的心声,很快获得了网民的认可,榕树下也随之逐步壮大起来。1999年12月,榕树下成功举办了首届网文大赛,获得了巨大成功。随后的第二届网文大赛更让榕树下当之无愧地坐上了中国文学网站的头把交椅。然而,随着短短两三年间榕树下产业的爆炸式扩张,投入与产出的比例迅速拉大,榕树下的资金很快消耗殆尽,朱威廉的低成本运营已经难以支撑网站运营。寻求其他资本介入不成又官司缠身的朱威廉,不得不在2002年将榕树下以1000万美元的价格卖给了贝塔斯曼。

第二阶段是从2002年到2006年的"贝塔斯曼并购时代"。榕树下作为文学网站中的霸主,具有以下优势:"它拥有大量而又丰富的文化资源,同时网站的附加值非常可观,甚至大于网站本身的价值。由于它整合了以互联网为主题的各种资源,利用传统手段电台贴片广告、图书出版发行、版权授权等,形成了榕树下的品牌,使得榕树下这个品牌价值不菲。"② 而贝塔斯曼的主要业务是图书、报刊、杂志出版,广播电视、音乐娱乐制作,媒体服务及媒体产品的客户直销,是世界三大传媒巨头之一。贝斯塔曼对榕树下的并购应该是突破原有资金和技术的限制、实现利润的最大化,然而贝斯塔曼虽则拥有雄厚的资金和管理实力,但对榕树下的经营并不成功。贝斯塔曼首先对榕树下进行改版、全面引入文

---

① 包德:《网上种"树"人》,《北京青年周刊》2002年第4期。
② 郭静:《"榕树下"网站的文学生产机制及文学趣味的建构》,哈尔滨师范大学硕士学位论文,2012年4月。

学社团机制，使得读者在相同宗旨的社团中看得眼花缭乱而无所适从，后又进军电子书产业，为盈利甚至推出发文先付"审稿费"的措施。经营不善的榕树下最终于 2006 年被贝斯塔曼以 500 万美元折价卖给欢乐传媒。

  第三阶段是 2006 年至 2009 年的"欢乐传媒时代"。欢乐传媒对榕树下的调整主要是网媒、纸媒的影像化，关于这一点在后续章节中会有系统介绍。

  第四阶段是 2009 年 12 月 24 日起的"盛大入股时代"。由于欢乐传媒的战略定位的失误，榕树下发展迟缓。盛大的入股和前几次资本介入的目的基本是一致的，即利用社会资源、整合旗下品牌，打造针对不同群体的更具实力的产业链条，"在原有的网络写手、网络作品、图书出版、影视制作、游戏出版的链条上继续向增值业务如手机的出版与阅读延伸"[①]，构筑以文学为核心，整合影视、版权、无线等多方资源的产业链。新版榕树下保留了之前的互动文学社区路线，并致力于建设独立的版权运营中心。盛大"榕树下"重新上线即发起了第四届原创文学大赛，同时还举办了每周一名家版聊及大型有奖征文活动，并邀请了不少网络作家加盟。这一系列的举动使得榕树下再次生机盎然。截止 2010 年 2 月 11 日，"'榕树下'用户及访问量增加 50 多倍，日投稿量字数达到 320 万，Alexa 全球排名上升 5 万 6 千多位，超越逐浪小说网、17K 小说网和幻剑书盟等文学网站。"[②] 之后，榕树下进一步系统升级，新版在原来文学网站的基础之上，增加群组、书评人、出版物试读等新功能，并开通榕树下视频直播间、组建中国书评人天团，同时举办榕树下民谣在路上、榕树下文学在路上等多个大型文艺活动，致力于为用户提供网络文学与实体出版书籍的阅读、推荐、评价，业内媒体资讯，文化娱乐社区等服务，为原创作者提供完备的网络发表及出版通道，并将全面追踪、研究华语

[①] 中国新闻网 2010 年 2 月 12 日。
[②] 中国新闻网 2010 年 2 月 12 日。

文学的发展。①

从榕树下的几度起落进行分析，除去欢乐传媒控股时期对网络作品文本创作的忽视，其余的三个时期，我们都可以看到网络小说对网站的有力支撑。作为一个文学网站，榕树下较早开启了国内付费阅读的盈利方式，即每千字收取一定费用（约为2到6分钱不等）。VIP阅读收费赢利的一部分用于网站运作及其他，一部分用于支付作者酬劳。这样的机制有利于促进网络写手进行创作；而网络写手在网站中的活跃，又吸引更多的读者前来阅读。这就为网站带来了其他的盈利，如广告赢利、出版赢利、电子商务赢利、游戏赢利等。专业文学网站凭借着"文学"二字来赢利，文字是主要盈利手段和宣传招牌。榕树下的成败，都是文学品牌定位所决定的。在20世纪90年代末，榕树下作为最大的文学网站，竞争相对较小，较为单一的现实主义写作能够满足读者的阅读需求；而进入21世纪以来，随着国家经济文化思想开放程度的不断加深，人们的口味日趋复杂和多样化，榕树下便不能再满足人们的要求，且网络文学相关产业链日渐加长，各类新兴网站如雨后春笋，对榕树下造成了巨大的冲击，迫使榕树下仓促进行整改。就目前来看，盛大旗下的榕树下虽然取得了一定的成就，但在重燃的光环背后，榕树下依旧面临着那个严峻的老问题：在内容为王、娱乐至上的当今网络小说界，榕树下没有形成自己特有的类型小说产业。榕树下的定位是传统的纯文学网站，内容多为现实题材，面对着玄幻、修真、爱情、耽美等类型小说的冲击，谁又愿意付费看没有吸引力和娱乐性的作品呢？

---

① "榕树下2010年大事记［EB/OL］. http://www.rongshuxia.com/zt/2010/2010dashiji/，2013年7月18日查询。

三 网站类

37. "天涯虚拟社区"创立

1999年3月,"天涯虚拟社区"创立,以其开放、包容、充满人文关怀的特色 LOGO 受到了全球华人网民的推崇,经过十余年的发展,已经成为以论坛、部落、博客为基础交流方式,综合提供个人空间、相册、音乐盒子、分类信息、站内消息、虚拟商店、来吧、问答、企业品牌家园等一系列功能服务,并以人文情感为核心的综合性虚拟社区和大型网络社交平台。2008年,天涯启动开放平台战略,并开始构建天涯生态营销体系,开创了社区营销的新模式。目前,天涯社区注册用户超过 8000 万,被誉为"国内第一人文社区",形成了全球华人范围内的线上线下信任交往文化,成为华语圈首席网络事件聚焦平台,是最具影响力的全球华人网上家园。

 点评:

文学网站的经营之道

2010年国庆,一篇名为《感谢小月月这样一个极品的朋友给我带来了这样一个悲情的国庆,深度八卦留恋》的帖子在短时间内风靡网络,从10月5日到6日,短短2天内,帖子点击就超过1000万次,一天后,原帖留言也超过5万条。而这篇国庆期间网上最火的贴文,就出自天涯社区。

就小月月事件来看:作者蓉荣在天涯发帖,"吐槽"她在国庆期间接待前来上海逛世博会的中学同学小月月及其男朋友小 W 的两天一夜,其间雷人事情不断,作者备受折磨。帖子一出,顿时掀起轩然大波,这一方面源于事件本身,一方面也是由蓉荣富有喜剧效果的笔调所造成。由于影响实在太大,小月月事件后不仅有记者对蓉荣进行专访,还使得蓉荣获封"2010网络十大红人"。

小月月事件就是天涯典型的"事件+文学"模式,可以看出它与其他专业的文学网站的不同。

天涯虚拟社区由海南天涯在线网络科技有限公司创办,创办之初主要由3个BBS组成,至2004年已发展为300多个公共版块,2006年增至400多个公共版块。2001年,天涯社区开始逐渐取代榕树下,成为人气最旺盛的大众化网络论坛。2004年1月,天涯社区正式推出天涯博客(blog.tianya.cn),是国内极具影响力的博客网站之一。天涯社区本身具有交际平台的功能,来自全国乃至世界各地的网友在此进行交流沟通,使得事件的即时性大大增强,吸引眼球的话题种类也更加驳杂,加上网友们经过碰撞后的思想更具有包容性和开阔性,文字审查也较为宽松,只需点击鼠标传递思维,辐射面积即是整个华人区。小月月事件本身的真实性不可考,但它确实是立足于现实之上的,时间上限定在2010年热门的世博会期间,地点包括宾馆、巴贝拉、东方明珠塔等,都具有鲜明的地方特色;作者在此之上夸张变形,敷衍成整个故事,文字贴近网络语言,将一场闹剧描写得绘声绘色,令人忍俊不禁。而且,作者在天涯社区发帖时即有网友回帖,作者边与读者进行交流边写作,真正实现了即时的沟通交流。这些"非专业"优势,都是其他专业文学网站所不具备的,也自然促成了天涯成为网友"挖坑"和"灌水"的好去处。

天涯社区的成功首先源于自身的思想性。天涯社区秉承了《天涯》杂志"大文学、泛文化"办刊方向,2000年与《天涯》杂志签约合作,在杂志上刊登天涯社区广告,在天涯社区开办人文思想论坛"天涯纵横",借助杂志的影响力提高点击率。很快,陈村、老冷、宁财神、十年砍柴、慕容雪村、王怡、古清生、步非烟、风吹佩兰等知名作者和网络写手便加盟天涯社区,给天涯社区带来了人气。

天涯社区的成功还在于它自身管理上的松散性，这一点与榕树下形成了鲜明的对比。天涯网站新用户注册只需要登记有效的 E-Mail 邮箱即可，用户可以在相应的版块自主发表文章，然后由版主进行后期的加精、提亮、置顶等操作。社区设定社区编辑、责任编辑、社区管理员和版主等不同管理角色组成的团队，负责社区日常事务管理的具体工作，社区会员也有权依照申请流程申请开设社区新版。天涯社区将文章发表的权利还给网民，完全实行"粗放经营"，有了管理员和版主的参与，编辑的工作量大大降低，所以网站的运营成本一直被控制到很低的程度。而榕树下模仿传统刊物对稿件进行审查，这固然维护了网络文学的纯洁性，但也在一定的程度上与网络文学的自由精神相背，增加了网站的运营成本。

当然，天涯社区在专业的网络文学领域也很有成就。

2009 年起，《中国图书商报》开始对国内原创文学网站进行综合评估，[1]业内外专家、学者、媒体人士都受邀参与评估，并对起点中文、红袖添香、天涯社区、幻剑书盟等数十家知名文学网站进行评点。其中，天涯社区以其鲜明的品牌个性和合理的商业运作脱颖而出。以 2009 年初《商报》针对出版社和民营策划团队、约请其中懂得网络文学的编辑参与的问卷调查为例，天涯社区舞文弄墨版品牌认知度位列第五，为 70.76%，仅次于红袖、起点、晋江、幻剑。天涯社区的品牌特色主要体现在作品风格上。当今网络文学主要包括言情、玄幻、耽美、悬疑等几大类型，言情小说市场基本被晋江与红袖瓜分，逐浪、四月天和潇湘书院紧随其后；起点为玄幻霸主，幻剑、逐浪也有所建树；青春文学是晋江和腾讯原创以及起点分而食之；红袖独霸职场小说冠军；架空文虽少，九界逞强……但天涯偏能够在硝烟四起的文学战场上开辟一方天地：历史题材小说，天涯几乎拿到了全部市场份额；悬疑和惊悚，天涯和起点六四开；都市题材天涯夺魁，以下依次为晋江、红袖和起点。前文提及

---

[1] 参见《中国图书商报》2009 年 4 月 3 日第 026 版。

的榕树下定位偏差的问题，在天涯社区则得到了较好地解决。相较红袖、晋江以年轻女性和都市白领、起点以年轻男性为主要读者群来定位自身、塑造品牌，天涯社区的目标读者群则被锁定在一个更为广泛的范围内。基于满足社区内各种网友的不同阅读兴趣和习惯的目的，天涯的定位是"百科全书式的网站"，想要什么样的作品都有。触网出版人闫超谈到天涯社区时说："起点在奇幻、玄幻、武侠都有优势……红袖和晋江的言情都有优势，新浪、搜狐、腾讯的原创频道，则几乎是无所不包，但特点又不如天涯鲜明，而且作者的写作目的性过强，难免矫揉做作。"诚然，天涯以其独特的"社区"性质，真正提供给了读者和作者交流的平台，许多作者能够真正做到有感而发，而非为了盈利写作。

在与出版单位的合作方面，天涯社区位列第一位，达到32.3%，起点中文网为29.23%，晋江与红袖均为21.53%，第五位的逐浪网为17.67%。天涯社区的突出表现，竟然力撼起点霸主宝座，从2005年开始，天涯出品的图书大增，每年超过百部，其中不乏发行量超高的畅销书，如《成都，今夜请将我遗忘》（百花洲文艺出版社）、《明朝那些事儿》（中国友谊出版公司）、《流血的仕途》（中信出版社）等，而其他的大部分畅销书，即便不是出自天涯，也都要利用天涯的超高人气，到天涯去推广造势。越来越多的写手到天涯去"做新闻"，天涯的新闻价值和文学创作的价值同时得到了承认，也间接验证了逐浪网总经理林虎的观点：用运作媒体的方式来经营文学网站，是未来发展的方向所在。

天涯社区提供的服务复杂多样，相互串联，构成一张巨大的功能网，网络文学板块仅是整个服务链、产业链中的一环。作为"国内第一人文社区"，天涯社区一直秉持以网民为中心，以满足个人沟通、表达、创造等多重需求为目标的理念，着力塑造其综合型虚拟社区和网络社交平台的形象。天涯社区的网络文学建树，一方面可以说是无心插柳，一方面也可说是天涯多元化发展战略成功的必然结果。

38. "红袖添香网"创立

1999年8月,孙鹏等几位网络文学爱好者创立"红袖添香网",是目前国内最具影响力的纯文学网站,拥有完善的投稿系统、个人文集系统、媒体联络发表系统及高创作水准的原创书库。已经开发了MQ短信平台,通过红袖MQ,网友能通过手机在网上写日记、发表评论、互动交流。2006年7月,被纳入微软MSN读书频道。2007年被盛大收购。经过多年发展,红袖添香已经成为海内外原创作家的梦中之都,更是女性作者纵情笔墨挥洒才情的美妙江湖。形成了以女性为阅读受众、言情小说为特色的原创氛围,深受白领女性喜爱。目前注册作者超过100万,原创作品超过300万部(篇),单日投稿量超过1万部(篇)。红袖添香一直把中国文学在网络技术语境里的全面、深入发展视为己任,在栏目设置上,涵盖了小说、散文、杂文、诗歌、歌词、剧本、日记等体裁,是目前中文网络创作体裁最全面的文学网站之一。

 点评:

咬住特色不放松

"红袖添香"出自清代魏子安的《花月痕》:"从此绿鬟视草,红袖添香,眷属疑仙,文章华国。"名实相符,截止目前,红袖添香网站已发展成为国内最具影响力的纯文学网站。

红袖添香致力于打造最为全面的中国网络文学体裁,被盛大收购后,网站主要由四大板块组成,即言情小说、免费小言、武侠·玄幻、惊悚·悬疑,其中言情小说又是网站的核心板块。细究红袖添香之所以赢得广大年轻女性青睐的原因,不外乎文学网站女性写作角度和视野贴近了现代女性的心理。红袖添香丰富的文学题材与鲜明的性别视角都深深地吸引着广大女性读者,以红袖添香言情小说模块中的穿越小说为例:女性写作十分关注女性这一"弱势群体"的心理和愿望,往往在穿越小说中设置一个长相平平、背景简单的女子,坠落在一群有权有势的男性之中,从而展开一系列多角恋,最后有情人终成眷属。"这些文本故事情节离奇,人物形象单一,叙述语言匆忙平淡,也缺乏传统文学所追求的形式上的创新"[①],但是叙述者以俯视的角度对男性进行观望,消解男性权威,所有男性都成为了女主人公的裙下之臣,召之即来挥之即去,极大地满足了女性作者、阅读者的欲望宣泄和娱乐心理。现在的红袖为超过240万注册用户提供阅读文本,在言情、职场小说等女性文学写作及出版领域独占高地。网站拥有长、短篇原创作品总量超过192万部(篇),日浏览量最高超过5600万次。[②]

针对女性读者群而打造的文学文本的突出,确实是红袖添香取得成功的最主要原因,但作为现存历史最悠久的文学网站之一,红袖添香也确有除文本之外的独特的优势。

首先,红袖添香在数字内容版权运营及行业技术方面,一直保持业界领先地位:红袖添香拥有全球技术领先的在线阅读、创作、投稿、签约、互动、稿酬结算系统;面对3G时代发展新机遇,红袖添香率先建立了无线互联网领域强大的渠道,将丰富的小说资源提供给日益壮大的手机阅读群体,开发出中国首个"无线版权结算平台",成为国内第一家实现全球范围内"移动阅读"的女性文学网站。

在作家出版和稿酬方面,红袖添香自2006年开始涉足网络出版,主

[①] 唐晴川、李珏君:《论网络文学女性写作的叙事特征——以盛大公司旗下红袖添香网站为例》。

[②] http://baike.baidu.com/view/22620.htm#sub4917885,2013年7月19日查询。

三 网站类

要采用读者付费订阅小说、网站与作者分成模式，拥有极高的 VIP 收入。红袖添香拥有中国原创网络文学最具商业价值的"华语言情小说大赛"品牌，拥有超过 10 位"中国网络作家风云榜"上榜作家，以及 166 位万元月稿酬明星作家团队，年度稿费发放总额超过 1000 万元，是稿酬发放数额非常高、作者福利体系非常完善的女性文学网站。

在维权上，作为国内网络原创文学的引领者之一，多年以来，红袖添香重视维护原创作者权益，坚持开展原创打假活动，鼓励并扶持了一大批优秀的原创作者。红袖添香是首个加入中国互联网中心"网络版权联盟"的原创文学网站。2005 年 5 月，红袖添香联合二十多家网站开展"维护网络著作权益联合大签名"活动，积极致力于网络知识产权的保护。2010 年，红袖添香加大了反盗版维权力度，设立了百万反盗版基金倡导全民打击盗版行动，并拿起法律武器、组织优秀律师团队向"文轩阁""自由看"等盗版网站提起诉讼以保证广大原创作者的利益。

此外，红袖添香注重品牌推广建设，不断开展各种大型活动、赛事，提升了品牌的认知度和美誉度。例如 2005 年，与《芳草》网络文学选刊等媒体联合主办"首届青春文学大赛"。2006 年，与中华书局（香港）联手举办"2006 首届新武侠小说大赛"。2007 年，联合 MSN 中国和十家出版社共同主办华语言情小说大赛。2008 年，召开"第二届华语言情小说大赛暨 2008 言情小说论坛"。同年 7 月，召开"2008 全球华文武侠小说大赛颁奖礼暨武侠小说创作名家谈"活动等。

值得一提的是，由于面对的主要是细腻敏感的女性读者群体，红袖添香在页面设计上也别具匠心，文字唯美而优雅，这与其他专业文学网站有着较大的区别。

作为纯文学网站的代表，红袖添香无疑是最成功的。红袖人坚信，他们可以用文字创造生活中的有形价值，用文学升华生命中的无形价值。①

---

① http://baike.baidu.com/view/22620.htm#sub4917885，2013 年 7 月 19 日查询。

红袖添香在十余年的发展历程中，受到了国家相关管理部门以及国内外知名媒体的广泛关注。凭借丰富的内容、独特的风格、领先的技术、优质的服务，红袖添香成为全球女性文学领域最受推崇的知名品牌，在业界享有极高的声誉，被出版业盛赞为"中国互联网上重要的语文力量"，并多次荣获由国家新闻出版总署、北京市新闻出版局颁发的"年度最佳文学网站""十大最具影响力文学网站""最具发展潜力文学网站""原创文学网站优秀奖"等荣誉。

尽管红袖添香的发展伴随着各式各样的荣誉，然而不可否认的是，回到网站经营的文本本身，这些专门为女性量身打造的文本是有其局限性的。这些作品仅仅为满足女性作者、阅读者的欲望宣泄和娱乐心理，但"如果对于这些情绪和感受进一步深入分析，会发现，沉淀在其底层的既有个人主义的内涵，也有传统的理想破灭后消沉、颓废的后现代情调"①。事实上，红袖添香，或是以红袖添香为代表的一批女性文学网站，所面临的文本问题基本都是一样的。综合来看，首先是强烈的"慕贵"心理。不管穿越到什么次元、面对什么样的男性，钱和权都必须是附加在爱情之上的条件。对于"慕贵"，绝大多数作者都没有持批评的态度，相反，还认同放大了这一情绪。第二，遵从于消费文化逻辑。不同于古典文化中包容含蓄的描写，在女性写作中，许多从前见不得光的欲望都被赤裸裸地展现出来，不管是对美色的贪婪还是对肉欲的放纵，甚至一些女性的私密的小事，都时常在网页上"裸奔"。第三，潜在的依附心理。不管是王朝女尊还是都市白领，对一个女人是否成功的评价依然是其爱情婚姻生活的成功与否，有的女主人公虽然着力追求男女的平等，却也不得不在爱情或婚姻中平息下来，成为"女结婚员"。第四，淡漠的文学性。很多作品故事结构雷同，人物形象和语言风格近似，情节粗糙累赘，与传统的女性文学相比，缺乏深刻细致的情感和心理描绘，也没

---

① 刘俐俐、李玉平：《网络文学对文学批评理论的挑战》，《兰州大学学报》2004年第5期。

有打动人心的爱情，反而显得为爱情而爱情。在"作品至上"的VIP阅读时代，这些问题，都限制着红袖添香和其他女性文学网站的进一步发展和提升。关于网站未来的发展和女性文学今后的走向，我们于此拭目以待。

39. "幻剑书盟"组建

2000年10月，书情小筑、石头书城、小书亭、凝风天下四个志趣相投的文学书站为了更好的发展，组成了一个松散的网站联盟，取名为"幻剑书盟"。2001年5月，幻剑书盟各成员站在小书亭站的程序基础上正式合并成一个站点，走上正规的成长之路。2002年1月，幻剑书盟的空间逐渐稳定。2003年6月成立北京幻剑书盟科技发展有限公司，标志着幻剑正式开始走商业化道路。2003年下半年正式从个人网站向商业化网站转型。2004年7月，成立了专门的队伍。2006年3月13日，"TOM在线"2000万元注资幻剑书盟，是迄今为止SP进行的首笔针对文学网站的注资，历经五年风风雨雨的经典名站终于厚积薄发，如今幻剑已在资金、技术、社会资源和品牌等方面得到了全面提升。随着幻剑书盟空间的稳定，因龙空网速问题而流失的作者和读者纷纷涌进了幻剑，逐步确立了幻剑的盟主地位。

 点评：

道路曲折，前途光明

上世纪90年代末，黄金书屋领衔一众文学网站，成为霸主。2001

网络文学大事件100

年,龙的天空原创联盟网站的成立则标志着第二代网络书站的崛起。继龙空之后,第三代盟主幻剑书盟横空出世,它由书情小筑、石头书城、小书亭、凝风天下等个人书站组建,其界面主要是根据在2000年7月创建的小书亭改进而来。幻剑书盟在成立后的很长一段时间里,一直为寻找稳定的空间而奔波。从全球互联到myrice,再到温州联通,直到2002年1月,幻剑书盟的空间才逐渐稳定下来。

2003年,幻剑几乎是和起点同时进行了改版,取消了积分系统。但两家网站取得的效果却截然相反。相当数量的读者对新版幻剑书盟表示不满,更有大批读者无法登录,导致了这些读者纷纷转投起点中文网。(值得一提的是,风灵儿女王因改版后无法登录幻剑而驾临起点,更是对双方的消长起了决定性的作用。)2003年8月31日,幻剑发布作品收录原则2.1版,宣布将内容有较多情色、暴力描写的作品,定级为限制性作品,禁止该类作品上榜,血红等作者被驱逐,大量作者转投起点中文网。虽然幻剑在随后的日子里不断参照起点成功的经验,对界面进行改进,但收效甚微。到了2004年11月,幻剑被迫将评论区改回到旧版,变相承认了2003年这次改版的彻底失败。

同样是2003年,时值岁末,各大文学网站纷纷掀起VIP订阅风潮。作为继承龙空第一大站地位的幻剑书盟,早在大多数网站开始运营VIP之前,就已经悄悄开始和作者接触,为VIP运作进行准备。然而幻剑在开展VIP方面显得过于慎重,从9月以前接触作者、11月进行读者调查、12月公开邀请作者加盟,直到第二年2月中旬才正式运营VIP,准备时间居然长达半年。然而即使花了这么长时间进行准备,VIP的第一个月的成绩仍然惨不忍睹。其中最主要的原因,恐怕是幻剑内部纯文学与商业化的斗争。在2003年年中的时候,以《永不放弃之混在黑社会》为代表的"黑社会"小说,掀开了边缘题材的浪潮。在幻剑论坛展开了大量对于该类题材的争论。随着《我就是流氓》的上榜,这种争论更是达到了高潮。而幻剑却迟迟没发表意见。直到2003年8月29日,魏岳在评论版发表了题为《疑问幻剑对文章的监督审核》的帖子,引起了网友对幻剑的文学环境恶化的关注。最终川子女王的理论"要是真的建立商业化公司的话,最重要的倒不是人气有多高,而是有支付能力的人气有多高……如何针对目标顾客进行定位,才是最大的学问。20%的人创造80%的商业价值,恐怕放在互联网上也适合"得到了幻剑管理层的认同。在第二天,幻剑就宣布为了"改进排行榜的弊端,纠正目前书盟的不良现象",修正作品审核的条件,限制部分不符合规格的作品进入排行榜。然而好景不长,VIP制度施行以来,商业化气氛逐渐占了上风,坚持文学化道路的幻剑管理员放弃了大部分权益。而之后的幻剑也为了这个错误的判断付出了巨大的代价,在VIP运动的起步阶段与其他对手拉开了很远一段距离。

2004年10月,盛大收购起点中文网。短短3个月间,读者群的增加使得大量作者涌入,起点占据了九成以上的作者资源和读者资源,其他网站已经几乎没有生长的空间。在这个绝大多数网络书站面临边缘化的时刻,"为了让作者和读者继续拥有选择的权力,保护不完全成熟的网络幻想文学市场的公共利益",幻剑书盟毅然举起了反起点的大旗。为了对抗盛大起点的资金优势,积极地转向其他资本寻求合作,与网易、腾讯等大公司建立了战略合作关系。

在2004年,幻剑与腾讯建立起初步合作关系,在知名门户网站搜狐开辟了幻剑作品专区,组织新浪"绝对现场"栏目对作者进行专访,与《电脑商情报》《游戏天地》共同举办"九城杯"全国游戏文学大赛,与易趣网联合举办了两场手机拍卖活动。通过长达一年的首页强推,不遗余力地对外宣传、推广签约作品。

为了提高幻剑的alexa排名,幻剑在首页提供了alexa工具条下载链接。

为了打破起点对热门作品的封锁,幻剑一方面加强与说频、鲜网在电子书方面的合作,并发起"共建网络原创环境倡议书"与发布OCR的BBS进行沟通,达成协议。另一方面,通过高价买断的方式,吸引作者签约。

网络文学大事件 100

为了促进会员的增长,幻剑还开通了灵活多样的支付方式——从固定电话到中国移动、联通、Q币等不一而足。并于2005年3月29日,恢复积分系统,规定收取短信必须100积分以上。

同时,为了便于计算每月收入和促进会员的月消费,幻剑借鉴中国移动的成功经验,推出具有幻剑特色的月卡制度,设置点卡有效期(过期后卡内余额罚没)。该制度实施后,消费收入的增长势头之强劲只能用"狂飙突进"一词来形容,直至今日仍保持着平稳的上升态势。值得一提的是,幻剑顶住了会员的巨大压力,坚定不移地实施余额罚没制度,为实现年营业额突破600万元的宏伟目标提供了坚实的基础。①

2006年3月13日,"TOM在线"注资幻剑书盟,使得幻剑拥有更大的资金优势来为广大读者和作者搭建更为广阔的平台,提供更多的资源。2007年,幻剑涌现出大批新生代原创作者,极大地促进了原创文学的发展。2008年,幻剑书盟08版上线,成为首家实现作者自主签约、自主上架的原创阅读网站。2009年,幻剑全力出击新兴的无线阅读市场,成为中国移动阅读基地第一批内容提供商。2010年,幻剑抓紧数字出版的热潮,在各个阅读领域取得令人瞩目的成绩。2011年,幻剑书盟全新改版,推出"免费看书"的全新运营模式,更有抢鲜、皇冠会员、夺标、推荐、赞助等互动环节,使得读者与作者有了更进一步的交流。

幻剑书盟收录作品主要以武侠和奇幻为主,驻站原创作家2万多名,收录作品3万多部。目前页面访问量1200—1500万/天,注册会员50万人,曾经成为国内最大的原创文学网站之一。随着文学思想以及图书市场的多元化,幻剑书盟在为作者提供创作平台的同时,也为作者提供了完整的出版体系,同鲜网、春风文艺、朝华等多家出版机构建立了良好的合作关系,2005—2006年推出了《诛仙》《狂神》《新宋》《末日祭奠》《和空姐同居的日子》《搜神记》《她死在QQ上》《飘邈之旅》《手心是爱

---

① 《玄幻网站风云录》,http://www.qdwenxue.com/BookReader/26106.aspx,2013年7月20日查询。

手背是痛》等颇具影响力的实体书,为网络文学和实体书出版行业搭建了一个顺畅的桥梁。

40. "起点中文网"创建

2002年5月15日,起点中文网创建,其前身是起点原创文学协会。起点作为国内最大文学阅读与写作平台之一,长期致力于原创文学作者的挖掘与培养工作,并以推动中国文学原创事业为发展宗旨。目前已经成为国内领先的原创文学门户网站,并创立了以"起点中文"为代表的原创文学品牌,发布的各类文学作品(小说)达到14000部,超过12亿字,拥有300多部作品的独家电子版权和游戏改编权,授权进行文学发布的作者达到10000名;与此同时,起点网站的影响力也在不断扩大,目前该网站每天的网页浏览次数接近3000万,作品日最高浏览量已经突破1亿人次。近年来,随着自身实力的不断增长,起点中文网在各方面均赢得了不俗的成绩,曾先后获得过数博会"年度最佳品牌"奖、优秀网站评选"优秀传统企业"奖和"福布斯中国新锐媒体"大奖等多项荣誉。2006—2007百度小说年度搜索排行榜前10部作品中,有8部来自起点中文网。在2008年4月召开的上海文艺工作会议上,起点中文网创业成就激起热烈反响。

点评:

"起点"无极限

"读书在起点,创作无极限"这个口号一直是起点中文网众多玄幻、魔幻、武侠、军文小说作者的创作目标。风雨十一年，起点中文网建立了完善的以创作、培养、销售为一体的电子在线出版机制，成为国内优秀的文学作品在线出版平台，树立了业内具有影响力的行业领导地位。

让我们先来对起点中文网的发展脉络进行总的梳理。2001年11月，起点中文网的前身玄幻文学协会成立。2002年5月，起点中文网正式成立。2002年6月，第一版网站推出，开始试运行。2003年第二版问世并投入使用。2003年10月，正式推出第一批VIP电子出版作品VIP会员计划。2004年6月，在世界alexa排名第100名，成为国内第一家跻身于世界百强的原创文学门户网站。2004年10月，正式宣布被盛大网络收购，成为盛大全资子公司。2005年7月，当月签约作品稿酬发放突破100万元，同年底，起点累积支付作者稿酬1500万元。2006年9月，日平均浏览量突破1亿，成为率先盈利的web2.0网站。2006年10月，移动书库暨手机站推出。2006年11月，漫画频道推出。2006年12月，海外站推出。2007年3月，获盛大网络1亿元增资。2007年8月，在上海召开新闻发布会，宣布《鬼吹灯》电影版三部曲将由香港著名导演杜琪峰执掌拍摄。2008年3月，起点中文网第四次全面改版，启用全新域名www.qidian.com。2008年7月，盛大文学有限公司正式成立，起点中文网走上集团化发展轨道。2008年9月，盛大文学起点中文网举办"30省作协主席小说巡展"。2008年12月，知名线下作家韩寒与起点中文网签约在线发布作品，首支院线广告发布，荣获"2008版权产业最具影响力企业"奖项。[①] 具体来看，截至2008年底，起点中文网共有注册用户数2700万，作品总量23万，签约作者5500多位，日均PV3亿，起点总收入5000余万元。2008年全年出版作品总数约400部左右（包括大陆以外部分），全部是长篇小说。与全国包括大陆以外的10多家出版社、公司有合作，合作方式为版权授权。重点图书销售情况良好，单本都在3万

---

① 《2008最具出版价值原创文学网站实力阵容展演》，《中国图书商报》2009年4月3日第026版。

册以上。

奠定起点中文网地位的几件大事，首先当数 2003 年 8 月 25 日，起点中文网获得了一笔资金，对硬件进行升级，并初步建立管理团队，第二版改良版随之发布。拥有技术优势、率先实行首发制度以提高竞争力、合理利用国家最新相关政策的起点中文网改版，可以称得上是网络文学史上最成功的一次改版。在随后的日子里，这个版本的优点不断被其他文学网站模仿，以至于到了 2005 年以后，几乎 80% 文学网站的界面都和起点雷同，甚至 Tom 等门户网站也全盘采用起点的界面。即便是起点自身也难以进行更好的改进，以至于起点的第三版已经成了传说中的名词。

几乎是和起点改版的同时，幻剑也进行了改版，但却以失败告终（详情见上节）。

起点的迅速崛起也让起点面临着今后如何发展的战略选择。经过考量，起点管理层决定走网络路线，并坚持采用 VIP 阅读的制度。起点中文网从 2003 年 10 月开始实行 VIP 收费阅读，确立了每人阅读每千字作者获得 2 分人民币的稿酬标准。由于有了前期庞大作者、读者群的积累，起点实行 VIP 制度获得了成功。"到了 2003 年底，起点中文网的优秀作品稿酬已经达到了每千字 20 元，网站流量在全国所有网站中排进了前 100 名。"[1] 这标志着起点的 VIP 收费制度的基本成功，而由此所获得的收入也已经能够维持网站的运营和发展。

VIP 制度的施行对网络文学的发展产生的影响是巨大的：其一，它促使了一批职业写手的出现。其二，它促使网络文学作者勤奋写作，使得网络文学的商业化倾向日趋明显。VIP 制度还在一定的程度上影响了文学书籍的出版。与实体书相比，"网络出版速度快、传播范围广、成本低、环保，在越来越注重节约资源、保护环境的今天，网络出版符合未来社会的发展方向。"[2]

---

[1] 廖宏斌：《起点中文网的发展探析》，西南财经大学硕士学位论文，2009 年 5 月。

[2] 周志雄：《对原创文学网站的考察与思考》，《山东师范大学学报》2009 年第 4 期。

由于VIP制度的成功，2004年，起点中文网在行业内已经独占鳌头，但随之而来的是它的发展再次被资金不足所限制。2004年10月8日，起点中文网正式被盛大网络收购，成为盛大旗下的子公司。盛大为起点中文网的发展提供了足够的资金，并带来了现代化的管理制度和经验。盛大收购起点中文网之后，还利用其铺设到全国近70%二级城市的渠道，将点卡卖到内地每个有电脑地方的能力，加上网络银行等渠道，让众多喜欢看书并有付费能力的读者成了起点VIP会员，基本拥有了业内90%的作者资源和读者资源，形成一家独大的垄断局面。2004年12月18日，起点中文网在上海召开了"盛大起点2004年原创文学之旅"，创国内网络文学年会盛况。2005年，起点中文网当月签约作品稿酬发放突破100万元，创业内发展奇迹。2007年，上海盛大网络发展有限公司正式宣布向起点中文网增加1亿元的注册资本。至此，起点中文网有了优厚的软硬件发展条件，为日后的成功和在文学网站中称雄奠定了良好的基础。

2007年9月12日，起点中文网对外宣布，与MSN及网易正式建立战略合作伙伴关系，由起点中文网提供内容和服务，MSN、网易提供平台，携手共建"MSN读书频道"和"网易读书频道"。这两个频道目前已经正式上线。为了适应MSN、网易的整体平台需要，起点中文网为合作伙伴设计了全新的导入页面。广大书友将能通过更多的渠道和平台，体验起点网原创小说的精彩内容，享受到更多创作、互动与阅读的乐趣。

随着网络文学的飞速发展，单纯的VIP已经不能满足广大作者需求，而是必须与出版行业相结合。作者可以通过出版网站寻求更适合的出版商，而出版后的作品也可以在网络上得到更好的宣传推广。故而，起点在关注网络原创小说的同时，也积极地与多个出版社、杂志社等实体出版媒体联系，使网络写手的作品转化为纸质文学作品，力求做到畅销小说的线上、线下共赢的局面。除了实体图书，起点中文网还寻求商业模式的进一步创新，在广告和WAP、KJAVA等无线产品上进行新的拓展，创造新的可持续的盈利增长点，将网络原创小说变为动漫、电视、电影等多种文化产品，形成一个比较完善的产业链。至此，起点网涉足实体出版、影视改编、动漫改编等领域，并寻求众多周边媒体衍生产品的合作开发。未来，起点中文网还将积极拓展海外市场，致力于进一步扩大作者群和读者群，挖掘起点网成功商业模式的潜力，打造成全球最大的华文文学创作与阅读平台。

41. "博客中国"开通

2002年8月19日，"博客中国"开通，blog首次在中国被翻译为"博客"。博客中国的开通，为同质化的世界带去一份有着自己鲜明特色的新东西，义不容辞地充当"博客思想"在中国推广和倡导的先锋。学术界汪丁丁、李希光等名人成为博客中国的专栏作家。2002年8月29日，博客中国发布了《中国博客宣言》，标志着以"信息共享"为特征的第一代门户之后，追求"思想共享"为特征的第二代门户正在浮现，互联网开始真正凸现无穷的知识价值。

 点评：

博客改变中国

"博客"，译自英文 Weblog/blog（也译作"网络日志""网志"或"部落格"等），它是互联网平台上的个人信息交流中心。2002年，方兴东和王俊秀将 Blog 音译为博客。经过几年发展，博客已经从小群体应用走向大众，由一种新型的网上信息内容的组织和传播形式变成了使用者在虚拟社会的标签和缩影，从一种工具理性升华为一种价值理性。博客

网络文学大事件100

呈现给世界的不仅仅是简单的日记和枯燥日志,而是个人的思想精华和成长轨迹。

博客在互联网信息时代的出现有着重要的意义。

随着时代的进步,互联网的普及从根本上解决了人类信息稀缺的问题,但也正如《中国博客宣言》中所提及的那样,当互联网本身变成信息海洋的时候,人类不得不面临另一场新的挑战:那就是超越信息,将信息转化为知识。互联网在经历了军事阶段、商业阶段之后,终于迎来了它的文化阶段。互联网文化阶段博客的出现,解决了这一问题。博客使我们在互联网世界,第一次有了知识积累和文化指向,使人类由粗放的数字化生存,过渡为个人化的精确的目录式生存。博客是信息时代的知识管理者。博客们将工作、生活和学习融为一体,通过博客日志,将日常的思想精华及时记录并发布,萃取并联接全球最有价值、最相关、最有意思的信息与资源,使更多的知识工作者能够零距离、零壁垒地汲取这些最鲜活的思想。

第一代门户由于仅仅是信息的门户,它虽然可以有多层的链接,但由于都是信息之间的链接,还是属于平面的、单维的门户;第二代博客门户不仅仅有博客的人和机构的门户为基础,还有博客的人和组织之间的多种关系,这些多种关系构成多种多样的错综复杂的博客圈,是多维的、立体的门户。如果说,黑客代表了互联网技术野蛮的张力,而博客则代表了重建互联网秩序的向往。在解构中建设,在离散中合作,在学习中开放,已成为博客对世界的关怀方式。他们展示的博客文体、博客行为和博客思想,将是互联网时代重要的文化现象。将重新定义互联网的界限,改变我们生存的背景。①

同时,博客也使得自我作为独立的个体而有机会得到展现。博客平台的出现,则将这种对自我的关注提供了极大的可能性与想象空间。每个人都是这个虚拟世界的建造者,让"我"的声音终于有了一个表达的

---

① 参考 http://www.xici.net/d15258636.htm,2013年7月21日查询。

出口，渴望真实、拒绝虚伪。正如方兴东所言及的那样，博客就是将把自己平时看到的，认为最有价值的东西，随时提炼书写，能够与更多的人一起分享。也能够为朋友们提供一块"没有任何商业利益，没有任何先入之见"，展示独立思想的园地。同时，也使自己至少能够拥有一块不会被人扼杀的阵地。无论是个人网站、BBS还是blog、wiki，我们开始表达自己，在平面媒体时代没有话语权的平凡人也能够在互联网上发出自己的声音。博客写作使每个人都将成为自己的偶像，都在努力实践自己的表达权，并具有掌握话语权的可能性空间。我们仍然会去关心名人言行，而在博客上的交流使得曾经的仰视成为平等的对话。文艺复兴发现了"人性"，博客对"我"表达给予了尊重，可谓意义深远。

第三，对于中国这样一个知识稀缺的国度，博客的繁荣，更具有特别的意义。随着改革开放的深入，理想主义在上世纪80年代后渐行渐远，我们从"文化中国"转轨进入90年代的"经济中国"。信息时代的资讯膨胀、市场经济的多元化、当代文学的欲望张扬、文艺标准的媚俗化，成为这个日益平面化时代的基本特征。物质逐渐替代精神，"政治想象和文化想象终于让位于金钱想象这位后来居上者"。在经济主导话语权的世界中的自娱自乐，最终将会使中国走向狭隘，而对新知的探索之旅越加充满荆棘。如果博客文化能够引领中国向知识社会转型，博客关怀也必能开启一个负责的时代。

博客中国（blogchina.com）于2002年8月由博客教父方兴东创立。作为中国博客的发源地，博客中国是中国最具影响力的博客平台，是中国博客发展的缩影。秉承着"每天5分钟，为思想加油"的宗旨，肩负着"博客改变中国"的使命，博客中国追求精粹，将繁杂的信息过滤并浓缩为简洁的知识；博客中国追求共享，把独立思想的精华分享给更多的人；博客中国追求开放，倡导"外面的世界更精彩"，在众多意见领袖的导引下，从博客中国出发，探索信息资源，启迪独立思想，领悟创新精神。相信未来博客中国一定能够保持高速成长，成为中国互联网界真正精英和草根意见领袖的第一家园。①

今天必将成为明天的历史,而博客文本则是鲜活的民间档案。曾经只有少数人叙述历史的局面将被改变,取而代之的是由海量的、带有鲜明个人记忆色彩的日志所构建的、全民参与写作的大历史。在若干年之后的回溯中,一个个博客就是当下历史的记录者和见证人。在那些生动的文字背后,能够清晰地映射出这个时代的喧哗与躁动、停滞与前行、独立与自由,而历史的罗生门也将因为博客的存在而更加靠近真实。②

42. "盛大"收购"起点中文网"

2004年10月9日,中国最大的在线游戏运营商盛大宣布,该公司全资收购了原创娱乐文学门户网站——起点中文网,掀开了文学网站发展史上新的一页,宣告了纯以文学特色、诸强并存的文学网站时代结束。此后,一系列收购、兼并、合作、资源整合等行动纷纷出台,资金大面积进入文学网站,网络文学产业化的苗头出现。

 点评:

抱团的力量

2009年5月18日,著名作家王蒙受聘为盛大文学公司顾问,并题词寄语网络文学"文以清心,网更动人"。据悉,王蒙一直关注网络文学的

---

① 参考 http://www.blogchina.com/html/copyright/dingwei.shtml, 2013年7月21日查询。
② 许晓辉:《中国博客宣言:一个时代的激情颠覆》,《四川航空》2006年第1期。

三 网站类

发展,他表示现在对网络文学存有一些争议也是好事,有利于促进网络文学的发展。王蒙曾对网络文学做过肯定性评价,2005年在中国现代文学馆参加一项网络文学颁奖活动时,他曾幽默地说,"与自己同时代作家的作品,具有更多的责任感,有时甚至故作高深,而网络文学的写作姿态比较放松、自在,有一种精神上的自由感。网络文学题材丰富的多样性与精彩的内容,激活了我的思维。"据了解,为展示王蒙五十年的创作成果,起点中文网策划推出了"王蒙创作五十年精品展",囊括了他的大批优秀作品,总字数达300万字。

王蒙对网络文学发展态势的关注,一定程度上代表了传统作家对当今网络文学的认可;起点中文网策划"王蒙创作五十年精品展",也展现出网络时代全新的作品推广方式和支持力度,传统文学在这里与网络接轨。而王蒙受聘的盛大文学公司,正是这样一个集成了传统纸质文学与新兴网络文学的平台。

盛大成立于1999年11月,最开始是以游戏为主导产业。2004年10月,盛大收购了中国领先原创娱乐文学门户网站——起点中文网,标志着盛大开始进军网络文学市场。2008年7月,盛大文学公司正式宣告成立,以全资和投资的方式,先后把晋江原创网、红袖添香网站收归旗下。2010年2月22日,盛大文学将小说阅读网收购至旗下。小说阅读网成立于2004年5月,是中国最大的原创小说网站之一,网络内容主要是女性文学、古代现代言情及青春校园类文学作品,有较大的校园用户群,网站日最高访问量约6000万,日在线用户数约200万。2010年3月31日,盛大正式宣布收购潇湘书院。潇湘书院始建于2001年,是一家以女性阅读为特色的原创文学网站。书院拥有10万名驻站作者,日更新字数达1000万字,日访问量达100万人次,日浏览量逾2500万次。

盛大文学公司自成立以来,旗下的几个文学网站在吸纳作者、推介作品上,相互借力,彼此呼应,都较以前有了更好的发展和更强的竞争力。而盛大文学公司还先后组织策划了"30省作协主席小说擂台赛"、著名作家驻站写作等活动,使其影响开始超出网络文学领域,而波及传统文学与主流文坛。事实上，盛大文学公司已把文学网站、文学经纪、作品版权、出版策划等集于一身，实施了一种全新的文学运营模式，这对传统的写作、纸质出版等，都必将构成冲击和挑战。

除纯文学网站之外，盛大文学还陆续收购了一些相关网站。2010年9月9日，盛大文学宣布收购数字期刊阅读网站"悦读网"。"悦读网"是我国第一家数字原版期刊的发行网站，也是国内最具影响力的数字期刊阅读网站。它与800多家刊社、出版机构签约，对近千种大众流行刊物进行高清数字发行，涵盖财经、管理、时事、时尚、汽车、家居、体育、数码等多种类型，目前注册用户超过300万。同时，与移动、电信、网通等三大运营商展开移动出版合作，可供7亿多手机用户、4亿多电脑用户在线阅读。至此，盛大文学旗下营运着包括起点中文网七家原创文学网站，拥有有声出版领域和数字期刊领域最大的网站，与四家出版策划公司达成深度合作，成为中国目前最大的网络文学平台。随着国内手机阅读市场需求逐渐扩大，盛大文学成为中国移动阅读基地最大的内容提供商，2010年年度畅销榜前十作品盛大文学占7成。

2010年10月26日，"云中竹宴——Bambook上市发布会暨首届中国写作者大会"在京召开。来自全国各地的写作者们近一千人参会，成为网络文学十年多来参与人数最多的一次文学会议。本次大会设有两个网络文学论坛，分别是"网络小说与影视、游戏的关系"论坛和"网络文学与传统出版"论坛。与会嘉宾认为，网络文学跟传统文学，特别是纸质出版是相辅相成的，有互相促进的地方，是一种竞合的关系。传统文学和网络出版将来的合作只会越来越紧密。会上，盛大文学还宣布售价为999元的电子书Bambook正式上市，让盛大在搜索上的战略布局得以首次曝光。继淘宝推出全网搜索"一淘网"涉足网购搜索后，盛大文学也宣布将正式启动小说垂直搜索引擎——云中搜索的开发。盛大CEO侯小强说，云中搜索不是单纯的图书搜索引擎，而是一个娱乐搜索引擎，并将朝向更为综合的方向演进。盛大将把搜索延伸至iPad终端，扩张产品线，形成完整业务链。

三 网站类

2011年2月,盛大文学宣布云中书城正式独立运营,云中书城是盛大文学的运营主体平台,为消费者提供包括数字图书、网络文学、数字报刊等数字商品。用户可以通过云中书城网站、Bambook电子书阅读器、Android、iPhone手机端应用、iPad应用、电视等多种平台设备随时随地下载阅读云中书城的海量内容。通过云中书城开放平台,所有出版单位均可自主上传数字图书、数字报刊等内容,自主定价,借助云中书城庞大密集的销售网络进行推广销售。云中书城凭借强大的内容与平台优势,推动数字出版,引领数字阅读潮流,为全球用户带来数字时代全新的阅读体验。

尽管盛大拥有网络付费阅读、版权营销、电子阅读器开发和海外市场等四大支柱性产业优势,它的制约因素也是显而易见的。首先,网络文学作品繁冗拖沓,未经雕琢,艺术价值不高。[①] 付费阅读模式虽然极大促进了盛大文学内容和版权的生成,激发了作者的创作动力,却也容易使作品生产速度过快而缺乏质量。正如麦加所言:"网络文学作品99.9%都是垃圾,0.1%是优秀的,但它们混入其中,就像大海里的一根针,虽然在那儿,但实际上消失不见了。"[②] 其次,版权维护难度大。我国网站数量庞大,网络转载轻松简单,这加剧了原创网络文学版权维护的难度,给网络文学的版权收益带来巨大的损失。然而,面对诸多不利因素,盛大文学长久以来力图构建的恢弘的想象力世界和继承的中国传统文化基因下的中国网络文学,却是我们所希望看到的未来网络文学图景。在盛大文学不断向中国最大的全版权运营基地迈进的途中,我们也当给予它最大的支持。

[①] 王行丽:《盛大网络文学产业链发展分析》,《赤峰学院学报》2011年第1期。

[②] 廖小珊:《网络文学到底是垃圾还是金矿》,《中国新闻出版报》2010年5月6日。

43. "榕树下"被收购

2006年4月13日,"榕树下"被国内知名的民营传媒集团"欢乐传媒"收购,被认为是国内民营传媒企业收购新媒体的第一案例,该收购耗资超过500万美元。"欢乐传媒"看中"榕树下"的原因,首先是该网站已拥有500万的注册用户,每天8000篇原创文章的更新频率。同时网络已经成为一种新的视频传播渠道,"欢乐传媒"几年前已把重心转移到新媒体业务的研发上,把文学作品影像化,将是"欢乐传媒"收购"榕树下"之后的新方向。

 点评:

互补与共赢

欢乐传媒是一家集制作、发行、媒介广告销售、艺人经纪、市场推广于一身的国际性影视文化机构;是以全球华语市场为目标的主流媒体内容供应商与经营商;是国内最大的主流媒体影像内容供应商,制作的大量精彩影像内容为互联网、手机等媒介提供了丰富的内容支持。同时,精彩纷呈的节目内容也在新媒体的充分互动下得到了充分展示与体现。被业界誉为"最具影响力的民营娱乐内容供应商"。①

关于欢乐传媒收购榕树下,并将经营中心转移到文学作品影像化、电视化上的问题,前文中已有简要介绍。如果说贝塔斯曼经营榕树下时

---

① http://baike.baidu.com/vew/1856176.htm,2013年7月21日查询。

还或多或少保留了"榕树一代"的理念与梦想,那么欢乐传媒控股的榕树下则是"赤裸裸的商业化,'榕树下'不再是文学自由交流的天地,而成为了欢乐传媒生产利润的后备资源库"①。作为"民营电视四大家族"之一的欢乐传媒,早年间凭借《欢乐总动员》等综艺节目名动天下。收购榕树下正是由传统媒体领域向新媒体领域转型的重要一步。欢乐传媒和榕树下的联姻被认为是民营传媒收购新媒体的第一案。收购后的榕树下从网络文学转向互动娱乐,主要是网络文学作品的影像化。

欢乐传媒负责人在解释收购榕树下、选择网络文学时用了这样一句话——"那里有我们想要的内容"。具体地说来,主要有以下几个方面。

首先是基于影视制作剧本的需要。欢乐传媒作为一家影视制作公司,需要广泛地采集各式剧本,而榕树下正好是一个庞大的数据库,涵盖了各式各样的网络文学作品,而且有每天8000篇左右的原创文章高频率地不断更新,将关注度高的作品影像化,不仅拿捏住了广大网民的口味,而且也使影视剧具备了一定的群众基础。

其次,欢乐传媒根据制作影片内容可以借助网站形成一个网络社区,例如交友、美食、情感、个人秀等,通过网民的互动参与,就可以凝聚成一个随时在线的高人气社区,实现公司和网站的双赢。

第三,榕树下拥有强大的号召力。榕树下曾举办了一场命题短文征集活动,半个月内就有超过8000篇文章上传。而这次短文的题目《我把初吻献给谁》,正是欢乐传媒投拍的第一部数字电影片名。如此之大的投稿量,确实不是一般网站所能够取得的成绩。强大的号召力,这也正是榕树下的价值所在。

最后,榕树下具有超高的人气。榕树下拥有500万注册用户,每天100万人同时在线,如果这些网民全都能转化成视频用户,欢乐传媒在新媒体方面将获得巨大的利润。

---

① 郭静:《"榕树下"网站的文学生产机制及文学趣味的建构》,哈尔滨师范大学硕士学位论文,2012年4月。

欢乐传媒主要从事影视制作，对榕树下而言，视频业务也正是其所希望加强的版块。先期是提供一些根据网络文学改编的电影供网民下载，继而形成风气，再开通视频上传通道，通过这里，网民可以发布自己制作的视频作品。高点击率的作品会给商家带来巨大的利润。"点击率小说"兴起的背后，是文化消费模式的转变。"在网络经营者和出版商眼里，网络文学作品进入了'产品——销售——利润'的快车道。"

榕树下在影视方面曾经做过尝试。早在2000年，榕树下就与北京红线影视公司合作制作了30集的电视连续剧《都市守望者》，剧本由榕树下提供。欢乐传媒在收购榕树下后，与中影集团合作，网罗了6位国内最具人气的一线导演，其中就有重量级的韩三平。之后，欢乐传媒以网络作品为蓝本，制作了20余部电视和电影作品。2006年热播的电视剧《武林外传》就是其中一部成功之作。从网络小说刊载发展成剧本，文学作品影像化逐渐挤占在线阅读的收入比重，成为榕树下网站的工作重心。

欢乐传媒投资榕树下主要看好的是网站的优势，同时看重网络文学与自身主营业务的互补性。可见并购除了考虑回报外，更重要的是考虑被并购的网站与自身形成的协同效应。"网络作为一个新兴产业，资本在其中扮演着十分重要的角色，当其还未形成顺畅的现金流时，只能依靠资本补充；具备充分的资金支持，网站才可能走向盈利。大网站通过并购扩大网站规模，争取更大的市场份额，吸纳更多的客户群进而产生效益；中小网站依托大网站实现自己的融资，争取更大的发展机会。网站收购成为双方一个新的发展契机，小网站从此有了靠山，大网站则把握了新的经济增长点。"[1]

不过自从欢乐传媒收购榕树下后，受到了新兴的网站，如晋江原创、起点中文及户外媒体等多方面的冲击，电视制作事业一直不大景气，而榕树下也因成为幕后，稿件资源渐渐隐没，不但找不到新的运营点，反

---

[1] 汤志国、高峰、尹秋雯：《资本介入对文学网站的影响研究——兼谈"内容为王"时代的文学网站竞争》，《文教资料》2007年第13期。

而被新兴的网站取代并超越。榕树下光环尽失，投稿的质量也越来越苍白、粗糙，网站地位日趋下滑，新的运营点的突破成为网站维持生存的关键问题。

44."作家在线"启动

2011年7月15日，由中国作家出版集团主管的权威文学网站"作家在线"网站启动仪式在京举行。中国作协主席铁凝、中国作协党组书记李冰等出席。"作家在线"拥有作家出版社、《人民文学》等在内的十几家国家级报刊社的作家作品资源，已有近200位文坛主力作家、评论家加盟签约，为读者提供一个了解文学动态、欣赏文学佳作和参与文学讨论的优质网络互动平台。

 点评：

最权威的文学网站

作家在线是由中国作家出版集团主办、作家出版社承办运营，以作家为核心服务对象，严肃、高端、专业、权威的专业文学门户网站，旨在为所有写作者提供数字化出版平台。中国作家出版集团曾以出版一系列囊括中外最优秀当代文学作品享誉文坛，发现和培养了一大批活跃在当代文坛的主力作家，以把文学引向高端品位为目标，以挖掘培养优秀作家为核心，以传承经典文学作品为主体，以中国图书市场罕见的超级畅销书运作蜚声海内外。作家在线坚持"为作家出书""出作家好书""向读者奉献最好的书"的宗旨，为所有严肃作品及创作赢得互联网上应有的地位和影响力。

当前,文学网站的功能正在趋于丰富多样。作家在线充分利用互联网载体和平台功能的融合,设有文摘资讯、在线阅读、连线作家、写作投稿、网上书店等栏目,依托中国作家协会和中国作家出版集团庞大的作家队伍、丰富的作品内容及优质的信息资源优势,为广大读者、文学新人、著名作家等提供阅读写作空间和互动交流平台,竭力打造网络文学的精品门户、网络时代的文学旗舰。在这里,广大文学爱好者可以充分体验融合读、写、评、售、资讯为一体的数字网络功能。更多的作家作品将会从这个现代化的网络平台,以崭新的面目与读者交流互动。作家在线网站能够提供传统图书的增值服务,形成开放自主的数字出版功能,塑造完善的数字出版业务,成长为高品味、权威性的文学门户网站,引领文学发展潮流。

作为中国作家出版集团的门户网站,作家在线拥有包括作家出版社、《人民文学》《诗刊》《中国作家》《小说选刊》《文艺报》《作家文摘》等在内的十几家国家级报刊社的作家作品资源。为保证文学专业性,网站首批聘请了雷达、白烨、叶梅、高叶梅、胡殷红、何向阳六位著名评论家及作家担当特约顾问,参与网站策划并为网站打造特色栏目。网站早在筹建阶段,已有近 200 位文坛主力作家、评论家加盟签约。

作家在线充分发挥网络媒体的即时性、互动性,依托中国作家出版集团所属报刊,以专业的品位及高端的水准,对文学史上具有代表性的实力作家及当下具有鲜明亮点的文学新星进行全方位的包装和推介,使作家在题材领域、文学创作思潮流派等诸多方面受到关注。可以说,作家在线是中国文学领域观察、推介、报道作家的重磅专业网络平台。[1]

---

[1] 参考 http://www.zuojiachubanshe.com/aboutus/267669.shtml,2013 年 7 月 22 日查询。

45. "创世纪中文网"上线

2013年5月30日,由起点中文网原创业与骨干团队精心打造的集阅读、创作、互动社区、版权运营于一体的全开放网络文学平台"创世纪中文网"正式上线。最专业的运营团队、全新的发展理念、作家群体的鼎力支持以及与腾讯的合作,使创世中文网一上线,就备受业界和媒体关注。据了解,创世中文网拥有业界最为资深的编辑和运营团队,团队成员最长从业时间超过10年,核心团队曾从无到有建立了网络文学运营机制、作家制度、编辑制度、版权运作制度等网络文学产业主要运行机制,堪称是中国网络文学核心商业模式、行业标准及具体通用功能的主要创造者,当前最受欢迎的网络知名作家,绝大多数也都经由该团队挖掘、培养而来。

 点评:

文学网站新贵

2013年3月6日,由于利益的分歧,起点中文网创始团队与盛大文学股东间矛盾公开化,起点高层集体"离职"。2013年5月30日,在不到3个月的时间内,原起点中文网创始团队与腾讯深度战略合作推出了创世纪中文网,创始团队"出逃"已经让盛大文学元气大伤,随之而来的"叛离者"又成为了对手。

真不愧是业界最为资深的编辑和运营团队,创世纪中文网上线一个月就已取得了良好开局,网站日浏览量近200万人次,新书库作品已过万，自有签约作品过千。与2012年业内份额前10的独立文学网站相比，其作家阵容、日更新量等数据已可以跻身前列。目前，已有156位"大神"登陆创世纪，还有不少"大神"和作者正在协商和沟通中。创世纪中文网得天独厚的后发优势，一跃成为网络文学网站的新贵，成为盛大文学的有力狙击者。

创世纪高层当年在起点中文网摸爬滚打，是中国网络文学核心商业模式、行业标准及具体通用功能的主要创造者，现行的网络文学运营机制、作家制度、编辑制度、版权运作制度等网络文学产业主要运行机制，大都出自他们之手。他们熟谙文学网站经营之奥妙：吸引卓越的网络写手加盟，从而保证能有更多优秀的内容推出。因此，创世纪中文网甫一上线，就在作家福利制度上大做文章。其新福利制度中提出了创作保障制度、人身保障制度为作者的生活"保底"，即使无法达到分成标准的作品还可以采取"买断直签"的签约方式，让作者可获相应的稿酬以及签约金，并进行版权革新，取消"永久"限制。此举可谓下了一剂猛药，撼动了整个网络文学界。于是各大互联网公司纷纷宣布进军网络文学，又各自出奇招开始抢夺写手。百度多酷文学网在2013年6月8日悄然上线，并在第一时间公布了其运作模式，把签约作品的八成收入付给作者，并快速垫付稿酬。几乎是和百度多酷文学网上线的同一时间，新浪拆分读书频道成立文学公司，也加入到网络文学大军之中。出于应对，盛大文学也不惜丧失20%的股权，宣布私募股权融资1.1亿美元，主要用于优化作者待遇、加大收购力度。

由此可见，起点中文网高层集体出走，只是毁掉了一个起点，重创了盛大文学，而这拨人马创建了一个创世纪中文网，以其积极的策略，却激活了整个网络文学。因此，我们要说的是，盛大文学这几年走的收购之路，逐渐形成的垄断之势，对网络文学发展而言，未必是一件好事。

四　活动类

46. 新浪网举办接力小说活动

　　1999年1月，新浪网与《中华工商时报》联合举办为期一年的接力小说活动。小说题目为《网上跑过斑点狗》，第一章由青年作家邱华栋、李冯、李大卫写作，其余由网民和读者共同续写，计划最终完成一篇6万字左右的中篇小说。小说试图反映互联网给人类的生活、工作、爱情带来的冲突与影响，揭示虚拟社会与现实社会之间的矛盾与冲突。这篇小说后来因网民和读者反应不积极等原因而夭折。

 点评：

真正意义上的网络文学

　　接力小说，又称为"接龙小说"，"合作小说"，它是指由多人接力参与的，网上即时创作的文学作品。网络文学迄今为止，比较著名的接力小说活动有："新浪网"一批作家与网民共同续写了网络接龙小说《网上跑过斑点狗》；"花脸道"网站开展的"花脸道双媒互动小说接龙"；人民文学出版社出版的BBS留言跟帖小说《风中玫瑰》;"中文网络文学"网站开展的故事接龙《谱写你自己的故事——千年之恋》;"榕树下"网站网友的接龙小说《城市的绿地》;"亿龙"网站开设《青春校园,我唱我歌》和《情爱悠悠,共渡爱河》等接龙作品的栏目。此外,网络上还有流行一时的《超情书》《危险》等回环链接诗歌活动。这些超文本回环链接诗歌的文学实验,成为了更加接近网络文学本质的一种探索和挺进。有人认为,这类只有电脑才能创作、只有借助网络环境才能欣赏的作品,才是真正意义上的网络文学,应该成为网络文学的发展方向。

1999年,由青年作家邱成栋、李冯和李大卫一起在新浪网上弄了一个网上接龙中篇小说《网上跑过斑点狗》,他们写了一个开头,然后由任何注册了个人ID的读者自由接续,分别在新浪网和《中华工商时报》上连载,进行纸质媒体和网络的互动,这是国内第一部网上接龙中篇小说。在此之前,美国著名作家约翰·厄普代克与另外44名作家一起在网上合作完成了题为"故事由谋杀开始"的小说。厄普代克通过电子邮件提供给亚马逊公司一段293个单词的故事的开头,介绍了故事的主人公塔索·波尔克小姐,她是书名提到的那家杂志的编辑。随着故事情节的发展,波尔克小姐被暗喻和陈词滥调苦恼着,同时她对围绕她的一位老雇员马里恩·海德·梅里维特自杀事件发生的一系列奇怪事件进行调查。约翰·厄普代克写这篇小说的开头的报酬是4000美元。邱成栋等人也是受此启发,开展了这个活动。这个活动由这三个人担当评委,负责将读者和网友的续写文章进行挑选和评判,将符合要求的文章在报纸和网上连续刊登。这项活动进行了几个月后,大约连载了十几次,有两万多字,但是他们发现这篇小说已经离题万里,偏离了最初的中心,所以停止刊登,使得《网上跑过斑点狗》变成了没有结尾的一篇网络小说。

接力小说最初源于加拿大,早在1997年4月,加拿大在互联网络上举办了一个"全国小说"的写作活动。参加活动的作家一共有12位,代表加拿大全国12个省区的作家。12位知名作家在12个小时内完成了一篇集体创作的小说。小说的主题是"跨国故事"(Cross Country Story)。

四 活动类

　　第一位作家凯文·梅杰为小说安排了一对男女主人公,同时又为他们安排了一个浪漫的场景:去夏日的海滨度假,身边还带着一条狗。第二位作家接过这个开头,顺手又增加了一个人物:在海边小屋旁独自补网的老头儿。游客与老人之间展开了交谈。第三位作家将金钱导入小说,他描写男子取出支票本,开出高价,企图收买老头。果然,老人将岩洞的秘密告诉了这对男女。接下去,一位作家描写出海的场面,颇具历险的色彩;女作家苏·斯旺则又添上一位"超越时空的女神"——"加拿大文学女神"(Can—Lit Goddess)。下一位作家又将故事拉回到现实之中,让男女主人公面临小艇电池用光的危险。聪明的盖尔·鲍温为前面几位作家编造的已经有些荒诞不经的故事找到了一个合理的解释:这原来是那个男子的一场恶梦。最后,卑诗省的女诗人马斯克雷夫讲了一个从祖父那里听来的关于加拿大的传说,为全篇故事完满收尾。

　　我们姑且不论这些接力小说的文学性的优劣,暂不考虑它是否能成为真正意义上的小说。就这种创作的方式来说,以网民"接龙"方式创作的交互式小说,它本身就是众作者之间艺术灵性和审美情感相互契合的结晶。由于网络文学与传统文学之间的另一个根本的区别就是,网络文学具有传统媒介文学所无法比拟的作者与接受者之间的互动性。这种互动性首先表现在网络阅读者在阅读时能随时发表评论,对作品提出评价或者批评,以便将意见及时反馈给作者,让作者及时调整思路,回应读者反馈意见。网络文学读者本身就能参与到创作当中,他们之间积极地交流写作心得和思路,融入到这种接力的合力中去,这也是传统媒介文学难以比拟的。

　　接龙小说充分利用了互联网络的即时性、互动性特点,使文学创作变成了一项集体参与的文学活动。这些由众多写手参与写作的小说,在文学性和艺术性方面都无一例外地存在水平良莠不齐,写作虎头蛇尾的现象。加拿大的"全国小说"最后的成篇作品,内容情节和结构的不连贯,使这一故事的写作不像是完成一篇小说,更像是拼凑一场文字游戏。约翰·厄普代克的接力小说完成之后,作品中充满着大量的对厄普代克文风的拙劣模仿。厄普代克本人表示,他对再次进行网上文学实验不感兴趣。

虽然从纯文学的角度来看,网络文学还存在着质量上良莠不齐的问题,但网络文学能使文学消费的大众化追求真正成为现实,这是毋庸置疑的。BBS小说作为一种文本实验,虽然免不了粗糙和散乱,但却体现了众多网友心灵与心灵的共鸣、志趣与志趣的相投,其人性的意义可能多于审美的意义,而人与人之间的交往期待与心灵沟通不也是艺术审美的题中之义吗?如果人性的真善美能在网络的空间延伸和滋长,网络的工具理性必将添加人文装备而升华为价值理性。

47. "榕树下"发起"首届网络原创文学作品奖"

1999年11月11日,"榕树下"发起的"首届网络原创文学作品奖",曾在当时引起轰动。王安忆、余华等传统文学作家担任评委,《蚊子的遗书》获得散文类一等奖,尚爱兰的《性感时代的小饭馆》夺下小说大奖,散文家宁肯以一篇散文《我的二十世纪》进入获奖者名单,把正在兴起的网络文学推向了一个高潮。正如作家陈村所言:"榕树下的颁奖,最大的意义不在于究竟有哪些作品最后得奖,而是它象征着中国文学在网络上的初次走台。这样的走台是热热闹闹的,认真严肃的,平等开放的,是人们所期盼的。网络虽然年轻,能有这一天,是许多网站和更多的网友不计功利地劳作堆积的基础,也是许多虽然没有上网但关心网上原创文学的人们的努力所推动的。"

 点评:

网络文学需要原创

华语文学门户"榕树下"(www.rongshu.com)创办于1997年12月25日,最初是美籍华人朱威廉创作的一个个人主页。它是国内成立最早、最具品牌的文学类网站。"榕树下"坚持"文学是大众的文学",倡导"生活·感受·随想",使文学通过网络这一快捷的载体真正变成了大众的文学,使许多爱好文学的人好梦成真。

文学站点在刚刚起步的时候,一般走的是建设书库的路子,即通过收录大量图书资料供网上的"文学爱好者""网上阅读者"浏览阅读。这方面,"黄金书屋"(http://www.goldnets.com)、"书路"(http://www.shulu.com)、"新语丝"(http://www.xys2.org)、"文苑英华"(http://book.21gd.com)等就是典型。而这条路走起来也没那么简单,因为等网络稍微普及以后,人们就意识到,这还牵涉到一个著作权的问题,若未经作者同意把图书资料录入到网上,兴许会引发著作权的纠纷。比如1999年6月15日,王蒙、张洁、张抗抗、张承志、毕淑敏、刘震云等6位著名作家,就通过他们的代理律师,向北京市海淀区法院提起诉讼,状告由"世纪互联通讯技术有限公司"主办的"北京在线"网站,未经许可将他们享有完全著作权的文学作品登载到网上,从而侵犯了他们的权益,要求赔偿经济和精神损失。《中国青年报》称"这是我国首起因网络站点刊登他人作品而引起的著作权纠纷"。在这种情形下,鼓励网上原创就成为文学网站不得不然的选择。在这方面,较早倡导原创的"榕树下"就以其强大的编辑、作者阵容和高投入的优势远远走在了其他网站的前面。"榕树下网罗了大批致力于网络创作的才子才女,有着庞大豪华的编辑阵容和比较固定的投稿作者……"1999年作家陈村的加入更是使其声誉如日中天。

榕树下网络文学原创作品评奖由陈村发起,参赛对象主要集中在榕树下文学网站首发的原创作品。这种评奖前后共举办了5届。1999年11月11日,"榕树下"发起了"首届网络原创文学作品奖",这在当时引起轰动。2000年10月,榕树下组织"贝塔斯曼杯"第二届网络原创文学作品大赛。2001年底,榕树下举办第三届网络文学大赛,因其最高奖金2万元而吸引来30万件投稿。2010年1月4日,"第四届榕树下原创文学大赛"正式启动,这是榕树下由盛大文学控股重新上线后的第一个大动作。此次大展距上一次赛事,已经过去了9年时间。历经一个月的评选,庹政的《青铜市长》、右·耳的《西泠》获长篇作品特别大奖;夜黥《青春事》获最佳人气奖;跳舞的脚《破碎的玻璃渣》、霍小绿《北海道的小村姑》获短篇小说一等奖等。2010年12月17日,"第五届榕树下网络原创文学大展"正式启动。大赛分为"长篇小说"和"短篇作品"两大赛区。长篇区分列都市情感、青春言情、军事历史、悬疑其他四个类别,设置特等奖、单项奖、优秀奖、月度作品奖、最佳人气奖、出版签约基金等奖项,一百余个奖励名额,累计产生的奖金及版权金各项奖励约100万元。短篇区分列散文、短篇小说、生活随笔、书评四个类别,设置特等奖、单项奖、入围奖等奖项,约五十个奖励名额,短篇区奖金及稿费累计约30万元。上述每次评奖,担任评委的人都分为传统作家和网络作家两派。传统作家主要有王安忆、王朔、陈村、余华、马原、苏童、刘恒、阿城、王小山、莫言等;网络写手方面,基本上囊括了当红的网络写手,他们在网络文学领域成名较早、具有一定的影响力和号召力,如安妮宝贝、吴过、SIEG、王峻涛、刑育森、宁财神、李寻欢等。榕树下网络原创文学评奖主要涉及小说、诗歌、散文三项,第二届设置了最佳剧本奖和评委会特别奖。

榕树下网络原创文学奖在同类性质的网络文学比赛中是举办得较为成功的。一是榕树下在众多文学网站中,影响较大、发表网络原创作品数量最多。特别到了后来,随着网站逐渐走向成熟,其对原创作品的吸纳和质量的把关等方面均有很大提高,在所有中文文学网站中无论是质量还是数量都首屈一指。同时,榕树下几乎涵盖了网络原创文学的所有题材、体裁和各种实验,其创新意识与网络原创文学的发展态势是一致的。二是榕树下网络原创文学评奖活动呈现一定的连续性。自1999年网络文学走进人们的视野开始,只有榕树下连续举办了五届网络原创文学作品评奖,并形成了一定的风格和影响。三是无论是宣传还是其后续效应,榕树下评奖本身在同类的评奖活动中影响最大。四是榕树下评奖的评委包容了传统作家和当红网络作家,在选评上更注重作品的艺术性,具有很高的权威性。而且,几届评奖都作了适当的人员补充,主力阵容基本没有变化,保持了相对的稳定性,保证了作品评选标准的一贯性,使作品既不失其文学所固有的艺术性,又突出了作品之于网络的特殊性。

48. 新浪网推出戴鹏飞原创短信专栏

2003年3月31日,新浪网推出了中国第一个原创短信专栏——戴鹏飞原创短信。戴鹏飞有"中国短信写手第一人"之称,其意义不在于他是第一个短信写作者,而在于他是最有成绩的短信写作者。

 点评:

原创的价值

短信文学是指以手机短信为载体进行创作和传播,兼具文学性、思想性、精短性、娱乐性等特点的文学新样式。它是一种不用身体出场也不用声音出场的特殊交流方式,是对语言通讯有效的补充,有着不可替代的心灵沟通的作用。短信文学改变了以往的传播方式和阅读习惯,也改变了文学的文体形式,其篇幅简短、句式急促、排列形态特别,节奏快、符号化、日常化和对生活细微揣摩体验等，还有以娱乐为主的欣赏趣味，对文学特别是微型文学或超短文学的艺术手法和形式产生了极其微妙的影响。

2003年是我国短信文学元年。2003年3月31日，新浪网就适时推出了中国第一个原创短信专栏——戴鹏飞原创短信，这既是对戴鹏飞短信文学成就的认可，更是从一定程度上助推了新兴的短信文学的发展。该专栏公布了戴鹏飞创作的8个幽默短信系列：时代童话、哈哈节日、动物凶猛、实话实说、爱是永恒、成人承认、直接开涮、大话西游，首日即被发送2万余次，平均每条150次，第二天发送量竟然超过了10万次。2003年6月18日改版后，分为10个板块：鹏飞精品、鹏飞童话、鹏飞节日、鹏飞哲理、鹏飞直播、鹏飞爱语、鹏飞成人、鹏飞开涮、鹏飞名著、典型鹏飞，共300余条短信，没几天，网上下载发送量超过了300万次。

戴鹏飞从2002年起投入手机短信写手[①]行业，创作了大量广为流传的短信作品，并且创下了短信收入最高纪录，一条短信最高收入1万元，被誉为"中国短信写手第一人"，虽然这只是一个非正式的称号，但可见他在短信文学发展中的地位和影响力。戴鹏飞除开辟了中国第一个原创短信网上专栏外，还在几个方面引人注目：他有中国第一个平面短信文章专栏、创作了中国第一个即时新闻短信、中国第一个短信商业广告、中国第一个短信电视幽默、中国第一个短信广播小品、中国第一个短信情景喜剧剧本，等等。他曾出版发行爆笑幽默剧《郝大男的特大难题》、悬疑推理剧《神秘的古董店》、网络言情剧《e网情深》、《个人MP3作品集》等，还曾担任52集电视系列短剧《快乐女人》的编剧、副导演，更重要的是，他创作了中国第一本原创短信书籍，名为《你还不信》，以一个成语"飞短流长"将他的名字"飞"和短信之"短"以及短信的影响

---

① 短信写手，2002年出现的新名词，通常指那些为门户网站或者专业短信息网站提供短信资源的人，他们为网站运营商们提供了大量的有趣文字和图片让网友下载、转发。2002年，曾经有传媒将短信写手列为新时代的十大新型职业之一，但目前"浮出水面"的只有戴鹏飞等少数人。

力融合在一起。还出版了首部手机短信诗集《我只在我眼睛里》，志在挑战那些"黄段子"。2004年8月，戴鹏飞的作品集《谁让你爱上洋葱的》，以"中国第一部短信体小说"之名由中国电影出版社出版，并被新浪网购得两年无线版权。戴鹏飞在以往的创作中积攒了大量段子，全书5万字，从人物对话到故事起承几乎都是由或幽默或哲理或言情的段子构成，淡化情节同时突出心理描写、人物对白，展现语言的魅力。对于短信创作，戴鹏飞认为要具备以下八大素质：一，大量积累、记录生活中真实的素材；二，掌握丰富全面的百科知识，不断学习新的知识；三，扎实的文字语言能力；四，各种文体、文学手法的运用；五，认真观察生活的点点滴滴；六，善于听取他人的建议；七，忍耐创作时的孤独和时间的煎熬；八，独具匠心，另类思维。很明显，这些要求其实就是对一个作家的要求。短信文学初期的抄袭、复制泛滥，对于短信文学能否称其为文学的基本立足点都产生了质疑和动摇，人们习惯将自己喜欢的、认为好的短信互相转发而懒于自己编写，久而久之就会产生厌倦感。在这种背景下，戴鹏飞原创短信的出现就极具有价值和意义，他那种推陈出新、妙笔生花的，极富有简洁性和趣味性的短信在很大程度上起到了示范和引领的作用。

新世纪以来，人们对于越来越快的节奏和压力之下的生活逐渐厌倦，转而对于新媒体文学产生追逐和热爱。当代社会的人们对于生活的四大诉求决定了短信文学在今后的人们生活之中必将占有一定的市场：（1）生活节奏加快，空暇时间减少，并且更分散。阅读从长时间连续型向短时间阶段型转换。随身携带、随时阅读是这种趋向的诉求。（2）生活方式和观念变化，追求新潮多变，对"大部头"兴趣下降。文化消费逐渐向简洁、快节奏方向发展。故事情节发展迅速，文字力求简单是这种趋向的诉求。（3）朋友间交互性需求增强，用户希望能够将自己看到的好文章第一时间给自己的朋友分享。方便的发送给朋友是这种趋向的诉求。（4）经过互联网的培养，用户的参与性加强，往往不仅仅局限于阅读，而更希望在阅读之后发表自己的意见并与其他读者进行交流。方便的发表和参与到讨论中是这个趋向的诉求。这些诉求和愿景，清晰地描绘出手机文学的光明未来。就像手机迅速普及是迎合了大众的需求一样，短信文学迎合了大众的新阅读需求。但是也应当看到，短信文学在发展的过程中，同样面临着复制和媚俗的双重缺失。短信文学在技术至上、市场经济的双重语境下，难以避免要犯下机械复制和过分媚俗求利的"两宗罪"，体现出鲜明的商品性和产业性，伴随而来的便是丧失了艺术品格和审美趣味的"快餐文化"。

49. 首届全球通短信文学大赛举行

2004年6月，由海南移动通信公司和《天涯》杂志、海南在线天涯社区联合发起首届全球通短信文学大赛，向全国短信写手征集小说、散文、诗歌三类短信，旨在摒弃不健康、低格调的短信，发掘具有广泛流传价值的短信文学经典作品。截止8月1日，主办方共收到小说、散文、诗歌三类作品1.5万余条，经过著名作家铁凝、韩少功、苏童、格非、蒋子丹等评委的认真评选，共选出各类获奖作品37篇。首届短信文学大赛引起国内社会各界广泛关注。全国20多家媒体进行了报道和讨论，认为此举"开辟短信文学新时代"。同时，大赛还引发国内文学界对短信是不是一种文学的争论，有评论称短信只是一种文学书写方式上的变化，尚谈不上是一种文学新品种。

 点评：

市场的推手

首届"全球通"短信文学大赛是成功的。短短两个月，在社会上及文学界引起了强烈反响,全国各地的应征作品达 15000 多篇。大赛对作品的评选严肃认真,秉持公平、公正、透明的原则。由于是首届,无法查证参赛作品是否模仿或抄袭。为此,组委会决定实施"三榜制"和"三公示":第一榜初评 526 篇,由《天涯》杂志社的编辑负责,入选后即公示于海南在线的"天涯社区"。第二榜复评 312 篇,由铁凝、苏童、格非、韩少功、蒋子丹、李少君 6 位评委承担。《天涯》编辑部将所有初选作品以电子邮件方式发给每位评委,评委采用国际通用的公开记名投票方式对所有初选作品作出复评,并填写评审意见。复评结果再次公示。第三榜终评 38 篇,仍由 6 位评委承担,并于 9 月中旬再次在"天涯社区"公示。为确保严肃公正,保证作品无抄袭现象,本次公示一直延至 10 月才结束,其中小说一等奖即因举报抄袭而被取消资格,最后定评 37 篇。其中,《墙上的马》获诗歌类一等奖,获奖作者为四川的布衣;《楼道的灯坏了》和《扛梯子的人》获诗歌类二等奖;《电影院》《打工者的月亮》《大自然》获诗歌类三等奖。深圳作者韦俊的《年龄》获散文类一等奖;《山里的母亲》与《巴黎的墓地》获散文类二等奖;《童年》及《贩与乞》《井》获散文类三等奖。小说类一等奖空缺;江苏作者周新天的《竖笛》、浙江作者杨静龙的《永远的小孙》双双获得小说类二等奖;《爷爷相亲记》《见识》与《聪明蝇的误会》获小说类三等奖。还有多个作者作品获优秀奖和最佳人气奖。

  本次大赛中,短信的文学"名分"引发了广泛的争议。惊呼"短信文学时代已经来临"者有之,鄙薄短信为"口水段子"者亦有之。短信文学究竟算不算文学?评论家张柠认为,所谓短信文学不过是文学的载体发生了变化,对文学的实质毫无意义。短信文学根本不成立,他不会将它作为文学领域的问题来谈。大赛评委、作家格非表示,文学作品的发表过去有着较高的"门槛",现在通过手机、电脑,只要你有想象力和创造力,任何人都有权利创作,这就把文学日常化了。韩少功说,"短"并非意味着就不是文学。短信文学作品不会比网络文学或传统文学品位低或是更苍白,它可以达到传统文学同样的艺术水平。

其实，不管你承不承认短信文学，它都已经成为一种既定的文学事实，而且业已渗透到社会的各个方面。正如有论者所说，短信文学，说到底是技术消费时代对文学产生冲撞的结果，也是文学嫁接现代商业生活方式的结果。走产业化之路，追求商业利益，是短信文学的初衷。更确切地说，短信文学有着"双重身份"，商品性是其隐性的因素，也是本质的东西，而文学性则是其显性的因素，是表象的东西。短信文学要获得较大的受众群，必须掀起一定的从众消费浪潮。①

中国移动正是发现了短信文学与人们日常交际行为的微妙联系中的商机，在 2004 年首届"全球通"短信文学大赛获得巨大成功之后，2005 年又倾力打造了中国短信文学第一平台——e拇指文学艺术网，旨在建立中国第一家基于手机无线网络平台进行创作、阅读、传播的原创和出版基地，陆续开发了"手机文联""拇指日志""拇指书屋"等各类与短信文学艺术相关的无线网络增值系列产品，并于 2005 年、2006 年、2008 年先后举办了各类全国性的综合性短信文学艺术创作大赛②，展示和交流原创文学艺术作品。近十年来，在市场这只看不见的手的推动下，短信文学这棵稚嫩的幼苗迅速成长壮大起来。后来，随着国内期刊《故事会》

---

① 蒋信伟：《手机文学的艺术诉求与文化缺失》，http://www.chinawriter.com.cn，2007 年 07 月 14 日。

② 2005 年，第二届全球通短信文学大赛举行，自 2005 年 1 月 20 日开赛至 5 月 31 日截稿时止，主办方共征集到小说、散文、诗歌三类作品 5 万余件，经方方、李锐、迟子建、陈村、周国平、韩少功、蒋子丹 7 位著名作家组成的评奖委员会评审，共有 87 件作品胜出，成为终评获奖作品。2006 年，第三届 e 拇指短信文学原创争霸赛于 2006 年 3 月 28 日开赛，历时 218 天，共收到 93436 件合格参赛作品，来自全国 31 省、市及澳门、新加坡、新西兰的 3 万多名参赛选手和 55 个高校文学社团参加了角逐，经 22 名国内著名作家组成的评委团评选和数十万读者的投票，287 位参赛选手分享了各级奖项。2008 年 3 月 28 日至 10 月 31 日，第四届 e 拇指手机阅读大赛举行，参赛作品外挂在 E 拇指平台供用户在线订阅和阅读，大赛截止日，根据参赛作品的用户在线总点击量及读者数量两个指标进行排名，决出前 50 名作品，入围决赛"e 拇指手机流行小说五十强"，最后再接受大赛评委团根据艺术质量的打分，产生金、银、铜拇指大奖共 10 名。第四届影响不及前面三届，但把短信文学挂在网上通过点击量和读者数量来进行评定，打通了短信文学与网络文学的内在联系。

《小小说选刊》《散文选刊》等人文期刊，天涯社区、榕树下、红袖添香等原创文学网站的加盟，"手机阅读"逐步成为一种新兴阅读习惯，短信文学作为一种新兴的传播方式，大规模进军传统阅读市场。

50. "起点"与作者签订个人稿酬协议

2004年12月17日，已在美国纳斯达克市场上市的中国最大网络游戏运营商——盛大网络在上海宣布：其旗下的"起点"中文网与多位网络原创文学作者正式签订个人稿酬协议，个人最高年薪将突破100万元人民币。目的是在维护网络作家知识产权的前提下，促使中国原创网络文学加速融入传统文化领域。而众多获得尊重的网络文学原创作家收益的提高，也将为盛大的网络娱乐研发事业提供更多更好的内容保障。内地网络文学界著名的原创作者血红（刘炜）、雪域倾情（范剑英）、大秦炳炳（张乐）、碧落黄泉（廖俊华）、流浪的蛤蟆（王超）等都在这次签约仪式上首次露出了"真容"，其中最小的是位在校学生。在市场经济充斥文化市场的今天，类似盛大网络的举动无疑是对网络文学的一种鼓励，对网络文学的发展将会起到推动作用。

 点评：

赢在"起点"

"起点"中文网是2003年5月创立的，前身为"起点原创文学协会"独立作家发布原创文学的一个著名的论坛网站，该网站的文学作品涵盖了科幻、魔幻等领域，一些作品是以在线游戏为基础创作的。已有大约1

网络文学大事件 100

万名作家授权起点网出版他们的作品。

2004年10月9日,中国最大的在线游戏运营商盛大宣布,该公司全资收购了原创娱乐文学门户网站——起点中文网,掀开了文学网站发展史上新的一页,宣告了纯以文学特色、诸强并存的文学网站时代结束。此后,一系列收购、兼并、合作、资源整合等行动纷纷出台,资金大面积进入文学网站,网络文学产业化的苗头出现。盛大多年经营网络游戏所构建的覆盖全国的付费平台给起点带来更多便捷,它逐渐发展为"全球华语第一原创文学网站"。

而此前的起点中文网运行的是 VIP 收费的盈利模式,采用的是全额支付的制度,使得第一个月就有作者的稿费超过千元,与之前开办 VIP 网站的稿酬相比,已经是极大的飞跃。正是在这种情况下,起点发表了"起点中文网 VIP 订阅制度试行回顾",欣喜地宣布:"在 VIP 会员的踊跃订阅下,VIP 优秀作品已经达到 10 元/千字的稿费水平,订阅成绩最好的作者在本月里已经收入超过千元的稿费。""到了 2003 年底,起点中文网的优秀作品稿酬已经达到了每千字 20 元,网站流量在全国所有网站中排进了前 100 名。"①

为了进一步扩大市场份额,提升竞争力,在收购后不久的 12 月 17 日,盛大文学依靠它雄厚的资金和强大的管理,宣布起点中文网与多位网络原创文学作者正式签订个人稿酬协议。它在提升本网作家福利待遇,攫获其他网站写手的同时,也提升着业界对于网络作家的关注和尊重。盛大文学这种斥巨资打造金牌网站的做法,无疑也是对行业标准的一种提升。对于网络文学的发展是有着良性影响的。

2004年12月18日,起点中文网在上海召开"盛大起点 2004 年原创文学之旅",请来了网络上最有人气的写手们(如血红、蓝晶、赤虎、流浪的蛤蟆、碧落黄泉等),根据作者以前的表现和起点未来发展的综合考评,以年薪的方式买断作者一年所写的作品出版权,并与他们正式签订

---

① 廖宏斌:《起点中文网的发展探析》,西南财经大学硕士学位论文,2009 年 5 月。

了百万元代稿酬协议。

2005年1月1日，起点中文网在网站经营方面与签约写手约定：每一毛钱的收入，按照三七开的比例进行分配，作者拿七份，网站拿三份。到2005年5月止，起点中文网继创造出日PV6000余万的流量奇迹后，单月发放稿酬首次突破100万人民币，逾20位作者稿酬过万，开创了娱乐小说写作的一个奇迹。

2005年3月31日，起点中文网正式推出"起点职业作家"体系，其公告声称"起点职业作家体系"将对有志向成为职业作者的优秀作者实行"保底年薪制"，根据不同的写作任务以及作品质量，实行不同层次的保底年薪。成为起点职业作家后，作者可以选择专业写作，也可以保持业余写作，除获得极其稳定的年薪收入外，还拥有盛大公司及统一印制的起点中文网职业作家名片以及享受年度国内外旅游休假机会。职业作家体系的出台预示着起点在坚决贯彻商业写作的道路上又迈进了一大步，然而职业作家的协议也暴露出了很多问题，以至于协议到期后竟让有半数以上职业作家签约外站。对起点来说，2005年的职业作家体系未必是成功的，但是职业作家体系为起点带来的回报却绝对是超值的。

2010年，网络盈利模式浮出水面并日渐成型。据著名网络文学研究专家欧阳友权分析，其表现形式主要有三个方面，一是签约写手。尤其是海岩、周梅森等知名作家与起点中文网签约，对传统专业作家有一定引领和启示作用；二是付费阅读。阅读付费慢慢被网民所接受，使文学网站找到了盈利模式。尽管付费不多，但2.48亿[①]文学网民是一个巨大的阅读市场；三是网络文学产业链开发。一个作品经网络试水，可以进行二度、三度……N度开发，如出版为畅销书，改编成影视、动漫、网游作品等。由此可见，产业化、市场化是网络文学的生存之道，也是网络文学发展的重要引擎。[②]

[①] 此数据为中国互联网络信息统计中心2013年7月17日公布。
[②] 欧阳友权：《2010：网络文学的主旋律化》，《中华读书报》2010年12月22日。

51. 新闻出版总署举办"首届中国数字出版博览会"

2005年7月8日—10日,新闻出版总署举办"首届中国数字出版博览会"。这次博览会由"数字出版趋势与技术高峰论坛"和"中国数字出版与网络传播展览"两大板块构成,会议围绕网络文学、学术著作和网络游戏等热点话题进行探讨交流。

 点评:

数字出版:绝对的朝阳产业

数字出版是指利用数字技术进行内容编辑加工,并通过网络传播数字内容产品的一种新型出版方式,其主要特征为内容生产数字化、管理过程数字化、产品形态数字化和传播渠道网络化。目前数字出版产品形态主要包括电子图书、数字报纸、数字期刊、网络原创文学、网络教育出版物、网络地图、数字音乐、网络动漫、网络游戏、数据库出版物、手机出版物(彩信、彩铃、手机报纸、手机期刊、手机小说、手机游戏)等。数字出版产品的传播途径主要包括有线互联网、无线通讯网和卫星网络等。

近几年来,数字出版产业发展一路高歌。据统计,2006年数字出版产业达213亿元,2007年达362.42亿元,2008年达530.64亿元,2009年达798.75亿元,2010年达1058.4亿元,2011年达1377.88亿元,到2012年达到了1935.49亿元,其发展速度之快,势头之好,令人欢欣鼓舞。

四 活动类

正是基于这样的发展前景，2005年7月8日—10日，新闻出版总署举行"首届中国数字出版博览会"，会议围绕网络文学、学术著作和网络游戏等热点话题进行探讨交流，倡议成立数字出版产业联合体，推出《中国数字出版产业调查报告》和《中国数字出版行业前沿集锦》。在这次博览会上可以看到我国数字出版行业骄人的成果，以及行业长远而光明的未来。但是也相当清醒地暴露了很多不足之处，如体制的不健全、行业竞争的混乱以及与欧美发达国家数字出版行业的巨大差距。此后，中国数字博览会每隔两年举办一次，对数字出版行业出现的新技术、新成果、新服务和新的运营模式进行探讨和创新。

2007年7月16日至19日，以"数字创新出版，网络改变世界"为主题的第二届中国数字出版博览会在北京国际会议中心隆重开幕。博览会历时4天，由2007数字出版高峰论坛、2007数字出版展览展示和数字出版年度示范企业、推荐品牌、创新人物、优秀作品评选推介活动三部分组成，其中数字出版专题展览全天对社会开放。开幕式上，新闻出版总署副署长、国家版权局副局长阎晓宏作题为《我国数字出版产业的现状、问题及对策》主题报告。他提出，未来几年，新闻出版总署将站在国家战略的层面，大力实施数字出版战略，出台有效的产业政策，以推动传统出版业的产业升级和革新；建立国家数字出版管理中心，统筹管理协调和推动数字出版产业的发展；建立国家数字出版实验室，以产学研相结合实现自主创新；推动出版业五大工程（"中华字库"工程、"国家数字复合出版系统"研发工程、"国家知识资源数据库"出版工程、《中华古籍全书》出版工程、"数字版权保护技术"研发工程）建设，提升行业整体的数字化水平；推进数字出版产业基地建设，促进数字出版的全面可持续发展。

2009年7月7日至9日，第三届中国数字出版博览会北京举行。会议以"落实数字化发展战略，推进出版业升级转型"为主题，数字出版领域近年来的新技术、新成果，新的服务和运营模式及相关解决方案都悉数亮相，15位嘉宾分别从数字出版战略布局、全媒体出版、出版集团企业管理信息化、数字出版技术创新、数字化运营与盈利模式、网络出版与运行实践等方面进行主题演讲，10 场分论坛则分别针对数字出版时代的全媒体营销、数字出版产业中的法律关系及解决方案、3G 时代电子书领域的商业研讨、数字复合出版系统技术的发展和应用、数字阅读、数字出版创新等业界普遍关注的话题进行了广泛探讨。

2011 年 7 月 6 日至 9 日，第四届中国数字出版博览会在北京国际会议中心举行。博览会以"传统与现代融合，内容与技术共生"为主题，充分展示"十一五"期间数字出版丰硕成果，全面落实国家"十二五"规划关于做优做大做强新闻出版产业，提高新闻出版业整体实力和竞争力的战略要求，促进传统出版与数字出版的进一步融合，推动新闻出版业实现跨越式发展。

2013 年 7 月 8 日至 10 日，第五届中国数字出版博览会在京举行。据国家新闻出版广电总局副局长孙寿山介绍，2012 年中国数字出版产业产值高达 1935.49 亿元，是 10 年前的百倍以上。本次博览会以"科技与出版融合，转型与创新并举"为主题。会议期间，举行了 2013 年度数字出版新成果展览、数字出版高峰论坛、数字出版圆桌会议等论坛。中国新闻出版研究院院长郝振省发布了《2012—2013 中国数字出版产业年度报告》，报告显示我国网民已达到 5.64 亿，与去年相比新增 5090 万人，互联网普及率已达到 42.1%，其中手机上网人数所占比重最多，已达 4.2 亿。

52.《中国网络文学阳光宣言》发表

2005 年 11 月 19 日，由腾讯网读书频道发起的"网络文学精英会"之"掌门论剑"在北京大学正大国际会议中心隆重举行。来自"起点中文""幻剑书盟""红袖添香""天涯""榕树下"等著名原创文学网站及知名作家、学者、网络写手汇聚一堂,堪称网络文学界规模最大的会议之一。会上就我国网络文学的起源、生存状况、盈利模式以及未来的发展、如何在"包容、创新、合作、成长"的氛围中打造专业、健康、富有活力的网络文学平台,推动我国网络文学事业的健康发展等重要话题展开讨论,并共同签署发表了《中国网络文学阳光宣言》,共同抵制含有色情、暴力等不良内容的文学写作,标志着一场原创网络文学净化与规范运动全面展开。

 点评:

渴望净化

网络文学是借助于网络的迅猛发展而兴起的一种文学形式。网络的现实虚拟化,创作主体缺省的言说方式,使人类复活了人性,也临近了"本我"的状态,使网络文学成了现代人游戏的狂欢场。文学创作主体性的丧失,更彰显本我的欲望。正是因为网络文学天然存在的这些属性,它更多地在内容上表现出无意承担对社会的责任以及对人生对生命价值的总体思考,而让游戏、快乐、宣泄等成为写作的主导,文笔直露、调侃、媚俗、幽默,审美上追求趣味性和时尚性,显示出低俗化和平庸化。在网络文学发展之初,很多网站为了盲目扩张,增加点击率,在内容的审核方面降低了标准,使得一些充满了暴力、色情、淫秽和低级的作品纷纷上榜,一时间网络文学的成长环境不容乐观。

2005年11月19日,在腾讯网读书频道发起的"网络文学精英会"上,十余家文学网站共同签署的《中国网络文学阳光宣言》,宣称要"坚决抵制色情、暴力、反动等不良文学和低俗文学在网络泛滥,坚决清除不良网络文学对青少年的污染,全力营造一个健康、向上、充满阳光的网络文学成长新环境",正是针对时下中国原创网络文学所存在的不良倾

网络文学大事件100

向提出的。

如果说,此前相关的监管与约束更多地来自于政府有关部门对互联网信息管理的政策与精神的转述的话,那么,此次宣言的发表以及随之而来的以各大文学网站为主体所施行的一系列极有针对性的措施,则揭示出互联网从业者自身对于信息管理所提出的要求。一直以来,中国原创网络文学界始终坚持将"自由"作为衡量网络文学的第一标准,为了维护这种"自由",甚至不惜在一定程度上放弃对于文学创作十分重要的道德标准与社会影响,从而令网络文学创作在表面"自由"的状态之下,呈现出"繁盛"的无政府状态。然而,这种丧失约束的"自由"所催生的"繁荣"状态并没有使得网络文学创作走上良性的发展之路,反而使得原本水平就参差不齐的原创网络文学作品在整体艺术品位上进一步下滑,而这种整体的下滑趋势甚至已对网络文学的生存产生了威胁,迫使网络文学发展的主力军——各大原创文学网站采取措施,以挽回颓势。由此,我们看到,此次网络峰会的召开以及相关宣言的发表,宣告了网络文学界对网络文学进行全面规范的高潮的到来。虽然,这种规范与网络文学"自由"的主题精神相违背,但却是令网络文学创作走上正轨的唯一办法。随着这种规范行为的不断深入,可以想见,中国原创网络文学必将在未来获得更为迅速的发展。

当然,保持网络文学的健康、良性发展,靠行业自律还是远远不够的。创建健康的网络环境,需要依靠读者和作者的自觉,但更多的是需要出版、行政部门的审批和监督,这也是他们保护网络文学发展的职责所在。因此,2007年8月14日,新闻出版总署、全国"扫黄打非"工作小组办公室联合发出了《关于严厉查处网络淫秽色情小说的紧急通知》,共同对境内348家网站登载的40部网络淫秽色情小说进行了查处,相关网站已经受到严厉处罚。要求各地"扫黄打非"办按照属地管理和"谁主管、谁负责"的原则,对照上述通知公布的《四十部淫秽色情网络小说名单》和《登载淫秽色情小说的境内网站名单》,责令辖区内有关网站立即删除名单中所列淫秽色情小说,禁止任何网站登载、链接、传播相关信息。2009年3月3日,为贯彻落实中央"两办"2009年6号文件精神,中央外宣办、公安部、全国"扫黄打非"工作小组办公室等部门深入开展"扫黄打非"有关工作,进一步净化社会文化环境、促进未成年人健康成长。全国"扫黄打非"工作小组副组长兼办公室主任、新闻出版总署副署长蒋建国表示,目前,总署正在加快互联网出版监管系统一期工程的建设,建成后可以实现对国内约60万家网络出版网站的网络学术文献、网络文学、网络教育读物、网络报纸、网络期刊、网络图书、博客出版、手机出版等8类互联网出版物中的中文文本信息内容的监测,达到每日监测1100家出版网站、日处理600万以上网页的网络出版物中文文本信息的能力。

53. 首届"中国网络文学节"开幕

2007年1月16日,"2006—2007中国网络文学节"在北京拉开帷幕。本届网络文学节的主题是"网络文学与青春校园"。期间,通过中国校园文学杂志、搜狐网、各联办文学网站和相关新闻媒体,对2006年度网络作家、原创作品、文学网站和出版策划人进行了宣传展示、评选表彰;约请知名作家、评论家和青春写手、文学社刊辅导老师,召开了文学论坛和专题研讨会,探讨了当前校园文学和网络写作的现实问题及发展方向;发布了2006中国网络文学年度报告,公布网络文学年度新闻事件和新闻人物;邀请重点文艺出版社、图书发行商,对当选作家、获奖作品进行宣传和市场推广,并就网络文学作品的版权合作和深度开发,进行了深入的交流和合作。2007年4月14日—15日,组委会在中国现代文学馆公布了此次中国网络文学节的相关奖项结果。

点评：

给网络文学"过节"

举办"2006—2007中国网络文学节"，是为了提高广大青少年的文学素养，活跃校园文化生活，培养文学新人，营造健康活泼向上的网络文化环境；同时，评点青春作家，总结原创成果，对2006年度网络文学进行全景式的巡礼和检阅，推进中国网络文学事业发展。此次中国网络文学节具有三个鲜明的特点：一是"网络文学节"概念的提出，把网络文学系列活动打包进这一概念中，包括作品评选、人物、网站、图书和出版策划人的宣传展示，研讨会、年度报告、新闻事件和人物、版权开发等活动内容，这是中国网络文学整体风貌的集中展示。二是组织架构和队伍，15家大型文学网站、包括搜狐原创和中国博客网的联合互动，超过以往任何一次原创比赛的组织阵容，将汇集无以计数的流量、人气和关注力；而主要由国内知名作家和主流评论家组成的专家评审队伍，将摒弃网文比赛的商业炒作气氛，还文学作品以本真，让文学回归大众。三是作品评选，注重小说和长篇，不偏废散文、诗歌和剧本，奖项设置齐全，点面结合，轻重得当；而10万元的原创大奖，也是截至文学节之前所有原创文学比赛奖金最高的。主办方以"文学节"的方式，既是对网络文学成果的集中展示，邀请知名评论家和学者参与，也是对当前网络文学发展的把脉。邀请重点文艺出版社、图书发行商，对当选作家、获奖作品进行宣传和市场推广，并就网络文学作品的版权合作和深度开发，进行深入的交流和合作。

2007年4月14日—15日，中国网络文学节在中国现代文学馆举行活动，文学评论家白烨做了《近期青春文学之我见》的演讲报告，鉴于当下青春文学创作群体尚不为主流文坛重视的势态，他建议中国作家协会应该成立一个青春文学工作委员会，以加强作协与作者们的沟通与交流。当天，组委会公布了本届网络文学节包括年度原创作品、最佳文学网站、最佳原创文学图书出版人等在内的十九个奖项。其中，晴川的长篇小说《宋启珊》获得年度原创作品特等奖，红袖添香、天涯社区等四家网站获得最具成长性文学网站，上海文艺出版社总编辑郏宗培与榕树下总编辑路金波等三人获得年度最佳原创文学图书出版人。

"文学节"由于活动主办方的失误，对于活动规则考虑不周，也出现了一个小插曲，以至引起了部分网络文学作者的不满。2007年4月28日，著名网络作家慕容雪村发出一篇名为《关于2006—2007中国网络文学节的几点声明》的文章，对该网络文学节擅自将其在自家博客和天涯社区等网站上连载的《请原谅我红尘颠倒》（又名《谁的心不曾柔软》）列为参赛作品表示不满。慕容雪村称"我与该网站没有任何联系，从未投稿或报名参加比赛，也没有授权任何人以我的作品参赛；该网站未经本人同意使用我的作品，侵害了我的合法权益，希望该网站向我说明情况并公开致歉，另外，我会另找时间将此类评选的黑幕和真相一一公之于众。"但是中国网络文学节这样的成果大展，却为主流媒体和网络文学界所接受。此后中国网络文学节每年都举办，各个地方省市的网络文化节也举办得风生水起。

54. "起点"推出"千万亿行动"计划

2007年3月9日，起点中文网推出国内网络文学最大规模的作者培养与激励计划——"千万亿行动"，就是"千人培训""万元保障"和"亿元基金"等活动的统称。"千人培训"即起点每年投入100多万元与上海社科院合办作家班，为起点优秀的作者提供培训；"万元保障"则照顾到了所有的签约作者，为站内所有签约作者提供最低1万元的年薪保障；"亿元基金"是指起点为作者团队提供各种奖励基金、年金等，包括每年提供百万奖金按月发放,年终还设立汽车大奖,采用类似养老金的形式额外提供年金等,以免除作者的生活之忧,优化他们的写作环境。

 点评:

一切以作者为中心

作为目前国内最大的原创文学网站基地,起点中文网有着自己的发展理念。起点视作者为亲密的合作伙伴、携手共进的朋友,而不仅仅是原材料提供者。因此在维持已加入的优秀作者及吸引更多的作者加入两方面,起点中文网都投入了不少精力。丰盛的稿酬、网络作家福利计划及保障体系,激励着作者不断创作出了更多更优秀的作品。

在此前的2006年,起点推出了最低保障制度。最低保障制度属起点福利体系中的基础部分,该制度由雏鹰展翅、文以载道、开拓保障三大计划组成,给网络作家提供坚实的后备支撑。雏鹰展翅计划,即为签约作家只要能按规定完成创作(每月1万至数万字不等),就可以获得每年不少于1万元的最低保障。对于具有文学性而不具备商业性的作品,起点中文网还推出"文以载道"计划,扶持文学作品,即使作品不进行在线销售,作者仍可获得稿酬,享受纯粹的创作乐趣。所谓"开拓保障"计划,就是为作者支付人身保险,全方位关爱原创作者。

早在2004年,起点就有了百万年薪作家,此后这个群体越来越大。从最初的月入过千就很了不起到现在月入过万已不能算作成功,起点用短短几年就创造了作家收益的高速增长。但起点并没有止步于此,为了进一步挖掘优秀作者与作品,从2007年开始进行"千万亿行动",该行动由"千人培训"的综合发展计划和"万元保障"与"亿元基金"的综合福利计划组成,在全国范围内公开扶持优秀的作者与作品。尤其值得一提的是"千人培训"的综合发展计划,该计划提供诸多让网络作家充电的机会,如举办网络作者文学创作高级研修班,定期组织作者去各地采风、丰富写作素材等,并且对所有和网站签约的数千名作者开展针对提高写作和文学素养的函授、网络培训、讲座等培训课程,全面给予作者培训与发展的机会。这种长远计划,对网络文学的可持续发展具有非常深远的意义。

从基础保障到多元化收益,以及各种培训计划,这套漂亮的组合拳证明了:起点中文网有足够的诚意扶持网络作家。同时,这也进一步激励了作者创作的欲望,尤其是生产出大量优秀作品的欲望。而优秀作品越多,读者肯为好作品付费的积极性也就越高,这样就形成了良性循环。对此,起点中文网董事长吴文辉也一再表示:优秀的作者是起点中文网模式的核心竞争力。[1]

作为全球领先的原创网站,起点中文网始终有自己的坚持。从推出VIP制度,到设立作家福利计划,再到多元化的版权运作,其经营模式不断完善,不仅是基于对起点本身实力的自信,更是因为起点坚持与作家共享每一点成长,共同进退。这是起点中文网的信念,也是起点做大做强的关键所在。[2]

起点中文网的"千万亿行动"稳定了网站的作者队伍,加大了对优秀网络作者的吸引力。它的出发点固然是源于商业目的,但客观上也促进了网络文学的长远发展,对于网络作家全身心地投入到写作之中发挥了积极的效果,有利于提升网络作者的写作水平,提高网络文学作品的质量水准,也为网络文学被传统文学所接受产生了积极的影响。

---

[1] 起点中文网的千万亿计划,阿里西西网,http://www.alixixi.com/zz/a/2008040711551.shtml,2013 年 8 月 23 日查询。

[2] 起点中文网:与网络文学共同成长,中国信息产业网,http://www.cnii.com.cn/internet/content/2012-05/28/content_980593_3.htm,2013 年 8 月 23 日查询。

55. 全国 30 省作协主席小说网上联展

2008年9月10日,"全国30省作协主席小说联展"正式启动。蒋子龙、刘庆邦、杨争光、谈歌、储福金、秦文君等来自全国30个省、市、自治区作协的主席(副主席),从9月份开始在起点中文网上连载自己的中长篇小说,提供给网民付费阅读,同时主办方将根据网民点击率和网络评委的评审进行评奖。此次活动主办方盛大文学CEO侯小强强调,"我们希望作家们的作品内容越宽广越好,因为网络的优势就在于它的包容性"。30位知名作家共同参与这一网络小说活动,无疑是传统作家对网络文学、网络阅读的一次集体"试水"。

 点评:

"试水"的意义

虚拟的网络世界永远充满未知多变、想象丰富的元素,盛大起点的文学创作天地也不乏新鲜有趣的话题。近年来,国内网络文学在各文学网站与原创作者共同努力下,渐趋成熟。读者对网络文学的需求明显呈上升趋势,在网络上进行文学创作正在融入大众生活,成为大众文化消费的一个重点。

正是基于这一现状,盛大文学通过邀请全国30省市作协主席、副主席参与,以"促进传统文学和网络写作的结合,探索网络与文学产业链条的开发,引导文化产业发展,满足大众对网络文化的需求"为宗旨,举办了此次作协主席小说网上大联展。它着力突出传统作家文学创作和

四 活动类

网络文学产业的结合,邀请知名作家组成豪华参赛团,成为所有网络文学大赛中最耀眼的特色,具有划时代的、里程牌式的意义,也是对传统文学运作模式的一次新的开创与探索。

长久以来,人们对于网络文学的合法性一直存在着追问。无论是在理论批评界还是在网络文学写手眼中,对于什么是网络文学,究竟有没有网络文学,怎样才算网络文学,都存在诸多争议。有人认为"网络文学"是个难以成立的伪概念,文学产生于心灵,而不是网络。还有人提出,所谓"网络文学"并不成立,应该叫"网络写作"更合适。网易曾经做过一次调查,有19.7%的人认为网络文学是炒作出来的一个概念。正因为如此,一些传统文学大奖如鲁迅文学奖、茅盾文学奖等都难见网络文学作品的踪影。然而,网络文学磅礴生长、日趋繁荣却是一个不可回避的事实,掩耳盗铃式的熟视无睹终究不能解决问题。由此,如何推进网络文学与传统文学的沟通与共生,提升网络文学的质量和水准,就成为一个重要课题。

不论是此前的"中国网络文学节",还是此次的"作协主席小说网上巡展",都可以看做是两者积极主动地寻求对话沟通的行动。网络文学谋求融入传统文学,以及传统书面文学的网络化发展,于二者自身的发展都是大有裨益的。不但能够推动网络文学走上良性、合作、循环、健康的发展之路,同时也是对传统文学的一次检阅,毕竟,文学最终的旨归在于能否接地气,能否为广大人民所接受。

2009年8月31日,历时一年的"30省作协主席小说巡展"在经过网络综合评分和评委打分后得出最终结果,吉林省作协主席张笑天的作品《沉沦与觉醒》以2383383的总点击量、17853的总推荐量、16502的总评论量以及"一部很大气又很浑厚的小说"的评委点评成为"小说巡展"的第一名获得者,河南作协副主席郑彦英的《从呼吸到呻吟》、青海作协副主席风马的《你走不出你的鞋子》分获第二、三名。

此次联展也出现了一些有争议的声音,因30位参赛者只有一位是正主席,其余都是副主席,这些作家的代表性受到网友质疑。此外,韩寒还质疑河南作协副主席郑彦英的二等奖作品《从呼吸到呻吟》为标题党，有故意用暧昧的标题赚取点击率之嫌。对此，主办方起点中文网表示："这次活动是一个实验性质的公益事业。对于传统作家来说，网络现在只是他们宣传的工具，出新书了，拿到网站免费连载吸引人气。我们要做的是，要创造一种新模式让网站和传统作家实现双赢。"

56. 网络文学十年盘点

2008年10月28日，在中国作家协会指导下，中国作家出版集团《长篇小说选刊》和中文在线17K文学网联合主办了规模空前的"网络文学十年盘点"活动。《人民文学》《中国作家》《长篇小说选刊》《十月》《中国校园文学》《作家》《中篇小说选刊》《南方文坛》《中华校园文学》《北京文学》《青年文学》《大家》《山花》《西湖》等20余家文学名刊的资深编辑参与了"十年盘点"的审读和评点。这次盘点是对网络文学10年发展的一次整体性检阅，搭建了文学期刊与网络作家及网络阅读者相互交流的信息平台。经过半年多的评审和讨论，一批优秀的网络文学作品浮出水面，从中我们可以发现网络文学的一些重要特征：一是网络文学从作家群体到写作方式的更替非常迅猛；二是网络文学在发展中逐渐形成"集体写作"的话语特征；三是网络文学内容与形式的流变异常迅猛；四是对话有利于传统文学与网络文学的共生。盘点的结果还显示出，到目前为止，网络文学的发展大致可分为三个阶段。第一个阶段：1998—2002年，写作者与网络的平行、交叉。第二个阶段：2003—2007年，写作者在网络中成长。第三个阶段：2008年至今，写作者与网络共生。

 点评:

主动走向对方

从1998年3月22日蔡智恒把《第一次的亲密接触》贴在网上,历史的车轮行至2008年,网络文学走过了十年风风雨雨。在2008年,再回头去看《第一次的亲密接触》,才能感受到它的弥足珍贵与历史意义。就是这本小说,才开始了人们与网络和文学的"第一次亲密接触"。十年时间,网络作家风起云涌,网络作品蔚为大观,这个搭建在虚拟世界的文坛,已经成为一股不可忽视的力量影响着我们的生活,并且还将会持续壮大。

在中国作协指导下,中文在线旗下的17K网站与《长篇小说选刊》联手承办的"网络文学十年盘点活动",于2008年10月29日在中国现代文学馆拉开序幕。《人民文学》《收获》《当代》等20余家传统文学期刊杂志共同参与。活动以网络为平台,通过网民海选投票的方式,对这十年间的网络文学作品进行初选,再交由审读组进行审读、点评。评选的标准严格依照百年来形成的文学价值观,而不依照网络点击量或其他市场数据。主要有:(1)文本价值。是否在叙事语言上有创新和突破。(2)记录价值。是否表达了时代或时代的某个侧面的情绪、动机或景色。(3)边际学术价值。是否在人性探索上有创新和突破。(4)娱乐价值。是否让读者读得情绪高涨。

2009年6月25日,"网络文学十年盘点"经过7个月的推举和评选,在京揭榜。《此间的少年》等十部作品被评为十佳优秀作品,《尘缘》等十部作品被评为十佳人气作品。作为主流与民间写作融合的一次盛会,此次活动约有1700部作品参评,基本囊括了十年来网络创作中产生了较大影响的作品。参与投票海选的读者更是高达50万人,其中大部分是有多年阅读体验的资深读者。参与作品审读和点评的专家、文学期刊资深编辑多达50余人,撰写了110篇作品评论。中国作协副主席高洪波表示,这次活动是传统文学界与网络文学界迄今为止最大规模的一次交流，对推动网络文学的繁荣和发展具有深远意义。

"以主流文学百年来形成的审美标准来评述网络文学，我相信这不是霸权的题目，而是一座沟通网络文学和纸媒文学的桥梁。"中国作家协会副主席陈建功在"网络文学十年盘点"活动上这样表示。网络作家酒徒很是赞同，他也认为这次评选能使长时间徘徊在网络文学和传统文学两岸的作者跨越沟壑走到一起。① 一边是被"边缘化"了的网络文学，另一边是被"边缘化"了的传统文学。传统文学阅读面临尴尬，网络文学却保持活力，网络文学的商业价值惹人瞩目。正是在这样的背景下，主流文学界不得不直面网络文学的强大影响力，对网络文学的"招安"之门终于打开了一条小缝。而一部分网络作家也走上了皈依之路。主流文学能放下身段与网络文学"联手"，意味着主流文学第一次对网络文学的肯定，网络文学将从此正式走向中国文学的舞台。

"网络文学十年盘点"活动，参与的网友经过了一个对审读组从怀疑到信任，从对抗到支持的过程，提升了文学期刊编辑和专家在网络文学领域的形象，有效地强化了中国作协在网络上的影响力。"网络文学十年盘点"使十年来优秀的网络原创小说得到更广泛的认同，一批优秀的网络文学原创作者，在活动中进一步确立了自己的实力地位，一些新锐作者则通过活动脱颖而出。这次大盘点，既是对网络文学过去十年的一次总结，也为传统文学和网络文学的交流架起了一座桥梁，是中国网络文学乃至中国文学发展史上一个里程碑式的事件，在差异与重叠中，将网络文学十年发展历程纳入理性的总结与回顾之中，极大地促进了传统文学与网络文学的融会交流。

---

① 网络文学十年盘点：联姻还是招安？中国作家网，http://www.chinawriter.com.cn/2009/2009-08-26/76115.html，2013年8月25日查询。

四 活动类

57、鲁迅文学院首开网络作家培训班

2009年7月15日，素有"作家摇篮"之称的鲁迅文学院举办的"网络文学作家培训班"在北京开班，经中国作协党组审批，鲁迅文学院与盛大文学重重遴选、审核，最终确定唐家三少、任怨、秋远航、张小花等29名知名网络作家作为鲁迅文学院"网络文学作家培训班"首批学员，将接受为期十天的专业培训，由知名作家、评论家教授文学创作潮流和掌握文学创作基本理论知识。

 点评：

训者驯也

鲁迅文学院为网络文学作家办培训班，应该说是一件很不错的事情。正如鲁迅文学院院长张健所说，目前舆论在肯定网络文学价值的同时，也对网络文学面临的现实题材缺失、语言缺乏锤炼等问题提出了质疑，正是基于这一状况，中国作协才决定举办"网络文学作家培训班"。在具体的教学设置上也具有很强的现实针对性，开设了"当前文化建设所面临的问题""迁徙文化与城市文学""小说创作谈""现代社会与文学的抒情和叙事""叙事文学感染力问题""当前长篇小说的审美经验反思"等一系列专题讲座。参加授课的教师亦代表了中国文学创作和理论的较高水平，其中包括中央党校文史部副主任周熙明、中国作家协会副主席陈建功、著名作家蒋子龙、鲁迅文学院常务副院长白描、《长篇小说选刊》杂志社编辑部主任马季、评论家胡平等多名作家、评论家。我们有理由

相信，通过这种培训，一定能够从较大程度上提升网络作家对文学的认识和体悟，提高他们的整体创作水平。

但毋庸讳言的是，我们也存在着一种担心：这种培训可能会改变网络文学固有的民间本性。众所周知，网络文学是一种民间文学，起源于北美理工科留学生们的随意涂鸦，后起的网络写手也绝大部分是草根一族，且大多不是科班出身，他们不懂得太多的文学理论知识，进行的是最本色的写作，质朴自然，纯粹率真，但他们能够很好地把握读者的审美趣味，适应风云莫测的市场变化，这正是他们与专业作家相比，最为可贵也别有一种风味的地方。然而，经过这么一培训，极有可能因此抹去了他们原有的清新动人的文风和草根气息，变得和传统文学一样正统世故，高深莫测，唯唯诺诺，顾左右而言他。此种担心也不是没有理由的。在开班仪式上，张健就说，此次培训班将以邓小平理论和"三个代表"重要思想为指导，全面贯彻落实科学发展观，引导和鼓励网络文学作家坚持先进文化的前进方向，帮助大家了解掌握国家改革开放的形势和文化建设的状况，充分认识新形势下包括网络文学在内的文学发展的重要性、迫切性，增强作家的社会责任感，云云。用这种极具意识形态色彩的大道理去教育那些如璞玉般的网络写手，其用意如何，取得的效果如何，是可想而知的。

文学史告诉我们，真正的文学大师往往不是科班出身的，比如鲁迅、郭沫若、朱自清，等等。专业的创作理论接受得太多，可以写出中规中矩的较为优秀的作品，但受条条框框束缚，是终究成不了大师的。真正的文学大师也往往不是紧跟意识形态的人，而是用生命写作的人，即尼采所说的"用血书者"，用流行的政治理论去武装头脑的人，也终究不会取得太大的成就。网络写手用自己的草根特质造就了网络文学这一新民间文学的神话，我们作为管理者，应该去保护这种原生态文学，而不是着急去改造他们。训者驯也。把他们驯服了，精英草根都同质化了，又何谈多元化的文学生态呢。

四 活动类

58、盛大文学推出"一人一书"计划

2010年3月10日,盛大文学在京推出"一人一书"计划(One Person One Book),发布电子书战略。会议宣布,经过一年多时间的筹备与推进,盛大文学已完成了电子书产业链各个环节的规划与布局,无论是数字内容提供商,还是硬件厂商,都能通过这套解决方案获益。盛大文学为电子书产业提供的这套解决方案的核心关键词为"开放"。首先,海量版权内容开放。盛大文学宣布推出"云中图书馆",旗下五家原创文学网站,目前累计500亿字的内容储备,其中包括300万部网络小说,近万部传统图书,同时每天有6000万字的新增原创内容将接入"云中图书馆"。其次,图书分销资源开放。盛大集团将会为电子书战略提供强有力的资源支持,开放1亿活跃用户、1100万付费用户、30多万销售终端、62万推广员、完善的版权保护体系、全球领先的支付平台及覆盖全国的营销体系。第三,电子书软硬件解决方案开放。盛大提供历时一年多、耗资千万、近百人专业团队研发的电子书系统解决方案,开放给所有硬件厂商使用,为电子书市场的蓬勃发展提供良好的土壤。

 点评:

但愿不是文学乌托邦

2010年中国的电子书行业飞速发展,各方面、各个环节的资源得到整合。尤其是盛大文学推出"一人一书"计划,高调发布电子书战略,使得中国的电子书市场的争夺战升级。除了上市时间较长的汉王、翰林等产品,电信运营商、多家知名电子制造商也在酝酿推出自己的电子阅读产品,而传统的出版企业也加快了商业化、数字化的转型。

《中华读书报》曾经刊文指出,进入新世纪之后,一个前所未有的"书海时代"来临了。由于图书的海量出版,人们的阅读速度已经远远赶不上图书出版的速度,于是越来越多的读者反而不知道该读什么书或不该读什么书。一切"苦恼"并非优秀图书太少,而是没有读书时间;一切"痛苦"也并非无书可读,而是无从选择。更让许多读者做梦也想不到的是,随着互联网络的发展与普及,网络阅读技术平台又提供了纸质阅读之外的新阅读模式——网络阅读。

电子书行业由兴起、发展、兴盛,曲曲折折,也经历了很长一段时间。1999年12月,博库成立。它的前途一度被业界看好,但是,博库所倡导的收费下载与收费阅读精神,与这个免费成为通行法则的互联网争霸年代显得格格不入;加之盗版风行,使其与几乎所有的中文知名作家、作者、学者签约的几千本电子书的优势也没有发挥;另外,由于上网人数少,网速慢且贵,没有便捷的支付条件,因此,到了2001年底,博库的倒闭宣告了国内第一次Ebook收费尝试的失败。2003年3月26日,方正阿帕比在首届E-book产业年会上大放异彩。E-book年会公布的调查结果显示,截止到2003年3月,与方正合作进入网络出版业的出版社已达200家,出版正版电子书2万种,成功应用方正数字图书系统整体解决方案建设的数字图书馆达200家,提供电子图书下载的网站有10家,生产电子书阅读器的硬件厂家有3家。2005年5月,榕树下网站与北大方正结成战略联盟,推出了CEB电子书,开始进入电子书这一朝阳产业,读者不仅可以读到"榕树下"线下出版的图书,更可以读到精心制作的网络杂志。2005年8月,飞库网成立,这是第一家集网上在线阅读、多种格式下载移动阅读、手机WAP上网阅读于一身的大型电子书网站,与网络上许多引导潮流的网络原创文学站点有所不同,飞库网有着不同的发展方向和发展优势。2009年2月9日,亚马逊在纽约举行记者会,正式发布其手持电子书阅读器Kindle的第二代产品Kindle2,较其第一代,它有多项重大改进:更轻,更薄;采用3G无线上网,下载图书速度更快;16级灰度显示,使文字和图片更清晰,也更近于真实纸张的阅读感受;电池寿命亦有25%的提升;更大的容量,可存储1500余本电子书,更快的翻页速度,提升了20%;同时新加入了文本朗读功能。目前在亚马逊网店,可购的Kindle电子书已达23万种,包括绝大部分《纽约时报》畅销榜的上榜图书,以及多种报纸、杂志。2010年12月6日,谷歌电子书店Google eBookstore正式开张,300万册图书率先上架。谷歌面向全球的书店则于2013年第一季度开放,可适用于任何一个带有网络浏览器的设备,但不支持亚马逊Kindle。2010年7月29日,第8届ChinaJoy中国国际数码互动展在浦东国际展览中心开幕,盛大文学宣布推出电子书Bambook,这意味着盛大文学正在构建"内容+渠道+终端"的移动空间,已形成完整的电子阅读产业链。

  然而,现阶段中国电子书行业发展也并非一路高歌。目前以服务成年人非功利阅读为主要目标市场的电子书产业,它的市场前景并不容乐观,它在中国的发展,或早或晚会遇到产业的成长极限,这是一个由成年人低阅读率而决定了的成长极限。要突破这个极限,第一,中国电子书产业全面进入教育阅读市场和非成年人阅读市场,第二,大幅提高成年国民的(电子)图书阅读比率、鼓励他们增加更多的阅读时间和阅读数量。显然这两条道路都不可能在短时间内一蹴而就,电子书产业在中国的发展可谓是任重道远。

  不论如何,电子书行业正在处于一个上升期和兴盛期的事实是不可否认的。记得前苏联有位名为巴甫连柯的作家说过一句话,"书籍使人们成为宇宙的主人"。其实盛大文学推出的"一人一书"的口号也有着类似的愿景,未来人们能够感觉到,手中握着一本书就如同握着整个世界,这本书里有他一切想要读到的内容,人们不仅可以通过这本书实现自我修养的提升,也可以通过这本书实现精神与世界的沟通。电子书的普及,也促进环保事业的发展。地球没有那么多的树木可供砍伐,每售出一本电子书,可能意味着几棵甚至几十棵树的生命得到了延续。

59. 网络作家与传统作家"结对交友"

2011年8月4日,别具一格的"结对交友"见面会在中国作协举行——来自全国各地的18位著名作家、评论家与来自7家网站的18位网络作家欣然见面并结成对子。盛大文学旗下起点中文网签约作家《斗破苍穹》作者"天蚕土豆"(李虎)、"骷髅精灵"(王小磊)、"高楼大厦"(曹毅)、"格子里的夜晚"(刘嘉俊)、"七十二编"(陈涛)等人,与麦家、柳建伟、周大新、叶梅、东西等作家结成对子。中国作协党组书记李冰表示,网络作家与传统作家"结对交友",是中国作协在东西部作协结对子之后,第二次倡导的"牵手"活动,希望网络作家与传统作家"结对交友",互相学习,互相帮助,共同繁荣我国文坛。

 点评:

一种姿态

倘若放在10年前,当网络文学还是野路子文学的时候,要传统作家与网络作家结对交友,传统作家们肯定是不屑的,网络写手们也不会乐意。正如评论家陈福民在《网络文明的兴起与文学之痛》中所说的,网络文学与传统文学即便不是你死我活的敌对关系,至少也曾经长时期无视对方的存在。陈福民认为,网络文学以其巨大的传播能力、鲜活辛辣的经验和生冷不忌的语言风格昂然奔行,传统文学则因其悠久的历史、成熟的形态以及稳固的评价体系而优越;网络文学曾经把传统文学当作垂败腐朽的革命对象,传统文学则视网络文学为不谙世事之黄口小儿;

网络文学以摆脱传统文学束缚为己任，传统文学则忧虑于网络文学的放纵粗鄙；网络文学很少能够赢得传统文学的认同，传统文学则始终无法获得网络文学的尊重……表面上双方都不以对方为然，但实际上，彼此实在是对方的心头隐痛：网络文学纠结于自身修养的先天不足，这一点部分地表现为文本形式的稚嫩和审美格调的随意，它们渴望自己有朝一日写得像传统文学一样精美；而传统文学，则对自己不管怎样修炼都无法获得网络文学的影响力而深感困惑，软弱无效令它们对网络文学很有几分艳羡。

中国作协新闻发言人陈崎嵘认为，网络文学异军突起，文坛不能无视网络文学的发展，更不能无视网络文学发展中值得关注的问题，比如数量虽多，但高质量的作品少。"这些非常需要得到社会的理解和传统作家的帮助。"陈崎嵘说，传统作家和网络作家之间有隔膜，互不来往互不承认，中国作协认为有必要在网络文学和传统文学之间搭建沟通理解的桥梁。陈福民说，"我以为，结束这种隔膜与分离的时刻已经到来。并不是说让一方完全变成另一方，而是文明的成长成熟总是以一种容纳融合为前提。十年经历已经证明，中国文学的气象格局保证了彼此接纳的足够的胸襟，同时，彼此的心头隐痛也是一个可靠的内在根据。"

"结对交友"活动充分发挥了中国文坛的"帮、扶、带"的优良传统。中国作协把加强对网络文学的研究和引导列为重要议题，开展了专题调研，采取了一些措施：中国作协明确了中国作家网、盛大文学、中文在线、新浪读书频道、搜狐读书频道为网络文学重点园地，并建立起由上述5家网站参加的联席会议制度，定期研究网络文学发展中一些共性问题。为了加强对网络作家、编辑的培养，鲁迅文学院举办了4期网络作家班和网站编辑培训。在中国作协重点作品扶持项目中，把符合条件的网络文学创作选题列入扶持范围，给予经费上的支持，在鲁迅文学奖、茅盾文学奖等文学评奖也向网络文学作品敞开大门。

"结对交友"的好处是毋庸置疑的。陈崎嵘曾经对网络作家和传统作家进行过比较分析。他认为，传统作家的长处是社会责任感强，生活阅历丰富,对社会生活本质的观察和把握比较准确,由于他们大多有过长期的文学实践,所以艺术造诣比较高,对文字的把握能力比较强,但多数对网络写作及传播不熟悉。网络作家的长处则是思想解放、思维活络,想象力丰富,天马行空,语言新奇瑰丽,不足之处,则是离现实生活较远,表现神奇鬼怪的东西比较多,很少受过艺术训练,在艺术质量和审美把握上比较欠缺,有的在文字上流于平淡和粗疏。因此,通过结对交友活动,一是希望帮助网络文学作家认识传统文学的精粹,让传统作家理解和熟悉网络文学和网络写手,架起双方理解沟通的桥梁,搭建相互学习借鉴的平台;二是希望以倡导的姿态,使他们能够相互沟通融合,互相帮助共同提高。

当然,这一过程是渐进的、长期的。我们千万不能过分夸大这个活动所能产生的效益。作家东西就说:"如果彼此能从对方的作品里学到点什么,那这种形式就有可能形成帮助。但是,写作是特殊的劳动,一种形式不能改变所有的参与者,却有可能改变其中的个别参与者。能形成有效帮助的一定是那些想要帮助的人,而不想要帮助的人,这种形式则发挥不了作用。"正因为如此,有人认为,"结对交友"姿态的意义大于实践意义。从文学传统的意义考虑,面对文化生态空间采取了主动介入的姿态,然而,传统的评论体系却又无法驾驭网络文学。不是因为评论滞后,而是"狗咬刺猬"无处下口。这一形式本身带有倡导意义,是值得肯定的。在网络文明兴起的时期,网络文学的写作需要有新的方式评价。但是,传统作家和网络写手的知识系统和世界观存在非常大的差异。这样的条件下,寄望于两个人坐下来促膝谈心,大概是一项庞大艰苦的工程。[①]

[①] 参考舒晋瑜:《帮扶带还是拉郎配? 传统作家与网络写手交友结对》,《中华读书报》2011年9月28日。

60. 起点中文网高层集体出走

2013年3月6日,起点创始团队与母公司盛大文学彻底决裂,集体提出辞职,包括4位高层及20多位中层,起点面临继17k小说网、纵横中文网挖神事件后最大的一次分裂。盛大文学总裁侯小强将直接接管起点中文网。

点评:

利字当头

起点管理高层集体出走,在业界引起震动。那么,他们出走的原因是什么?从各方消息来看,起点与盛大文学的矛盾由来已久,主要有三:(1)对盈利模式观点不同:起点坚持付费模式,盛大文学想走免费阅读+广告创收模式;(2)不断被收权:手机运营权、移动基地运营权、第三方合作版权运营权、影视衍生版权运营权等先后被收;(3)付出回报不相符:起点认为自己的版权利润大部分给了云中书城,且起点编辑的收入比后者差太多。于是,双方因利益矛盾引发起点高层震荡。

应该说,目前起点中文网在国内网络文学界还没有与之相当的竞争者。但有分析指出,起点中文网的离职员工无论是加盟盛大文学的竞争对手还是创业,都将成为其直接对手。当时就有传言称,出走团队有可能另起炉灶,而百度和腾讯在后方虎视眈眈。这次人事震荡会不会终结盛大文学在行业内的领先地位?至少,在盛大文学CEO侯小强的内部邮件中已经显示出了他的不安。"希望你们在未来也能够遵守职业精神和商业伦理。"他如此告诫离职的员工。

2004年,盛大收购起点中文网成立盛大文学后,还收购了榕树下、红袖添香、小说阅读网等文学网站。但这些网站在被整合入盛大文学之后,基本都以独立品牌运营,相互之间竞争多于合作。据知情人士透露,尽管在移动业务崛起后盛大文学早已扭亏,但榕树下等网站依然处于亏损状态,公司主要的利润来源还是起点中文网,网站管理层对于自己扮演"现金奶牛"的角色颇为不满。在一份广为流传的起点中文网内部员工日志中,该员工对这一问题"吐槽"道:"真正让起点团队不安,最后一部分人不得不选择辞职相抗的就是侯小强力推的收缩起点版权运营的范围。侯总曾经说过,盛大文学的核心就是全版权运营,但起点呢?当有着集团之名,且主力就是起点时,文学集团的全版权就成了对起点的束缚。算算起点先后被收走的版权有手机运营权、移动基地运营权、第三方合作版权运营权、影视衍生版权运营权等,粗略一看,起点团队似乎除了能够在自己网站上卖卖电子书,其他几乎什么都干不了了。比如无线运营,说是都交给云中书城做,可云中书城数百人团队干到现在,为什么还一直亏损呢?移动互联网上的推广也因为刷榜而让人耻笑了很久。起点算是很能耐吧,即便是在这样的限制下,成了笼中猛兽、案上大鱼,表现依然很优秀。当盛大集团业务需要支持,起点使用盛付通支付渠道付出了20%的高额手续费,可我们依然能做连续9年盈利。"不管这些话是否客观,但至少显示了起点中文网员工的复杂心态。

果然不出所料,2013年5月30日,在不到3个月的时间内,原起点中文网创始团队与腾讯深度战略合作推出了创世纪中文网,创始团队"出逃"已经让盛大文学元气大伤,"叛离者"终究成为了对手更是让盛大文学面临困境。这样的情况并不是第一次发生。此前,起点中文网的离职员工就曾创办了17K小说网和完美世界旗下的纵横中文网。两个网站虽不能和起点中文网匹敌,但也在行业内具有一定的影响力,而此次业务骨干的整体流失并立即创立了新的文学网站,对起点中文网和盛大文学的伤害显然更大。据说,创世纪中文网上线一个月就已取得了良好开局，网站日流量近 200 万人次，新书库作品已过万，自有签约作品过千。与 2012 年业内份额前 10 的独立文学网站相比，其作家阵容、日更新量等数据已可以跻身前列。目前，已有 156 位"大神"登陆创世纪，还有不少"大神"和作者正在协商和沟通中。创世纪一跃成为文学网站的新贵，将极大地冲击盛大文学的霸主地位。

对于这一集体出走事件，业内褒贬不一，虽然也有很多人同情原起点创始团队的遭遇，但反对的意见也不少。他们认为，从带团队的角度来看，集体出走并不明智。起点中文团队对中国网络文学的推动有目共睹，但也应该看到，建成一个大平台也很重要，它可以整合各种资源。没有平台眼光的人，往往总是看到自己的优点和贡献，而看不到协作的重要，更容不下自己不习惯的做事方法。撂挑子，生闷气，带人走，其实都不是好习惯。动辄带着团队另起炉灶的事情，这是团队不成熟的表现。

五 成长类

61. 中国获准正式加入国际互联网

1994年3月,中国获准正式加入国际互联网,域名为"cn",并在同年5月完成全部中国联网工作。从此,诞生于海外华人留学生的汉语网络文学便开始在国内孕育和成长。

点评:

网络改变文学

1994年5月,中国实现了与Internet和TCP/IP连接,从而提供了网上全功能服务。此后,在中国又陆续建成了中国科学技术网(CST-NET)、中国公用计算机互联网(CHINANET)、中国教育和科研计算机网(CERNET)和中国金桥信息网(CHINAGBN)四大互联网络。这四大互联网络的建立给中国社会带来了巨大的冲击。在这样的社会背景下,文学在网络媒体的巨大影响之下也随之发生了前所未有的转变。

"'媒介是人类器官的延伸',媒介改变的不仅仅是形式,其对个人和社会的影响,将导致新的尺度产生。正如甲骨文只能'言简意赅'一样,网络媒体自然会出现'行云流水'。"① 有别于传统媒体的这一特性在网络文学发展中得到了充分的验证。1994年,中国开通因特网的64K国际专线,实现了网络的全功能连接,从此被国际上正式承认为拥有全功能网物的国家,华文网络文学写作的技术门槛从此大大降低。

互联网技术的普及和网络文学的兴起,一定程度上改变了文学一直以来的传统存在方式,纸质文学一统天下的局面由此改变。随着社会生产力的迅猛发展,信息社会的到来,人们对文学的要求越来越多,文学更新速度也越来越快。这种快餐性的消费使得纸质文学在与网络文学的抗争之中败下阵来,纸质文学由文化中心滑向边缘,悄然崛起的网络文学在文学阵地上逐渐占据了重要地位。

计算机的广泛使用和万维网的接入赋予了网络文学无与伦比的优越性。

首先是海量的信息资源。在网络上,除了可以搜集到网络原创文学外,还有电子化了的传统印刷品文学和其他网上文学信息。它不依赖于传统的纸面媒体,不需要占用有形的资源,实现了无限资源的"文本撒播"。借助于网络多媒体的优势,文学还能够实现融合图像声音文字于一体的多媒体表达,从平面的纸质文学迈向调动多重感官的立体文学。

其次是自由的书写和阅读。"网络载体的自由、共享和参与的特性……打破了旧体制下权力话语对文学话语权的垄断模式,用更为开放的媒介范式解放了原有的文学话语体制和消费方式。"② 不论是作者还是读者,都能够在网络上自由地写作、阅读、交流。万维网利用其丰富的信息,打破了时空界限的束缚,使得信息的传递具有极高的自由度和开放性。互联网给人们提供了无限的自由,不论是对于写作者主体的解放,还是对话语权的解放和言论的宽容,故而,这里云集了"自有文学史以

---

① 马季:《网络文学:中国当代文学第二次起航》,《人民日报》2011年04月19日。
② 欧阳友权:《网络文学本体研究》,四川大学博士论文,2004年3月。

来最为庞大的写作群落、作品数量和读者群体，一个知识化的'新民间'大众，一个批量生产、良莠不齐的文学'大跃进'运动……一道涌进了这个兼容并蓄、无限广阔的自由空间，创造了数字传媒时代文学狂欢的新神话。"而一个文本的完成，也并不代表着文本写作的终结。不同的人对同一文本的再创造使得作者与读者的界限完全泯灭，只要参与了创作，即可以成为读者，也可以成为作者。同时，作者在创作过程之中还能与读者进行即时的沟通，这是纸媒时代所不可想象的。①

网络写作的兴盛同时伴随着网络文学内容和形式的创新。网络创作文体涵盖并超越了传统创作文体，例如网络接龙小说《网上跑过斑点狗》，BBS留言跟帖小说《风中玫瑰》，以及"多结局小说网络竞写"等实验文本的探索，体现了网络文学的开放性和交互性的特征。此外，文学语言和文学题材也逐渐脱离传统文学的模板，日渐丰富起来。

网络同时还对文学的传播方式进行了解放。网上期刊、论坛、个人网页、邮件传送……这些发布方式简单而快捷，深受网友喜爱。目前的网络读本，除了连载形式，还向电子书方向发展。中国移动手机阅读商城、亚马逊Kindle电子阅读器等多种电子书阅读网站、平台为中国当代文学向平面化电子化发展做出了巨大贡献。

但与网络文学众多优势并存的，还有其消极的一面。马季认为主要有主体性问题、文学想象与现实生活的关系问题、精神资源缺失现象三个方面。

首先是主体性问题。网络写作由于自身的特性，在客观上改变了以往"你写我读"的书写方式，形成了读写之间认知交流、思想交流、情感交流、生活方式、话语方式以及人生经验交流的平民化书写方式。这使得网络写作往往难以体现作家个人思想。从内部看，网络作家的独立思考与丰富的精神资源储备并不充裕。从外部看，一方面读者诉求与市

---

① 欧阳友权：《网络文学的影响》，http://www.chinawriter.com.cn，2013年7月17日查询。

场推动等对创作形成强大"干预",另一方面过度追求创作速度和娱乐功能,也使作家的主体性受到了制约。

其次是文学想象与现实生活的关系问题。理论上讲,文学是社会生活的一部分,不可能完全脱离社会生活。但大量网络小说过度臆想,使得网络文学"垃圾化"日趋严重。想象力不是信马由缰、自说自话,它是构筑在牢固的现实大地上的思想腾飞,它是与读者的心灵对话。

最后是网络作家存在精神资源缺失现象。大部分网络作家仅仅凭借自己的天资写作,这或许能获取一时的成功,但难以取得长远的进步。文学需要文化含量的支撑,这是基本共识。此外,作家还必须具备对大众的同情心、对社会的责任感、对人类历史发展的人文关怀;需要崇尚理性,崇尚价值,崇尚启蒙战斗的精神,等等。这些精神资源需要长期积累,由于部分作者仓促上阵,缺少足够的思想准备和艺术准备,导致网络创作存在大量哗众取宠、迎合读者现象。部分涉及价值体系重建的作品,还出现误导。架空历史小说《窃明》引发阎崇年杭州耳光事件即是一个例证。[①]

总而言之,中国获准正式加入国际互联网,对文学发展带来了巨大的影响,为诞生于海外华人留学生的汉语网络文学插上了腾飞的翅膀,中国文学从此进入一个网络文学时代。

62.《中国时报·资讯周报》推出"网络文学争议"专栏

1996年《中国时报·资讯周报》推出了"网络文学争议"专栏,被认为是"网络文学"在我国印刷传媒中的首次正式采用。这次争议的缘

---

① 马季:《网络文学:中国当代文学第二次起航》,《人民日报》2011年04月19日。

由是杨照在该报"人间副刊"上刊出《身份与故事》《老狗》等文章,批评网络 BBS 上的作品质量不佳,引起 BBS 写手们的不满。争论焦点集中在纸媒介与网络的传播差异、垄断与开放、网络文学的品质等问题。

 点评:

网络文学的"正名"之路

1996 年,"网络文学"正式亮相于我国印刷传媒,这是网络文学发展的一个重要节点。网络文学走过了它的创生期,却也面临着正名的焦虑。由于早期网络作品的随意性、个人性,质量良莠不齐,导致一些研究者如李洁非认为网络文学并不能称作文学,只能算作"网络写作"[①],雷达从媒介的角度出发命名为"新媒体文学"。这种依靠技术而产生的文学,在台湾被称作"网路文学",在新加坡则被冠名为"网际文学"。这些命名方式的多样化,让网络文学遭遇"名不正,言不顺"的困境。因此,《中国时报·资讯周报》推出的"网络文学争议"专栏,无疑让"网络文学"适时消解了这种焦虑。

1996 年,杨照在《中国时报》的"人间副刊"上刊出《身份与故事》《老狗》等文章引发的网络争论,导致了是年《中国时报·资讯周报》推出了"网络文学争议"专栏,被认为是"网络文学"在我国印刷传媒中的首次正式采用,开启了网络文学被传统主流媒介逐渐认可的"破冰之旅"。

1997 年 5 月,中国大陆"生活·读书·新知三联书店"出版北美华文网络作家林达的"近距离看美国"系列之一《历史深处的忧虑》,被认为是最早的网纸两栖写作,网络文学作品开始拥有了传统媒介与网络新媒体两大载体。是年,中国大陆文学期刊接入国际互联网络,江苏的

---

① 李洁非:《Free 与网络写作》,转引自欧阳友权:《网络文学概论》,北京大学出版社 2008 年版,第 1 页。

《雨花》杂志成为第一家上网的文学期刊,网络文学开始有了纯文学的身影。自1997年开始,武汉文联主办的《芳草》杂志开设了"网上文学"专栏,每期发一篇网文。2005年,以网络文学为主的网络版《芳草》小说月刊诞生,每期发表12万字网络小说。围绕网络文学发展状况,2006年以来,每年还定期举办一次"网络文学论坛"主题活动。

1998年,中国新华社、《人民日报》《中国青年报》《文汇报》等中国传统主流媒体开始关注方舟子,中央电视台"面对面""新闻会客厅""人物""中国周刊"等节目和上海电视台"七分之一"、福建电视台"新闻启示录"等地方电视台节目也都分别对他进行专访。方舟子是海外网络文学写作的先行者,传统主流媒体对他的关注,显示了公众媒介对大批网络写作者的好奇与兴趣,网络写作者由此大范围进入公众视野。

1999年,中国作协官方网站《今日作家》网站上开设《网上发表》栏目,以刊载自由投稿的原创作品为主,这是一个信号,它预示着网络也是中国作家的"家"。与此同时,各种类型的专业作家文学网站纷纷露脸,如展示中国新生代作家创作的文学网站《新生代文学网》,推出了包括程青、古清生、李冯等在内的一批锋芒正露的初生代作家的作品。

2000年7月,中国文学期刊网络联盟网站开通,该联盟全面、权威,是国内内容最翔实的专业网站之一。《人民文学》《作家》《花城》等数十家省级以上的文学期刊已签约加盟,自本月起每期内容全部上网。以上加盟的期刊今后每期均辟出版面发表本网站提供的网络文学作品,网络文学作品的生命力开始被主流媒体关注。

2001年4月,人民文学出版社在庆祝建社50周年之际,首次介入网络文学出版,推出网络原创文学《风中玫瑰》,并破天荒采用了BBS(电子公告牌)版式,意味着传统主流出版媒体对网络文学的认可。

2005年1月,大型文学月刊《十月》在其2005年第1期上推出了新栏目"网络先锋",由著名作家陈村主持,先期为读者推出了盛可以和舒飞廉的两部网络作品。陈村是唯一一个活跃在网上的传统作家,他被聘请为新栏目"网络先锋"的主持人,表明随着网络媒体的快速发展,大批年青而有实力的作家开始活跃于网上,传统主流媒体再也不能无视网络的存在,必须与网络发展接轨,开始在网上发现有潜力的作家。

2007年1月,中国发行量最大的期刊《读者》杂志开通了自己的网站,进入网络媒体领域。与此同时,读者出版集团又以旗下的3本《读者》系列杂志,与TOM在线下属的幻剑书盟合作推出了"2007原创短信文学总评榜",这是一次"传统媒体和网络媒体具有突破性意义的合作"。

……

《中国时报·资讯周报》的这场关于网络文学的争议,使网络文学正式进入传统媒介的视野。尽管对它的存在和价值仍有怀疑的态度和批评的声音,但这个"草根庶出"的边缘文学族群开始被主流文学接纳和认可却成为一个引人关注的现实,强势的文学传统终于从"招安"的门缝里给网络文学递上了一束示好的"橄榄枝"。[1] 网络文学从最开始的默默无闻到逐步被传统主流媒体认可,最后演变为拥有一股不可忽视的力量,这种从被正视转向被重视,是一次华丽转身的逆袭。但如何评价网络文学逆袭的价值意义,存在着较大的争议。

网络文学作品是新媒体技术的产物,网络的平等性、兼容性、自由性和虚拟性又使它永远保持着平民姿态,向社会公众特别是弱势群体开启民间话语权[2],这让网络文学之于文学的真正意义重回民间,扎根于文学价值的土壤,接了地气不再漂泊。而它的这种超文本形态,非线性、多面阅读方式,以及平民化主体回归民间叙事,给传统文学注入了一股新鲜的血液,让一些研究者对文学发展的前景充满喜悦与期待。主流媒体认可的声音是对网络文学的一种激励,是精英文化与大众文化的一次成功对接,这可能对引导网络文学、传统文学健康发展具有十分意义的深远。

然而,文变染乎世情,兴废系乎时序,每个时代都应该创造出属于特定时代风貌的文学。网络文学正处于发展的稚嫩期,不少作品思想内

---

[1] 欧阳友权:《网络文学:从"草根庶出"到主流认可》,《学习与探索》2010年第2期。
[2] 欧阳友权:《网络文学:民间话语权的回归》,《淮阴师范学院学报》2003年第2期。

五 成长类

容低俗、偏执，一味追求点击率，灌水现象严重。草创期间，它应该有一个宽松、自由的环境，能够利用新技术不断尝试新的表现形式，构建不同于传统文学的价值空间；在文学批评上也应建构一套适用网络文学的评价标准，引导、规范网络文学发展。而传统主流媒体的关注，可能会导致年轻的网络文学过分看重传统主流媒体的认可，从而趋于传统文学的价值评判标准，丧失了网络文学最本真的文学本质。我们不能忽视，网络的自由创作、发表平台催生了一大批渴望进入主流文坛的网络写手。网络文学正被他们当做通向正统的跳板，从而失去网络文学原本的锋芒与个性，正逐步变成传统文学的一种暂存形式。总之，对于网络文学被传统主流媒体认可，我们并不能唱绝对的赞歌。

63. QQ崛起

1998年11月12日，马化腾和张志东正式注册成立"深圳市腾讯计算机系统有限公司"。此时腾讯的主营业务还不是即时通讯工具，也没有人能够想到，10年以后，名为QQ的那只企鹅会成为垄断全中国即时通讯软件74％的市场的超级巨头。QQ两个多亿的用户使其被誉为世界第三人口大国。正是因为有了QQ一步步的崛起，网络上沟通的障碍才会越来越少，无形之中，也为网络文学的传播扫清了道路。无论对于读者还是写手来说，QQ几乎都成了他们首选的沟通工具。

点评：

网络文学发展新视野

QQ作为一种即时通讯工具，最初的功能并非为文学服务。但是在网

199

络迅猛发展的背景下，QQ成为拥有最多用户的网络通讯工具，而其本身所具备的特性使其能够被网络文学发展所利用，从而促使QQ成为网络文学传播的首选工具。首先，QQ在传播特性上实现了传统文字点对点传播基础上的点对面和面对面的传播，使文学不再是阳春白雪的自我欣赏，而是群体之间的意见交换和头脑风暴式的思维碰撞。其次，QQ作为通讯工具的即时性，突破了传统印刷品因工序限制所产生的时间差，突破文本局限，使网络文学作品能够在数量上、篇幅上都得到巨大的提升。第三，作为网络时代的通讯工具，QQ的交互性特征不言而喻，庞大的用户量使QQ不仅是欣赏平台，更是一个创作平台，在这个虚拟空间中，每一个用户都可能是文学作品的创作者。第四，QQ工具的多媒体特征不仅更加丰富了文学的表现方式，更使文学在超文本特征下摆脱线性叙事的不足，"超文本的真正意义在于使我们将文本理解为一种过程，而非一种产品……"[①] 正是QQ所具备的这些重要特征，使文学借助网络的平台走入每一个寻常百姓的手中，使文学在被逐渐忽略的现代社会寻求到了新的传播路径和突围之路，为网络文学发展开创了新的天地。

QQ的首要功能是聊天，作为网络文学传播的工具而言，不仅能够实现对话框式的一对一互动，也能在QQ群中进行一对多、多对多的信息传递。就此而言，QQ所实现的即时性、互动性沟通，成为能够最大限度降低网络文学沟通障碍的首要原因。而且，无论是注册QQ号码，还是加入QQ群讨论，对用户来说都是免费的，只要是网络用户，都可以随时成为QQ用户，除了电脑的基础操作以外，门槛几乎为零。

相对于一对一性质的私密QQ聊天，QQ群在网络文学的传播手段上更为流行，以特定话题为主线开展讨论的QQ群逐渐增多，随着网络作家迅速蹿红所带来的名人效应，网络文学也开始成为了更多网民关注的话题，这一类型的QQ群也开始流行于热爱网络文学的网民们中间，涉及的话题从"对于网络文学，你有何看法？你喜欢网络文学吗？"到

[①] 黄鸣奋：《超文本探秘》，《文艺理论研究》2000年第6期。

"'传统文学'和'网络文学'之间,是否存在着绝对分界?网络文学带来了怎样的改变?"等一系列关于网络文学从创作到理论的话题成为QQ群讨论的中心。而这些QQ群也逐渐从零散的自愿组织,变为专业的群体,话题每日更新,记录专门整理成册等,从而使用户在QQ上所发表的意见不再像口头语言那样转瞬即逝,而成为网络文学发展过程中用户意见的重要集中地。

如果说QQ的聊天软件所进行的信息交流仍然局限于群体内部的话,那么QQ空间则是实现了无限开放性的互动交流。从短篇随时性的空间说说,到长篇的抒发性的空间日志,再到图片以及视频上传,使QQ空间已然成为一个供所有QQ用户进行用户生成内容的创作园地。

从网络文学诞生之初,文学就开始走向下里巴人的平民阶层,文学开始成为每个人"提笔"写成的一句话语、一篇文章,往日在精英手中把玩的文学开始褪去神秘的面纱。尽管这样的文学存在着美学上以及内涵上的缺陷和不足,但是在文学成为并非专业化培训后的网络用户的作品之后,网络文学便成为了一个让人眼前一亮的现象。经过网络淘洗之后的文学成为面向平民"讲故事""说心情"的一种方式。再通过转发功能将所创作的作品裂变式地传播到几乎是所有QQ用户的空间中,回复功能则更好地实现了与读者之间的互动。通过这样一种开放式的网络传播,网络文学创作也就变得没有身份限制,没有时空局限,彻底开创了一片自由的天地,自然也就使网络文学的传播障碍变得不再头疼了。

作为用户生成内容的一个过渡,QQ空间提供了一个通过与好友交流、发布简单创作的地方。而腾讯对网络文学影响并不止于此。以整个腾讯网站为依托,QQ的影响延伸到了门户网站上,腾讯开设专门的原创文学频道,通过用户QQ号就可以登录。通过对作品进行包括作品题材、读者分类等各种类型的细分,使网站能够在足够全面的同时做到吸引不同读者,通过点击率排行榜的方式,保证网站写手的忠实度,从而在维持门户网站正常运转的同时保证了其赖以生存的点击率。

网站中的每一部作品读者都可以进行点评,了解作者的详细信息,

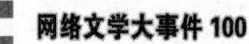

甚至通过自己的点评改写连载小说的故事走向。通过互动，网络作者能够及时了解自己作品的优缺点，在创作时进行微调，改变传统文学创作时信息、沟通不畅的重大问题。一旦读者认为所阅读的作品并不能真正抒发自己对于整个世界的看法时，也随时可以通过原创文学频道变成作者。只要经过简单的注册程序，读者用户便可摇身一变成为作家用户。正是因为这样的一种方式，使网络成为文学在现代社会迅速发展中的新路径，从而决定了网络文学的平民化、自由性特征。

网络文学的发展并非一朝一夕之事，而类似于QQ一类的社交媒体却为网络文学的发展开拓了新的发展视野。文学与网络结合，也正代表着文学开始普及到平常人的生活中。

64. 陈村加入"榕树下"

1999年，著名作家陈村被邀加入"榕树下"，他给自己的头衔取了个奇怪的名字：网眼。"就是网上的一只'眼睛'，来打探下发生什么事了。"但因这头衔别人不易懂，就改称为"艺术总监"。很多年轻的网络写手冲着"陈版主"而来，不少的传统文学知名作家也因陈村的"面子"参与到推动网络文学发展的进程中来。因为这样，陈村被誉为网络文学的教父。

 点评：

陈村效应：我们上网吧

陈村，原名杨遗华，笔名陈村，1954年生于上海。与许多同代人一样,他也在"文革"中下过乡,在安徽无为农村插队时期就已经开始文学创作。他的处女作《两代人》,最早刊载在1979年9月的《上海文学》上。1985年,陈村始任上海市作家协会专业作家,是年加入中国作家协会。加入作协后,陈村发表了中篇小说《少男少女,一共七个》,小说打破了传统的叙述方式,和刘索拉、残雪等一批作家被称为80年代先锋派作家。1997年,陈村发表了名为《鲜花和》的长篇小说,再次因其实验性的写作技巧而广受赞誉。① 迄今为止,陈村还著有长篇小说《陈村文集》(4卷),中短篇小说集《走通大渡河》《少男少女,一共七个》《蓝旗》《屋顶上的脚步》,散文集《躺着读书》《弯人自述》等十余部。

陈村除了以传统作家的姿态开始进入公众视野之外,真正使他声名鹊起则源于上世纪90年代末投身网络文学。1992年,陈村花了两年工资买了一台286电脑,1997年,他开始拨号上网。那时候的网名只有60万,而且多出身于理工科背景。1999年至2002年,陈村加入榕树下网站,任艺术总监、论坛版块"躺着读书"首任版主,并主持了三届网络文学评奖。2004年,陈村兼职99书城网站,任艺术总监,同年9月,他还在网上发起、主持了一个文艺沙龙"小众菜园"并担任版主。2005年1月,大型文学月刊《十月》在其2005年第1期上推出了新栏目"网络先锋",由陈村主持,先期为读者推出了盛可以和舒飞廉的两部网络作品。他是传统作家群体里有名的"网虫",上网早,资格老。很多年轻的网络写手就是冲着"陈斑竹"而来,不少传统文学知名作家也因陈村的"面子"参与到推动网络文学发展的进程中来。因为这样,陈村被誉为网络文学的教父。但陈村本人并不喜欢这个称呼。他在接受《社会观察》媒体采访时就说过这样一段话:"这个称呼不好,招骂,它也不幽默,这么称呼是害我。'网络文学的师爷'就比较好,不像教父那样甚至对下属具有生命的控制权,听着让人害怕。'网络活宝'也可以接受,因为网上

---

① [英]贺麦晓:《网络之主:陈村与连续不断的先锋性》,由元译,《当代作家评论》2011年第5期。

像我这样的活宝很少。"① 不管是"教父"还是"师爷"亦或是"活宝",陈村都是成名纸质文学作家中,最早改投网络文学的作家之一,也是网络文学最坚定的守卫者之一,他具有标杆意义。

  陈村加入榕树下后,榕树下多次举办了网络文学大赛。王安忆、余秋雨、余华、苏童、王朔、阿城等传统文学作家出任大赛评委,吸引了全国各地近百家媒体的关注,在文化界引发了以"榕树下"为代表的"网络文学"现象的全国大讨论。传统作家在担任评委的同时,零距离接触了网络文学作品,其中不乏精品,精致的语言、独特的构思、新颖的叙述方式,让传统作家对网络文学作品有了更直观认识、更公正的评价。于是,2000年5月,随着"中文在线"网站的成立,余华、余秋雨、巴金等传统作家以其作品入股,成为"中文在线"股东。这预示着中国著名的传统文学作家也开始进军网络文学地盘。② 而陈村自触网后就受到广大网友的关注,他的作品也大量被阅读。网络借助其独有的平台,助推文学作品的传播效应被越来越多的传统作家所关注。2005年,济南市文联专业作家王金年把刚刚创作的《百年土匪》长篇小说在新浪文学网站上贴出后,反响强烈,点击率一直居高不下。看到自己的作品在网上被众多读者不断地点击和善意的评论,作者欣喜地说:"我写了30年的作品,也没有赢得这么多的读者。看来,现在的作家如果拒绝网络就像是50年代拒绝自行车一样,是很不明智的。"传统作家再不能忽视网络这个平台所能发挥的推介效应,他们开始借助这一东风以吸纳更多读者。2008年10月,包括海岩、周梅森在内的18位知名作家与起点中文网签约,将他们的作品拿到网络上首发,它标志着专业作家开始成规模地介入数字传媒和网络文学写作。③

  以陈村加入榕树下为契机,除了引领一批传统作家开始触网外,作

---

  ① 木叶:《网络时代的"存在与虚无"——专访陈村》,《社会观察》2005年第11期。
  ② 马建梅:《试论对于网络文学的"引导"》,《西南民族大学学报》2011年第3期。
  ③ 欧阳友权:《网络文学:从"草根庶出"到主流认可》,《学习与探索》2010年第2期。

家之"家"也逐步入驻互联网，分享网络优质资源。1999年，中国作协官方网站《今日作家》网站上开设《网上发表》栏目。这是一个信号，它预示着网络也是中国作家的"家"，传统作家已经逐步接纳网络这个新媒介。次年，国内第一个由知名作家大规模参与的网络站点"三九作家网"开通，该网站联合《中国作家》杂志创建、汇集了中国目前最为活跃和最具创作实力的作家、评论家和编辑家，全面参与网站重大活动的决策和重要稿件的审读。网站上发表的原创作品将择其精华在《中国作家》杂志上以纸介质的形式发表，《中国作家》杂志的全部内容也将以在线阅读的方式在网站发布。这是国内有影响的文学杂志首次与网络公司进行深度合作，也是传统媒体进军网络，开始线上线下资源共享，拓宽传播途径。

陈村加入榕树下并衍生出陈村效应，这绝不是一次偶然，而是网络文学发展道路上的一次突围：网络文学真正火起来了。近十年来，网络文学走过创生期，从最初的备受争议逐步被主流媒体、传统文学正视、重视。网络文学的影响越来越大，它改变了中国传统文学的创作格局，提供了新鲜的写作经验，带来了通俗文学的繁荣。网络文学已成为当代文学中不可忽视的重要部分。[1] 如网络文学的传播从最初凭借电子期刊、ACT新闻组、各大BBS论坛到如今建立专门的文学网站；从事网络写作的群体，也不再局限于理工科背景的海外留学生，而演变为国内外爱好文学者，甚至衍生出一批专门以"码字"为生的网络写手；网络写作，没有门槛的制约，可以自由书写、自由发表，由此也催生了一大批题材多元、形式新颖、笔调幽默的作品。在发展的潮流中，网络文学有缺陷也备受争议，但它确实创造出独特的价值：它给沉闷的汉语文坛带来了一股新鲜的空气，无论从文艺美学还是从文艺社会学上看，其意义都不容低估。[2]

---

[1] 周志雄：《网络文学与中国当代文学的发展》，《理论学刊》2009年第2期。
[2] 欧阳友权：《新世纪以来网络文学研究综述》，《当代文坛》2007年第1期。

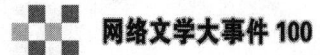

65. 博库倒闭

1999年12月,博库在美国硅谷成立。因为有美国产业资本而非风险投资的支持,以及资深的书业人士坐镇,博库的前途一度被业界看好。创业之初,博库先是在各大媒体进行铺天盖地的广告宣传,继而与中国青年出版社、北大等单位联手合作,推出"走马黄河""敦煌行"等活动,大造声势,后又在大量收购作品电子版权之余,以培养中国的"斯蒂芬·金"为名,与王朔、陈村等大批作家签约合作。但是,博库所倡导的收费下载与收费阅读精神,在这个免费成为通行法则的互联网争霸年代显得格格不入;加之盗版风行,使其与几乎所有的中文知名作家、作者、学者签约的几千本电子书的优势也没有发挥;另外,由于上网人数少,网速慢且贵,没有便捷的支付条件。投资商在第一笔投资后,就以盈利模式不现实为由拒绝追加投资。到了2001年底,博库的倒闭宣告了国内第一次 ebook 收费尝试的失败。

 点评:

博库,为何倒闭?

携因特网概念和美国资本而来的博库公司,刚挺进大陆时就显示出自己的雄心壮志:瞄准整个出版界,掀动整个出版行业!为了实现这一宏图,博库开始实行自己的计划,与作者签约进行电子化出版,并对签约作者采用立体化宣传包装;为了更好地建立读者阅读社区,博库也乐此不疲地为国内出版机构提供在线环境下的多元出版平台及信息发布平台的整体解决方案。① 博库企图通过提供这一系列服务，建立一个使读者、作者、出版者、企业结盟的平台，从而构建一种新型的商业盈利模式。2000年7月，博库首次推出新版阅读器，8月又携手北京华康公司推出了ebook网络阅读软件"DYNADOC FOR BOOKOO"的简体中文版，这样读者可以选择在线阅读，也可以自行下载后细细品味。有了这层技术的支持，博库又继续推行ebook计划，先为用户提供为期8天的免费下载服务，8天过后则对部分内容收费。这种首次尝试对ebook收费行动，是博库在电子出版领域的一次试水。未踏足深水区之前，试水行动是成功的。博库公司在国内迅速蹿红，成为出版界和网络界的双料明星企业，被誉为"图书产业电子化的新三驾马车"，这让博库公司以为自己就已经走向了掘金之路。

博库首次进行ebook收费阅读，给作家、出版社和读者三者之间创建了一种新型的生活方式、商业行为以及交流平台，给网络书业和出版业提供了一个新的模本，这让博库的前途一度被业界看好。然而，2001年底，博库公司就以倒闭宣告首次对ebook收费的实验失败了。在当时互联网发展的大环境下，博库首推ebook收费计划，倒下是不可避免的：

首先，互联网自1994年进入中国，在国内才刚刚起步，尚处于成长初期。对技术的要求高，网速慢且网费高，使得当时上网的人并不多，网络作为新生力量，还未引起大众过多关注，大众获取信息的方式主要还是传统的纸质媒介如书本、杂志、报纸等。少量进入互联网的读者，最初体验并已经习惯了网络带来的免费阅读的快感，这个时候就推行ebook收费制度，是对读者阅读习惯的超前认知。从事后诸葛亮的角度来看，博库应该深耕互联网，转变普通大众的传统阅读习惯。

其次，当时的网络还处在门户为主时期，读者发现新的文学类网站大都需要通过各站之间的友情链接。友情链接几乎是很多网站发展新成员的唯一方式。博库初创之时并未基于互联网精神进行大规模线上宣传

---

① 赵水忠：《博库：收费的精神食粮》，《互联网周刊》，2000年12月25日。

链接，提供进入门户的技术支持，而是将主要精力放在线下造势，忽略了对 ebook 大量潜在消费者的挖掘，失去了 ebook 对读者市场的占有。

第三，过早进入收费模式。2000 年，美国著名恐怖小说家史蒂芬·金，在网络上连载新作《骑弹飞行》，进行收费试验，取得了巨大的效益。他的试验表明，电子书付费阅读是可行的。当时美国互联网发展已经比较成熟，ebook 有了相对成熟的收费标准、支付系统以及相对统一的技术标准，因此收费阅读能够得到读者的支持。博库进入中国后，企图复制史蒂芬·金模式，推出 ebook 收费阅读。但中国毕竟不比美国，在国内免费才是互联网争霸的通行法则。加之当时也缺乏行之有效的支付手段，并没有出现现在丰富的第三方支付平台以保证支付的安全方便快捷，这时候博库推出电子书收费阅读与收费下载方式，显然为时过早。

第四，盗版风行。电子书籍本身技术含量并不高明，新生网站也很容易依靠其他手段就可以取得博库费尽心力才得以完成的正版书籍电子化工作，而为了吸引流量，不断发展壮大，免费必然成为这些盗版作品的最佳策略，读者也较易获得这些盗版本资源。这就使得博库最重要的上游资源——与几乎所有的中文知名作家、作者、学者签约的几千本电子书——的优势根本没有发挥出来。

第五，缺乏扎实的收入支持，导致资金链断裂，这一点是致命的。博库在硅谷创业之时，得益于美国产业资本的投资而迅速发展壮大，而资本总是追求利益最大化，以互联网行业的烧钱速度，投资方一旦发现公司发展模式不足以获利，就拒绝继续追加投资，博库离失败就不远了。尽管博库通过整合网络与传统出版领域的资源，拓宽了资金来源渠道。他们与众多出版社签定了合作协议，也陆续推出了一些小说。但是，图书的物理流程是一件比较复杂的事情，受到各种不确定因素的影响，而且在资金的收回速度上也比较缓慢。因此，博库的资金短缺问题无法寻找到有效的解决途径，随之而来的就是经营危机和裁员。

第六，互联网泡沫的破灭加剧了博库的倒闭步伐。步入新千年，新浪、网易等较早上市的互联网企业在纳斯达克市场暴跌，互联网概念神

五 成长类

话不再像世纪末般受到资本市场追捧,投资人对于互联网更加谨慎。尤其是 2000—2001 年整个互联网环境哀鸿遍野,人人自危,每天都有一大批公司倒闭。博库的早期投资方不再追加投资,最终博库在内外困境中倒闭。网络书站的黄金时期也宣告结束。大量初期的网络书站倒闭,幸存的网站也不得不开始想尽办法盈利。

但博库的先驱意义却不容忽视。博库公司入驻中国内地以来,第一次引进了 ebook 的概念,并成为最早也是最知名的推动者。作为网络书站收费模式的探索先驱,博库虽然失败了,但其很多经验却也给后来的文学网站的发展提供了可行的参考和借鉴。可以说,博库将传统纸质出版物搬上电脑屏幕的尝试是可行且顺应阅读方式多样化变革趋势的,其与知名作家签约及对于版权的重视也有益于后起网站的发展。2003 年,起点中文网全面实行付费阅读大获成功,由此开创了付费阅读的"起点模式",带来了行业内的巨大变化,几乎所有的文学网站都"复制"着起点的模式。事实上,包括起点中文网在内大多文学网站的发展正是借鉴了博库的经验。博库将网络资源与传统出版资源整合的尝试,也被后来的起点等文学网站实践改进,开创了一个从线上阅读到线下出版的新方式,可以说,博库是网络文学发展的先行探路者。

66. 辽宁出版集团推出中文电子图书阅读器

2000 年 9 月 1 日,在北京国际图书博览会上,辽宁出版集团与秦通公司联手,利用其提供的高新技术推出第一代中文电子图书,这是一种小巧的"掌上书房"——中文电子图书阅读器,在全国出版界掀起了新一轮的阅读革命,使传统图书出版向现代出版快速转变。

 点评:

迈向全新的阅读时代

互联网改变了这个世界,也改变了传统的出版方式和人们的阅读习惯。在数字大潮惊涛拍岸的今天,数字出版物纷纷涌现,"掌上书房"——电子图书阅读器的出现,极大地改变了阅读本身。阅读终端开始多元化,扩大了阅读对象,也催生了多样化的阅读模式,阅读的内涵和外延在数字传媒语境下不断变化、扩张,我们正朝着一个全新的阅读时代迈进。

辽宁出版集团重磅推出的电子图书阅读器,被誉为"掌上书房"。这本"书"看上去像曾风靡一时的手持游戏机,小小的机身竟可容纳相当于纸质图书10万页的内容;而它的价格却只需传统图书的三分之一,它还支持在线下载,只要存储在芯片中,就能"随时随地"阅读。而人机界面同传统图书一样,有封面、有插图、有版式;内设"整页显示、可以翻页、加批注、夹书签、划线、折页"的功能,让这本"书"的阅读方式和纸质图书并没有多大的区别,反而更为便捷:电子阅读器采用触屏操作,只要手指轻轻一划,就能畅游于"书"海。可自动调节屏幕亮度、书页画面,同时还设置语言功能,可以用耳朵来"阅读",是"掌上书房"新增的功能,它消解了技术性的冷漠,传递人性化的温暖。作为数字媒体新生代产物,电子图书阅读器给读者带来源源不断的惊喜,让众多读者惊艳。

麦克卢汉曾说:"媒介是社会发展的基本动力,也是区分不同社会形态的标志,每一种新媒介的产生与运用,宣告我们进入了一个新的时代。"① 从传统的纸质书本到新兴的电脑、手机,再到辽宁出版集团首次

---

① 李智:《浅析"微小说"的特质及其对当下网络文学的影响》,《文艺评论》2013年第5期。

推出的中文电子图书阅读器，阅读载体逐渐变化。同一时间，辽宁出版集团创建的中国电子图书网站也首次提供 5000 种可下载电子图书，一定程度上实现数字化图书馆在线功能，一批新兴的数字出版公司通过各种先进技术，将内容资源数字化。随之带来阅读方式、阅读对象的数字化变革，推动我们进入数字阅读时代。

相较于传统的纸质阅读，由"掌上书房"带来的新的阅读方式——电子阅读，优势非常明显：（1）电子图书信息量远远超过了纸质图书，很小的电子设备就能有大量的阅读资料，它提供的信息资源更便于复制、检索、备份、统计等操作，也让作者与读者透过网络互动成为可能。（2）电子图书设计精美，灵活多样，有多媒体功能，图文声像并茂，纸质图书无法比拟；电子图书还提供个人订制，读者可根据需要订制电子书，个人出版成为可能。（3）电子图书不受地域、时间、绝版限制，可按需随时下载，随时随地阅读，方便快捷。（4）电子图书降低了图书成本，价格也较纸质图书便宜。这些优势，备受读者青睐，让电子阅读异军突起，撼动了传统的阅读方式，也在全国出版界掀起了新一轮革命。

在辽宁出版集团推出电子图书阅读器后，迅速掀起电子阅读热潮，也让数字出版发展迅猛。有学者指出："电子纸和数字化的阅读终端将彻底改变人们的阅读习惯，从而放弃传统的纸质读物。"[①] 数字阅读的风生水起，数字出版的异军突起，让处于低迷市场的传统出版业看到了希望。的确，很长一段时间内，我国传统书业的发展并不容乐观。有媒体称："1990 年，我国人均图书消费量（扣除教材、教辅，下同）为 5.2 册，2009 年这一数字为 5.6 册。20 年过去了，人均购书量只增加了不到 1/2 本。"[②] 当前出版业的一热一冷，刺激了传统出版走向转型。传统图书出版开始由单一纸质媒介出版发行的渠道转变为多元化渠道，如与作者在签图书合同时，一般就已签了数字出版合同；很多图书既出纸质书，也

[①] 黄孝章、张志林、陈丹：《数字出版产业发展研究》，知识产权出版社 2011 年版。

[②] 张贺：《世界出版大国的阅读尴尬》，《人民日报》2011 年 4 月 8 日。

出数字书。而数字出版的个性化定制功能及易于记录存储、分享、互动、搜索等优点，也不断冲击着出版界传统的印刷发行模式，侵占传统出版的市场份额。这让传统图书出版不得不向现代出版快速转变。

随着数字技术的突飞猛进，电子图书的发展呈现迅猛发展的势头。然而，人们在惊叹已经进入数字阅读革命的同时，数字阅读与生俱来的缺陷并没有让数字出版一统天下。技术条件、阅读习惯、消费心理问题、版权问题、商业因素，都在阻碍电子图书的发展，从而影响数字阅读、数字出版进程。尤其是对于传统文化的传承，纸质书仍具有其不可代替性。加之传统的阅读方式沿袭数千年，早已形成了读者的"心理定势"，绝不可能那么容易被颠覆。传统书籍赢得了固定的读者市场，也给传统出版开拓出一片坚固的生存阵地。这也让大多数出版商仍然坚信，数字技术不可能取代传统出版。

67. 国务院颁布《互联网信息服务管理办法》

2000年9月25日，国务院颁布了《互联网信息服务管理办法》，这是我国首次为规范中国互联网信息服务活动、规范互联网信息服务健康有序发展而制定的重要法规。在这个办法中，首次提出了"互联网出版"的概念，并明确了国务院出版行政部门负有对全国互联网出版单位资格审核、对互联网出版活动进行监管的职责。

 点评：

为网络文学护航

2000年9月25日，国务院颁布了《互联网信息服务管理办法》，首次提出了"互联网出版"的概念。互联网出版有广义和狭义之分,广义上的互联网出版,是指将信息、知识、观念等内容,用文字、图像、声音等任何形式在互联网上传播,均可称之为互联网出版。狭义的互联网出版指具有合法资格的出版者,以网络为载体和流通渠道,出版并销售数字出版物的行为。在我国现行法律中采取的是狭义的互联网出版的概念。法律实践中,互联网出版的定义则是根据《互联网出版管理暂行规定》(中华人民共和国新闻出版总署、中华人民共和国信息产业部令第17号)第五条:"本规定所称互联网出版,是指互联网信息服务提供者将自己创作或他人创作的作品经过选择和编辑加工,登载在互联网上或者通过互联网发送到用户端,供公众浏览、阅读、使用或者下载的在线传播行为。其作品主要包括:(一)已正式出版的图书、报纸、期刊、音像制品、电子出版物等出版物内容或者在其他媒体上公开发表的作品;(二)经过编辑加工的文学、艺术和自然科学、社会科学、工程技术等方面的作品。"

随着计算机网络技术的发展,互联网出版应运而生并逐渐进入公众视野。依托互联网技术而诞生的互联网出版,一开始就展现出独特的优势:不仅快速便捷,而且零库存,永无断档、绝版和脱销的情况;不仅提供按需印刷的个性化服务,而且降低了出版门槛,让更多的人可通过网络渠道自行出版和发行图书;不仅支持内容的随时更正、修订、改版,而且还缩短了出版周期,增强了图书的时效性和生命力。[①] 作为一种新兴产业,互联网出版发展势头强劲,越来越成为未来出版业的一个方向。但是在纷繁复杂的网络环境下,与互联网出版紧密相关的版权问题却日益突出。互联网出版使版权人正逐步面临作品"失控"的严重威胁,遭遇大量网络侵权行为。网站出版无版权的作品、侵犯其他网站的网页著作权、滥用修改、删节权等是目前互联网出版出现最多的侵权类型。[②] 其中,第一种类型主要是擅自将传统媒体上发表的作品通过网络再次发表,

---

① 聂规划、涂鹏:《互联网出版探析》,《景德镇高专学报》2004年第6期。
② 张惠:《互联网出版存在的版权保护问题及其对策》,《湘潭大学学报》2007年第3期。

在侵权行为中最为普遍。1999年6月15日，王蒙、张洁、张抗抗、张承志、毕淑敏、刘震云等6位著名作家，通过他们的代理律师，向北京市海淀区法院提起诉讼，状告由"世纪互联通讯技术有限公司"主办的"北京在线"网站，未经许可将他们享有完全著作权的文学作品登载到网上，从而侵犯了他们的权益，要求赔偿经济和精神损失。中国青年报称"这是我国首起因网络站点刊登他人作品而引起的著作权纠纷"，随后，关于著作权的案件纷沓而至。这也让有关部门看到现行法律的不完善之处，促使法律法规的修订。2000年9月25日，国务院颁布了《互联网信息服务管理办法》，首次对中国互联网信息服务活动进行规范、引导，彻底改变了互联网发展过程中无法可依的局面，为今后互联网的健康发展奠定了基础。

然而，互联网天生就有的开放性、广阔性和无国界性，使得互联网出版中版权问题更为复杂与突出，现有的法律法规并不能完全解决这些问题。这也就开启了职能部门为确保互联网出版行业有法可依而修订法律法规的进程。

于是，2001年12月，《中华人民共和国著作权法》进行修订，修订之后的著作权法除了体现更严密保护著作权人的各种经济权利之外，突出之处在于新增了"网络传播权"，为网络著作权保护体系"正名"。是年，第九届全国人民代表大会常务委员会第24次会议作出了修改著作权法的规定。从宏观上说是为了适应加入世界贸易组织的需要与国际知识产权保护体系做的一个接轨，在具体实践操作上，实际上就是规制了网络著作权的问题，专门增加了作者的信息网络传播权等条款，但仍然留下一些空白，如对网络上的"暂时复制"是否构成著作权意义上的复制没有涉及，对网络侵权的司法管辖原则未能明确等。

2002年6月27日，《互联网出版管理暂行规定》以新闻出版总署和信息产业部第17号令公布，并于2002年8月1日起正式施行。《规定》首次对网络出版进行界定，这标志着网络出版凭借自身影响力得到了官方的认可。这是首部专门为规范互联网出版活动、促进互联网出版健康有序发展而制定的重要部门规章，标志着互联网出版开始步入规范化管理阶段。

2006年7月1日，国务院颁布的《信息网络传播权保护条例》开始实施，《条例》的实施对于我国的版权保护事业和互联网的发展都具有深远的意义。如何平衡权利人、网络服务提供者和作品使用者之间的利益是网络时代一个非常重要的课题，《条例》对于三者之间的利益平衡做了恰到好处的处理，充分利用了网络的传播力量，保护了权利人的利益，并满足了广大用户的阅读需要。

事实上，无论是2000年国务院颁布《互联网信息服务管理办法》，明确了国务院出版行政部门负有对全国互联网出版单位资格审核、对互联网出版活动进行监管的职责，还是之后不断的修订相关法律法规，都表明了官方部门的一种姿态：互联网出版和传统出版一样，都受到法律公正、公平的保护。这种姿态是对互联网出版版权人的保护，也是对网络文学的一种认可与重视。网络文学不再是"野路子"文学，随着数字化进程加快，它所衍生的商业利益被公众逐渐挖掘，它正演变成一支不可忽视的文学新军。基于网络文学无限的潜力，互联网出版与网络文学联姻，形成产业发展的巨大动力，迅速崛起。

68. 国家社科规划办首次招标网络文学课题

2002年，国家社科规划办首次以"网络文学的迅猛发展及其对策"为题向全社会招标科研项目，标志着政府所倡导的主流学术开始关注网络文学理论研究。此前，2001年教育部人文社会科学研究"十五"规划第一批项目首次设立了网络文学研究课题。

 点评：

网络文学课题立项的意义

2001年，教育部首次设立了网络文学研究的"十五"规划项目，中南大学欧阳友权《网络文学对文学理论基础理论的影响研究》获得立项，2002年，国家社科规划办首次以"网络文学的迅猛发展及其对策"为题向全社会招标科研项目，欧阳友权再次以《网络对文学发展的影响与对策研究》获得立项，这标志着政府所倡导的主流学术开始关注网络文学理论研究。当然，此前，网络文学作为一种新兴文学，其独特的朝气与活力，已经引起了一些研究者的好奇与关注，开始垦拓网络文学理论研究这块新园地。1995年，在互联网进入中国本土的第二个年头，王周生就把研究触觉深入到多媒体时代的文学，他认为信息时代必将产生属于它的文学，应该建立一支使用计算机的文学研究队伍，才能适应全球化的信息时代。[①] 1997年12月，诗人杨晓民在《中华工商时报》发表《网络时代的诗歌》一文，以其敏锐的理论前瞻和对于诗歌的由衷热爱，率先在大陆将网络诗歌这一概念推到了文学评论的前沿。《网络时代的诗歌》一文是大陆最早论述互联网时代诗歌特质和发展走向的论文，是网络诗歌最初的自觉的理论建构，该文的发表在中国文艺界引起了较为强烈的反响。诗评家们称该文从"理论上揭开了中国大陆网络诗歌甚至是网络文学的序幕"。1999年5月，陈海燕在《小说评论》1999年第3期发表《网络小说的兴起》文章，指出随着国际互联网的迅猛发展和在中国的日渐普及，网络文学作为一种新的文学样式悄然出现，而且大有向传统文学挑战和对垒的势头，作者还较早总结出网络小说的四大特征：第一，作者隐匿；第二，文本开放；第三，虚拟的真实；第四，接受的当

---

① 王周生：《信息时代与文学》，《上海社会科学院学术季刊》1995年第4期。

下性。① 2000年4月，面对初露光芒的网络文学理论研究，李敬泽的《"网络文学"：要点和疑问》、李洁非的《Free与网络写作》等文章却分别对网络文学是否存在提出了质疑，主张撇开"文学"一词来谈网络写作。2001年1月，欧阳友权在《社会科学战线》2001年第2期撰文《高科技对文学基本理论研究的挑战》，已经意识到高科技时代背景下的文学已经在文学的存在方式、文学的功能方式、文学的创作、传播、欣赏方式、文学使用媒介和操作工具以及文学的价值取向和社会影响力等方面，都发生了或正在发生着诸多变异。他指出，文学的基本理论研究也必须在思维方式、概念范畴、理论观点、思想体系和学理模式等总体构架上，由理论创新达成理论创新体系，只有这样，我们才能在迎接挑战中推进文学基本理论研究，并构筑出高科技时代的文学理论新体系。② 这一年里，葛红兵把自己的网络文学研究成果放进其主编的《文学概论通用教程》，这也是网络文学理论第一次进入高校文艺理论教材。等等。尽管这些探析并不严谨，也不成系统，甚至还有一些不足，但毕竟开启了对网络文学的理论探讨。网络文学日益增长的发展态势，也让网络文学理论研究的价值日益显现，博得了主流学术的关注。

国家社会科学基金项目是中国最高等级的社会科学研究项目，它可以从一定程度上反映出中国社会科学各学科研究的最新进展和整体水平，其确立的研究方向和研究内容对整个学科的发展具有一定的导向和引领作用。国家社科基金对欧阳友权主持的网络文学研究课题的立项，标志着网络文学研究首次进入"国家队"，这是对网络文学理论研究的价值认定，也给网络文学研究者打了一针强心剂，更助推了网络文学理论研究。欧阳友权是国内较早进军网络文学理论研究的学者之一，以其申请的课题《网络文学对文学理论基础理论的影响研究》获得立项为起点，网络文学理论研究收获累累硕果，发表相关学术论文100余篇，出版学术著

---

① 陈海燕：《网络小说的兴起》，《小说评论》1999年第3期。
② 欧阳友权：《高科技对文学基本理论研究的挑战》，《社会科学战线》2001年第1期。

作近十部。最为突出的是，欧阳友权创建并带动了一个网络文学研究团队的发展，他所在的学院被开拓为全国网络文学理论研究的重镇。这就是国家社科基金立项资助的一个非常典型的个案。国家社科基金本质上就是要通过立项资助，着力发挥示范和引导作用，推动文学研究有序开展和学术建设繁荣发展。欧阳友权的个案是成功的，他用实践证明了立项的意义。也许对欧阳友权来说，课题申请能够得到立项资助，只是个人研究途中的一小步，但对丰富网络文学理论研究成果、推动整个网络文学理论研究却是一大步。

69. "起点"实行付费阅读

2003年10月，起点中文网全面实行付费阅读，推行分级付酬的网络版权签约制度，商业化运作迅速提升了其知名度与影响力。付费阅读模式并非起点中文网的原创，但其运作模式获得了媒体的高度关注，也受到受益的网络写手的拥护。起点中文网开发的VIP阅读模式的主要特点为：一是对网上优秀作品进行签约，前半部供读者免费试阅，后半部需付费阅读；二是以章节为单位，按2分/千字的价格进行销售，如仅选择部分感兴趣章节，费用更低；三是作者可获得用户付费额的50%—70%作为基本报酬，且按月结算；四是作品创作、发布、销售、反馈以分钟为间隔，作者与读者实时互动；五是尊重版权、严格准入，每个作者必须提供真实身份，对新上传作品必须声明版权所有权。起点所开创的付费阅读模式带来了行业内的巨大变化。而今，几乎所有的文学网站都"复制"着起点的模式。

 点评：

"起点模式"的开创

付费阅读并不是起点中文网原创，早在1999年，博库成立并在国内首次尝试ebook收费。只是可惜，博库所倡导的收费下载与收费阅读精神，在这个免费成为通行法则的互联网争霸年代显得格格不入，2001年底，博库的倒闭宣告了国内第一次ebook收费尝试的失败。2003年10月，起点中文网总结了先前收费阅读的经验教训，尝试建立了一个新的提供企业对客户间电子商务活动的平台——B2C平台，即企业通过互联网为消费者提供一个新型的购物环境——网上商店，消费者通过网络在网上购物和支付。同年10月，起点中文网又实行了"原创文学作品网络版权签约制度"，同时还推出"职业作家体系"。玄幻网站专门为网络玄幻武侠小说的职业作家提供稳定的保底年薪以及高额提成，并对畅销书作者进行物质奖励，此时网络玄幻武侠小说的"VIP＋实体书出版"的赢利模式已经初具规模。这是一次极富战略意义的拓荒行动，形成了以网络玄幻武侠小说为主体的网络商业文学产业链，网站和作者都得到了极好的回报。

网络玄幻文学网站正式推行的全新网络文学赢利模式——VIP制度，又称"电子版付费阅读"，是指读者与文学网站签署一个"VIP订阅协议"，成为该网站的VIP会员，会员可以随时向网站支付订阅费来购买网络小说的VIP章节阅读。现在，文学网站从如何注册付费、如何充值、如何折扣等不同层面形成了法定有序的便捷路径，读者可以通过网上银行、手机、固定电话等方式支付一定数额的费用轻松成为文学网站的VIP成员，自由地畅游网络文学世界。[①]"起点模式"赢得了市场，它可以不依赖出版社而直接实现电子出版的赢利，它的开创让网络文学在产

---

① 傅其林：《网络文学的付费阅读现象》，《学习与探索》2010年2期。

业上似乎找到了目前为止最有效的盈利模式。时任起点网总经理的吴文辉曾说:"起点5年多来的发展验证了收费阅读制度的成功,而现在越来越多的网站模仿'起点模式',众多门户网站开展'付费阅读'项目,近年来原创文学不仅在网络平台,更是在传统出版平台,以及众多衍生平台的繁荣,网民版权意识的逐渐苏醒,盗版耻辱感的增加,均可以证明'起点VIP收费阅读模式'的成功。"[1] 的确,起点所开创的付费阅读模式带来了行业内的巨大变化,而今,包括天下书盟、幻剑书盟、天鹰、17K小说等重要原创文学网站在内,几乎所有的文学网站都在复制着"起点模式"。

在起点收费模式之前,中国网络文学就已经有了一定的发展,在创立VIP收费模式之后则快速兴盛。收费模式带来的最直观的结果就是文学作品的商业化,作者—门户网—读者,构成了最简单的商业链。商品化意味着收入,单纯的创作者成为职业的写手。莫言获奖之后有一则消息称他获奖后的收益远远低于网络写手,这可以直接反映出网络小说收费之后对作者的巨大影响。所以,随着电脑网络的进一步普及,越来越多的人加入到网络小说的创作当中,而网络小说的门户网站也遍地开花,这样就为小说的创作带来了一系列的变革。

首先是小说创作门槛变低,各种门户网站只要注册即可发文,对发表的文章的审核只粗略地针对敏感词,而对内容、文笔等没有任何要求,这就使得"我手写我心"的网络创作自由最大化。而付费阅读机制把作者和读者紧密联合起来,拉近了他们之间的距离,甚至让他们共享文学创作的主体性地位。有多少读者,就有多少写手,还创建各种读者群、作者群方便读者和作者即时的交流。读者可以在网络空间里与写手共同进行写作,可以即时参与跟帖评论,指出写手的写作得失,使写手及时更正改进自己的作品。付费阅读也通过货币这种利益链条,使读者与写手建立一种契约,读者被赋予了新的意义。只有高质量、有价值的文学

---

[1] 舒晋瑜:《收费阅读的路能走多远?》,《中华读书报》2007年9月26日。

作品才能吸引读者付费阅读，读者的阅读导向、价值分享和评价将直接影响写手创作，鼓励他们写出更多值得一读的精品。这种新型文学创作方式的建构，可能会促进读者与写手之间探讨网络文学的文学性、独创性、价值承担等核心问题，从而帮助网络文学不断提升内在品质。

但付费阅读也是一把双刃剑，它的出现，冲击着网络文学的发展。由于接受并在推动"付费阅读"的读者大都是年轻网友，为了博取他们的眼球，获得经济利益，网络小说正沉沦于"类型化写作"。根据玄幻魔法、武侠仙侠、浪漫言情、历史、军事、竞技、科幻、游戏等不同的题材，就开始固定套路的写作，不仅情节模式化，作品的构思、人物的设置、场景的安排等等有明显的模式。基于同一模式的创作或许还可以称为创作，一些只是改个名字就重装上阵的则只能算是剽文。各大文学网站发表文章后，评论区最多的口水仗就是因为这个。

付费阅读后，网络小说以章节为单位，按 2 分/千字的价格进行销售，这就让网络文学找寻到一种自己的商业盈利模式。在这种模式下影响下，小说越写越长，灌水现象也越来越严重。如网络小说一般都是连载的形式发表，一些作者有存稿，不少作者则直接裸奔，当天写当天更新，不少连错别字、病句顾不上改正，只能先保证上传、更新，所以导致文章的质量不能保证，更多的是坑文或者烂尾。对此，作家刘震云曾一语中的："我也经常看发表在网络上的作品，有的不仅文学性不强，错别字也很多，一个首页要没有 10 多个错字就不是首页，有的文章竟然连句法都不通，现在网络作品有很多，但真正有独特表达的作品并不多，从文字到文学，我觉得还差'23 公里'。"① 但当付费阅读成为一种潮流时，我们不能因为害怕它带来的冲击与毁灭而拒绝、抵制它，我们要做的是顺势而为，因势利导。

---

① 蔡震：《刘震云给网络文学挑刺，从文字到文学还差 23 公里》，《扬子晚报》2008 年 7 月 8 日。

70.《数字化语境中的文艺学》获第四届鲁迅文学奖

2007年10月25日,由中国作家协会主办的第四届鲁迅文学奖在北京揭晓,欧阳友权的《数字化语境中的文艺学》一书从1113件入围作品中脱颖而出,喜获"鲁迅文学奖·优秀文学理论评论奖"。《数字化语境中的文艺学》一书于2005年2月由中国社会科学出版社出版,全书28.8万字,共十三章,分为"数字化时代的文艺语境""数字技术下的文艺转型"和"网络文学的学理解读"等三个板块,是作者承担的国家社科基金项目的前期研究成果。这部原创性的理论专著探讨的是以互联网为代表的数字媒介对当今文学艺术的巨大影响,其核心的学术理念是寄寓作者对"高技术与高人文"的期待与思考,以此表达对数字化时代人文精神的忧患与理解。

 点评:

网络文学研究高调获奖

在互联网迅速深入到人们生活各个方面的过程中,文学作为人类文明的重要组成部分,必然也会受到深远的影响。在网络环境下,文学的重要特征是平民性,同传统文学的精英倾向截然不同。面对这样的新形式,文艺理论和文学批评研究自然不能不发生重大的变化。因此,"文艺学学科的基本问题""日常生活审美化与审美日常生活化""文化研究与文学理论的关系""文学理论的边界""文学理论向何处去"等等问题,

五 成长类

在新世纪以来再次成为文艺理论研究者最为关注的话题。欧阳友权的《数字化语境中的文艺学》正是直面于这种文学新变,专注于网络文学的研究,以一种新颖的路向深入探析、梳理这些问题,试图通过建构数字化语境中的文艺学来阐释网络文学的合法性存在,揭示出一种文学已经必然面临的新生态环境。欧阳友权在该书后记中说,"其核心的学术理念则寄寓了我对'高技术与高人文'的期待与思考,表达了我对数字化时代人文精神的忧患与理解。"[①]

欧阳友权的《数字化语境中的文艺学》获得第四届"鲁迅文学奖·优秀文学理论评论奖",若联系其整个网络文学研究来看,绝不是偶然的。在网络文学这一全新的领域,欧阳友权凭着敏锐的学术嗅觉,介入最早,坚持最久,成果最多,他从上世纪 90 年代末开始,就一直以"筚路蓝缕,以启山林"的气魄,积极切入网络文学现场,密切关注文学的历史变迁,苦心经营,笔耕不辍,在 10 年多一点的时间中,完成了 3 项国家课题,发表论文 100 余篇,出版《网络文学论纲》(人民文学出版社 2003)、《网络文学本体论》(中国文联出版社 2004)、《数字化语境中的文艺学》(中国社会科学出版社 2005)、《网络传播与社会文化》(高等教育出版社 2005)、《网络文学的学理形态》(中央文献出版社 2007)、《网络文学概论》(北京大学出版社 2008)、《网络文学发展史》(中国广播电视出版社 2008)、《比特世界的诗学》(岳麓书社 2009)、《数字媒介下的文艺转型》(中国社会科学出版社 2011)等理论著作 10 多部。他十年如一日地站在信息媒体革命的潮头试图重构文学理论,被学界誉为"我国网络文学研究第一人"。因此,其《数字化语境中的文艺学》获得"鲁迅文学奖·优秀文学理论评论奖",与其说是对这一部观点新颖的理论著作的奖励,还不如说是对其执着于网络文学研究的那种锲而不舍的精神的嘉奖。

欧阳友权认为,只有真正能够从数字化语境的根本特征出发,才能

[①] 欧阳友权:《数字化语境中的文艺学·后记》,中国社会科学出版社 2005 年版,第 369 页。

在面对网络文学作品的时候不至于存在传统文学固有的精英主义思维偏见,恰当地衡量网络文学在当代社会的艺术价值。然而,他的网络文学研究以及提出的相关观点,在最早的时候并没有得到学界应有的重视,相反,还被很多传统学者瞧不起,认为他不务正业,对他不屑一顾,嗤之以鼻。因此,其著作能够获得"鲁迅文学奖·优秀文学理论评论奖",从更高的层面上讲,说明学术界已确证了网络文学所带来的"范式转换",认识到了文艺理论在数字化语境中重构的必要性,并且意味着主流学术对于网络文学研究这个新领域的认可。正如鲁迅文学奖评委会所认为的:《数字化语境中的文艺学》"围绕网络的勃兴与普及以及它对文学发展的影响,面对新科技对文艺的挑战,回答当前文艺事业面临的新问题,是一部兼有前沿性、现实性、批判性的建设性文艺学著作",这可以看做主流意识和传统文学对网络文学理论研究的首次高调褒奖。

71. 网络文学参评第五届鲁迅文学奖

2010年第五届鲁迅文学奖因首次吸纳网络文学参评而格外受到关注。在符合参评条件的1008篇(部)作品中,网络文学作品31篇(部),约占3%。其中中篇小说18篇、短篇小说10篇、文学理论评论3篇,其他门类空缺。在2010年9月8日中国作协官网公布的第五届鲁迅文学奖备选作品130篇(部)中,有一部网络文学作品《网逝》入围。鲁迅文学奖评奖办公室主任胡平表示,鲁迅文学奖吸纳网络文学参评,得到多数网民肯定,称为"破冰之旅",说明网络文学越来越成为不可忽视的存在。鲁迅文学奖对网络文学的开放是一种有益的尝试,对其发展和主流化有很好的促进作用,尽管本届鲁迅文学奖只有一部网络文学作品入选,但也足以表明网络文学经过十多年历练,已具备融入主流文学形态的条件。中国作协书记处书记、新闻发言人陈崎嵘认为:"这是一次破冰之旅,带有试验性、标志性意义。"

 点评:

网络文学离官方大奖还有多远?

2010年9月13日,网络中篇小说《网逝》首次入围鲁迅文学奖评选,但最终与奖项失之交臂。同年,9月15日,由中国作家网、新浪读书、TOM读书频道联合举办的第五届鲁迅文学奖竞猜活动举行启动仪式。这亦是中国官方文学评奖过程中首次启动网络竞猜活动。9月15日—10月15日活动期间,中国作家网首页、盛大文学、中文在线与新浪、TOM读书还设有奖竞猜专栏,用户可通过以上四家网站进行投票。10月19日,鲁迅文学奖获奖名单公布,网络文学作品无缘奖项,车延高的诗集《向往温暖》位列诗歌类获奖名单之中。众多网友在失望的同时,也纷纷质疑车延高"羊羔体"的获奖。11月10日,"鲁迅精神与网络文学"中国网络类型文学高峰论坛在浙江绍兴举办,部分评论家、网络作家和出版人就"对目前网络类型文学的存在应持怎样一种态度?""如何引导网络类型文学走向主流化、文学化?""是否应该在鲁迅文学奖内设立网络类型文学奖?"等问题展开了讨论。此次论坛在网络文学首次被纳入鲁迅文学奖的评选范畴,却又最终失之交臂的情况下举行,引起了网络作家、文学评论家、出版人等各界的强烈讨论。

除了鲁迅文学奖,另一个官方文学大奖茅盾文学奖对网络文学的异军突起,也给予关注并最终向其抛出了"橄榄枝"。有学者说这是传统文学与网络文学"抱团取暖"的表现。①

早在2005年7月27日,在"第六届茅盾文学奖·当代长篇小说创作

---

① 欧阳友权:《网络文学,离茅盾文学奖有多远?》,《光明日报》2011年9月26日。

研讨会"上,来自全国的长篇小说方面的著名作家、专家、学者等分别就目前的长篇小说创作、茅盾文学奖评选改革等问题提出了自己的看法,包括网络小说在内的长篇小说创作数量的激增成为了大家普遍关注的焦点之一。本届茅盾文学奖评委雷达提出,在这样一个"人人都能写长篇小说"的时代,"少年写手和网络力量,也应该引起茅盾文学奖的关注"。

2011年2月25日,中国作协官网公布了修订的《茅盾文学奖评奖条例》。与往届相比,新修订的评奖标准中出现了两条醒目的变化,一是"推行评奖实名制投票",二是"向持有互联网出版许可证的重点文学网站征集参评作品"。这是继2010年鲁迅文学奖向网络文学张开双臂后,我国最高荣誉的文学奖项再度向网络文学敞开大门。茅盾文学奖向网络文学征求作品是否是"明迎暗拒",引起了网民质疑,但还是让很多人看到了希望并为之欢欣鼓舞。同年6月15日,《中华读书报》载匡生元文章《"茅奖"的门槛是对网络文学的不公》指出,用传统文学的标准对待网络文学,显然是对网络文学的不公平。9月9日,第8届茅盾文学奖最终落下帷幕。此次评奖首次吸纳网络文学作品参与评选,除《从呼吸到呻吟》《遍地狼烟》《青果》在第一轮投票中冲进前81名外,其余均名落孙山,仅仅是在176部参评作品名录上露了一下脸而已。9月26日,欧阳友权在《光明日报》撰文《网络文学,离茅盾文学奖有多远?》指出,网络文学与传统文学在茅盾文学奖中同台竞技,从目前的情形看是难有胜算的。

进入21世纪以来,随着新媒体时代的到来,网络文学迅速崛起,势不可挡,成了文学界不可忽视的一股力量。网络文学凭借新媒体技术,对网络写手不设门槛,可自由书写而产出海量的作品,其数量远远超过了当代文学纸质作品半个世纪的总和。网络文学题材广泛,涵盖了玄幻、穿越、架空、修真、武侠、言情和职场等各个方面,符合普遍的社会阅读需求,受到众多年轻网友的热捧。它正以铺天盖地的姿势席卷而来,作品在线上获得了高点击率,线下通过传统媒体出版,也赢得了图书市场,博取了高昂的商业利益。网络文学迅速崛起的姿态,也让文学界又一次面临着新的撞击和挑战,中国文学的格局正在悄悄地改变。因此,以鲁迅文学奖和茅盾文学奖为首的官方文学大奖不得不正视这股新崛起的力量,放下高高在上的姿态,向网络文学敞开大门。事实上,主流文学借助高科技走进网络和手机是大势所趋,网络文学受到官方文学大奖的青睐,亦是时代发展的必然趋势。这对传统文学、网络文学的发展来说可谓是一种"双赢"策略。官方文学大奖主动开始向网络文学抛出"橄榄枝",这向大众释放了一个"善意"的信号,展示出一种包容的姿态面对网络文学,也显示出对网络文学的认可、重视,这可能博得网络文学广大读者的好感,赢得大众尤其是年轻文学爱好者的认可,从而更加关注传统文学,扩大自己的权威地盘。官方文学奖的适时关注、认可,是对网络文学作品质量的肯定。网络文学也能出精品,是精品总是会发光的。这鼓励,让泥沙俱下的网络作品重拾勇气克服短板,练好内功,提升价值。网络文学被纳入官方文学大奖的评奖范畴,对网络文学来说是一次咸鱼翻身的机遇,网络文学可以借此一改"野路子"文学的姿态而华丽转身为"文学新军"。

当然,也有研究者认为,鲁迅文学奖、茅盾文学奖等官方奖项纷纷关注网络文学,是一种典型的"明迎暗拒"的姿态。以茅盾文学奖评奖为例,依托于传统文学而制定的参评标准,虽适时修订,但也没有实质性变化,对网络文学而言仍然是"高门槛"。如新修订的《茅盾文学奖评奖条例》规定了网络小说长篇可以参评,但条件是网络文学必须落地出书才可以参评,这把多少网络文学作品挡在了奖项门口。事实上,"网络文学与传统文学在茅盾文学奖中同台竞技,从目前的情形看是难有胜算的。究其原因在于,从评奖性质上看,这两大文学奖项说到底还是属于'专家奖'的范围,其评选的机制和遴选标准都是基于文学传统和社会期待而设置的,是纯文学的'精英奖'"[①]。传统文学经过两千多年的成长,已经变得成熟稳重,端庄大气;相比而言,才走过 20 多年的网络文学正

---

① 欧阳友权:《网络文学,离茅盾文学奖有多远?》,《光明日报》2011 年 9 月 26 日。

处于儿童期,显得多么稚嫩。消费时代成长起来的网络文学,与生俱来的商业性质、游戏性质让它不可避免地关注市场、走向娱乐。自痞子蔡《第一次的亲密接触》触网后,网络小说的作品就如同流水线大量生产的产品,已经占据文坛大半个江山,其中不乏精品,但多数作品有明显的缺陷,如文学性的匮乏、作品价值格调不高等等。要克服这些短板,成为可与传统文学经典相媲美的经典之作不是一朝一夕就能完成的,网络文学需要成长的空间与时间。但是,一旦网络文学克服这些短板,"网络文学所赢得的就不仅是文学的身份或某一个奖项,还有文学的意义和读者的尊重"①。那网络文学又何必太在意是否获得官方文学大奖呢?

---

① 欧阳友权:《网络文学,离茅盾文学奖有多远?》,《光明日报》2011年9月26日。

六　研究类

72. 王周生发表《信息时代与文学》

　　王周生在《学术季刊》1995 年第 4 期发表了《信息时代与文学》的文章，这是我国学者最早涉及网络文学的论文。文章指出，多媒体的出现和全球信息网络的形成，文学作品只读光盘、电子期刊和个人电子日报的产生，为文学提供了比读物、广播、电影、电视更迅疾更大众化的传播形式。文学越趋多元，消费越趋加快，需要量就越趋增加。通俗文学如此，纯文学也不会例外。作家和文学研究工作者面临新的挑战。电子媒介与文学之间不应该存在不可调和的矛盾，作家们已经而且将越来越受到电子媒介的恩惠。不久的将来，不用计算机联网的科研，决不会是一流的科研，自然科学研究是如此，社会科学包括文学研究同样也是如此。实际上，现代意义的文学本身，是工业化的产物，信息时代必将产生属于它的文学。应该对两种文学——纯文学和俗文学都给以必要的关注和认真的研究；应该建立一支使用计算机的文学研究队伍，才能适应全球化的信息时代。

点评:

对网络文学的第一次瞭望

美国《只读光盘》杂志1994年10月号发表了雪莉·克鲁雅思撰写的论文,题目叫《伟大的希望》。作者对文学作品进入光盘的作用给予充分的肯定和大胆的设想。他预计,到20世纪末,"只读光盘"将会取代40%的图书。[①] 无独有偶,上海社会科学院文学研究所王周生在1995年发表的《信息时代与文学》一文堪为我国学者对网络文学的第一次瞭望,文章说,工业化时代向信息时代的伟大转折将在21世纪完成,这必将对文学产生不可估量的影响。就像唱机的发明,使贵族独享的古典音乐,得以卸下礼节、时装、社交的装饰,进入平民家庭一样,文学的经典著作在改编成电影电视之后也被广大的文化程度不高的百姓所享受。随着当今计算机技术的飞速发展,一个崭新的大众传播媒介形式——多媒体和计算机联网,正在影响文学。有理由相信,文学正面临新的挑战。[②]

1995年的时候,虽然北美华人留学生的汉语网络文学已经渐成气候,涌现出了最早的一批写手和网络原创作品,但中国大陆1994年才获准正式加入国际互联网,1994年5月才完成全部中国联网工作,当时网络在国内还远远没有普及,网络文学还只是一个概念。而早在那个时候,王周生的《信息时代与文学》就能够比较超前地对网络文学的到来做出合理的展望,很多论述在几年后都被一一验证,充分体现了作者极其敏锐的学术嗅觉和宏阔的学术视野。据了解,王周生曾任上海社会科学院文学研究所副研究员,20世纪90年代曾去美国陪读,让她较早地接触到了北美华人网络文学的创作状况及其前景。

现在,10多年过去了,我国网络文学创作已经从当时的概念走向了

[①] 转引自周冰玉:《发展中的美国电子出版物》,《中国出版》1995年第2期。
[②] 王周生:《信息时代与文学》,《上海社会科学院学术季刊》1995年第4期。

实际创作，占据了文学的大半壁江山，与传统文学形成抗衡之势；网络文学研究也蔚为大观，成为文学研究的一个热点。当我们回过头去检视那些早期的网络作品和关于网络文学研究的论文的时候，也许会觉得当时是多么的幼稚和简单，感慨时光流转之快，观念变迁之急。然而，无论如何，那一声最早的啼哭、那一抹最初的瞭望，已经载入了文学史和学术史，具有了不可忽视的史学价值。多媒体文学时代终将到来，未来的网络文学和网络文学理论如何发展，还有待后起者去进行更多的探索和创造。

73. 杜国清提交《网路诗学：21世纪汉诗展望》

1997年7月26日，在福建武夷山举行的"现代汉诗学术研讨会"上，美国加州大学的学者杜国清提交了名为《网路诗学：21世纪汉诗展望》的论文，这是最早涉及互联网中文诗歌的学术论文。在文中，杜国清非常有远见地提出："由于开始席卷全球的国际网路（Internet）势将改变人类未来的生活方式和思考方式，因而可能产生出一种新的国际网路诗学（Internet Poetics）。"接着，他从创作、构思、想象、意象、象征等方面探讨了网路诗学一些特殊性格和诗的效用。虽然杜国清对互联网中文诗歌形态的探讨处于笼统和粗疏的阶段，许多方面还显得陌生，更多方面还有待于深入了解和思考，但他这次探讨的起点要远远高于内地许多还处于社会学层面的关于"网络文学"的讨论，可以说这是一个新的课题和研究方向的开始。该文后来发表于《东南学术》1998年第3期。

点评:

网络诗学之发轫

所谓网络诗歌,是在网络上创作并通过网络发表、可以获得广泛传播与即时交流的网络原创性诗歌作品,具有自由性、平民化等特征。网络诗歌的诞生,与世纪之交的市场化、全球化浪潮有关,与价值多元的后现代文化语境有关,更与高速发展的网络信息技术有关。经过十余年的发展,网络诗歌俨然扭转了当代诗歌发展之颓势,逐渐成为当下诗歌的一种重要形态,从而受到越来越多研究者的关注。

华裔美籍学者杜国清的《网路诗学:二十一世纪汉诗展望》堪称汉语网络诗学的发轫之作。杜氏认为:"由于个人电脑的普及以及软件设计的不断开发,电脑与电脑之间已形成各种网络。由个人电脑连成地区电脑网(LAN),由地区电脑网再扩展到广域地区电脑网(WAN),整个世界已完全笼罩在电脑的天罗地网中","利用电脑掌握天下资料,再进而运思谋篇,将是今后诗人写诗的创造方式","二十一世纪的汉诗,将在国际网路上演出人间的千姿万态,以其不断变幻的图像,向世间芸芸众生昭示:诗存在于种种华丽庄严的形象中,而诸行无常,一切存在都像电脑网路上的影像,莫不瞬间随即幻灭"。[①] 尽管这位学者所预言的诗歌的"千姿万态"尚未真正出现,尽管对网络诗歌景观的性质评定和前途预测仍在进行之中,但从20世纪90年代后期开始,网络对诗歌写作的全面介入、网络上诗歌活动的迅猛发展,却是有目共睹的。正因为如此,有论者认为,"只有认清网络给中国新诗所带来的创作生机以及造成的困扰与局限,我们才能深入认识到新诗在新世纪所具有的发展优势和创作前景。"充满自由性、开放性、便捷性与可容性的网络世界,为诗人们敞开心扉、宣泄情绪创设了极为有利的技术环境。不少诗人在这里频繁出

---

① 杜国清:《网路诗学:二十一世纪汉诗展望》,《东南学术》1998年第3期。

入、发帖回帖，通过诗歌与人们进行心灵的沟通、情感的交流和生命的对话。①"他们的写作更多是基于一种生命力的驱使，一种自我实现的渴望，一种无法控制的率性而为。"②

互联网环境中的新世纪诗歌在创作、阅读与诗学意义上，都对20世纪中国新诗的美学规范进行了较大的冲击、改写甚至颠覆，因此，要想更准确地认识新世纪诗歌的庐山真面目，我们必须建构一种新型的诗学范式，这就是"网络诗学"。新建的网络诗学，要求我们对互联网语境下诗歌的艺术本质、表现形态、文本特征、传播方式、鉴赏策略以及诗与世界的意义关系等方面加以系统地研究和阐发，作出一些新的定位。目前看来，建构网络诗学可能将是新世纪诗歌研究中一个极为重要、意义非凡的理论课题。③值得高兴的是，自杜国清之后，有越来越多的学者投入到网络诗歌的研究中，笔者在中国学术期刊网上以"网络诗歌"为主题词进行搜索，自1999年至2013年5月间，就有235篇论文谈论网络诗歌，其中还不乏硕士和博士论文，这些论文围绕网络诗歌的发展、传播与接受、文本特征、语言特色、审美特征以及与传统诗歌的关系、与后现代文化的关系等诸方面进行了阐释，初步搭建了网络诗学的理论框架，为今后网络诗歌的创作和理论研究奠定了良好的基础。

74. 黄鸣奋出版《电脑艺术学》

1998年6月，黄鸣奋的《电脑艺术学》由学林出版社出版。作者认

---

① 张德明：《互联网语境中的新世纪诗歌》，《中南大学学报》2008年第1期。
② 吴思敬：《新媒体与当代诗歌创作》，《河南社会科学》2004年第1期。
③ 张德明：《互联网语境中的新世纪诗歌》，《中南大学学报》2008年第1期。

为，电脑改变了艺术作品的形态，冲击着似乎天经地义的艺术观念，在造就一批艺术新人的同时，动摇着传统艺术的根基。所有这一切，都呼唤着人们对电脑与艺术关系的关注，为新艺术和新的艺术理论催生。该书为新时代（知识经济时代、信息时代、智能时代）的艺术实践提供理论支持。

 点评：

数字媒体艺术理论的建构

黄鸣奋是我国最早从事数字媒体艺术理论研究的学者，他从20世纪90年代中叶起步至今，已在该领域发表论文过百篇，出版著作10余部。其研究大致经历了如下三个阶段：

其一，1996—2000年，计算机及网络技术在艺术领域应用的理论探索。1997年发表论文《电脑艺术学刍议》，1998年出版专著《电脑艺术学》（学林出版社），这部书是国内该领域第一部专著，它系统考察了计算机与艺术之间相互渗透的意义。此后，为了弄清数字媒体艺术的来龙去脉，又将研究范围扩大到电影、广播、电视、计算机网络等多种电子媒体与艺术的关系，出版了《电子艺术学》（科学出版社，1999）等成果。当时全国的同类研究甚少，学术界有许多人对数字媒体艺术不理解，甚至对其是否值得研究表示怀疑。

其二，2000—2005年，数码媒体艺术理论建构的推进。在这一阶段，数字媒体艺术理论研究逐渐获得学术界的认可。以此为背景，黄鸣奋主持完成国家社科基金项目《超文本之兴：信息科技与文学变革》（2000—2002）、《因特网与艺术发展》（2003—2005），教育部社科基金项目《网络媒体与艺术发展》，福建省社科基金项目《信息革命与我国文艺理论建设》（1998—2000）、社科基金重点项目《数码媒体与文艺学创新》（2003—2004）。他以传播学为参照系，系统分析了网络媒体的兴起对于传统艺术观念的冲击,出版了专著《比特挑战缪斯:网络与艺术》(厦门大学出版社,2000);考察超文本、超媒体技术的艺术价值及理论意义,出版了专著《超文本诗学》(厦门大学出版社,2001);考察虚拟环境中人及智能体活动的艺术特性,出版了专著《数码戏剧学》(厦门大学出版社,2003);从历史与逻辑相结合的角度阐述现阶段的网络艺术与19世纪以来包括电报艺术、传真艺术、电话艺术、慢扫描电视艺术等在内的电信艺术的联系,出版了专著《网络媒体与艺术发展》(厦门大学出版社,2004);对信息化过程中所出现的各种以计算机及网络为依托的新媒体艺术进行形态学分类,出版了专著《数码艺术学》(学林出版社,2004)。

其三,2005年至今,追踪世界学术前沿与关注本国艺术产业并重。在这一阶段,出版专著《互联网艺术》(文化艺术出版社,2006)。除一般意义上的理论探索外,还加强了与数码媒体艺术有关的产业研究,2008年出版了《互联网艺术产业》(学林出版社),将关注点扩展到经济领域,综合运用多学科理论,系统考察互联网对宏观意义上的艺术产业的运营、规范、管理、前景等问题。2009年出版了《新媒体与西方数码艺术理论》(学林出版社),2010年出版《新媒体与泛动画产业的文化思考》(厦门大学出版社),2011年出版了一套6卷本的《西方数码艺术理论史》(学林出版社)[①]。

电脑即使算不上人类有史以来最重要的发明,也是20世纪首屈一指的发明。它为影视增添了令人叹为观止的特技镜头,使诗文书画插上了多媒体的翅膀,给音乐艺术配上了绚丽多彩的图像……电脑改变了艺术作品的形态,冲击着似乎是天经地义的艺术观念,在造就一批批艺术新人的同时,动摇着传统艺术的根基……所有这一切,都呼唤着人们对电脑与艺术之间关系的关注。黄鸣奋在这一领域执着耕耘十余载,乐此不

---

① 参考百度百科"黄鸣奋"词条,http://baike.baidu.com/link?url=lCga_TVmiFN_6cJqoTduRfIdE0k4pO8Ixci5jSIHq5sZH2PtXztLRytw9TIPQkY3,2013年8月20日查询。

彼，锲而不舍。其研究呈现出以下几个特点：第一，起步早。当人们普遍对此领域尚不甚了解甚至还持有怀疑态度的时候，他就敏锐地嗅到了其中巨大的研究价值，毅然投身其中，笔耕不辍。而当人们热心于此的时候，他已然一骑绝尘，遥遥领先于同行，先发优势非常明显；第二，成果多。10年多的时间就出版了10余部著作，发表了百多篇论文，其成果不可谓不丰。第三，视野宽。从最早的电脑艺术学，到电子艺术学，再到数码媒体艺术理论，到今天的西方数码艺术理论以及艺术产业，其研究视野愈益拓展，已经远非网络文学或网络艺术所能概括。黄鸣奋几乎是以一己之力建构起了当下数码媒体艺术理论。当然，严格地说，黄鸣奋的研究也具有某些不足，比如偏重于技术层面，不是纯粹的文学研究；语言晦涩难懂，有些时候不知所云；著述大都篇幅较大，文辞冗长，等等，也常为人所诟病。但瑕不掩瑜，在我国数字艺术理论领域，黄鸣奋的贡献是有目共睹的。

75. 欧阳友权等出版《网络文学论纲》

2003年4月，欧阳友权等著的《网络文学论纲》由人民文学出版社出版。这是国内第一部从基本学理上系统研究网络文学的学术专著。全书从一个较高的学术层面上，对网络文学"元问题"作出了自己的诠释，实施了对网络文学基础理论问题研究的学术性原创。它在问题设定和原理建构上所作的拓新式努力，进一步拉开了网络文学研究这一新领域的学术帷幕，并将其推进到一个新的阶段。应该说，从文学基本理论的学理原点上研究网络文学，无论是对于人们正确认识和评价网络文学，还是对网络文学自身的健康发展，抑或是对网络文学理论的创造性建构，都是一件意义深远而又十分紧迫的事情。

 点评：

筚路蓝缕，以启山林

在网络文学发展初期，对于网络文学这一新鲜事物，赞扬者有之，斥责者有之，或捧之上天，或贬之入地，众说纷纭，莫衷一是。如何客观、辩证、科学、全面地对网络文学现象进行透视，将网络文学链接到理性反思和学理阐释上就显得很有必要。2003 年，欧阳友权等集体撰写的《网络文学论纲》无疑向我们展示了一个对网络文学进行学理研究的范例，为当时甚至此后较长一段时间内的网络文学研究提供了许多积极的启示。

启示一，网络文学研究应坚守文学视角。网络文学的问题，既是一个文学问题，同时更是一个技术问题，因为网络首先是一种信息传播技术，文学仅仅是其传播的一种内容而已。因此，在网络文学研究中从技术层面切入者也不乏其人。而欧阳友权的网络文学研究则始终坚守文学性的视角，将网络文学的兴起、发展以及对文学创作、传播、阅读等诸多方面带来的变化置于文学研究的范围内，关注这一文学新类的人文性、文学性和审美性层面。在他看来，"文学的发展离不开技术，但它的艺术命意是超越技术的"。因此，对网络文学的研究，必须是研究网络语境下的文学，而非文学视角下的网络技术。这一理念确保了欧阳友权的《网络文学论纲》及其后来的诸多网络文学成果是一种纯正的文艺学研究，有效地参与了数字化语境下的文艺学的建构。

启示二，网络文学研究应注重学理探究。今天，网络文学经过 20 余年的发展已经涌现出了不少堪称经典的作品，逐步丰富和充实了自己的审美蕴含。但在欧阳友权出版《网络文学论纲》的 2003 年前后，大陆网络文学尚处于草创期，由网络技术引发的各种文学现象只是初露端倪尚有待继续发展，许多"网"上作品还是非常稚嫩、粗糙、苍白与良莠不齐，因此，当时初起的网络文学研究大都是流于现象的描述，少有学理的探究，研究者也不知道该如何进入网络文学的学理研究。而《网络文学论纲》作为第一部系统研究网络文学的著作，就能够从一个较高的学术层面上，对网络文学的一些"元问题"作出自己的诠释，"在廓清互联网时代文学生态的基础上，深入考辨了网络文学的文化逻辑、人文内涵、意义模式、存在样态、主体视界、创作嬗变、接受范式和价值取向等问题。最后，还对网络文学的发展对策作了省思和前瞻"。这种具有原创性的学理研究，无疑很好地开启了日后网络文学研究的新型理论模式。

启示三，网络文学研究应切入文学现场。综观时下的网络文学研究就会发现，宏观研究较多，具体文本的分析偏少。很多研究者关注的焦点多是网络文学存在的合法性问题、网络文学的特征问题、网络文学创作的缺陷问题、网络文学与传统文学的异同问题等，而很少深入网络文学现场去阅读具体文本，关注媒介变迁。值得肯定的是，欧阳友权等在《网络文学论纲》的写作中就已经很注重切入网络文学的创作现场了，那时候网络文学鱼龙混杂，经典的作家和文本不多，但他在论述理论问题时能够自觉地结合当时已经成名的网络作家痞子蔡、宁财神、李寻欢、安妮宝贝、邢育森及其作品，使论述不至于空对空。欧阳友权从90年代末开始就坚持每天阅读网络小说，这种习惯使他能够时刻跟进网络文学创作，在自己的理论研究中始终与鲜活、丰富的网络文学实践贴合在一起。这对我们当下的一些网络文学研究来说应该是不无借鉴意义的。

要之，欧阳友权的《网络文学论纲》在网络文学研究史上的意义是不言而喻的，它不仅仅是开创了一种网络文学研究的全新范式，更是树立了一种网络文学研究的学理精神。

76. 我国第一套网络文学研究丛书出版

2004年5月，中南大学文学院网络文学研究团队出版了我国第一套网络文学研究丛书——"网络文学教授论丛"（1套5本），包括欧阳友权的《网络文学本体论》、聂庆璞的《网络叙事学》、蓝爱国、何学威的《网络文学的民间视野》、谭德晶的《网络文学批评论》和杨林的《网络文学禅意论》等，丛书由欧阳友权主编。

 点评：

携手的力量

凡从事网络文学研究的人都知道，中南大学文学院有一个网络文学研究团队，现有研究人员十余人，其中教授7人，副教授4人，讲师3人，拥有博士学位者12人。该基地自2002年组建成立以来，在负责人欧阳友权的带领下抱团作战，携手并进，已出版网络文学研究理论专著30部，获得相关国家社科基金课题7项，教育部规划课题6项，湖南省社科规划课题20余项，在《中国社会科学》《文学评论》《文艺研究》《文艺理论研究》《北京大学学报》等权威期刊发表网络文学研究论文200余篇，获文学界的全国最高奖——"鲁迅文学奖·优秀文学理论评论奖"1项，中国高校人文社会科学优秀成果三等奖3项，湖南省社科成果二等奖2项。在我国文学研究界开辟了一个全新的研究领域，并在这一领域创新了多个"第一"：第一个网络文学研究机构、第一个获得国家社科基金网络文学课题、第一个获得教育部网络文学规划项目、在互联网上创办了第一个汉语"网络文化批评"网站、第一个主办全国网络文学学术研讨会等，被学界誉为我国网络文学研究的重镇。

2004年5月，该团队出版的我国第一套网络文学研究丛书——"网络文学教授论丛"，是该研究团队的第一次亮相。丛书"通过对网络传播媒体与文学的相互关系的历史考察，阐释文化生态环境在具体演变过程中的逻辑关系，观照网络文化语境下的文学生态的依据，并进一步建构相应的理论体系"①，在学界引起了极大的反响。2007年12月，该团队又向学界奉献了"网络文学新视野丛书"（1套6本，包括杨雨的《网络诗歌论》，苏晓芳的《网络小说论》，李星辉的《网络文学语言论》，欧阳文风、王晓生的《博客文学论》，蓝爱国的《网络恶搞文化》，柏定国的《网络传播与文学》），这套"新视野丛书"的学术定位更为切近网络文学理论研究与教学实践的现实，选题标准具有更鲜明的学院派色彩，学科建构意识相当明确。在新兴学科研究方法的创新和学术范式的确立之间建立了一种新的平衡。其中关于"恶搞"与"博客"的论著，堪称"破冰"之作。② 2010年，该团队的"新媒体文学丛书"（6本）由中国社会科学出版社出版，包括欧阳文风的《短信文学论》、禹建湘的《网络文学产业论》、曾繁亭的《网络写手论》、苏晓芳的《网络与新世纪文学》、聂庆璞的《网络小说名篇解读》和欧阳友权的《数字媒介的文艺转型》，这是中南大学网络文学研究团队出版的第三套理论丛书，"以建设性的学术立场和基础学理的致思维度，从价值理性上探寻新媒体文学的人文审美的必要与可能，让平理若衡的学术之思切入现实感应的历史脉动，以避免把'人文中的科技'弄成'科技化的人文'"③。这几套丛书以及其他相关网络文学著作的出版，无疑进一步奠定了中南大学网络文学研究团队在该领域的全国领先地位。现在，该团队正在着手清理网络文学发展20年来的各种史料，已启动"网络文学信息数据库建设"国家社科基金重点项目，其中《网络文学辞典》已于2012年出版，《网络文学编年史》的编撰工作也已完成，第四套丛书"网络文学100丛书"也即将付梓（一套7本，包括欧阳友权的《网络文学评论100》，欧阳文风的《网络文学大事件100》，曾繁亭的《网络文学名篇100》，聂茂的《名作家博客

---

① 王岳川：《数字化时代的文学前沿探索——评"网络文学教授论丛"》，《云梦学刊》2005年第2期。

② 陈定家：《把网络文学推向学术前沿》，http://www.chinawriter.com.cn/bk/2008-05-06/31829.html，2013年8月10日查询。

③ 欧阳友权：《传媒推力与文学魂归》，《新媒体文学丛书》总序。

100》、禹建湘的《网络文学关键词100》、聂庆璞的《网络写手名家100》、纪海龙的《网络文学网站100》)。

从中南大学网络文学研究团队所取得的成果来看,学术研究还必须团队协同。俗话说,一根筷子容易断,十根筷子折不断。团队合作,携手并进,其利断金。放眼全国,近年来也涌现出不少从事网络文学研究的学者,而由于大部分都是孤军奋战,虽然也非常努力,成果亦不少,但其影响终究是有限的。

77. 首届全国短信文学研讨会举行

2005年10月13日,全国首届短信文学研讨会在海口E拇指文学艺术网拉开帷幕。此次研讨会汇集社会各界人士参与专题讨论,旨在多角度探讨短信文学、手机文化,为短信文学发展献计献策,增强大众对短信文学的认知,激发人们创作激情和提高创作水平,推动短信文学的平民化发展。两小时的虚拟会议中,共收到全国网友600多个帖子,在线浏览人次逾40万。另有两千多人在E拇指网申请注册手机文联会员。

 点评:

会诊短信文学

由中国移动通信有限公司、E拇指文学艺术网、《天涯》杂志社和海南在线"天涯社区"共同筹办的"首届全国短信文学研讨会"采取网上虚拟研讨和现场会议研讨相结合的方式,2005年10月13日、11月3日和11月23日举行,主办方相继邀请了著名学者周国平、作家吴亮、于坚和伊沙、评论家谢有顺和朱大可、网络作家慕容雪村和春树、网络明星以及历届短信文学大赛的获奖作者布衣和张绍民等与广大网友进行3次在线的互动交流，共同为短信文学的健康发展提供新的思路与对策。

2003年可以视为我国短信文学元年，主流文学界开始认可手机短信文学这种新形式。2004年，我国首部短信小说《城外》诞生；2004年6月，海南移动通信公司和《天涯》杂志、海南在线"天涯社区"联合举办首届全球通短信文学大赛；2005年1月，海南在线"天涯社区"发起第二届全球通短信文学大赛。随着两届全球通短信文学大赛的举办，短信文学不断引发了全国各家媒体和社会公众的讨论热潮。但是，各种形式的讨论存在议题单一、互动性弱的缺点，没有形成集中讨论的互动态势，无法十分有效地实现短信文学发展的总结和提升。因此，在短信文学发展方兴未艾之时，对短信文学的发展进行集中而深入的研讨，成为一种非常迫切的现实需求。首届全国短信文学研讨会顺应时势，借助网络和现场相结合的两个平台，汇集各方人士进行专题式的讨论，多角度地深入探讨短信文学，从很大程度上推动了短信文学的进一步发展。

短短十年，短信文学已经迅速成长为一种有别于传统文学与网络文学的新型文学样式，成为文学创作的一支生力军，成为文学领域一种不可忽视的文学力量。但是，从文学的审美本质来看，短信文学目前还存在着诸多必须解决的问题，诸如诗性的缺失、思想的浅薄、过度的商业化运作等，被人称为文学的快餐，因此，短信文学的未来该如何发展，如何才能更好地传承文学的精神品质，如何才能更好地展示汉语的美感和神韵，尚需更多的研究者与创作者来共同探索。此次研讨会汇集社会各界人士参与专题讨论，集思广益，集体会诊，多角度地探讨短信文学和手机文化，系统而理性地审视了短信文学发展的现状与价值，必将导引更多的文学爱好者了解、关心和热爱短信文学，从而引导短信文学创作者创作出更多更好的文学作品，推动短信文学在我国的蓬勃发展。

78. 首届网络原创作品出版研讨会召开

2007年1月12日，由中国出版科学研究所主办的首届"网络原创作品出版研讨会"在北京召开，这是全国研讨网络原创作品出版的第一次盛会。在这次研讨会上，参会代表从网络文学发展形势、网络原创作品产业前景、文学网站如何加强与出版机构交流合作等层面，探讨了我国网络原创作品产业的战略合作和发展之路。

 点评：

出版社主动求变

首届"网络原创作品出版研讨会"是全国研讨网络原创作品出版的第一次盛会，也是国内文学网站与传统出版机构在网络原创作品出版方面进行的第一次正式对接。研讨会由中国出版科学研究所主办，《出版参考》与幻剑书盟承办，数十家出版社和民营书业公司的代表、部分文学网站的编辑以及相关媒体记者悉数出席了此次盛会。与会代表从网络文学发展现状、网络原创作品出版情况与前景、文学网站和出版机构如何有效地进行结合等问题进行了深入的探讨。对网络原创作品出版的一些基本情况和趋势达成共识：一是网络原创作品出版持续增长，市场仍有很大的扩展空间。特别是以中青年为对象的娱乐性、武侠型小说，以青少年为读者群体的青春类网络原创图书等仍将是未来一段时期内的主流。二是出版机构对图书选稿日趋冷静，压缩同类书、跟风书，择优出版质量较高的网络原创图书，同时也将对网络原创图书出版采取"类型细分市场"策略。三是出版社和原创文学网站会有越来越多的合作,社站联手做包装、推广和销售将成为一种趋势。四是网络原创作品低俗倾向有所抬头,好的、适合出版的作品不多,绝大多数作品文学性太差。这些问题应该引起业界的注意。①

　　首届"网络原创作品出版研讨会"的召开,一方面反映了网络原创作品对大众生活的持续关注引起了大众的广泛兴趣。网络文化作为一种"生活方式"概念文化的典型代表,表现着某种新的生活、精神或行为方式。现阶段和今后一段时期内,这种方式将对越来越多的人产生深远的影响,并将形成一种持久的社会文化思潮。另一方面,反映了传统出版机构在寻求新变。网络文学在最初出现的时候,其接受大多局限在互联网上,传统出版社对网络文学作品存在一定的偏见,从而刻意回避。随着网络文学的进一步发展,产生了一系列优秀的文学作品,出于网络文学发展的现实压迫,传统出版社不得不关注网络文学。在深入了解网络文学的基础上,传统出版社意识到网络文学出版资源与市场价值的巨大潜力,纷纷介入优秀网络文学作品的出版。在传统图书的发行与销售竞争白热化的今天,谁最先成功地参与网络原创作品出版,将决定谁在竞争中脱颖而出。因此,越来越多的传统出版社力图与国内著名文学网站结成战略联盟伙伴,谋求更优质的网络原创作品。

　　首届"网络原创作品出版研讨会"的召开清晰地表征了网络文学与传统出版的对接必然会成为一种趋势,但网络文学与传统出版的结合将会对网络文学产生什么影响,这是目前网络文学发展应认真思考的问题。文学网站与出版机构的合作使得网络作者可以依托网络进入传统主流出版渠道。为了符合传统出版的需要,网络文学创作可能要认真思考以下几个问题:网络文学作品天马行空、狂放不羁的奇思异想是否会有所规范;网络写作是否也会经过预先规划、有明确的创作目标;与商业出版

---

① 张捷:《本刊与幻剑书盟联手举办首届网络原创作品出版研讨会》,《出版参考》2007年第3期。

的结合,网络文学那些曾经引以为自豪的革命性与挑战性将如何体现;伴随着规则的制约,网络文学还会不会一如既往地给这个时代的文化增加新颖的创造性元素。

79. 首届中国网络文学发展研讨峰会举行

2007年12月1日,"首届中国网络文学发展研讨峰会"在中国现代文学馆举行,中国作家协会副主席陈建功出席并讲话。为了推动网络文学健康发展,大会宣布成立了"中国网络文学促进委员会",拟在以下5个方面开展工作:出版发行《中国网络文学年鉴》;推动网络文学批评;组织网络文学评选;整合网络文学资源,加强网站与传统文学期刊的合作;保护网络文学工作者权益。峰会向网络文学界和社会发出了《倡议书》。

 点评:

网络文学"促进"会

"首届中国网络文学发展研讨峰会"是中国作协首度为网络文学举办的研讨峰会。本次峰会以"建立网络文学交流合作平台、研讨网络文学现实前瞻课题、创设网络文学自律维权机制、促进网络文学健康有序发展"为主旨,就中国网络文学现状及发展趋势、专业化文学网站商业化运作模式、传统文学与网络文学的互通互动以及行业自律、有序管理、权益维护等一系列问题展开了研讨,成立了"中国网络文学促进委员会"。

首届中国网络文学发展研讨峰会在北京中国现代文学馆举行,表征网络文学的发展不仅引起了大众的广泛关注,而且也引起了主流文学界的重视。通过此次研讨峰会的召开,文学界力图实现传统文学与网络文学的内在交流,从而为中国当代文学的发展开创一个崭新的局面。中国作家协会副主席陈建功在会上指出,所谓"结绳时代""甲骨时代""钟鼎时代",乃至"网络时代",已经成为人类不同文化时代的标志。网络文学,由于它广泛的群众性和鲜明的美学特征,成为网络文化冲击波中最为强劲的浪头。网络文学的冲击力表现在如下几点:第一,超强的传播能力;第二,无门槛的发表自由,充足丰沛的创作资源;第三,特有的作者和读者的互动性交流,大大增强了创作的民主性;第四,独具特色的语言;第五,网络将使知识产权保护面对新的难题。[①] 但此次峰会也重点讨论了网络文学发展过程中的问题,认为问题主要表现在:其一,文学性不足。很多作品与现实社会存在隔膜感;作品结构创新不足;人物性格过于模式化,从而在塑造人物时对人物的内心世界缺乏深入的分析与展示;文字表达不够精炼,注水过多等。其二,功利性的过份介入。利益的驱动导致网络文学创作过度依赖于点击率,从而在审美品质的锤炼上有所疏忽。与会代表说:"目前网络文学暴露出了很多问题,而是否能有效地解决这些问题,将决定网络文学是否能带来第三次高潮以及这第三次高潮将以什么样的形式出现。"[②] 当然,大家也认为,在解决问题的时候,我们应充分意识到网络文学与传统文学的不同特点,不能机械地照搬传统文学的评价标准,而应当在坚持文学审美本质的前提下,寻找和发现网络文学与传统文学的不同,形成新的适应网络文学自身特点的审美评价标准与体系。

知识产权的保护成为当前网络文学发展过程中亟需解决的问题。因此,此次峰会还集中探讨了网络文学创作者知识产权保护的对策。大家

[①] 陈建功:《网络文学之我见》,《人民日报海外版》2009年6月11日。

[②] 狄蕊红:《网络文学能否迎来第三次高潮》,《华商报》2007年12月5号。

普遍认为，网络文学的大多数作者在权益保护方面缺乏自觉意识，作者与传统出版机构也尚未形成良好的互动，吁请网络文学作者应具备良好的法律意识，全社会形成一种良性机制。中国版权协会理事长沈仁干认为，"在网上发表作品，与在出版社出书、在报纸上发表文章一样，都受国家版权法律保护，未经允许，不能随意转载，这是法律赋予的权利，要知道自己去保护这种权利。另一方面，作为创作者，也要自律。由于网上创作的影响远超过传统媒介，网络作者更要为社会提供优质健康的作品。"①

要之，首届中国网络文学发展研讨峰会的召开，使文学界能够正视与总结网络文学发展的现状，从而有效地推进与规范网络文学创作、增强网络文学发展的活力，切实维护网站、作者、读者合法权益，共同打击侵犯版权等合法权益的行为，为网络文学发展的新高潮奠定了坚实的基础，这是一次真正的富有成效的网络文学"促进"会议。

80.《网络文学评论》创刊发行

2011年10月，中国第一家权威的网络文学批评杂志《网络文学评论》创刊发行。该刊通过联合评论家、作家、学者、媒体和网络作者，针对国内、省内的网络文学和通俗文化的动态、热点进行多方位、多角度的艺术鉴赏和理论研讨。杂志同时推出印刷版和电子版，希望在文化品位和读者接纳度两方面取得较好平衡，争取成为文化产业发展和群众文化娱乐消费的一个新的风向标。

---

① 江筱湖：《首届中国网络文学发展研讨峰会召开》，《中国图书商报》2007年12月第6版。

 点评：

专业刊物的担当

2011年12月13日，"广东网络文学十年精品回顾"峰会暨广东网络文学院授牌和《网络文学评论》首发仪式在广州举行，广东省委常委、宣传部长林雄、中国作协党组成员、书记处书记陈崎嵘，各大网站负责人、编辑、文学评论家、网络作家、广东作协作家代表等近两百人与会。《网络文学评论》的出版标志着网络文学研究有了专门的专业刊物。

《网络文学评论》刊物的创刊，基于网络文学飞速发展的现状。据不完全统计，在短短10余年中，网络文学作品数量远远超越当代文学纸质作品60年的总和。互联网上拥有中文文学网站数千家，每年诞生20万余部小说，以每年20%的增长速度发展。"网络制造"的类型化小说占据了文学图书总量的近一半，占据畅销书榜的半数以上。另据中国互联网信息中心发布的第32次《中国互联网络发展状况统计报告》显示，截至2013年6月底，我国网民共有5.91亿，文学网民2.48亿，网民的网络文学使用率高达42.1%。全国文学网站签约作者超过100万，网络业余作者超过1000万。网络媒介在中国已成为最具影响力的新型文学载体，网络文学也已经成为当下一种最重要的文学样式。因此，有针对性地开展网络文学方面的批评和研究，特别是开辟一个专门的研究阵地，已经变得十分迫切。

作为第一个研究网络文学的专业刊物，《网络文学评论》应该具有舍我其谁的责任担当。首先，它应该成为一个网络文学的理论高地，广泛联合评论家、作家、学者、媒体和网络作者等各路人马，针对我国网络文学、网络文化发展中不断涌现的热点、重点、难点问题，进行多方位、多角度的理论研讨，贴近网络文学的创作实践，逐步推动网络文学批评的完善，特别是建构一种不同于传统文学的批评标准，从而逐渐建构起一套系统的网络文学批评理论。其次，它应该成为网络文学管理和指导的智力库。网络文学创作门槛低，谁都可以信手涂鸦；其创作体量大，内容五花八门；

网络侵权现象也日益严重,等等,这些都要求对网络文学进行合理有效的管理和引导,《网络文学评论》作为专业刊物,应该有意识地在这方面组织专家作出深入的思考,为促进中国网络文学健康繁荣发展,为保持中国特色社会主义思想文化对新兴大众文化的主动引导地位作贡献。

从目前该刊物所刊发的文章来看,既有对网络文学的整体思考,着眼于反思网络文学与传统文学的分野,也有对具体的网络文学类型进行全方位的美学审视与文化解读,力图从多方面探求与分析网络文学的成因、现状、弊病与出路等方面的问题。这些论文大多为该领域的名家撰写,具有较大的理论影响力。我们期待它准确定位,苦心经营,立足网络,办出特色,成为一个网络文学研究领域的品牌。

81. 中国作协首次举行网络文学作品研讨会

2012年6月28日,中国作家协会举行网络文学作品研讨会,研讨李晓敏的《遍地狼烟》、天下归元的《扶摇皇后》、酒徒的《隋乱》、阿越的《新宋》、杨鎏莹的《凝暮颜》5部网络文学作品。据悉,这是中国作家协会1949年7月13日成立以来第一次举行网络文学作品研讨会。

 点评:

孤独的写作期待春天

2012年6月28日,中国作家协会举行网络文学作品专题研讨会,这是该协会自1949年成立以来的第一次。中国作协党组成员、书记处书记陈崎嵘在会上表示,中国作协举办此次网络文学作品研讨会有三点初衷:

网络文学大事件100

一是网络文学异军突起,影响着越来越多的网络受众。若重视文学,必须重视网络文学;若关心文学的未来,必须关注网络文学的发展。二是网络文学作品良莠不齐,泥沙俱下,亟需大浪淘沙,亟需高人指点,逐步建立符合文学本质、具有网络文学特点的审美评价体系,促使其蓬勃发展,健康成长。三是通过研讨评论,推出一批优秀的网络文学作品、网络作家和网络文学评论家。

评论家梁鸿鹰、欧阳友权、陈福民、白烨、邵燕君、马季等出席了研讨会。他们认为,网络文学阅读方式灵活,借助庞大便利快捷的网络互动媒介,网络文学作者可以将文字的新鲜、灵活、平实、丰富发挥得淋漓尽致。此次参加研讨的5部网络文学作品可读性较强,在题材的把握上也比较到位,这充分说明作为"草根"语境下的网络文学是可以被"高端"读者接受的。与会评论家们同时指出了这5部网络文学作品的不足,主要存在与现实社会有隔膜感、塑造人物时对人物更深的内心世界挖掘不够、文字不够精炼、注水过多等问题。他们从各自的角度对网络写手的创作进行了点评,有鼓励,也有叮咛。北京大学中文系副教授邵燕君在肯定阿越(罗煜)创作带来温暖与光明的同时,希望他不要过度拘泥于求证具体的历史细节,因为这样的行为束缚了创作的手脚。她同时希望网络写手正确看待网络环境下作者与读者之间的关系。专家们在有限的时间里,不断地向年轻的网络写手传授着文学创作的基本规则。比如,中国网络文学联盟网总编辑吴长青指出,文学是面对众人的,不是自己独自欣赏的,自我创作和社会现实需要有效对接。中国作家网副主编马季亦告诫,人物性格的发展与变化要有一定的合理性,要有足够的铺垫。深圳市作家协会副主席兼秘书长于爱成说,人物塑造不能简单化,像机器人一样,这使读者容易成为旁观者,缺乏撼动人心的力量。

网络写手们对这次研讨会也寄予厚望。阿越(罗煜)说:"一种茫然的感觉,无法形容,这个时刻,正是需要倾听的时候。外界的看法,尤其是来自专业人士的批评,应该是我最需要的。"天下归元(卢菁)说,相对于传统作家而言,网络写手要面临很多困扰,诸如同步盗版、隐性侵权、分成平台不透明、付出与收入不成比例等,所以,对于这样的研讨会,与会的网络写手十分珍惜。尽管当时正是夏季,但在菜刀姓李(李晓敏)看来,召开这次研讨会意味着网络文学也有春天,"而且春天就要到来了"。中文在线互联网总监刘英是酒徒(蒙虎)创作《隋乱》时的网络编辑。他发现网站的需求跟作者的需求是不统一的,网站要求作家用熟悉的技法进行创作,但是作者希望有创作上的扬弃与突破。这之间的博弈使得网络写手承受了不小的压力,所以他们大多内心孤独,缺少在一起面对面交流创作经验的机会。因此,他们其实特别渴望有专业人士介入他们的作品,有人理解他们,认同他们,让他们感觉不是一个人在战斗。

82. 中国网络文学研究会成立

2013 年 7 月 26 日,由中南大学文学院牵头筹备两年之久的中国网络文学研究会在拉萨成立。该研究会是挂靠在国家一级学会——中国文艺理论学会下面的一个二级分会,是我国第一个专门从事网络文学研究的国家级学术组织。中南大学文学院院长、著名网络文学研究专家欧阳友权教授当选研究会首任会长。会上,欧阳友权教授称中国的网络文学创作已是风生水起,但网络文学的理论批评仍显薄弱和沉寂,因而网络文学研究亟需"理论突围"。

 点评:

扛起网络文学研究的大旗

近年来,网络文学发展迅速,极大地改变了当代文学创作的整体格局。据中国互联网络信息统计中心公布的最新数据,在我国 5.91 亿网民中,文学网民达 2.48 亿,网民的网络文学使用率为 42.1%。其中,有超过 2000 万人上网写作,网站注册写手近 200 万人,通过文学网站和各类数码接收终端阅读文学作品的人数日均超过 10 亿人次。可以说,"网络文学爆棚"现象,改变了文学的存在方式,也改写了中国文学的总体面貌和发展格局。在这种的背景下,网络文学评论和理论研究就显得十分重要和紧迫。中南大学文学院建立了目前我国高校最重要的一支专门从事网络文学研究的学术团队,在该领域的研究走在全国前列。其牵头成立中国网络文学研究会,对于整合全国网络文学研究资源,推进对网络文学的认识、探讨和引导具有积极意义。

自 1998 年起,中南大学文学院就组建了网络文学研究团队,率先在国内开展对网络文学与文化的研究。10 多年来,该团队坚持"以特色创品牌"的发展思路,把网络文学研究作为新的学术增长点,第一个在全国创办了省级网络文学研究基地,建立了"网络文化批评"网站,先后在这一领域获得了 7 项国家社科基金项目和 20 多项省部级科研课题,主编网络文学研究丛书 4 套,出版《网络文学论纲》等近 30 部学术专著,在《中国社会科学》《文学评论》等权威学术期刊和中文核心期刊发表网络文学系列论文 200 多篇,3 次获全国文科最高奖——教育部高校人文社会科学优秀成果奖,欧阳友权教授的《数字化语境中的文艺学》获第四届鲁迅文学奖。

中南大学文学院网络文学研究团队不但自身潜心网络文学研究,而且还积极组织网络文学研究同仁参与相关学术活动,2004 年至今,先后在长沙、凤凰、拉萨等地举办全国性的网络文学研究会议 3 次,参会人数达到 400 多人次,其中 2004 年 6 月 14 日—17 日举办的"网络文学与数字文化"全国学术研讨会被学界认为是"汉语网络文学首次遭遇学院派",此外,还坚持每年举办一次湖南省内的网络文学研究专题研讨会。2012 年 6 月 26 日,还牵头成立了湖南省网络文学研究会,开始有组织性地开展网络文学研究。

正如欧阳友权教授所说，现在我国的网络文学创作已是风生水起，但网络文学的理论批评仍显薄弱和沉寂，因而网络文学研究亟需"理论突围"。一个可喜的现象是，近年来，网络文学研究逐渐成为一个热门话题，不少学者从传统文学研究转向网络文学研究，很多研究生也以网络文学作为选题和研究方向，目前全国从事网络文学研究的学者应该是数以千计，已经成为一个相对独立的研究群体。但由于一直没有成立一个相关的学术组织，因此，研究者们各自为阵，缺乏交流的平台和机会，研究力量分散，出现了很多不必要的低水平重复。正是基于这一研究现状，中南大学文学院网络文学研究团队在2012年成立了湖南省网络文学研究会的基础上，于2013年7月又筹划成立了中国网络文学研究会，旨在扛起网络文学研究这面大旗，团结和整合全国的网络文学研究者，抱团取暖，集体发力，共同实现网络文学研究的"理论突围"，其意义和价值不可低估。

当然，也必须指出的是，成立一个学术组织并不难，难的是以后如何有效地组织开展相关学术活动。鉴于中南大学文学院在网络文学研究方面所取得的成就，我们有理由对中国网络文学研究会寄予厚望。

七　论争类

83. 李敬泽等质疑网络文学

2000年4月20日,《文学报》载李敬泽《"网络文学":要点和疑问》、李洁非《Free与网络写作》文章。李敬泽对网络文学是否存在提出了质疑:"文学产生于心灵,而不是产生于网络,我们现在面对的特殊问题不过是:网络在一种惊人的自我陶醉的幻觉中被当作了心灵的内容和形式,所以才有了那个'网络文学'。"李洁非说:"我强烈主张撇开'文学'一词来谈网络写作。网络写作根本不是为了'文学'的目的而生的。"白烨认为,由于网上作品的随意性、个人性,未经审读而良莠不齐,称其为"文学"似乎不妥,只能称为网络写作。

点评:

莫急,先等等

1969年互联网诞生,至今算来世界网络媒体发展也不过40多年。中国在1994年加入国际互联网公约,1997年以后汉语网络文学才得以在我国进入公共视阈,至今尚不足 20 年时间。时至今天,我们可以说,网络文学已经走过了无人问津的草创期,也度过了备受指责的落魄期,已经发展成为一支不可小觑的文学新军——网络作品数量激增,众多文学网站访问量屡创新高,一大批网络作品和写手受到追捧,一拨拨点击率高的作品被遴选下载出版,登上了畅销书排行榜……网络文学,这个一度连"正名"都困难的"野路子"文学,已经实实在在地走进了社会的文化视野,步入了时代文学的殿堂。①

然而,就在以互联网为标志的数字媒介大规模挺进文坛,加速文学转型,推动网络文学快速发展的同时,我们看到数字媒介与文学的这一"联姻"带给文学的不是文学品质的改善和提升,而更多的仅仅是写作数量的急剧膨胀。网络作品良莠不齐,存在"文学性"匮乏、"艺术性"消解等弊病,已成为人们对网络文学信心不足乃至诟病不断的主要原因。快意书写、批量生产和自由发表在"壮大"网络文学数量和规模的同时,为其"注水"留下了巨大的隐患,网络文学创作的近乎游戏般的随意性和全民参与性被人们形象地冠之以"心情留言板"。据此,在网络文学尚处于草创期的 2000 年,李敬泽等人对网络文学是否存在提出的质疑,我们也就不能一概予以指责了。他们不承认网络文学的存在,而主张撇开"文学"一词仅谈网络写作,认为称其为"文学"似乎不妥。对于这一观点的提出,我们认为在当时是具有一定现实合理性的,既较为准确地描述了网络文学在早期的发展状况,也很好地标示了传统文学研究者对精英文学的坚守和捍卫。当然,现在回过头去看,其中显然也存在着言论过激的毛病。因为若立足整体,从全局眼光出发,我们即使在当时也不难看出新世纪数字媒介的出现为文学艺术乃至整个社会文化所带来的重大历史性转型,网络文学以蓬勃的生命力和创作活力努力挑战传统,更新观念,并积极地提升自己的品位,还是涌现出了不少优秀的作品,如果说其完全是一种非文学是不妥的。

---

① 欧阳友权:《网络文学:前行路上三道坎》,《新华文摘》2009 年第 14 期。

网络文学大事件100

2000年4月26日,湖北网络写手元辰在一次"网络文学讨论会"上所提出的《对武汉四家联办网络文学研讨会的八点建议》①,我认为对我们评价网络文学是具有一定参考价值的。参照这一《建议》,我们也不妨阐明以下几点:(1)有接触、有经历、有认识、有真感,才有"话语权"。阅读或是参与创作过网络作品,才拥有评论它最基本的资格,不要置身于网外自以为是地空谈网络文学的规范。(2)进入新世纪,社会主义市场经济体制初步建立并得到逐步完善。市场经济背景下,文学的创作与发展离不开市场,媒体的市场化运作要求它运用市场价值规律的经济杠杆去追求利润的最大化。不论是作家还是出版商,都离不开网络,更不能没有市场。"文学与市场"如何兼得是一个传统媒体一直没能解决、网络媒体一直都在探索的问题。②(3)网络文学具有包容性,它"不拘一格",鼓励创新,追求兼容并蓄促繁荣。网络文学还具有开放性,它求同存异,不歧视不排斥,以平等开放的态度接受批评和指导。在这里,没有俯视,没有优劣、高低、贵贱和区别对待。(4)网络文学还是文学的新生形态,仍处于不断的发展与完善中,我们不必拿传统文学的那些标准来衡量它,那样只会降低了你自己的水平。而且,由传播媒介引发

---

① 具体内容如下:一,希望评论网络文学者有三个月以上阅读网络作品与参与创作讨论的经历,这是最基本的资格;二,认清网络文学站点将是传统出版刊物稿件采集批发市场的性质,作家、出版商不上网,将会失去市场;三,不要像张抗抗等对网络作品提出应属另类的要求,可以是另类,也可以是常类,可以与传统写作相同,也可以不同。网络文学创作应该是万千气象,众星捧月;四,不要企图用网外的经验规范网内的活动,应该如何规范,参与进来才有发言权。任何摘桃子和强行规范的做法都不利于网络文学的发展;五,不要企图把游乐者、一般读者、业余爱好者赶出网外,网络的优势就像大栅栏,大部分是和的,一部分是骨干,极少数是精英,且谁也不能离开;六,作家、出版商、图书经营商、读者应以平等心态进入文学网络,先交朋友,再用自己的真才实学和真诚引导网络文学发展。网络文学需要真诚的朋友,不需要太上皇。七,网络文学成熟的希望在网络中成长着的下一代,现在就指望网络文学与传统文学界抗衡或用能否抗衡的标准衡量网络文学是幼稚可笑的。八,网络文学是文学创作、阅读、评论、传播整体方式的转变,不是在文学之外生长一个与传统文学抢饭碗的兄弟。只有至死不肯投入的人才会被淘汰,就如只有不肯用纸印书才会被出版社淘汰一样。

② 欧阳友权:《网络文学:前行路上三道坎》,《新华文摘》2009年第14期。

256

的文学新生与守成的博弈中没有孰优孰劣,网络文学与传统文学的关系从来不是"互抢饭碗",而应该是共存互补求发展的。

84. 欧阳友权《网络文学:技术乎? 艺术乎?》引发论争

2003年2月19日,欧阳友权在《中华读书报》发表《网络文学:技术乎?艺术乎?》一文,认为"网络文学作为网络时代的文学,技术的因素比历史上任何一种文学都要多,因而不仅容易出现'只见网络没有文学'的现象,而且还容易导致文学的'非艺术化'和'非审美性'",引起学术界的激烈争论。4月22日的《中华读书报》发表了张辉的商榷文章《网络文学不是游戏文学》,对欧阳友权的观点提出质疑,5月21的《中华读书报》发表了何志钧的文章《网络文学:无法忽略的"物质基因"》,反驳了张辉文章的观点。随之,6月18日的《中华读书报》发表了欧阳友权的回应文章《哪里才是网络文学的"软肋"?》,进一步阐发自己对网络文学局限性的看法。这次争论的内容被《人民日报》海外版、人大报刊复印资料、《2003年中国文情报告》《观点——2003年文学》等报刊和文集转载介绍或评论,引起学术界的广泛关注。此后,许多博士研究生和硕士研究生纷纷以网络文学理论研究为学位论文选题,网络文学的评论理论研究迅速成长为一门显学。

 点评:

中性地看待网络文学

欧阳友权在《网络文学:技术乎?艺术乎?》中指出,网络文学"一是以游戏动机替代审美动机,二是以技术智慧替代艺术规律,三是以工具理性代替价值理性"。它以"技术的艺术性"打造"艺术的技术化",最终导致"网络文化快餐"的"非艺术化"和"非审美性"。不想,这篇文章却引发了一场声势、影响颇大的关于网络文学批评的论争。先是张辉撰文《网络文学不是游戏文学》,对其观点提出质疑和批判,认为欧文"是对网络文学的恶意攻击、'四面追杀'而非善意批评","带着根深蒂固的'根正苗红'的有色眼镜看待网络文学","并不秉着实事求是的精神作研究",还对该文是国家社会科学基金项目研究成果之一表示"很感惊讶",直指其"误人视听"。紧接着,何志钧撰文《网络文学:无法忽略的"物质基因"》驳斥张辉的文章,认为"网络文学中到处是包装了的欲望、畅销着的自私、批量化的虚荣、自觉或不自觉的作秀"。时隔4个月后,欧阳友权于《中华读书报》发表了他的回应文章《哪里才是网络文学的"软肋"?》,针对张文中所驳斥的诸多似是而非的"高谈阔论"予以回应,并就如何评价时下的网络文学,探寻哪里才是网络文学的"软肋"等问题与之展开讨论。

这次争论的内容被《人民日报》海外版等报刊和文集转载介绍或评论,在学术界引起了广泛的关注,有力地推动了网络文学理论研究的发展,意义重大。一场争论,将人们的眼球再次吸引过来,使广大网民参与到网络文学的批评中来。从这场论争中,我们认识到,对于日益勃兴的网络文学,特别是在网络文学发展初期,虽然不能过于否认其对于文学发展所带来的巨大影响,也不能否定网络文学在创作方面所取得的诸多成就,产生了不少优秀作品;但从其长远发展的角度来看,我们也必须对其存在的问题和弊端有一个比较清醒的认识。眼下数量庞大的网络作品从总体上看,其质量和水准确实与传统文学相比仍存在着极大的落差,写作的过分随意、发表的高度自由促成了网络作品的批量化生产,加之市场商业因素,进一步诱发网络作品文学性和艺术性的消解。美国作家杰克·明戈为网上作品划了一个比例:"80%的网络上的写作都是令人讨厌的,10%由于其思想偏执而令人发狂,而只有10%是精彩而有趣的,值得令人拼命地想看完它余下部分。"网络写手慕容雪村也曾经直接用"进步巨大、毛病太多"来概括网络创作,而"十年写作越写越水"也成为 2008 年"网络文学十年盘点"中许多人使用的关键词之一。于此,我们再读到张文中"'文以载道'的大旗就在传统文学在当代缺位的情况下,被网络文学接去了"一句时,不免感到论者在评论网络文学时过于乐观,严格地说,甚至存在认识偏颇之嫌。网络文学的发展,需要批评者具有一种中性的心态,既欣喜地看到它的进步意义,同时也清醒地把握到其存在的问题和可提升的空间。

85. 慕容雪村预言"文学死亡指日可待"

2005 年 11 月 12 日,针对"传统写作和网络写作,谁能走得更长久?",慕容雪村这样预言,"我认为文学死亡是指日可待的"。慕容雪村的观点,遭到导演王超、作家北村等人的激烈反驳。北村认为,慕容雪村的这种说法会使所有对文学仍然存有理想的人因绝望而窒息,"他的观点实在偏激,只要人类存在,文学就不会消亡。对于一个真正的作家来讲,他不会因为谁阅读他的作品而写作,更不会因为被后人惦记才创作。用文学的力量引导人们的无知和偏见,正是作家的责任。"导演王超指出,慕容雪村一方面宣告文学必将走向死亡而且正在走向死亡,一边又积极地进行文学创作,这是令人很难理解的。

 点评:

相对死亡

2005 年 11 月,由北京铁血科技有限公司主办,修正文库、凤凰网和新浪读书频道等协办的"传统写作和网络写作,谁会走得更长远"作家座谈会在北京举行,传统作家北村、诗人宋琳、评论家朱大可、导演王超与网络写手慕容雪村、张轶、卜小龙等人就这一话题进行了探讨和对话。其中,网络写手慕容雪村关于"文学死亡是指日可待的"的预言成为争议的焦点。传统作家北村、导演王超等人纷纷予以回应反驳,甚至对其言行加以指责,称其观点过于偏激,毁灭了很多人对文学的创作热情和美好期盼。

初听慕容雪村的预言,确实给人一种"危言耸听""哗众取宠"的嫌疑,我们也会像北村等人一样认为他言论偏激、夸张。但是,如果我们换一个立场,站在一个更高的层面上,从媒介演变的视角审视之,就不难发现他的这一预言似乎也有几分道理。我们知道,自从1994年中国加入国际互联网公约以来,以互联网为标志的数字媒介大规模挺进中国文坛,加速了文学的转型,刺激了文学的变迁,实现了数字媒介与文学的"联姻"。正是因为数字媒介的冲击,"整个传统文艺所赖以安身立命的根基正在被掏空"——当传统的物质媒介被数字媒介取代以后,由社会分工决定了身份的文艺家将不再是真正意义上的艺术主体,取而代之的将是超越日常身份而相互交往的网民;文学手段将不再是千百年来置身于木牍、竹简、布帛、纸张等相互分割的硬载体的"文本",而是网络上彼此融通、声情并茂、随缘演化的超媒体;文学生成的主要方式将不再是目标明确的有意想象,而是随机性和计划性相结合的恣意书写;文学所奉献的对象将不再是静观与谛听的读者或听众,而是积极参与、恣心漫游的用户;文学内容的来源,将不再是独立于文学活动并先于文学活动而存在的所谓"客观生活",而是和创作内容融为一体、主客观不可分割的"数字化生存";创作环境的构成要素将不仅仅是人和自然,或者人性化的虚拟空间,而且包括智能生物、高级机器人等由高科技创造的新型生物。① 等等。网络给文学带来了这一系列深层次的变化,无不在昭示着

---

① 欧阳友权:《数字媒介与新世纪中国文学转型》,《中国社会科学学术前沿(2006—2007)》,高翔编,社会科学文献出版社2007年版。

一个与以往传统文学大相径庭的、经历了转型变迁后的新世纪中国文学的诞生。面对这一情形，我们是否可以从某种程度上说，原有的文学在网络媒介时代事实上行将死亡呢？我们认为，慕容雪村提出文学死亡指日可待的预言，可能正是从这个意义上来立论的。也就是说，传统文学的很多东西随着网络媒介的兴起确实已经或正在走向死亡。正如中国作协副主席何建明所言："目前网络文学正在对传统文学产生颠覆性影响，网络文学的出现必然带来文学新的革命。"在这种革命过程中，一个文学新时代似乎呼之欲出。

不过，我们也要指出的是，从网络文学与传统文学的渊源和当下的发展来看，两者却并不是一种你死我活的关系。网络文学本就是新媒介语境下在传统文学主干上生长出的一根新枝，信息化时代信息传播的多元需求也使得传统文学必须借助于网络传播，二者是一种相互依存、和平共生的关系，其界限并没有我们想象的那么沟壑纵横。不是吗，作为网络作家，慕容雪村的作品《伊甸樱桃》并不以在线写作取胜，而作为传统作家的北村，其作品《愤怒》等也同样在网上连载。既然传统文学与网络文学之间并不是"仇深似海"，那么慕容雪村关于文学死亡的预言又注定是不成立的。只要人类永在，文学就与人类同在。

86. 韩白论战

2006年2月24日，白烨在博客上发表的《80后的现状与未来》评论引起了以韩寒为代表的"80后"的强烈反应。3月2日，韩寒回应《文坛是个屁，谁都别装逼》的千字短文，拉开了其与白烨的论战。随后，白烨在其博客上发表了《我的声明——回应韩寒》一文，表达自己的不满。而韩寒也立即发表了《有些人，话糙理不糙；有些人，话不糙人糙》

和《辞旧迎新》迎战白烨。两人的论战引起了广大学者与粉丝的关注和讨论,论战愈演愈烈。历时1月之后,以多位当事人关闭博客走向尾声。

以文学的名义伤害文学

2006年,网络上最热闹的事件恐怕要数"韩白论战"了。争论双方都是当今文坛颇有影响的人物:一方是"80后"中的明星作家韩寒,一方是著名文学批评家白烨。论战起因是白烨写了一篇《80后的现状与未来》的评论,后搁入白烨建于新浪网的名人博客。白烨的文章认为,"80后"作家充其量只能算是"文学票友",尚未进入文坛,因为他们很少在文学期刊上亮相。该文一出,立即引起"80后"作家韩寒的强烈反应,他在自己的博客中写了一篇题为《文坛是个屁,谁都别装逼》的文章,对当前文坛及文学期刊的弊病进行了猛烈抨击。该文被多家网站转载后,受到众多网民的关注。白烨因受不了大量韩寒粉丝在他的博客上对他进行的攻击而关闭了自己的博客。随后,解玺璋、陆天明、陆川、高晓松等名人纷纷参战,论争升级,火药味越来越浓,甚至扬言要对簿公堂。这场论战最后是以双方的和解而告终,使得原本具有学术争鸣意义的事件以极具观赏娱乐性而淡出人们的视线。

需要指出的是,这本是一场关于文学、文坛、文学期刊的正常的学术争鸣,争战之初,双方都提出了一些颇为独到的见解。遗憾的是,由于韩寒少年气盛,言辞过激,且使用了不少污言秽语,使得后续的争论偏离了原先学术争鸣的方向,而把焦点集中在韩寒是否使用污言秽语对白烨进行人身攻击上。这场论战反映出80后一代新兴的作家和父辈批评家之间迥异的思维方式,表现出无意对传统文学责任的担当,以及对于意义的消解和文学游戏性的追求。

让我们再来玩味一下这件事情。其中涉及的不同文学观念的交锋、

七 论争类

网络暴力的泛滥以及网络媒体的助推作用是这件事产生、升级、决战和收尾的关键因素。细心观察,我们就可以发现,大量网民的加入和选边站队让这个事件发生了本质上的变化。我们知道,现在的网络因其匿名性和极度的自由,是一个网民狂欢的场所,平时百无聊赖的网民,正好借着好不容易逮住的网络热门事件集体狂欢,恶搞当事者,呈现出娱乐化的倾向。在这场论争中,白烨一方因都是显赫的文化名人,明显处于强势地位,韩寒一方的大量"韩粉"不满于一直以来的发言空间的挤压,正好借机嘲笑和颠覆主流与权威。当前我国社会正处于转型期,各种文化在融会贯通中难免出现碰撞摩擦,居民生活条件虽然进步,但是生活压力仍然不可小觑,人的一些欲望在主流文化中处于被压制的状态,导致相当一部分网民对于网络虚拟世界有逃避现实、追求娱乐放松的心理诉求,正是这种诉求,使得他们的价值观符合后现代的颠覆主流、消灭等级的流行趋势。正因为如此,使得看似单枪匹马的韩寒反而成了后援强劲的一方。韩粉的加入,使韩白之争成了传统文化与流行文化的对阵。韩寒们的气势汹汹、锐不可挡,与白烨的无奈退守,甚至关闭博客,恰恰显示了两代人的文化价值与行为方式存在莫大的差异。正如陈村所指出的:"这场讨论里,年长者习惯平面印刷的三审,在那里他们的话语权较大。而在网络这个刚发育的战场上,他们是必输的。"① 这次事件尽管有不那么光彩的一面,但它可以折射网络世界平等、自由、资源共享的三大精神。在博客这个网络构筑的新型舆论空间里,没有传统媒体那样人为设置的很高的门槛限制,每一个人都可以上来表达自己的意见,每个人都拥有平等的话语权。韩寒不满文坛前辈大包大揽时日已久了,因而可以在博客中和主流的权威分庭抗礼。但是,表达权是一回事,表达的方式与内容又是另一回事。我们遗憾地看到,在这里平等与自由并没有带来宽容与民主,从韩寒"粉丝"一方的谩骂方式来看,我们感受到

---

① 孙丽萍、陈好:《"博客大战"何时休——网络世界的文化忧思》,http://news.xinhuanet.com/it/2006-04/21/content_4455622.htm,2013 年 9 月 26 日查询。

的是一次借助网络表现出来的集体"暴政"。暴力带来的只能是暴力，陆川与高晓松的反击方式就是证明，白烨的退出，也可以看作是一种对于粗暴方式的反抗。这是为滥用自由权利付出的代价，最终将损害网络世界的平等与自由。文化发展需要健康的人文生态。而这种生态中的一个重要因素就是要创造平等健康的讨论和争鸣环境。不受节制、不讲逻辑的言语暴力，最终导致的是网络世界的非理性与无序，这实际也将损害正成为公共传播平台的网络论坛与博客的形象，也最终会丧失平民和草根来之不易的话语权。从历史的长河看，此番骂仗不过是韩寒们争夺话语权的一次尝试，并不是《新周刊》预言的，韩寒能获得10年的话语权影响。

　　我们认为，这样一场因文学而起的争论，到头来不过是以文学的名义伤害文学罢了。然而，在硝烟散尽之后，如果我们能进行深刻而冷静的思考，或许能得到一些关于文学的启示。诚如此，则这场热闹也不至于毫无意义了。

87. 陶东风发表《中国文学已经进入装神弄鬼时代？》

　　2006年6月18日，陶东风在博客上发表了《中国文学已经进入装神弄鬼时代？》，直指当下走红的玄幻类文学，引起了一次火药味十足的文坛论争。文章说：装神弄鬼作为一种掩盖艺术才华之枯竭的雕虫小技，只有在想象力严重贫乏或受到严重控制的情况下才会大量出现。可以说，装神弄鬼已经成为当今中国文艺界的一个怪象，不独玄幻文学是如此。它所表征的恰恰是我们这个时代艺术想象力的极度贫乏和受挫。文中还对玄幻文学作品中的价值观体系进行了批评，认为80后玄幻写手本人价值观的混乱，导致了作品缺乏人文精神。

陶东风的批评很快招致反批评，其中张柠的声音格外引人注意。张柠在其博客中撰文认为，当代文学批评的矛头应该指向商品生产背后的资本运作的秘密。无论是"80后文学""青春小说"，还是"玄幻""奇幻""武打"等等，都不是单纯的文学问题，而是文学商品生产领域里的事情。今天在年轻人中流行的那些读物，首先应该当做商品市场中的生产、消费、流通问题，不应该把它们当做封闭的美学整体来分析，并试图从中发现思想深度、人文精神等价值问题。

萧鼎则在自己博客上做出题为《究竟是谁在装神弄鬼？——回陶东风教授》的回应。萧鼎说，不过是三部玄幻作品和几部影视作品，就根据这个得出中国文学进入了装神弄鬼时代的结论，逻辑上成问题。

在萧鼎做出回应的当晚，陶东风再次在博客上贴出了《中国文学已进入装神弄鬼时代》的修订版。在修订版中，陶东风依然坚持自己的观点，并且认为，"80后"感受世界非常突出的特点是网络游戏化，是道德价值混乱、政治热情冷漠、公共关怀缺失的一代。所以可以把神出鬼没的魔幻世界描写得场面宏大、色彩绚烂，但最终呈现出来的却是一个缺血苍白的技术世界。

 点评：

我们需要纯批评

继"韩白论战"后，网络上又掀起一场关于网络文学的争论。"陶萧之争"起于陶东风在博客上发出"中国文学已经进入装神弄鬼时代？"的质疑论断，他以2005年度"新浪网"评选出的"最佳玄幻文学"的前三名《诛仙》《小兵传奇》《坏蛋是怎么炼成的》为例谈出自己的看法，称玄幻文学完全颠倒了自然界和社会世界的规范。2006年6月20日，在陶东风将《中国文学已经进入装神弄鬼时代？》这篇文章贴到博客上两天后，《诛仙》的作者萧鼎在自己博客上做出题为《究竟是谁在装神弄鬼？——回陶东风教授》的回应，认为陶东风的结论逻辑上存在问题。此外，还有北京师范大学文学院张柠教授对陶东风的批评提出反批评，指责其不应该仅仅将这一问题"当作封闭的美学整体来分析"，单纯地企图在思想深度、人文精神等价值方面上大做文章，而需要充分考虑到商品生产背后的资本运作的秘密。文学评论家王干也在自己的博客上写文章指出，文学从来不惧鬼神，鬼神也未见得就是文学的敌人。他认为陶东风的说法以偏概全，而且年轻人喜爱"幻"类文字，可能是一种天性。

就这场争论中陶东风教授的观点，我们总结有如下几点：（1）玄幻充斥网络世界，"玄幻文学"缺乏准确的界定，它"不但不受自然界规律（物理定律）、社会世界理性法则和日常生活规则的制约，而且恰好是完全颠倒了自然界和社会世界的规范。"（2）不同于传统武侠小说，"玄幻文学"专擅装神弄鬼，其所谓"幻想世界"建立在各种胡乱杜撰的魔法、妖术和歪门邪道之上，其价值世界是混乱、颠倒的。（3）装神弄鬼是想像力受阻后畸形发展的结果，是为了掩盖艺术才华之枯竭的必然诉求。同时，它又是价值世界混乱和颠倒的表征，80后一代特殊的生活环境证明了这点。"玄幻文学"装神弄鬼下极力掩饰的其实是思想深度的不足和深切人文关怀的缺乏。（4）对庄子的"自由世界""借题发挥"，直指人们在面对现实溃烂、未来渺茫而长期失望的时候，犬儒主义披着装神弄鬼的外衣登上了历史舞台。陶东风的阐述有着一定的价值。新世纪文学在网络冲击下发生变迁与转型，传统文学在当下呈现相对低靡之态，而网络文学却是"这边风景独好"。网络与文学的"联姻"自是历史的选择，不可逆转，但当这股来势汹汹的浪潮袭来时若不加以关注和规范而放任其自由，文学的前景是喜是忧，就犹未可知了。互联网的发展和普及，早已使得精英对于媒介的垄断被极大地打破，加上多元化文化发展的需要，都在为网络文学的出场与成长铺平道路。如今，很多学者已经发现并指出网络文学高速发展的同时，也浮现出不少问题与隐患。陶东风曾于2006年1月在《文艺争鸣》2006年第1期撰文《文学的祛魅》指出,"祛魅"以后没有作家,只有"写手";"祛魅"以后没有文学,只有文字;"祛魅"以后的读者不再是精英知识界,而是真正的大众。虽然言语间有些过于绝对、夸大和偏激,但却在一定程度上达到了给人以警醒的效果。在这次论争中指出"玄幻文学"所存在的问题,也无不体现了他作为文学批评家对网络文学的审视和担忧。

当然,诚如张柠和萧鼎等所言,我们也需要看到其中存在着一些偏颇和有待进一步探讨的问题。陶文将批评的矛头指向"玄幻文学",并且由此及彼,称"装神弄鬼已经成为当今中国文艺界的一个怪象,不独玄幻文学是如此。它所表征的恰恰是我们这个时代艺术想像力的极度贫乏和受挫。"这是从单纯一维的文学立场观察"玄幻文学",仅仅从审美的美学角度将它看作是一个静态的、封闭的整体加以审视,很显然存在着不自觉地陷入"向内转"倾向的嫌疑,完全着眼于探讨文本本身的内容与价值,而忽视了文本的外围因素,未做到系统、动态的把握。当前市场经济背景下,文学的创作与发展离不开市场,媒体的市场化运作要求它运用市场价值规律的经济杠杆去追求利润的最大化。不论是作家还是出版商,都离不开网络,更不能没有市场。"玄幻文学"诉诸抽象的人类心理或人性欲望,并不能成为陶文称其装神弄鬼加以指摘的事实根据,面对"价值正向"和"市场焦虑"双方博弈,传统文学历时数千载也未能决断,又如何强求网络文学这一新生文学能够做出完满的选择。而且,以思想深度和人文关怀的不足等价值问题对"玄幻文学"多加批评本就是过于苛求,"价值正向"固然要努力实现与保持,但缺失对商品生产背后的资本运作(生产、流通、消费)秘密的观照和思考,便只能以片面的结论使人感到莫名其妙。陶文点名评论《诛仙》等作品,称其"专擅装神弄鬼","轻言'怪、力、乱、神'",并且通过分析这些作品表明自己的观点,认为中国文学进入了装神弄鬼时代。他的话令萧鼎"不能无视其存在"而奋起反驳,他首先表达出自己的疑惑,为什么陶东风在其文中对作品中的人物"一言不发",而只是简单地指斥包括《诛仙》在内的"玄幻文学"在装神弄鬼?他认为阅读过作品才拥有评论它最基本的资格,如果陶东风未曾阅读,应请仔细看过作品后再发表言论。其次,萧鼎又针对陶文中所谈到的关于玄幻小说中"武林高手之间的交手其实根本不是各家武功的较量"的说法提出反问,"传统武侠作品中,那种种天花乱坠的奇功妙法,难道也是确有其事吗?"在萧鼎的回应文章《究竟是谁在装神弄鬼?——回陶东风教授》中,作者始终主张陶文逻辑上存在问题。他感到很困惑,陶东风何以仅仅凭借三部玄幻作品和几部影视作品就得出中国文学进入了装神弄鬼时代的结论,还洋洋洒洒写文章发表质疑?为哗众取宠?或只是一场自导自演、装神弄鬼的独角戏?然而,无论如何,这场争论是一种纯粹的文学批评,确实引起了学界的一番审视与思考,产生了深远的影响,这也是为何我们要将其选录入这份网络文学大事件的真实原因。

88. 叶匡政贴出《文学死了!一个互动的文本时代来了!》

2006年10月24日,著名诗人、学者、文化批评家叶匡政在其博客"文本界"上贴出了《文学死了!一个互动的文本时代来了!》。当天,就有讨论的跟帖和文章出现。5天后,新浪博客以"叶匡政投下2006中国文坛重磅炸弹:文学已死!中国现代文学从2006年已不复存在"为题,在首页头条隆重推出。于是网上讨论迅速蔓延,纸质媒体也随后跟进。

 点评:

炒作

"叶匡政投下2006中国文坛重磅炸弹:文学已死!中国现代文学从

七 论争类

2006年已不复存在",当新浪博客以此为标题,爆料诗人叶匡政发表文章《文学死了!一个互动的文本时代来了!》宣告"文学死了"引发探讨、议论,一时间普通网民、文学评论家、知名学者等各界人士纷纷加入到讨论中,学界迅速掀起了一股关于文学生存现状的争议热潮。而此后不久,叶匡政又再次发文《揭露中国当代文学的十四种死状》,称不仅文学死了,包括文学批评、文学史、文学教授、作家协会、作家、文学奖等在内的"文学项目"都已经死亡,每一项下面还列举了死因。叶匡政的系列言论引起哄然大波,新浪博客在推出这一争论事件时,又分"支持""反对""思考"三个版块"配发"了12篇回应文章,还另附加了一篇带有明显倾向性的文章《结束语:一切才刚刚开始》。同一时间,在网络各大论坛上,广大网民积极发帖、跟帖,渴望发言道出自己的认识和观点,除了网上讨论迅速蔓延,纸质媒体也随后跟进。争论中,支持者与驳斥者可谓针锋相对。支持者认为叶匡政点到了当代文学的一些"痛处",而驳斥者则反问:屈原、李白、曹雪芹、鲁迅虽然伟大,谁敢保证以后不会被人超越?

在叶文中,诗人疾呼"文学死了",将文学比喻为一只旧时代的恐龙,宣称"这个曾经傲视其他文字的庞然大物,它已经死了,它的躯体正在腐烂。"叶匡政洋洋洒洒写下这3000多字,从传播媒介、创作主体、创作方式、读者反应、文学内容等诸多方面,反复论证、强调其所宣扬的"文学死了"这一观点。不久后,他还于现代文学馆的"全球化语境下的汉语诗歌建构专题"研讨会上宣读了这篇文章。在对这句话进行解释时,他说道,文学"就像1919年以后的文言文和古体诗,就像我们今天的邮票,它似乎还活在一些人中间,但已丧失了任何存在的意义"。而在谈到这句话的意义时,他称"文学已提前咽下了最后一口气","我们每个人都重新获得了创造自己文本的权利",认为网络聊天记录、博客短文与回帖、手机短信等"都与所谓的文学有着同样的地位",都将成为新的经典,进而发出"一个人人平等的互动文本时代已经到来"这样一个似乎属总结性质的论断。

对于叶文中的相关论述,有一些还是具有一定合理性和现实性的。他指出"我们已经进入了一个由网络、电视、手机共同组成的电子媒介时代",而且新媒介(数字媒介)正以不可逆转之势冲击着文坛,刺激着文学的变迁。他还发现了商业出版的发达,加之一批作家、学者、批评家的"努力"推波助澜,文学已被高高供起,变得"不可一世",而源于生活的质朴文本,却只能活在"民间语文"的这顶帽子下。他也认识到,"由社会分工决定了身份的文艺家将不再是真正意义上的艺术主体,取而代之的将是超越日常身份而相互交往的网民"[①]。在文中,叶匡政认为对文学的界定直接约束真正的文学发展,使文学被供养着,成为部分人的文学,甚至成为某些人谋取自身利益的工具,文学已经失去存在意义,云云。文章对文学现状的阐述和批判是没有大错误的,当下文学的发展的确逐渐偏离"民间",成为了部分人的"贵族文学",而真正的文学根在"民间",这在很大程度上制约了文学的发展,文学和创作也出现了畸形,文学的"民间"创作姿态受到鄙弃,只有回归"民间"才是文学的前景所在。在这里,我们不能否定叶匡政的确指出了当代文学的一些"痛处",触到了几分文学发展的瓶颈,这或许也是支持者认同这一观点的主要原因。

然而,仅仅依靠对文学现状的这几分微妙发现和把握,叶匡政便大胆做出"文学死了!一个互动的文本时代来了!"这样的结论,还对文学予以全盘否定,这似乎毫无道理,而且很片面、野蛮。2006年10月24日,当叶文刚被贴出来,其"文学死了"这一观点刚进入人们的视野,便四座皆惊,惹来大批反对、驳斥之言。对于叶文中谈到的"由网络、电视、手机共同组成的电子媒介时代"的到来,促使文学界定消失而成就了"互动文本"这一观点,反对者表示怀疑。他们认为就"互动文本"作为一个概括性的、以电子媒介为传播途径的集合文字概念而言,是存在着太多漏洞的。如果说文学越来越走向一个"贵族"畸形的极端,丧

[①] 欧阳友权:《数字媒介与新世纪中国文学转型》,《中国社会科学学术前沿(2006—2007)》,高翔编,社会科学文献出版社 2007 年版。

七 论争类

失了"民间"色彩,从而失去了赖以生存的土壤,进而丧失了生机活力和存在意义的话,那么"互动文本"显然就将走向另一个文字低俗化和无节制化的极端。这并不是叶文中所解释的只是"抗拒新媒介的诞生"的借口,而是我们必须面对的现实。另一方面,面对新媒介的大规模挺进,文学也从来没有排斥、拒绝,相反却在创作主体的积极努力下,去逐渐地适应这些现代化的传播方式,并从中找出一条回归的道路。通过电子媒介,在一定程度上实现"文本互动"和文学回归,这仅仅是探寻回归方法和途径的一种尝试,决不能替代文学,甚至因此否定文学。反对者还指责面对当下文学远离"民间",文学发展受阻的现实,真正爱文学、懂得文学的人应该怀着宽容、理解的心态,努力帮助文学回归"民间",对文学的发展前景抱有期待和希望,而叶匡政的所言所为却是直接否定文学,迫不及待地给文学献祭文,积极主动地撰写起"互动文本"的宣言。在众多的反对者中有两个人值得我们一提,其中一位是与叶匡政相识、名叫周瑟瑟的诗人。她在看到叶文后发表了一篇回应文章《文学不死论》,并在文中爆料叶匡政实际上是幕后的出版人,曾出版过残雪、刘索拉等人的书,"叶匡政靠出版长篇小说就赚了不下百万银子,现在居然说什么文学死了!"而另一位是北京大学中文系教授陈晓明。陈晓明指出"小说已死"或"文学已死"这样的话题早在上个世纪60年代就曾被美国文学评论家提出来谈论过,而自己在3年前和10年前也分别写文章回应过这样的问题。对于叶匡政如今"煞有介事"地发文大谈"文学死了",他表示很不以为然,认为"网络上以为是什么了不起的惊人之论,又抓住一根热闹的稻草,这实在是一个老掉牙的话题",而且"这个老话题早就该死"。

89. 陆志坚发出"别让网络文学垃圾污染公众心灵"的呼吁

2007年6月12日,陆志坚在光明网发布"别让网络文学垃圾污染公众心灵"的呼吁,指出时下的社会,光怪陆离,眼花缭乱,出错也出位,特别是网络的发展,将人价值的多元演绎到了淋漓尽致、形形色色的地步。而网络文学的"异军突起",诸如"下半身写作""胸口写作""咸湿文学""叫喊文学""青春疼痛文学"等,更是将庸俗与高尚、低级与尊贵、审美与逐俗完全颠倒起来,冲击社会道德底线,污染公众眼球。尤其是点击网上,令人作呕的小说题目更是铺天盖地,如《透过内衣抚摩你》《玩遍美女》《脱光了等你》《和日本女生多夜情》《艳体缠绵》《美女护士上了我的床》《张开你的双腿》《我的禽兽性爱生活》《在高潮中死去》等等。面对如此混浊的网络环境,有网友气愤地指责,这不是文明进步,是色情泛滥,是道德蒙羞,该治治那些垃圾作家了。

 点评:

应有一种建设性心态

近年来,在新媒介的强势到来与冲击下,随着互联网的迅速发展、普及和"手机一族"阵容的不断壮大,网络文学、手机小说、博客书写、电脑程序创作、赛博朋客小说、多媒体和超文本文学实验等数字媒介文学纷纷在文坛浮现,一时间可谓"一片红火"。而与此同时,传统文学则呈现出相对低靡、疲惫之态。网络文学作为数字媒介文学的主打形态,

七 论争类

又是文学转型下网络与文学"联姻"的产物,如今正以"高调"、强势的姿态迅速发展。面对这一现状,有学者认为"新媒体文学毕竟是一股文学新风。首先,新媒体文学是文学从精英文学向大众文学转变的一个重要现象。其次,新媒体文学或许可以带动传统文学的繁荣"。但也有人担忧新媒体文学"总体上文学性不是很高","有泡沫",存在着"'文学'膨胀与'文学性'匮乏的落差","写作自由与承担虚位的矛盾"以及"'艺术正向'与'市场焦虑'的困惑"三方面的问题。正因为如此,评论家陆志坚便撰文大声疾呼"别让网络文学垃圾污染公众心灵",发出真诚而深情的呼唤。

在这篇呼吁净化网络文学环境的文章中,作者直接表达出对当下网络阅读环境的深切担忧。他认为,在网络上,从文学题目到作品内容,有的尽是粗俗、可鄙,是非暧昧、美丑颠倒、价值真空,各种恶意炒作、矫情作秀、搔首弄姿、曲意迎合、媚俗乏味的文学垃圾肆意充斥。作者还强烈指责当面对文学创作的暂时"疲惫与消沉"和物欲名利的诱惑时,一些作家"终于"按捺不下"寂寞",开始进行时髦的网络创作,既不关注体验现实生活,也不追求塑造人的灵魂,仅仅致力于"眼球效应",完全抛弃自身社会责任和道德诉求,违逆作为社会个体应有的操守和价值理念。他们断章取义"庸俗是庸俗者的通行证,高尚是高尚者的墓志铭"这句话,自以为是地在悖离、颠覆与挑战、突破之间划等号,企图依靠对暴力艳情等内容的"挑战"和对传统阅读趣味的"突破",搏出位、获出版、争出名。最后,作者直言网络环境的混浊急需清理与净化,对那些垃圾作家加以管制和规范也是时候了。

对于陆志坚的这些观点,我们认为是有一定价值的,也很及时。如今,新媒介刺激之下文学转型,网络文学"异军突起",加速发展,而快意书写、批量生产和自由发表无疑在"壮大"网络文学数量和规模的同时,为其"注水",存留下隐患,网络文学创作的近乎游戏般的随意性和自由参与性也被人们形象地冠之以"心情留言板"。在这样的情况下,陆志坚发出"别让网络文学垃圾污染公众心灵"呼吁,恰能给那些为网络

网络文学大事件100

文学正蓬勃发展、成长的表面现象所"迷惑"甚至是"欺骗"的人们以警醒,破除自以为是和盲目乐观的自足心态,及时唤起他们的主体能动意识,积极参与"监督"和管理,努力把互联网建设成为传播社会主义先进文化的新途径、公共文化服务的新平台、人们健康精神文化生活的新空间、对外宣传的新渠道。然而,也必须指出的是,陆志坚在直言网络迅速发展下网络环境一系列令人堪忧的现状时,言语间也有些偏激、夸张的成分。我们承认网络阅读环境中的确存在着不少"藏污纳垢"的地方和像《有了快感不敢喊》这样的"流氓小说"、低俗作品,也理解、认可作者的初衷和担忧,事实上我们也期待着网络文化在繁荣发展的同时能够实现网络的文明,但其因此便否定整个网络文学的言行却让我们有些无法认同,因为时至今天,网络的发展和网络文学的勃兴,已如滚滚向前的历史车轮,不是某个人或某种势力就能左右得了的。而且,新生事物在发展之初,又有哪个不是优势与缺陷并存的呢?

与陆志坚的呼吁相关,4个月后同济大学文化批评研究所教授朱大可在"原创·原典·原生态:全球化语境下的中国文艺"理论研讨会上,以"文学的死亡与蝶化"为主题发言时提出文学的衰退是其自身的蜕变的观点。他对自己3年来一直认为文学已经走向衰败的想法作出检讨,并认为这是不正确的,而事实应该是文学正在进行着一次蜕变。他具体谈道:"文学是个伟大的幽灵,它到处寻找寄主,第一次它选择了人的身体,用舌头语言展开,而第二次它选择了平面书写,催生了文字文学。如今,它又进入了第三次迁居,寻找新的寄主。"毫无疑问,在朱大可的这句话中所提到的"新的寄主"便是网络。他还进一步指出,文学正在进行的就好像是一场蝴蝶的蜕变,然后它会重返文学现场。

结合如今全球化语境中,西方文化主流的压力、市场经济的挤压和文化的提升三方面引发文化危机的严峻情势,我们认为朱大可的观点反映出他对新媒介冲击文坛、刺激文学转型的必然性的高度理解和认同,对于"置身于二代文学,进入一个全新的多媒体当中"的他而言,面对文学市场的日益萎缩,除了像很多其他文学工作者那样感到忧虑外,他似乎还比较乐观,他能够清醒地发现并充分认识到文学的焦虑与困境,同时还在积极努力探寻着文学的新生。我们认为,这是一个文学批评家应有的建设性心态。

90. 陶东风:少数作家"倒下去",千万"写手"站起来

2008年10月8日,陶东风在《中华读书报》的《新时期文学三十年:少数作家"倒下去",千万"写手"站起来》一文说,大量"网络写手"和"网络游民"不是职业作家,但是往往比职业作家更加活跃。这是人人可以参加的文学狂欢节,是彻底的去精英化的文学。网络造成的最戏剧性的去精英化效果,就是"作家""文人"这个身份、符号和职业大面积通胀和贬值,这是对于由浪漫主义所创造,并在中国的80年代占据主流地位的关于作家、艺术家神话的一个极大冲击。由于媒介手段的普及,今天的文学大门几乎向所有人开放,作家不再是什么神秘的、具有特殊才能的精英群体。于是文学被"祛魅"了,作家被"祛魅"了。笼罩在"作家"这个名称上的神秘光环消失了,作家也非职业化了。在少数作家"倒下"的同时,成千上万的"写手"站了起来。

 点评:

文学的变数

陶东风在《新时期文学三十年:少数作家"倒下去",千万"写手"站起来》一文中,首先从某种非常概括的意义上,通过精英化和去精英

化两个关键词对新时期文学30年加以概括、梳理,并作进一步内部划分。他认为精英化的过程发生在"新时期"的第一个10年(约80年代),其核心是通过反思新中国成立后特别是"文革"时期的民粹主义思潮,否定以"样板戏"为代表的"革命文化/文学",抛弃"以阶级斗争为纲"的"工具论"文学论,确立精英知识分子和精英文化的统治地位。而到了80年代末、90年代初,大众文化与消费主义流行,新传播媒介日益普及,这一切使得精英文化陷入极大危机,中国文学便开始进入去精英化时期。经过对新时期文学30年的简要梳理和阐述后,作者接着指出大众传播,特别是互联网的发展和普及给新时期文学所带来的巨大变化。由于新媒介的冲击,精英对于媒介的垄断自此被打破,网络的可触易得和便捷高效使得写作与发表成为大众化活动,而不再是垄断性活动,作家也被从高高在上的云端拉回平凡现实的地面。进而,作者以文化经济化与经济文化化来概括、描述新世纪的文学景观,还直言文化和文学的民主化背后是大众参与文学的无力。自主、自律的精英文学观念和文学体制的权威性和神圣性被解体,陶东风称之为"去精英化",又名"祛魅"。

在陶文发表后第二日,张英等在《南方周末》撰文讲述了作家陈村对网络文学10年发展的失望。10年来,"网络文学从过去的星火燎原到今天的兴旺发达",他是亲眼目睹的。在回忆中,他痛心地指出网络并未如他所期盼的那样,刺激着很多人"在小说观念和形式上"做出"努力",反而却"无礼"地将文字拖入一次性消费中,使文学沦为"快餐"。而在市场商业化运作下,点击率、出版版税等竟成为作家们急迫关心的焦点,网络文学的价值判断标准也已经在由艺术向商业利润的转变中变得毫无存在意义,似乎不知从何时起文学的价值要由鼠标的点击来体现和完成。陈村还坦言网络文学的10年发展只是在文体上发生了一些变化,而艺术手法方面却是缺乏创新的,他直指网络文学对人的认识太过浅薄,至今尚未能够超越传统文学中的那些顶尖作品。

就以上两篇文章所述,我们以为分别在不同程度上谈到了网络文学发展的某些方面,其中不乏中肯的评论和独到的见解,但也存在着一些不足。针对他们的观点，我们也谈以下几点看法。

首先，批量写作与自由发表，作家身份遭质疑。当以互联网为标志的数字媒介大规模挺进文坛，网络在促进文学转型的同时，不仅为广大网民提供了阅读获取知识的便捷，也为他们化身所谓"作家"，进行所谓"文学创作"和发表提供了可能。在网络空间里，那些传统意义上的专业作家或者我们可以为其美名曰"精英"失去了曾经"不可一世"的垄断能力，而很多网际"冲浪"的"三无"（无身份、无性别、无年龄）网民转身成为了网络文学的创作主体。正如陶文中所述的，"大量'网络写手'和'网络游民'不是职业作家，但是往往比职业作家更加活跃"。"由于媒介手段的普及，今天的文学大门几乎向所有人开放，作家不再是什么神秘的、具有特殊才能的精英群体。"写作自此不再是少数人的专利，表达得到了最大限度的释放，然而，伴随全民写作时代的到来，网络上也出现了很多不负责任的宣泄、谩骂，一些网民撕下了日常生活中的道德面纱，摆脱掉现实社会的角色责任，肆无忌惮、毫无保留地"袒露心性"，"释放情怀"。有学者不禁要怀疑"网络究竟是打破了表达的壁垒，还是提供了宣泄的平台？"陶东风认为网络的这种"去精英化"所带来的人人都能当作家的问题，需要辩证地看待。的确，一方面，写作的这种"去精英化"无疑促进了文化的民主化和文学的大众化，使得"平民话语终于有机会同高贵的小圈子精英话语并存"，表达拥有了更大的空间和可能。但另一方面，全民参与下表达、写作的无约束和发表的无门槛便是它直接作用的结果，而出现所谓的"网络排泄"也是可以早早预见的。网络创作看着一身轻松，实际上却是过于轻松。"灵魂的工程师""社会良知的代言人"等定位早已被一些人所遗弃，在对张扬自由与个性的追求中，他们放弃了文学应该有的艺术承担、人文承担和社会承担，选择化身"撒欢的顽童"，致力于"玩文学"。而他们的书写也只能是降低书写活动的公共意义，呈现出强烈的自娱自乐倾向。对于陶东风所发出的关于少数作家"倒下去"，成千上万"写手"站起来的疾呼，在此我们找到了解释。但是，其言语中闪烁的对这种"去精英化"的过分担忧和贬斥,却是我们不能认同的。当下文学写作中出现的对自由心态、自我表达和自在方式的特别注重固然是有问题的,但我们认为与其大加批评、指责,倒不如仔细思考如何加以规范、改善。

其次,市场运作与商业利润,艺术正向遇困惑。传统的文学写作是少数精英分子在从事的书写活动,而且基本上是职业化的。他们的书写一般需要经历一个比较长的构思、写作、修改和完善的过程,而且这种活动过程相对而言是平静的、独立的、无关他人的。而以互联网为标志的大众媒介冲击下所孕育的新媒介文学,它的写作却是平民化的、面向大众的,由于信息化时代社会生活的快节奏和网络的普及与便捷,这一书写过程明显带有快速和即时的特点,甚至是"批量化生产"。而不同于传统写作多属单向性"安静"进行,读者的大量反馈信息很难及时准确地传递到作者的手中,如今借助网络提供的高效便捷,书写者与读者之间的沟通障碍在很大程度上得到打破,而且二者间原本严格的界限也不再高高"筑起",读者在阅读完一段文字后可以很方便地及时对其发表评论,而这一行为又使他转化为书写者,双向对话实现了及时反馈,完成了两方的互动。但与此同时,也正是由于网络,特别是商业网站对书写活动的介入,使得文学写作似乎变得有些"浮躁"甚至"变质"。艺术"阵地"开始逐渐沦陷,而商业"大军"大举入驻。网络文学日益被商业化,追求的不再是艺术审美和人文关怀,而向着资本利润靠拢,运用市场价值规律的经济杠杆去极力追求利润的最大化。正如作家陈村所言,"衡量一位网络作家成就的尺度变成了点击率和能否转化为纸质出版,是否畅销,版税是否高。"有学者认为,"网络文学的发展过程就是一个艺术与商业资本接轨与磨合的过程,是跨国文化资本携带文学行囊追寻文化产业资本保值增值的过程。"① 的确,当面对"艺术正向"与"市场焦虑"的悖论,坚持文学的价值和追求市场利润的博弈时,"鱼和熊掌"如何兼得是一个值得我们深入探究与思考的问题。"此时,我们需要找到既

---

① 欧阳友权:《网络文学:前行路上三道坎》,《新华文摘》2009年第14期。

能顺应时代媒介变革,又能福佑中国文学前行的建设性维度。"① 这也是陶东风在对网络写作的"去精英化"表达自己的忧虑之余,陈村在对网络文学 10 年发展的回忆抒发自己的失望之外,应该认真、仔细去考虑和探索的问题。

91. 肖鹰、陈晓明:所谓"网络文学"是"前文学"

2010 年 1 月 27 日,《中华读书报》报道:日前,清华大学哲学系教授肖鹰在与北京大学中文系教授陈晓明的一次讨论中称,所谓"网络文学"是"前文学",没有经过准入程序,不能称之为文学,"网络文学"本身就不存在。肖鹰表示,为什么说不存在"网络文学"而只有"网络写作",我们今天使用的"文学"这一概念起源于 18 世纪西欧,特别与当时德国的启蒙思想有关。肖鹰说:"我所说的文学,应该表达人类具有普遍深刻意义的人文情怀,它的标杆是一个时代一个民族的人文理想和艺术水准。""文学就是严肃的,一个作者的写作如果真是文学,那他一定要有为文学献身的精神,而不是把文学当作谋生的手段。"他认为,现在很多签约网络写手为了"生计"被逼日产数千字,甚至上万字,的确做的只是"码字的文字农民工"。网络写手的"作品"普遍是动漫画、连环画的"看图说字",破碎、怪诞、空洞,缺少文学之为文学的灵魂。因此,他们只能算是写手,他们写出的是文字,但不是文学。

---

① 欧阳友权:《网络文学:前行路上三道坎》,《新华文摘》2009 年第 14 期。

点评:

网络文学你读了吗?

网络文学是文学转型变迁后如此活跃、如此富有生命力的文学"新类",但是,对于其存在与意义这样一个最基本、最简单的问题,人们却莫衷一是,坚持着各自不同的观点、看法。2010年1月27日,清华大学哲学系教授肖鹰在与北京大学中文系教授陈晓明的一次讨论中,便指出"所谓'网络文学'是'前文学'",其"本身就不存在"。他坚持,文学应该是"严肃的",要"表达人类具有普遍深刻意义的人文情怀,它的标杆是一个时代一个民族的人文理想和艺术水准"。其实,很长一段时间以来,专家学者们为了寻求这一问题的答案,也在时刻关注着网络文学发展成长的过程,并进行了长期的探索和争论,却始终没有达成一致,找到一个圆满的权威性的结论。有的学者认为,此时过早地对其作出判断和定论是不全面、不理性的,毕竟这一文学"新类"自诞生至今仍处于成长的阶段,尚不成熟,还蕴含着无穷的可能性。然而,如果就此便简单地宣布停止争论,似乎又是不利于其良性发展的,而且探讨与争论也不可能就此休止。事实上,正是由于这一基本问题未能得到很好地解决,才使得网络文学自身的发展受到一定程度的影响,而且其存在的必要性和重要性也不断遭受质疑,给人以深刻的"危机感"。

肖鹰与陈晓明两位教授对网络文学的讨论声尚未消歇,网络文学在迈过10年"门槛"时,又迎来了作家麦家的猛烈批评。2010年4月7日,在"网络时代的文学处境"座谈会上,麦家就表达出网络文学里大部分都是垃圾的看法,并直言"如果你给我权力,我要消灭它"。麦家狂批网络文学"注水",认为网络上的文学作品99.9%都是垃圾,只有"0.1%可能是精品",而要找出那混合在99.9%里面的"可怜"的0.1%,他的看法是"大海捞针",甚至这个针最终也将消失掉。麦家的这一"高调发言"再次引发对网络文学价值的关注与争议。一些网络作者感到很委屈,称自己写作冗长是商业化"逼迫"下的产物,直呼"这个行业太难了",网络写手"骷髅精灵"甚至还发出"网络文学看似繁荣,崩溃其实可能在刹那"的大胆预言。作为国内最大的网络文学运营商,盛大文学CEO侯小强在面对这一批评时也表达出自己的不同见解,他认为读者在订阅网络作品时会自行进行筛选,作品质量不好即被淘汰,这是一个自我调控机制,而且他还相信网络文学也可以又长又好看。以张角为代表的"前写手"则在一定程度上认同麦家对现今网络文学写作现状的评论,但更坚持网络写作是时代的进步,网络文学早晚会出精品。"不管网络文学有多么垃圾,但我相信将来打败我们的人一定是从网络文学中诞生的",麦家也这样说。

2011年11月,《中华读书报》又刊登出《鼠标能点击出文学的价值吗?》和《谈发育低下、量多质劣的所谓"网络文学"》两篇文章。前文将网络上的写作讽刺为"鼠标作品",指责其属于快餐文化。同时认为网络文学"需要评论家的指点与护航,还需要时间老人帮其成熟"。后文则直言"不存在网络文学,只有非文学和文学的区分",但又并未完全否定它,而是将评判的权力"寄托"给对未来可能性的期盼。事实上,对于网络文学的存在与意义这一问题,多数人的观点并不是完全相左的,他们对于网络文学当下成长境况的担忧和发展前景的期待在某种程度上是相似的,只是表达的切入点和深化程度等方面的不同"夸大"了相互间的差异。对网络文学价值的评估在很大程度上是和对它的功能认识联系在一起的,我们认为,要研究和谈论网络文学,首先要切入网络文学现场,阅读网络文学作品。韩国学者崔宰溶倡导的学者以"学者粉丝"的身份进行"介入性分析"的提议颇具建设性意义,既有效地解决了专业理论与"亲密接触"难以统一的困窘,又为评论者从参与到学习,再到"回归"提出了方向。

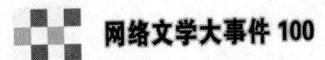

92. 顾彬：一天写 6000 个字，能叫文学吗？

2011 年 8 月 10 日，德国汉学家顾彬先生在《什么是好的中国文学》的学术报告中表示，据 China Daily（《中国日报》）报道，去年在中国内地一共有百万多人说自己是作家、小说家、长篇小说家。他们去年一共发表了 400 万部小说，他们当中的不少人一天能够写 6000 个字。这么多人真的都能够写好的长篇小说吗？他们在网络发表的东西真的能够叫文学吗？在德国，一个真正的作家不会一天写 6000 个字。托马斯·曼，他对自己的要求是一天之内应该完成一页文字。柏林一个比较受欢迎的作家彼得·施奈德（Peter Schneider），他一年才写 100 页，三四天之内只能够完成一页，四五年才发表一部书。

2011 年 9 月 14 日，王路在《中华读书报》撰文回应顾彬的观点：完成一个文学作品需要多长时间，这似乎是一个实践问题，也是一个经验问题。但是竟然能够用它作为评判作家好坏的依据，（是否含有评判好的文学作品和文学的依据姑且不论），感到不可思议。中国早就有七步赋诗的故事，熟悉欧洲文学的人也知道，巴尔扎克的许多作品写作都是有期限的，他绝不可能像顾彬所说的那样一天写一页。也许在顾彬眼中，曹植、巴尔扎克算不得好作家。当然，"不一定"一词也可以使顾彬将他们排除在自己的结论之外。不过，需要排除的人若是多了，这个论断还有什么意思吗？

 点评：

片面的深刻

近年来，有一名异国学者活跃在中国学界，他频繁地前往中国各大城市或参与交流讨论,或进行演讲报告,他就是德国汉学家沃尔夫冈·顾彬先生。2011年8月10日,顾彬受邀在深圳何香凝美术馆作学术报告,他的报告题目是《什么是好的中国文学》,对此他从什么是好的文学,什么是好的语言和如果一个原来用中文写作的作家决定要用外语写作会发生什么变化三个方面来阐述。而当谈到当代中国文学所存在的问题时,顾彬认为"主要还是语言问题",更将矛头指向了长篇小说。他还进一步分析现在一些知名小说家的长篇小说存在着很多毛病,并将问题归咎于写作的速度,认为是因为写得太快导致了作家没有时间去思考内容是否彼此契合,强调给作品提供"休息"时间的必要性。他对将网络发表的东西称作文学也表现出强烈的怀疑,对《中国日报》上一则关于时下网络文学发展和情况的调查分析结果的报道感到不能接受,还以德国一些成功作家的创作经历为范,再次重申写作的速度和时间问题。在顾彬的看法里,"好的文学作品,需要很长时间写作。如果一个人不能等两三年完成他的作品,他不一定能成为一个很好的作家"。针对顾彬的评论,清华大学哲学系教授王路撰文做出了回应。他对顾彬以一个作家完成一部作品所需要的时间长短作为评判该作家好坏的依据的想法感到"不可思议",并以曹植七步赋诗的故事为例,质疑他的这一论断。在顾彬的《什么是好的中国文学》一文中,他还曾提到一个叫埃里希·弗里德的德国诗人,说该诗人每天可以写出几首诗而且这些诗都非常的简单,虽然埃里希·弗里德最后共发表了一万首诗,但很显然,顾彬对此是不以为然的,他甚至还指责"一个好的诗人不可能发表这么多"。顾彬有意提到此人的创作经历,明显是在为他对语言价值和写作速度问题的强调、说明寻找事实依据。王路对此也举出了反例,指出我国古代存留诗歌最多的大诗人陆游曾赋诗上万首,并向顾彬发问:难道陆游就不是好的诗人了吗?王路的观点很明确,他认为诗人选择如何写诗,需要多长时间来创作一首诗,这本就是一个见仁见智的事情,又岂可"儿戏般"地以此作为评判诗人好坏的标准?

对于顾彬在中国学界的一些交流报告活动中对当代中国文学的相关

认识和评论以及大众的接受情况，作家李美皆将其比喻为顾彬式的偏激和走俏。我们相信很多人应该都会发现，顾彬对中国当代文学的观点是有些漏洞的，而且也较为主观武断。除了上述对写作时间问题的"绝对坚持"外，他对语言价值也过分抬高，特别是认为"好作家要学好外语"的主张，似乎指望着作家们都把外语当作自己的本行，进而取得写作方面的提高。这在逻辑上首先就不成立，更缺乏理论和事实的依据。还有为他"津津乐道"的所谓"垃圾论"，顾彬似乎已经习惯于用"垃圾"二字来评判文学，其在中国进行的很多场演讲报告中曾多次反复使用这样过于简单且相对低级的字眼，我们认为这"不是一个学者应该做出的学术判断，也毫无学术价值甚至认知价值"。不过，虽然顾彬的观点明显是偏激的、有问题的，然而，他对中国文学所持有的那份难得的古道热肠却也是不容否认的。

就顾彬对当代中国文学的相关评论中所提及的写作太快问题，我们认为还是有必要对其进一步加以讨论。这一问题在网络文学创作上显得更为突出。互联网迅速发展、普及，大众媒介冲击下文学发生不可逆转的变迁，传统文学写作在当下给人相对"疲软"的感觉，而网络写作却是平民化的、面向大众的，由于信息化时代下社会生活的快节奏和网络的广泛覆盖与便捷高效，这一书写过程明显带有快速和即时的特点，甚至是"批量化生产"，日产万字对于如今的网络写手而言并不新鲜。这种速度，确实令我们对网络文学的艺术水准深表担忧。南开大学教授周志强就指出，网络文学写手只追求轰动效应，快写、快出、快赚钱、快扔掉，这是目前网络文学写作的致命伤。因此，从这个层面上说，顾彬的这一言论也是不无道理的。但我们应进一步思考的是，网络写作为什么会这么快？我们知道，网络写作不像传统写作，可以十年磨一剑，"吟安一个字，捻断数根须"，它与生俱来的纯商业化模式很多时候逼着向他们要速度。有写手爆料称，"我们每个月要写30万字，至少20万，没有20万上不了排行榜，而上不了榜就意味着没有点击量，没有点击量就会收入堪忧"，这就是网络写作所面临的最现实的问题：不快，就意味着没有生存的资格。残酷的生存法则，逼着他们追求码字的速度。顾彬在对网络写作"一天写6000个字"大加指责的时候，肯定是没有对这一客观存在的生存境况做深入了解和分析的。单纯地从写作速度去否定网络创作，而不能具体问题具体分析，这是他的观点不接地气的主要原因。当然，平心而论，我们对网络写作过于追求速度也是有看法的，毕竟网络文学首先是文学，还不是纯粹的商品，不能完全以商业化模式去规约它。我们觉得，网络文学发展20年了，妥善处理其一直都很纠结的商品与艺术之间的关系，培育出比较经典的作品来，也是时候了。

八　维权类

93. 王蒙等状告"北京在线"

1999年6月15日,王蒙、张洁、张抗抗、张承志、毕淑敏、刘震云等6位著名作家,通过他们的代理律师,向北京市海淀区法院提起诉讼,状告由"世纪互联通讯技术有限公司"主办的"北京在线"网站,未经许可将他们享有完全著作权的文学作品登载到网上,从而侵犯了他们的权益,要求赔偿经济和精神损失。《中国青年报》称"这是我国首起因网络站点刊登他人作品而引起的著作权纠纷"。

点评:

维权第一案

如何规范网络著作权、认定网络作品作者以及维护相关主体的权益等问题,是当下网络文学健康发展的一个瓶颈。据来自易观国际的调查显示,目前国内1400多家电子网站当中真正拥有版权的只有4.3%。也就是说,绝大多数网站都存在盗版问题。而在2010年中国原创网络文学

八 维权类

版权保护研讨会上,与会专家一致认为网络文学盗版已经形成产业化趋势。经初步估算,每年盗版市场规模高达50亿元,而同期正版市场的规模仅为1亿多元。[①]

然而,一段时间以来,数字版权保护在我国并无专门的立法,主要还是依据1990年通过的《著作权法》,而当时网络技术尚未兴起。因此,当1999年6月15日,王蒙等6位著名作家起诉"北京在线"网站侵权时,由于"这是我国首起因网络站点刊登他人作品而引起的著作权纠纷",法院在审判时找不到明确的法律依据,只有在没有成文法律规定的情况下,创造性地表述为:"著作权法(这里指修改前的《著作权法》)规定的作品使用方式中,没有排除出现其他方式的可能。作品在互联网上传播,与著作权法意义上的出版、发行、公开表演等方式虽然不同,但在本质上都是为了使作品向社会公众传播。随着科学技术的发展,新的作品载体的出现,使得作品的使用范围等到了扩大,应当认定作品在互联网上传播是使用的一种方式。"在我国著作权法尚未对互联网上出现的新问题做出规定的情况下,该案审阅法院在司法实践中明确承认了著作权人对其作品在网上传播的控制权。这是后来被法律法规所确认的"信息网络传播权"的雏形。

由此可见,"王蒙案"在我国网络版权纠纷审理中具有相当重要的意义。其一,直接推动了相关立法的跟进。在"王蒙案"审理的第二年,2000年11月22日,最高人民法院审判委员会第1144次会议通过了《最高人民法院关于审理涉及计算机网络著作权纠纷案件法律若干问题的解释》,其中第2条第2款规定:"著作权法(指修改前的著作权法)第十条对著作权各项权利的规定均适用于数字化作品的著作权。将作品通过网络向公众传播,属于著作权法规定的使用作品的方式,著作权人享有以该种方式使用或者许可他人使用作品,并由此获得报酬的权利。"现行著

[①] 马季:《与传统逐渐融合,生产消费机制成型——2009年网络文学述略》,《文艺争鸣》2010年第1期。

作权法更是明确加入了"信息网络传播权,即以有线或者无线方式向公众提供作品,使公众可以在其个人选定的时间和地点获得作品的权利"这个定义。2003年12月23日,最高人民法院对2000年制定的《关于审理涉及计算机网络著作权纠纷案件适用法律若干问题的解释》进行了修正。2005年4月30日,国家版权局和信息产业部联合发布了《互联网著作权行政保护办法》,其中明确规定了侵犯信息网络传播权的一系列行为。此办法的制定实施为保护著作权人的信息网络传播权营造了良好的环境。它不仅填补了国内关于互联网著作权行政保护的法律空白,也对人民法院在司法实践中细化信息网络传播权的原则产生了极其重要的影响。其二,开启了网络语境下著作维权的先河。这是我国首起因网络站点刊登他人作品而引起的著作权纠纷,王蒙等6位作家最终获胜诉,为日后的同类网络维权事件建立了一个基本模式,为网络文学版权保护提供一条解决之道。网络兴起以后,文学盗版、侵权之风之所以屡禁不止、愈演愈烈,除利润的驱动外,作家们听之任之,没有及时地站出来维护自己的利益,也从一定程度上助长了这种盗版行为的泛滥。而这一事件很好地维护了著作者的权益,无疑对推动网站经营合法化、文学版权合法化有较大的促进作用。

94. "榕树下"起诉中国社会出版社

2000年10月,"榕树下"发现中国社会出版社出版的"网络人生系列丛书"中的《烛光夜话》《寂寞如潮》《爱若琴弦》《幽默男女》《网事悠悠》五本书,未经原告许可擅自收进了原告享有专有出版权的9篇文章。据此,"榕树下"坚称自己的著作权受到侵害,向北京市一中院提起诉讼。中国社会出版社则认为,出版社作为出版者仅享有出版权,它不

八 维权类

可能对文章是否侵犯他人的著作权进行审查。根据有关规定，作品的编辑人才对编辑作品享有整体著作权，所以编辑人应对此承担"文责自负"的责任。原告是将其自己与作品的编辑人之间的权利和义务强加在出版者身上，完全混淆了两种不同的法律关系。出版社还认为，数字化作品的下载不必征得授权，但要尊重作者的人身权利，按规定给稿费。但这应由编辑作品的整体著作权人去解决有关权益问题。在图书出版后，出版社向主编支付该书的全部稿酬，这其中当然包括被汇编作品的原始作者的报酬。因此，中国社会出版社认为，"榕树下"告错了对象，发生纠纷应该找作品主编去解决。根据双方的举证，法院认为，原作者签约授权网站，因而网站具有出版权。这些发表在网上的作品的著作权由网站协助行使。被告中国社会出版社侵犯了原告"榕树下"的著作权。"榕树下"最终获得中国社会出版社的正式道歉和10001元的赔偿。其中1万元分配给几位作者，榕树下只留下1元作为对自己的象征性赔偿。据悉，这是目前国内第一件"新媒体"告"老媒体"的案例。

 点评：

1元的价值

"榕树下"网站起诉中国社会出版社侵权，是国内第一件"新媒体"告"老媒体"案例。"新媒体"与"老媒体"互相掐架，一方面固然反映了我国的法律法规体系的缺失和法律监管的缺位，但另一方面也表明了相关部门和人士对已有法律条文的理解不够清晰明白。

其实，我国《著作权法实施条例》已有相关的规定："著作权法所称作品，是指文学、艺术和科学领域内，具有独创性并能以某种有形形式复制的智力创作成果。"依据这样的标准判断，网络文学作品只要具有独创性，就应拥有著作权。首先，网络文学作品是文学领域内的智力创作成果，网络文学作品的特殊之处仅在于它是经由网络发表或传播。其次，

网络文学大事件 100

网络文学作品能以有形形式复制。网络作品在网络上是以数字化的形式存在的,但是用户可以通过下载将数字化作品复制到自己的计算机硬盘上,并且进一步打印成文稿,从而使作品以有形的形式存在。① 一般地,网络作品分两种:数字化作品和数字式作品,前者是指进入网络前存在于其他传统载体上,只是通过扫描等方式转化为数字编码,然后经过计算机处理而呈现出来的作品;后者是指从其被创作之时起就直接以数字形式存在于计算机上并在网络上传播的网络作品。我国著作权法明确要求一件智力创作成果要成为著作权法上的作品,必须具备独创性和可复制性。因此对于数字化作品,从传统作品到计算机存储器只不过是一种数字化的转化过程,这与以往的摄影、录音等技术手段处理作品没有实质性区别,仍然具有独创性和可复制性,因此它仍应受到著作权法的保护。对于数字式作品,虽然其以数字形式在互联网上"流动",可复制性与传统作品有所区别,但数字形式并不影响其可被感知,流动性也不能否定其可复制性,它与著作权法立法宗旨和意图并不违背,也应当受到著作权法的保护。② 网络原创文学作为一种新型的网络作品,不论是数字化作品还是数字式作品,都符合著作权法的基本规定,因而具备版权保护的正当性。由此观之,中国社会出版社出版未得到"榕树下"许可,刊印并出版了"网络人生系列丛书"中原告享有专有出版权的 9 篇文章,就确实违反了《著作权法实施条例》的有关规定。

我国是典型的成文法国家,只有那些经过讨论并正式颁布实施的规则才可以被作为法律引用,这一点对于法律体系的统一性和稳定性是很有帮助的。但是,由于立法速度慢于网络世界的技术发展,我国的网络领域经常会处在一种类似于"法律真空"的状态。这无疑导致了许多侵

---

① 杨蕾:《网络文学作品的版权保护——"榕树下"网站状告中国社会出版社侵权案评析》,[2011-4-5],http://www.civillaw.com.cn/article/default.asp?id=10022,2013 年 9 月 28 日查询。

② 陈质彬:《网络环境下著作权的保护》,http://hnfy.chinacourt.org/public/detail.php?id=67472,2013 年 9 月 28 日查询。

权案件的发生。但正如前文分析的，本案还是有法可循的。那为什么中国社会出版社依然要铤而走险、以身试法呢？除了利益的驱动存在一种侥幸心理之外，更重要的是我国公民和单位法律意识的淡漠，很少会主动去透彻理解相关法律条文的内涵，只顾按自己的想法来行事处世，这一点在新媒介条件下各种新问题层出不穷的情况下显得尤为突出。因此，在本案中，"榕树下"在胜诉后，将10001元赔偿中的1万元分配给几位作者，只留下1元作为对自己的象征性赔偿。这1元就很值得玩味，既具象征意义，表示公道自在人心，违法就要伏法；同时，也不无警示价值，希望在网络文学的发展中此类事件不再发生，法律继续进一步健全，从而能够从容应对一些新情况和新变化。要而言之，维护网络文学网站等相关主体的合法权益，提高人们对盗版侵权的认识，从意识和行动上杜绝盗版，从目前的情形来看，我们要走的路还很长。

95. 红袖添香起诉"联想经典时空"

2005年5月11日，红袖就联想调频下属网站"联想经典时空"侵权案向司法机关递交了诉状，北京市海淀区人民法院正式受理此案。红袖方面称，2005年1月起，红袖添香网站在数月内接到10余起网友举报，称联想经典时空读书空间未经授权擅自转载自己的作品，并采用收费的方式供其会员在线或下载阅读。红袖在调查中发现，联想经典时空读书空间本次侵权涉及作者10余人，侵权作品12部，共计近200万字。5月10日，红袖将联想集团推上了被告席，要求被告赔偿经济损失费等共计177600元，同时向有关司法机关进行了公证和申报。红袖委托律师陈志华认为，根据相关作者的授权，原告享有本案所涉12篇文学作品的独占性的专有使用权。被告未经原告许可，擅自使用并收取费用的行为，侵害了原告对作品享有的专有使用权,理应承担相应的民事责任。该案为国内首家原创文学网站为作者维权案,也是2005年4月30日《互联网著作权行政保护办法》出台实施后的第一起维护网络著作权的大案;此案涉及作品之多,作者之广都是近年罕见,就规模而言堪称中国网络著作侵权第一大案。

 点评:

重罚,如何?

1996年12月,世界知识产权组织在瑞士召开了"关于著作权及邻接权问题的外交会议",通过了两个被新闻界称为"互联网条约"的《世界知识产权组织版权条约》(WTC)和《世界知识产权组织表演和录音条约》(WPPT)。这两个条约从法律的角度,确认了对网络著作权的保护,保护了著作权人的利益。根据上述两个国际条约,我国结合本国的实际情况因地制宜制订了本国有关法律法规,包括2005年4月30日颁布的《互联网著作权行政保护办法》。

目前,专业文学网站代替作者进行诉讼维权已成为一种趋势,原告网站作为权利人,一般享有的是作品的专有使用权,因此控诉被告侵犯著作专有使用权也就成为此类案件的主要诉讼理由。网站对作品的专有使用权是通过与作者签订著作权许可使用合同获得,此时只是作品使用权的转移,不同于著作权转让所指的作品所有权(包括占有权、使用权、收益权、处分权)的转移。当然,无论是著作权的转让还是著作权的许可使用,都仅限于著作财产权,即《著作权法》第十条第(五)项至第(十七)项规定的权利。而网络文学侵权又主要涉及其中的第(十二)项权利——信息网络传播权,即以有线或者无线方式向公众提供作品,使公众可以在个人选定的时间和地点获得作品的权利。专业文学网站作为著作专有使用权的权利人,可以排除包括著作权人在内的任何人以同样的方式使用作品。第三方网站当然在可被排除的范围之内,其在未经权利人授权的情况下转载使用作品,已构成侵犯他人著作专有使用权的侵权行为,应当承担相应的法律责任。

虽然"联想经典时空"侵权案被誉为中国网络著作侵权第一大案,但是实际上赔偿金额很低。据北京广盛律师事务所上海分所的刘春泉律师介绍,国内知识产权案中赔偿金额都不会太高,"几百万的已经是大案子,一般都是几十万元。所以盛大文学说损失10亿,即使去打官司,获得的赔付金额也不会太高。"对于资金雄厚的网络文学集团尚且如此,那么作为个人,力量更加微薄的作者一旦卷入版权纠纷形势就更不容乐观。这也是为什么许多作者面对盗版采取妥协退让态度的原因,因为很多情况下,即使打赢了官司,获得的赔偿金额还不够支付律师费,这样做实属无奈。

无疑,赔偿金额不高,惩罚力度不够,违法成本过低,已经成为我国目前著作权实施不到位的一个重要原因。在知识产权领域,我们是否可以像其他行业特别是国外对待犯法一样,加大处罚力度,让那些违法特别是知法犯法的人,赔得血本无归呢?

96. 幻剑起诉起点侵权签约作品

2006年5月17日,幻剑书盟发表声明,称起点中文网刊载了幻剑书盟独家拥有网络收费刊载权的《诛仙》和《飞翔篮球梦》两部书的部分章节。幻剑书盟称,2006年4月25日他们在起点中文网阅读到一个关于萧鼎作品《诛仙》的最新连载声明,声称《诛仙》简体电子版将在起点中文网连载。当日幻剑书盟即就此向起点中文网发出正式警告,律师要求起点在网上醒目位置公开道歉,并赔偿因侵权和不正当行为而给幻剑书盟造成的损失共计人民币 100 万元整,否则将会提起上诉。然而,起点中文网收到律师函后非但没有立即停止侵权,反倒擅自将《飞翔篮球梦》更名为《王牌高手》继续连载并非法销售。2006 年 7 月,在双方书面交涉无果的情况下,幻剑书盟将上海玄霆信息科技有限公司(起点中文)告上了法庭。幻剑书盟要求起点中文网立即停止侵权行为,在网站首页醒目位置进行公开道歉,并就《诛仙》索赔 50 万元。

 点评:

"起点",你怎么啦?

创立于 2003 年 5 月的起点中文网,是国内领先的原创文学门户网站,也是目前国内最大文学阅读与写作平台之一。经过 10 年努力和奋斗,在众多作者与用户的关心下,起点中文网为代表的原创文学领导品牌,建立了完善的以创作、培养、销售为一体的电子在线出版机制,成为国内优秀的文学作品在线出版平台,树立了业内具有影响力的行业领导地位。应该说,大品牌就要有与品牌相应的内涵和气度,要具有领袖群伦之气概。然而,在 2006 年发生的"幻剑起诉起点侵权签约作品"等连续几起侵权事件中,起点的表现却差强人意,店大欺客,完全不按游戏规则来行事,其所作所为让业界直呼看不懂。

在侵权幻剑事件中,起点刊载了幻剑书盟独家拥有网络收费刊载权的《诛仙》和《飞翔篮球梦》两部书的部分章节,本已属于违反《著作权法》行为。幻剑律师发来正式警告,起点收到律师函后应该要立即停止侵权,并公开道歉,赔偿对方损失,而起点非但没有如此,反倒擅自将《飞翔篮球梦》更名为《王牌高手》继续连载并非法销售。交涉未果,幻剑最后只能将起点告上法庭。在这一事件中,起点不顾品牌声誉,一错再错,让人费解。

无独有偶,在差不多同一时间,起点与 17K 又发生了作品版权之争。

八　维权类

2006年7月11日，起点没有经过作者的同意，一次性解禁了离开起点去17K网站的网络写手云天空《邪神传说》全部VIP章节，共197章100余万字。这一做法使该书作者云天空在一小时内就损失了十几万元收入，对那些付费订阅了此书的1万多VIP读者也造成了不同程度的伤害。事发当天，云天空向起点要求恢复数据，停止解禁，但起点并没有照办。2006年9月，在与玄霆公司沟通未果的情况下，云天空毅然拿起了法律的武器，将侵害他合法权益的玄霆告上了法庭。2006年12月，上海市浦东新区人民法院一审判决玄霆公司败诉，赔偿云天空经济损失12万元。在这件侵害作者权益事件中，起点在作者云天空离开起点去17K以后，用解禁来进行报复，这更是难以让人相信是一个知名网站的正常经营行为。该事件震惊了网络，网易、新浪等媒体都给予了详尽的报导，关于作者权益如何保障的话题，一时间也讨论得异常火爆。

　　4年以后的2010年7月，起点再一次卷入一起侵权诉讼案中。是年7月12日，知名网络写手王辉（笔名无罪）在京召开新闻发布会，称其原创玄幻小说《罗浮》被起点"山寨"，他将以起点用不正当竞争手段侵害自身合法权益为由，起诉起点中文网的经营者——上海玄霆信息科技有限公司。因诉讼双方都是近年最受瞩目的网络作家和中国最大的文学网站，这一事件立刻引起普遍关注。据王辉介绍，其创作的小说《罗浮》于2009年12月1日在纵横中文网首发后，得到了读者的普遍好评并迅速成为该网站点击率前两名的作品；而起点2010年4月15日也推出了一部作者署名为"黄鹤九曲"的《罗浮》，且购买了百度推广链接中的关键词"罗浮"，使自己网站的《罗浮》排在搜索结果第一位，致使许多本想看王辉《罗浮》的读者误读了起点的《罗浮》。王辉的代理律师指出，起点及其签约作者通过故意混同的不正当竞争行为，借助王辉《罗浮》的知名度推广山寨版《罗浮》，严重侵犯了原告的合法权益。在这一事件中，虽然起点也有反驳，称起点中文网的小说《罗浮》是与作者正常签约连载的众多作品中的一部，作者使用独立笔名，完全独立构思、创作，与"无罪"先生没有任何关系，山寨之说无从谈起。但整个事件给起点带来的负面影响是不可低估的。①

联系上述事件，我们不禁要问：起点，你怎么啦？如此一而再，再而三。这么些年来一路求索，筚路蓝缕，好不容易创起了一个品牌，先后获得过数博会"年度最佳品牌"奖、优秀网站评选"优秀传统企业"奖和"福布斯中国新锐媒体"大奖等多项荣誉，怎么如此地不加珍惜、视如草芥呢？要说起点从来都不缺好作品，也不缺流量。在案发当年2006—2007百度小说年度搜索排行榜前10部作品中，就有8部来自起点，点击率超过千万的作品已不在少数，网站流量排名上居于全国网站30强，在文学网站里更是一直独占鳌头。那么，为什么要去与幻剑争作品，用小肚鸡肠去报复作者，用山寨的方法去窃取别人的成果呢？树品牌难，毁品牌易。就这几起事件就已产生了难以挽回的影响，特别是对待作者毫不留情的做法，偏激处理作者作品的商业态度，山寨作假的手段，就已经受到了绝大多数业内人士的反对，这其中既有著名的网络小说写手，也有文学网站同行，让一直试图扮演垄断角色的起点陷入了四面楚歌的尴尬境地。

多年来汉语网络原创文学的迅猛发展，已经在我国逐渐营造出一个"百花齐放"的文学网站大环境。这种环境来之不易，需要业内同行共同去维护和进一步营造。我们难以想象，当网站失去正常的商业经营理念，凭借自身的垄断地位来欺压同行、压迫作者、混淆视听时，中国网络文学的未来发展又该何去何从？

起点，必须反思，必须主动担当起作为最大文学网站应有的责任。

---

① 当时就有不少媒体以《山寨盗版惊现起点中文，网络文学或步入深渊》为题对此进行了报道，痛斥这一可耻行径。

八 维权类

97. 盛大文学对百度提起诉讼

2009年12月，拥有七家原创文学网站、占据国内原创文学市场份额80％以上的盛大文学发起对百度的联合诉讼，指控百度文库侵权。盛大文学认为，百度文库已成为滋生盗版的温床，盗版模式从单纯盗贴文字内容转变为形成网络盗版文学利益链。百度则认为，相对于收费的盛大文学，百度文库提供了一个免费的分享平台。用户下载分享的内容存在盗版情况，但仅占文库内容的很少部分。2010年3月，上海市卢湾区法院正式受理了盛大文学起诉百度一案。2011年5月10日，此案由上海市卢湾区人民法院做出一审判决。法院判定：百度公司作为网络服务提供者，在明知涉诉作品的信息传播权仅归于盛大文学的情况下，依旧未及时删除侵权信息或断开链接，构成间接侵权；同时百度公司通过百度WAP小说搜索对WEB页面进行技术转码，并非只是引导用户到第三方网站浏览搜索内容，而是替代第三方网站直接向用户提供内容，属于复制和上载作品的行为，构成直接侵权。法院判令百度公司立即停止对涉案作品的信息网络传播权的所有侵权行为；同时，判决百度公司赔偿盛大文学经济损失50万元及合理费用44500元。

 点评：

吹响维权集结号

2009年12月17日，由北京市版权局任指导单位，中国文字著作权协会、盛大文学主办，北京国际版权交易中心、中国音乐著作权协会、全国工商联书业商会协办的"网络文学版权研讨会"在京召开。正是在这个会上,盛大文学合作律师事务所律师代表宣布将对百度提起诉讼,该案成为中国创意产业维权第一案。2010年初,上海卢湾区法院将盛大起诉百度案正式立案。在诉讼中,盛大文学列举了七条起诉百度的理由,分别为:(1)百度侵害了盛大文学签约作者的版税收入;(2)百度导致盛大文学重点作品的被盗链、盗用现象严重;(3)百度操纵排行榜,无故屏蔽盛大文学小说进入热点搜索排行;(4)百度贴吧成网络文学盗版重灾区;(5)百度对要求删除盗版内容反应迟钝;(6)百度对盗版网站的纵容破坏整个创意产业发展秩序;(7)百度导致盛大文学损失严重。"自2009年百度文库开始试运行以来,文库中所收录的小说绝大部分是未经许可的侵权作品。这些侵权小说为百度带来的流量和由此导致权利人的损失都是无法估算的。"盛大代理律师说,百度文库打着其所谓"分享"的旗号,对充斥的盗版内容视而不见。"再不反击,就只能坐等灭亡。"盛大文学CEO侯小强在微博中这样表述,"这并非两个公司间的战斗,而是一个国家的创意未来与绊脚石的斗争。"他甚至发出了"百度文库不死,中国原创文学必亡"的呐喊。他在微博上公布了手机号码,并希望整个行业行动起来,建立良好的互联网秩序。

盛大文学的呼吁宛如一阵集结号,立刻得到了积极的响应。在2009年那次"网络文学版权研讨会"上,与会者发起了"反盗版宣言"活动,得到了张抗抗、莫言、韩寒、石康、虹影、陆天明、王宛平、石钟山等百名著名作家和网络作家的签名支持。中国文字著作权协会在会议上发表了支持盛大文学"反盗版"的声援信,该协会此后在网上还发表声明称,支持盛大文学联合出版界起诉百度,并呼吁各出版机构、民营出版策划机构、作家等著作权人加入联合起诉百度的队伍,强烈建议行政执法部门、司法部门以及管理部门明确对百度侵权的认定,加大对其侵权盗版行为的打击力度。当当网总裁李国庆短信回复侯小强说:"支持你的行动,我让我们公关部向百度文库开战。"不一而足。一场颇有声势的维护网络著作权的运动由此展开,一段时间里,网络侵权有如过街老鼠,人人喊打；网络维权逐渐深入人心，更猛烈的维权行动此起彼伏。

98. 50位作家联名发表《三一五中国作家讨百度书》

2011年3月15日，贾平凹、刘心武、韩寒、郭敬明、麦家等近50位作家联名发表了《三一五中国作家讨百度书》，指责百度已经彻底堕落成了一个窃贼公司，把百度文库变成了一个贼赃市场，抗议百度文库的侵权行为。他们在接受采访时都指出，"百度文库"侵权，第一是著作权人及其作品被任意宰割，第二是给公众造成了可以随意在网上免费阅读的错觉，第三是公然践踏国际通行的著作权法，使中国蒙上"侵权国家"的恶名，第四是挤走或挤垮了合法运营的网站。

 点评：

版权之困

2011年3月15日，贾平凹、刘心武、韩寒、麦家等50位作家在中国一年一度的消费者权益日向中国互联网巨头百度发出《三一五中国作家声讨百度书》，直指"百度文库"的侵权之嫌，指责百度文库"偷走了我们的作品，偷走了我们的权利，偷走了我们的财物，把百度文库变成了一个贼赃市场"。两天后，中国音像协会唱片工作委员会加入"战团"，公开声援文学界维权的呼吁和行动。作家代表团一直主张，百度应该"先审核、后发布"。或者说，百度必须承担审核上传文档是否侵权的责任。两周内，陷入舆论漩涡的百度，从解释到有所行动，并承诺在3月

26日后的三天内彻底删除百度文库内未获授权的作品。而截至"最终期限"3月29日中午,"百度文库——文档分享平台"上显示,当前文档已从21日的20409963份,下降至17946811份,其中文学作品仅剩525份。若搜索余华、贾平凹等中国知名作家的小说,页面显示没有可下载的内容。

对于来自作家联名的"声讨",百度文库则坚称,自2009年建立以来,其已经成为中文互联网最大的文档分享平台,其价值在于推动文档类学习资料及经验知识在互联网上的沉淀、帮助网民更好地分享知识、交流学习经验,并非一个简单的小说阅读平台,也并非"鼓励盗版"的平台。另外,百度称只要采用资源分享方式(提供信息存储空间),就天然进入"避风港",而不必对用户上传的任何作品承担法律责任,也不需要履行合理的版权注意义务。①

而作家们的诉求得到了行政管理机关的支持。北京市高级人民法院于2010年5月出台的《审理涉及网络环境下著作权纠纷案件若干问题的指导意见》认定,允许用户大量上传他人作品造成侵权后果的,网站负有共同侵权责任。根据最高人民法院、最高人民检察院和公安部、司法部发布的《关于办理侵犯知识产权刑事案件适用法律若干问题的意见》,追究分享网站的刑事责任亦是可行。2011年3月24日,北京市版权局首次公开回应百度文库事件,指明百度对于"避风港"原则是误读和滥用,已涉嫌构成违法出版行为,对百度等资源分享网站予以行政处罚没有法律障碍。而防范此类事件的行政法规《信息网络传播权保护指导意见》也于2011年6月2日正式公布,2011年8月1日正式实施。

虽然互联网是作品发布载体的新生事物,但实质上,与图书、音像品等并无差异,禁止非法转载他人原创作品以谋取私利。如果百度公司从用户的上传行为中获得了直接经济利益,则必然要为用户侵权行为承担替代性责任。2006年5月18日通过的《信息网络传播权保护条例》明

---

① 黄锫坚:《百度与"道德的血液"》,ITValue周刊2011年4月6日,第57期。

确规定，信息网络存储空间服务提供者不承担赔偿责任的条件之一就是未从服务对象提供作品、表演、录音录像制品中直接获得经济利益。百度文库的性质属于《信息网络传播权保护条例》第22条所称的"信息存储空间"。根据该规定，文库经营者如果在"知道或有合理的理由知道"用户上传了侵权内容而不及时删除，从而实质性地帮助用户侵权，或者故意教唆、引诱用户侵权的情况下，就构成间接侵权，并承担连带责任。因此，问题的关键在于文库经营者是否具有帮助或引诱用户侵权的主观过错。

但是我国目前相关的法律并未规定信息存储空间经营者必须对用户上传的内容是否侵犯他人著作权进行审查，只要求其必须尽到合理注意义务。也就是，百度文库如果能够发现明显侵权的内容，应当主动删除；同时如果权利人向其发出了能够准确定位侵权内容的通知，也应当删除该侵权内容。但是现实状况是百度文库与BBS、视频分享网站类似，其中的作品都是由用户上传的。如果有证据证明实际上是百度自己上传了他人享有著作权的作品，百度无疑构成直接侵权，应当承担赔偿责任。但文库经营者并不直接将他人作品上传至网站，有大量文字作品的作者主动将文字作品上传至网络，此时如果缺乏权利人提供的其他信息（如作品长度、足够数量的关键词等），文字类分享网站经营者很难既准确防止侵权作品上传，又不"伤及无辜"即误将他人主动上传的作品删除，因此百度不构成直接侵权。此外，在不清楚涉案作品具体情况的条件下，无法认定开设小说栏目的文字类分享网络的经营者有引诱用户上传侵权内容的意图，因此也很难笼统地判断百度文库经营者是否因具有主观过错而构成间接侵权。[1]

此外，有一些支持百度文库的网友认为，"文库式"的集纳方式，提供了一种便捷的文本搜索工具，这种门槛较低的"网上图书馆"查阅方

---

[1] 王迁：《专家谈百度文库法律问题 无法得出百度侵权结论》，[2011-4-10]．http://www.hinews.cn/news/system/2011/03/30/012245020.shtml，2013年9月28日查询。

便，其存在有一定的合理性。而另一些网友坚持，单单删除曾经发布过的未授权文本不足以彻底解决"百度文库式"版权之困，关键还是在于原创者和网络平台之间如何达成合理的版权交易。

网络文学既同其他网络作品一样需要得到法律的有效保护，同时，网络文学的法律保护又具有自身的复杂性，因而，探索网络文学的版权保护模式、细化法律规制的内涵、强化法律监管、正确引导公众合理利用他人作品以激励创作，任重而道远。

99. 张抗抗提案修改著作权法

2011年3月2日，全国政协委员、中国作家协会副主席张抗抗提案修改著作权法，建议加强"延伸集体管理"的权利，细化信息网络传播权，明确规定付酬标准。张抗抗在提案中说，中国现行著作权法已明显滞后，其中一些法规和条款已不适应快速发展的经济文化现状。现行著作权法于1991年6月1日实施，整整20年过去了，数字技术飞速发展，互联网全面普及，市场经济不断完善，对外经贸及文化合作日益深化；文学、音乐、电影、摄影等文化创意产业和高科技产业的生存、发展环境发生了巨大的变化，必须与时俱进，对著作权法进行修改，从而适应新的形势需要。

 点评：

修法进行时

网络侵权行为一直是网络文学和文化产业所面临的一大困扰。过去十余年里，由于版权保护不力，让电影、音乐、软件行业几遭摧毁。如企业家潘石屹所言，"在偌大一个中国市场上，电影、音乐、软件行业一年营业额不及房地产行业一座楼的销售收入。"而体现到文学网站上，盗链和盗贴等侵权行为，令很多原创文学网站和原创作者利益受损。据统计，目前大型盗版网站约有10万多家，中小型盗版网站有数百万家。每年盗版市场规模在40—60亿元之间，而同期正版市场的规模不到2亿元。随着网络信息产业的迅猛发展，网络盗版问题也越来越引起相关部门的重视。2010年6月下旬，中国作家网等多家文学网站组成联合调研组，就网络文学版权现状、网络文学盗版形式和手段、网络文学维权的措施和方法等展开了调研，最终形成了《网络文学维权问题专题调研报告》。《报告》指出，根据各网站情况汇总，所有原创文学网站均遭到不同程度盗版，实行付费阅读模式的文学网站受到的冲击尤为严重，VIP作品几乎全部被盗。每家盗版网站盗版的数量少则几十部，多则几百部、数千部，甚至还有数量不少的盗版网站几乎和正版网站保持同步更新，一些当红作品更是每家盗版站都有转帖。《报告》还列举了网络文学盗版常用的五种手段：其一是网络爬虫；其二是图片下载；其三是拍照或截屏；其四是手打；其五是网友自主上传。此外，随着传播介质发生变化，有线互联网、无线互联网以及客户端等发展势头迅猛，手机、手持阅读器也成为网络文学盗版的新方式。

而一段时间以来，数字版权保护在我国并无专门的立法，主要还是依据1991年实施的《著作权法》。《著作权法》虽几经修订，但对网络作品复制问题、非独创性数据库保护问题、网络作品合理使用问题、链接是否侵权问题等都未作出明确规定。因此，网络上很多作品被侵权，各种著作权纠纷和官司不断，所有这些现象都源于著作权法对著作权人必要权利的规定不够严密、著作权集体管理机构无具体法规可依；对侵权盗版行为的惩罚力度不够，导致有关部门执法的难度。正是基于这一状况，全国政协委员、中国作家协会副主席张抗抗提案修改著作权法，可谓适得其时。

对于著作权法的修订，张抗抗特别指出要对信息网络传播权的法规细化。张抗抗说，2001年新修订的著作权法中为著作权人增加了一项单独的著作权财产权权利——信息网络传播权；2006年国家又出台了《信息网络传播权保护条例》，对信息网络传播权的保护进行了专门规定；2010年的侵权责任法针对通过网络侵害他人民事权益的情形进行了规定。目前在著作权人的信息网络传播权保护方面已经有了一系列的法律法规，但具体到现实操作，尤其是涉及一些影响重大的版权事件，仍存在法律法规层面的空白或缺乏实施细节。因此，如何补充新的内容，特别是如何对信息网络传播权的法律法规进行细化具体化，提高其可操作性，就成为著作权法修订的一个重点。

张抗抗的提案得到了国家有关部门的高度重视。2011年，根据时任总理温家宝的批示，新闻出版总署、国家版权局启动了《著作权法》的修改工作，成立第三次修法工作领导小组，委托全国权威的知识产权专家起草了三个专家建议稿。此后，国家版权局在专家建议稿的基础上，综合各方意见，起草了征求意见稿，并于2012年3月31日发出通知，就《中华人民共和国著作权法》（修改草案）公开征求意见。按照立法程序，国务院法制办将《著作权法》修订工作列入国务院2012年立法计划的二档，即调研项目。2012年两会期间，张抗抗再一次就此问题提交了专门提案，建议将修改《著作权法》的工作列入新一届（2013—2017年）全国人大的立法计划。2013年1月30日，国务院公布了新修改的《中华人民共和国著作权法实施条例》，自2013年3月1日起施行。

法律法规的逐步完善，让我们有理由对日后的著作权益保护充满信心。

八 维权类

100. 万松中文网被判"侵犯著作权罪"

自 2009 年 7 月至 2010 年 10 月，江苏徐州万松中文网及网站主要负责人戴玉辉、喻斌斌等在未经作者和盛大文学的任何许可和授权的情况下，采集并复制了大量由盛大文学旗下的起点中文网拥有独家信息网络传播权的文字作品并刊登在万松中文网上。万松中文网通过侵权作品的在线阅读，进而通过注册会员充值阅读和在网站上发布收费广告的方式获利，非法经营数额合计人民币 20 余万元。经认定，万松中文网登载的文字作品中，至少有 5400 余部与起点中文网所登载的文字作品具有表达相同的章节。2011 年 5 月 23 日，江苏徐州中级人民法院下发了对从事网络文学盗版侵权行为的万松中文网及其主要责任人的刑事判决书。判决书认定万松中文网及其两名主要负责人犯有"侵犯著作权罪"，分别判处该网站两名主要负责人 3 年及以上不等的有期徒刑，并分别处罚金 15 万元，责令关闭万松中文网。

 点评：

刑事第一案

2010 年 7 月，国家版权局、公安部、工信部启动了打击网络侵权盗版专项治理"剑网"行动。剑网行动将加强对音频视频及文学网站、网游动漫网站以及网络电子商务平台的监控力度，重点围绕热播影视剧、新近出版的图书、网游动漫、音乐作品、软件等，严厉打击未经许可非法上载、传播他人作品以及通过电子商务平台兜售盗版音像、软件制品等的违法犯罪活动。国家版权局要求各地建立侵权网站的"黑名单"制度,并将列入"黑名单"的网站不定期在国家版权局网站上公布,同时,将"黑名单"提交给三大电信运营商,要求禁止向名单内网站提供网络接入服务。此外,国家版权局将加大监管力度,严格审查,避免"黑名单"网站重新上线。

在剑网行动期间,国家版权局接到盛大公司的举报投诉,称徐州万松中文网在未经作者和盛大文学的任何许可和授权的情况下,复制了大量由盛大文学旗下的起点中文网拥有独家信息网络传播权的文字作品并刊登在万松中文网上。此举报投诉引起了国家版权局的高度重视,随即要求江苏省版权局进行认真核实。经江苏省版权局与徐州市版权局多方调查、取证、核实,初步认定万松中文网未经授权采集并复制了起点中文网 5400 余部作品,盛大公司的举报投诉属实。由于此案涉嫌侵权网络文学作品数量多且涉案金额巨大,已构成刑事犯罪,国家版权局决定将此案移交公安部门立案侦查,并将此案列为"剑网行动"中重点督办案件。2011 年 5 月 23 日,江苏徐州中级人民法院下发了对从事网络文学盗版侵权行为的万松中文网及其主要责任人的刑事判决书,分别判定万松中文网及其两名主要负责人犯有"侵犯著作权罪",分别判处该网站两名主要负责人 3 年及以上不等的有期徒刑,并分别处罚金 15 万元。

对于此次徐州中级人民法院的判决,业内从事网络文学的资深人士评价甚高,普遍认为,在网络文学保护方面,这是以"侵犯著作权"为罪名判决的刑事案件第一案。盛大文学首席执行官侯小强表示,"网络文学自诞生之初,就存在盗版问题。盗版行业对网络文学行业的侵蚀,对网络文学创作者赤裸裸地窃取成果的行为,不仅是违法的,而且对整个网络文学行业都意味着沉重的打击。"此次判罚,标志着网络文学网站在法制化的道路上迈出了坚定的一步,有利于网络文学网站的合法运营,同时,对于整个目前欣欣向荣的网络文学发展也起到了很好的保护膜作用。

结　语　为网络文学写史

我们已经说过,对网络文学大事件的研究,其实是从一个层面为网络文学写史。现在的问题是,网络文学发展才20年,在浩瀚的文学史长河中有如弹指一挥间,有没有必要就开始着手为其写史?又怎样为其写史?这在当前学界都还是一个莫衷一是的问题。我们欣喜地看到,已经有学人在对网络文学史进行阶段性整理,如马季的《读屏时代的写作:网络文学10年史》(中国工人出版社,2008),欧阳友权的《网络文学发展史:汉语网络文学调查纪实》(中国广播电视出版社,2009),等等。而且,也有一些当代文学史将网络文学纳入其中,如《中国当代通俗小说史论》(汤哲声主编,北京大学出版社,2007),《中国当代文学主潮》(陈晓明著,北京大学出版社,2009),《中国现代文学通鉴》(朱德发、魏建主编,人民出版社,2012),《中国当代文学新编》(王万森等主编,高等教育出版社,2012),等等。这种研究的自觉,我们认为是很值得嘉许的。

关于如何为网络文学写史的问题,在此,我们想表达的一个观点是,网络文学是一种朝阳文学,深受年轻人喜爱,充满着蓬勃的青春气息,在短短20年间,演绎了一段荡气回肠、精彩纷呈的奋斗史、成长史,与之相适应,我们是否可以不拘形式,把网络文学史写得活泼一点,精彩一些?当然,这是一个尚需探究的问题。我们在本书中尝试着把网络文学史事件化,把那些重要的具有标志性和代表性的事件从历史的时间链条中放大出来,让这些具体的事件以形象的方式去演绎网络文学20年不平凡的成长历程,便可以视为在这方面的一种探索。

有史家曾说:"我写历史,真实是第一条。不能以个人好恶而隐匿真相。"我们认为,把网络文学发展史上的大事件清理、还原出来就是对真实的一种追求。虽然大事件的遴选过程具有一定的主观色彩,但由于我们在对每个事件的选择时都非常慎重,既立足于网络文学发展的整体实际进行综合考察,同时还广泛征求了许多同行专家的意见,尽可能地避免了太多的个人倾向,保障了事件遴选的客观、公允。事件选定以后,又以编年史的形式分门别类地把一系列事件一件一件地呈现出来,亦从很大程度上确保了历史的连贯性。我们认为,如此让具体形象的事件去诉说历史,比我们概括性地去归纳和叙述历史要来得直接而准确,而且有趣而生动。因为每一个事件都是一个鲜活的生命体,是一种原汁原味、形象生动的历史叙述,无声地透露出很多经过史家的间接叙述过滤后所没有的信息。何况事件之间还会相互参证,彼此补充,形成一种活态的张力系统。

然而,坚持对事件的清理、实录,还只是完成了写史的第一部分,即史料的保存和整理工作。新历史主义指出,历史充满断层,历史由论述构成。福柯认为,我们应透过各种论述去还原历史,而该种论述,是根据当时的时间、地点、观念建构的。换句话说,历史并不是对史实单一的记载,亦并不是对于过去的事件的单纯的纪录。历史是现时的人对过去的一种"知识",这种知识以话语的形式存在,它是被写出来的。对此,美国文艺理论家海登·怀特说:"不论历史事件还可能是别的什么,它们都是实际上发生过的事件,或者被认为实际上已经发生的事件,但都不再是可以直接观察到的事件。作为这样的事件,为了构成反映的客体,它们必须被描述出来,并且以某种自然或专门的语言描述出来。后来对这些事件提供的分析或解释,不论是自然逻辑推理的还是叙事主义的,永远都是对先前描述出来的事件的分析或解释。描述是语言的凝聚、置换、象征和对这些作两度修改并宣告文本产生的一些过程的产物。单

结　语　为网络文学写史

凭这一点,人们就有理由说历史是一个文本。"① 的确,历史是一种话语,或一种文本。福柯等后结构主义者,把历史称为一种"历史叙述"或"历史修撰",用福柯的话说就是,原先的一个大写的单数的"历史"(History)被小写的复数的"历史"(histories)取代了,展示在人们面前的历史,只是以文本的形式存在的历史。

正是基于新历史主义的这一观点,我们在每个网络文学大事件后面都设置了一个或长或短的点评,点评绝非狗尾续貂,而是意在以介入的形式阐释历史,虽其主要的目的是补充更多的信息,让人们对事件有更充分的了解和认识,但不管是对信息的补充还是对事件的分析和解释,都是以描述的形式重构历史。柯林伍德说,写历史就是写思想,事件仅是思想的载体。是的,我们想通过对网络文学事件的阐释,体现出一种价值判断,描述出我们所理解的网络文学史,让网络文学发展史的生动性、深刻性、丰富性更加充分地展现出来。

网络文学发展方兴未艾,其未来的空间不可限量。因此,为网络文学写史,在这么一个知识爆炸、信息更替频繁的时代,是一件需趁早着手的工作。走进现场,以事传史,史论结合,可能是最有意味的一种切入方式,但并不是唯一的甚至也不是最好的一种策略。期望有更多后来者参与到这项有意义的事业中来。

---

① [美]海登·怀特:《"描绘逝去时代的性质"文学理论与历史写作》,拉尔夫·科思主编《文学理论的未来》,中国社会科学出版社1993年版,第25页。

后 记

　　本书是对网络文学发展 20 年来各种大事件的一次集中清理和评点。原本以为写作起来相对于纯粹的学术著作要简单一些，但随着研究的展开，这种想法被击得粉碎。遇到的最棘手的问题是，面对各种纷繁琐碎的网络文学事件，什么样的事件才能算大事件？又如何遴选出这些所谓的大事件？这就要求首先必须建立一个可操作的标准，只有标准确定了，才有可能去对形形色色的网络文学事件进行甄别和筛选。然后则要求对整个网络文学发展史非常熟稔，把各种事件一个也不能少地拎出来，再在此基础上进行细致的比较和分析，遴选出那些相对比较重要的 100 个大事件。这个过程耗费了大量的时间和精力，既要入乎其内，又要出乎其外，前后比照，左右权衡，去粗取精，归类整合，搞得不亦乐乎。对事件的点评，就相对要驾轻就熟一点，但 100 个事件涉及到诸多领域，知识面之逼窄又时让我捉襟见肘。

　　值得庆幸的是，几位志同道合的青年学子的参与，从一定程度上弥补了我个人智慧之不足。在网络文学研究方面，我一直感觉年轻人比我们这些步入中年的所谓专家来得快而直接，他们天然地对网络具有亲近感，平时在这方面关注也较多，能够及时跟踪那些应接不暇的网络事件。因此，在接过本书的写作任务之后，我便召集了几位对网络文学素有兴趣的年轻同好进行研讨，在 100 个大事件确定以后，又分头写出点评的初稿，具体的分工是：写手类：谭武军；作品类：康莹；网站类：杨芳琦；活动类：陈伟；成长类：陈祯；研究类：吕蕾；论争类：都鹏飞；维权类：吴杰。虽然最后收上来的稿子从整体上看并不非常令人满意，但其中闪烁着许多智慧的灵光和奇思妙想，着实让我振奋不已，我在对稿件进行统一加工、修改和润色的时候，除了小部分因为写得太粗糙被推翻重写之外，大多还是尽可能地保留原稿的基本风貌，充分尊重大家的劳动成果。在此，我要对他们的倾力付出表达我最诚挚的谢意。

丛书主编欧阳友权教授对本书的写作给予了诸多指导，先生是网络文学研究领域的权威，长期浸淫于此，对网络文学发展的熟悉程度无人能比，本书从事件的选定到归纳分类他都在百忙之中进行了最后把关和审定。挚友袁新洁教授正在参与编撰一部网络文学编年史，在对网络文学大事件的选取上，他提供了不少素材和建议。一向古道热肠的陈国雄博士在了解到我到了交稿日期仍未完稿的情况后，毅然挤时间帮我改写了几则点评。我由于平时要坐班，只有趁着周末和节假日才有成段的时间猫在办公室赶稿，内子周秋良博士在教学科研之余，不但独力承担了全部家务，而且还时有精到建议。我正在读高三的儿子，起早贪黑，披星戴月，是我们家最忙的人，也时常问起我写书的进度。我年近八旬的老母亲独居家乡小城，虽每天倚门企盼，但仍独自品味孤寂支持我"做正事"，等等。对诸位老师同行、家人亲友的绵绵厚爱，我惟有时刻珍藏，永铭于心。

最后需要指出的是，本书对网络文学大事件的清理和点评，带有鲜明的史料整理的性质，不是纯粹的学术研究。但在点评的时候还是力求具有一定学理性，点评不求面面俱到，但求立一家之言，成一孔之见。其中借鉴和参考了诸多学术前贤的观点，有的因为各种原因还未能一一注明，谨在此一并致谢并求宽宥。

欧阳文风
2013年国庆日于湘江河畔长郡花园